# 금단

훈자 로맨스 장편소설

# 금단 1

**초판 1쇄 인쇄** 2015년 10월 1일
**초판 1쇄 발행** 2015년 10월 8일

**지은이** 훈자
**발행인** 오영배
**기획** 박성인
**책임편집** 김보나
**제작** 조하늬

**펴낸 곳** (주)삼양출판사 · 단글
**주소** 서울시 강북구 도봉로 173
**대표 전화** 02-980-2112 **팩스** / 02-983-0660
**출판등록** 1999년 3월 11일 제9-00046호

ISBN 979-11-313-0462-4 (04810) / 979-11-313-0461-7 (세트)


+ 이 도서의 국립중앙도서관 출판시도서목록(CIP)은 서지정보유통지원시스템홈페이지(http://seoji.nl.go.kr)와 국가자료공동목록시스템(http://www.nl.go.kr/kolisnet)에서 이용하실 수 있습니다. (CIP제어번호: 2015025523)

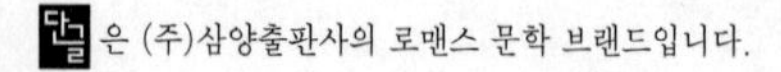

단글

## 차 례

# 프롤로그

꿈을 꿨다.

칠흑같이 어두운 공간에 있는 계단 위를 쉴 새 없이 올라가는 꿈.

숨이 막히고, 온몸이 부서질 것 같은 고통을 느끼면서도, 난 무언가에 홀린 것처럼 그저 미친 듯이 위를 향해 뛰어갔다.

마치 뫼비우스 띠에 갇힌 듯, 가늠할 수 없는 그 끝을 향해.

그래…… 아무도 없는 그곳에 내가 존재했다.

환하게 웃으며. 그 누구보다 행복한 표정으로.

# 제 1 장
# 인연

눈을 떴다. 익숙한 어둠이 눈앞에 어른거리고, 잠시 뒤 몽롱했던 정신이 들면서 하나하나 방안 풍경이 눈에 들어왔다.

굳게 닫힌 방문 옆으로 텅 비어 있는 책상과 옷장, 벽걸이 TV, 블라인드에 가려진 창문, 오전 7시를 가리키고 있는 벽시계와,

똑똑—

항상 같은 시간에 울리는 노크 소리.

그리고…….

"천해주."

방문 너머로 들리는 익숙한 목소리.

잠시 뒤, '찰캉' 거리는 열쇠 소리와 함께 누군가 방안으로 들어섰다.

"그만 일어나."

해주는 침대 위에 누워 멍하니 방안에 들어선 남자를 물끄러미 응시했다.

치렁치렁한 앞머리가 눈을 살짝 가렸지만, 그 아래로 보이는 오뚝한 콧날과 날렵한 턱선만으로 그의 외모가 평균 이상임은 충분히 가늠할 수 있었다.

해주는 으레 통과의례처럼 그를 발끝까지 훑어보곤 천천히 상체를 일으켰다. 그러자 우두커니 서 있는 그가 한눈에 들어와 박혔다.

그녀는 두 눈을 느릿하게 한 번 끔뻑이더니, 마른 입술 새로 목소리를 냈다.

"목말라……."

잠이 덜 깬 듯 몽롱해 보이는 해주의 모습에 남자는 작게 한숨 짓고는, 그녀에게로 한발, 한발 가깝게 다가섰다. 활짝 열린 문틈새로 비치는 밝은 빛이 그의 등 뒤를 밝히며, 남자의 얼굴이 또렷하게 그녀의 시야로 들어왔다.

미동조차 없는 입술의 각도, 속을 알기 힘든 무표정한 그를 마주하게 된 해주의 미간이 작게 찌푸려졌다.

"지수혁…… 나 목마르다고."

"내려가서 마셔."

해주는 투정부리지 말라는 듯, 딱 잘라 말하는 수혁을 못마땅한 눈초리로 응시했다. 매번 아침만 되면 둘 사이에 벽을 치듯 딱딱하게 구는 그가 마음에 들지 않았다.

그녀는 천천히 침대에서 내려와 맞은편에 섰다. 키 차이로 인해 시선이 자연스레 위로 향했다. 해주는 수혁에게로 서서히 손을 뻗었다.

해주의 손이 수혁의 얼굴로 느릿하게 향하더니, 이내 스르륵 그의 목을 감싸 안았다. 그러자 자연스레 그의 허리가 숙여지며, 두 사람의 거리가 점차 가까워지기 시작했다.

세 뼘, 두 뼘, 한 뼘. 특유의 비누 향이 코끝을 간질일 때쯤, 해주는 그의 귓가에 가까이 입술을 가져가 속삭이듯 말을 꺼냈다.

"너…… 내가 일어날 때까지, 이 방에서 나가지 말라고 했지."

해주의 볼멘소리에 수혁은 슬쩍 고개를 옆으로 틀었다. 뺨 위로 잔잔하게 닿는 그녀의 숨결이 묘하게 그를 자극했다.

"내 말 듣고 있어?"

해주의 반문에 수혁은 그녀에게서 슬쩍 시선을 거두며, 목에 감긴 그녀의 팔을 손으로 떼어 냈다.

"그래, 알았으니까 누가 보기 전에 떨어져."

수혁이 한 발자국 뒤로 물러서자, 해주가 피식 웃음을 터트렸다. 새삼스럽게 웬 내외……. 그녀는 그의 등 뒤로 보이는 텅 빈 방안을 빙 둘러보고는, 씁쓸한 얼굴로 어깨를 으쓱했다.

"누가 본다고 그래…… 부모란 사람들조차 이 방에 발 한 번 들인 적 없는데."

덤덤히 말을 꺼낸 해주는 침대 위에 털썩 앉으며 시선을 아래로 뚝 떨어뜨렸다. 꿈에서 깨 현실을 마주하니, 커다란 돌덩이가 명치를 세게 누르고 있는 것 같은 답답함이 밀려들었다.

수혁은 해주 주변에 흐르던 분위기가 미묘하게 바뀌자, 고개를 살짝 기울여 그녀의 얼굴을 들여다봤다. 해주는 피가 날 정도로 아랫입술을 잘근잘근 씹고 있었다. 불안하거나 스트레스를 받을 때면 무의식적으로 그녀에게 나타나는 버릇이었다.

수혁은 그런 해주를 안타까운 눈빛으로 바라보며, 손가락으로 그녀의 입술을 쓰윽 매만졌다.

"입술 물어뜯지 말라고 했지."

입술에 닿은 수혁의 손길에 해주는 고개를 들어 그를 올려다봤다. 그가 한 쪽 눈을 살짝 찡그린 것만으로도 자신을 얼마나 걱정하고 있는지 알 수 있었다.

그 모습에 불편했던 마음이 조금은 사그라진 듯했다. 해주는 한결 풀어진 얼굴로, 눈앞에 보이는 그의 허리를 두 팔로 감싸 안았다.

"나 바람 쐬고 싶어. 이따 같이 밖에 나갔다 오자."

수혁은 자신의 품에 안긴 해주를 가늘게 뜬 눈으로 쓰윽 내려다봤다.

밖이라…….

그는 조금 전과 달리 살짝 굳어진 얼굴로 입을 뗐다.

"네 부모님께서 허락하지 않을 거라는 거 알잖아."

부정적인 그의 답변에 해주는 미간을 좁히며 대꾸했다.

"네가 설득하면 되잖아."

"……너 나가는 거, 아직은 무리야."

해주는 울컥한 표정으로 안고 있던 그의 허리를 쓰윽 밀어냈다. 다른 사람도 아닌 수혁의 입에서 나갈 수 없다는 말이 나오는 순간, 왠지 모를 상실감이 온몸을 옥죄는 듯했다.

"왜…… 무리인데?"

"해주야."

"내가 밖으로 나가자마자, 네 눈앞에서 죽기라도 할까 봐?"

해주가 비꼬듯 묻자, 수혁은 침묵했다. 적어도 그런 게 아니라며 변명이라도 할 줄 알았건만. 해주는 작은 반응조차 보이지 않는 그의 모습에 실망한 듯 허탈한 한숨을 내뱉었다.

"됐다."

"……."

"나 좀 더 잘래."

해주는 나가라는 듯 손짓하곤, 침대 위로 올라가 누운 채로 이불을 머리끝까지 올려 덮었다.

마치 어둠 속에 갇혀 괴물이 되어 가는 기분이었다. 몸이 삭고, 정신은 피폐해져 가는 것 같다. 차라리 그날, 망설이지 말고 모든 걸 놔버릴걸, 하는 후회가 또다시 밀려들었다.

그래, 그랬다면 적어도 이런 지옥 같은 방구석에 갇혀 지내게 되지 않았을 테고, 그의 한마디에 상실감을 겪지도 않았겠지.

해주는 몸을 웅크린 상태로 뒤로 돌아누웠다. 가슴 한구석이 텅 비어버린 듯 공허함이 밀려들더니, 곧바로 왠지 모를 한기가 온몸을 휘감았다.

'추워…….'

해주는 두 눈을 꼭 감고는, 또다시 어둠 속에 자신을 가뒀다. 차라리 이대로 잠들어 영원히 깨지 않았으면 했다. 하지만 그때, 수혁은 어김없이 그런 그녀를 놓지 않고 꽉 붙잡아 주었다.

"너 잠들 때까지 옆에 있어 줄게."

이불 속으로 들어온 수혁이 해주를 뒤에서 꼭 끌어안아 주며, 작게 속삭였다. 등 뒤로 느껴지는 그의 온기. 금세 추위가 가시며 성났던 마음이 점차 진정되는 것 같았다.

"나 좀 봐……."

잔잔히 귓속으로 그의 음성이 젖어들었다. 해주는 망설이다 이내 못 이기는 척 수혁에게로 천천히 몸을 돌렸다. 그러고는 익숙하게 그의 품 안으로 파고들었다. 포근하게 감싸오는 온기에, 해주는 좀 전의 울컥했던 감정이 한순간 사그라지는 걸 느꼈다. 그녀는 한결 편해진 얼굴로 천천히 입을 열었다.

"이제 안 그럴 거라는 거 알잖아."

수혁은 품속에 안긴 해주의 머리를 손으로 스윽 쓰다듬어 주며, 나직이 말했다.

"알았어, 알았으니까 일단은 한숨 더 자. 이따 다시 얘기하자."

해주는 수혁의 말에 작게 고개를 끄덕이곤, 천천히 두 눈을 감았다. 부드러운 그의 손길. 해주는 얼마 안 돼 스르륵 다시 잠이 들었다. 색색거리는 숨소리에 그녀가 잠든 걸 확인한 수혁이, 그녀의 머리에 베개를 베어 주며 몸을 일으켰다.

'밖을 나가고 싶다라…….'

수혁은 곤히 잠들어 있는 해주에게로 손을 뻗어 그녀의 뺨을 조심스럽게 쓰다듬었다. 손끝에서 전해지는 부드러운 촉감. 수혁은 가라앉은 눈빛으로 그녀를 응시하다, 쓰다듬던 손을 거둬 천천히 말아 쥐었다.

'이대로…… 가만히 있어. 이대로.'

그녀에게 강요하듯 속으로 되뇐 수혁은, 그녀가 덮은 이불을 가지런히 정리해 주곤, 조용히 방 밖으로 향했다. 그러고는 처음 들어섰던 것처럼, 천천히 방문에 설치된 자물쇠를 꼭 걸어 잠갔다.

"해주는 아직도 자고 있나?"

수혁은 계단을 내려오자마자 들리는 동환의 목소리에 옆을 돌아봤다. 그는 손에 커피 잔을 든 채로 소파에 앉아 신문을 읽고 있었다. 누구보다 평온해 보이는 그를 지켜보며 수혁은 무덤덤하게 대답했다.

"네. 오늘 아침에나 잠든 것 같아서…… 일부러 안 깨웠습니다."

"그래도 데리고 내려오지 그랬니? 인사는 하고 가려 했는데."

수혁은 순간 대화에 껴드는 유정의 목소리에 뒤를 돌아봤다. 새벽녘에나 들어와 놓고 또 어딜 가는 건지, 그녀는 손에 캐리어와 가방을 잔뜩 들고선 급하게 방을 나오고 있었다.

"어디 가십니까?"

수혁의 물음에 유정은 어깨에 멘 가방을 덥석 그에게 넘기며, 고개를 갸웃 기울였다.

"내가 말 안 했나? 일주일간 필리핀으로 의료봉사활동 갈 거라고."

"필리핀이요……?"

처음 듣는다는 듯 수혁이 반문하자, 유정이 아차 싶었는지 자신의 이마를 손으로 탁 치며 말했다.

"아, 내가 말 안 했구나! 그런데 수혁아, 신발 신으면서 얘기하면 안 되겠니? 비행기 시간이 다 돼서."

유정은 긴 머리를 하나로 질끈 묶으며, 헐레벌떡 현관문으로 향했다. 수혁은 그런 유정의 뒤를 따르다, 문득 동환을 돌아봤다.

그는 유정이 나가든 말든 신경도 쓰지 않은 채, 조용히 커피를 마시며 신문을 들여다보고 있었다. 유정도 그런 동환에게 흔한 인사 한마디조차 없이 그대로 걸음을 옮겼다.

그들은 투명인간을 대하듯 서로를 철저히 무시하고 있었다. 부부라고 볼 수 없는 둘의 모습. 하지만 수혁은 둘 사이에 흐르는 미묘한 분위기조차 익숙한 듯, 무심한 얼굴로 그에게서 시선을 뗐다.

"혹시 무슨 일 생기면 휴대폰으로 연락하렴, 로밍해서 갈 거니까."

유정이 신발을 신으며 건네는 말에 수혁은 작게 고개를 끄덕였다.

"네."

"아, 그리고 해주는 좀 어떠니? 나아진 것 같아?"

수혁은 마치 남의 일 물어보듯 묻는 유정을 가만히 내려다봤다. 어느덧 신발을 다 신은 그녀는 휴대폰으로 일정을 체크하고 있었다.

불안한 상태의 자식을 두고 가는 부모라고는 볼 수 없을 정도로, 유정은 태연한 태도를 보이고 있었다. 하지만 이곳에선 지금과 같은 상황이 일상적인 일인 만큼 그는 자연스럽게 대처했다.

"조금씩 좋아지고 있긴 한 것 같습니다."

두루뭉술한 그의 대답에도 유정은 더 이상 깊게 묻지 않고, 그대로 벌떡 자리에서 일어나 캐리어 손잡이를 잡았다.

"그래, 그래도 혹시 또 사고 칠지도 모르니 네가 항상 옆에 있어 주고."

"네."

"참, 그리고 다음 주쯤에 잡지 인터뷰가 있는데, 아마 집에서 하게 될 거야."

갑작스러운 유정의 말에, 수혁이 되물었다.

"……집에서요?"

"그게 가족을 주제로 한 기획물이라, 사진 촬영을 집에서 했으면 하더라고."

유정은 인터뷰 할 생각에 벌써부터 골치가 아프고 피곤한지,

목과 어깨 사이를 주무르며 이어 말했다.

"어찌 되었든 네가 그날만큼은 해주가 얌전히 인터뷰에 응할 수 있게 미리 설득을 좀 해 줬으면 하는데…… 다른 사람 말은 안 들어도 네 말은 곧잘 듣는 아이니."

"해주까지요?"

"그래. 주제가 가족이니 당연히 해주도 있어야겠지."

대수롭지 않게 말을 내뱉은 유정의 모습에 수혁의 눈썹이 슬쩍 구겨졌다.

하루 종일 서로에게 말 한마디, 눈길 한 번 준 적 없는 사람들이, 혹여 자신들이 쌓아 놓은 커리어에 조금이라도 흠집이 생길까 딸을 방안에 가둬 놓기까지 한 사람들이, 가족을 주제로 한 기획물의 주인공이라니.

속으로 비웃음을 흘린 수혁은 평소처럼 그녀에게 맞춰 반응해 줬다.

"일단 해주에게 말은 해 보겠습니다."

"그래, 부탁 좀 할게. 그럼 난 그만……."

"이번 인터뷰는 당신 혼자 하는 게 어때?"

거실을 울리는 단호한 음성에, 유정은 움찔 자리에 멈춰 선 채로 동환을 돌아봤다.

"이제 와서 그게 무슨 소리예요?"

유정의 냉랭한 목소리에 동환은 들고 있던 신문을 테이블에 탁 내려놓으며 자리에서 벌떡 일어섰다.

"다음 주엔 중요한 스케줄이 많아서 시간 빼기 힘들어."

통보나 다름없는 동환의 말에 유정의 눈이 가늘게 찢어졌다. 이미 인터뷰에 관한 건 서로 합의하에 하는 걸로 말을 마친 상태였다. 그런데 이제 와서 말을 바꾸다니, 가슴속 깊은 곳에서부터 화기가 툭툭 치달아 오르는 게 느껴졌다.

하지만 유정은 언제나 그랬듯 최대한 감정을 억누르며 차분하게 말을 꺼내 놓았다.

"전에 편집장이 당신한테 전화했을 땐, 그런 말 없었잖아요."

"당신 위해서라도 출현해 달라는 걸 딱 잘라 거절할 순 없었으니까."

사무적인 그의 답변이 돌아오고, 둘 사이에 잠깐의 정적이 흘렀다. 차갑게 휘몰아치는 신경전 사이에 낀 수혁은, 당혹스러운 기색도 없이 그저 남일 구경하듯 관망했다.

지금의 상황이 적어도 이 집안에서는 지극히 정상적인 일인 것처럼, 그는 자연스럽게 한 발자국 뒤로 물러섰다.

누가 먼저 굽히지 않으면 끝나지 않을 긴 싸움. 하지만 곧 정적을 깨며 유정의 휴대폰이 울렸다. 그녀는 날 선 감정을 죽이며 휴대폰을 꺼내 들었다.

"네, 이유정입니다. 아, 한성 씨. 네…… 지금 출발하려고요. 집합장소까진 한 2—30분 정도 걸릴 거예요. 미안해요. 오자마자 바로 떠나는 거라 가족끼리 하는 작별 인사가 좀 길어졌네요…… 호호. 부럽긴요. 일단은 차타면 제가 다시 전화 드릴게요. 지금 짐도 실어야 돼서. 네…… 그래요 그럼.”

짧게 통화를 마친 그녀는 주머니에 휴대폰을 집어넣으며, 깊게 한숨을 내쉬었다. 이럴 때가 아니건만. 유정은 마음을 가다듬으며 슬쩍 손목시계를 확인했다. 시간이 촉박했다. 유정은 일단 그를 향했던 날카로운 기세를 거두며, 억지스러운 미소를 지어 보였다.

“수혁아, 나 진짜 가 봐야겠다. 해주 일, 잘 부탁한다.”

“네, 선생님…….”

“그리고…… 당신, 이런 식으로 나오면 곤란한 거 알죠?”

유정은 눈에 힘을 꽉 준 상태로 동환을 싸하게 노려봤다.

“난 분명 저번 주에 중요한 수술까지 미뤄가며, 당신이 진행하는 프로그램 자문위원으로 선뜻 출연해 줬어요. 그런데 서로 윈윈하자는 의미로 유지되고 있는 부부 사이에 이러면 안 되죠. 안 그래요?”

동환은 찬찬히 부딪쳐 오는 유정의 시선을 곧바로 맞받아치며, 거만하게 턱 끝을 슬쩍 치켜 올렸다.

“그 일은 윈윈이 아니라 전적으로 당신에게 득이 되는 일이었지.”

동환의 대답에 유정은 어이없다는 듯 피식 웃음을 터트렸다.

“득이라…… 그러고 보니 잠깐 잊고 있었네요. 당신이 어떤 인간인지.”

“…….”

"뭐, 당신 좋을 대로 해석하고 행동해요. 다만, 오늘처럼 이런 식으로 나온다면 앞으로 '국민 부부'라는 역겨운 타이틀은 영영 어디서든 듣지도 보지도 못하게 될 겁니다. 천동환 앵커님."

유정은 어깨 아래로 내려간 가방을 다시 추켜 메며, 고개를 삐딱하게 옆으로 기울였다.

"뭐, 이렇게 되면 조만간 알게 되겠네요. 그 일이 서로에게 윈윈이 될 일이었는지, 아니면 단순히 누구 한 명에게 득이 될 일이었는지."

"당신……!"

"아! 촬영 취소는 적어도 미리 통보해 줘야 하니, 이번 주 금요일까지 할지 말지 결정해서 당신이 직접 편집장한테 전화해요. 그 정도는 해 줄 수 있죠?"

유정의 반문에 동환은 대답도 없이 그저 잔뜩 노한 얼굴로 방 쪽으로 걸어갔다. 그러자 기다렸다는 듯 유정 역시 뒤돌아 밖으로 발길을 돌렸다.

"제가 짐 들어다 드리겠……."

쾅—!

수혁이 그녀의 캐리어 손잡이를 대신 잡을 무렵, 온몸이 움찔할 정도로 큰 굉음이 안방 쪽에서 들려왔다. 분노를 참지 못한 동환의 행동이었지만, 유정은 대수롭지 않게 여기며 캐리어 손잡이를 수혁에게서 도로 뺏어 잡았다.

"됐으니까, 넌 그만 가서 아침 먹으렴."

유정은 그대로 문을 열고 밖을 나섰고, 수혁은 그녀의 등 뒤에 대고 살짝 묵례를 했다.

쾅—!

두 번째로 문이 닫히는 소리가 거실에 울려 퍼졌다. 이후 자연스레 공허한 적막이 이어졌다. 살짝 고개를 숙인 수혁이 천천히 정면을 응시했다. 부드럽게 휘어졌던 눈매가 어느샌가 매섭게 가늘어져 있었다.

"수혁 학생, 해주 학생 아침은 어떻게 할까?"

잔뜩 긴장한 채로 부엌에서 눈치를 살피던 아주머니가 조금이나마 숨통이 트인 얼굴로 거실로 나와 수혁에게 다가섰다. 그러자 수혁이 싹 굳어 있던 표정을 순식간에 풀며, 그녀를 천천히 돌아봤다.

"제가 알아서 할 테니, 아주머니께서는 다른 볼일 보세요."

수혁이 눈웃음을 지으며 말하자, 아주머니가 작게 고개를 끄덕였다.

"그래요, 그럼."

"그리고 저 내일은 아침부터 가 볼 데가 좀 있어서요. 아주머니께서 대신 해주 좀 들여다봐 주세요."

수혁의 말에 아주머니는 갑자기 무언가 생각났는지, 낮은 탄성과 함께 말을 꺼냈다.

"사모님께서 해주 학생 방문에 달아 놓은 열쇠, 없애버리라고 하시던데…… 다음 주에 손님 오신다고."

생각지도 못한 아주머니의 말에 수혁의 눈빛이 흔들렸다.

"선생님……께서요?"

수혁은 무의식적으로 주머니에 손을 집어넣었다. 찰랑 소리와 함께 차가운 열쇠들이 손에 쥐어졌다. 그의 눈동자가 순간 깊게 침잠되었다.

"수혁 학생?"

"아직은 해주 상태 불안정한 거, 아주머니도 알고 계시죠?"

아주머니는 어제 마지막으로 본 해주를 떠올리며, 의아한 눈빛으로 반문했다.

"그런가? 내가 보기엔 이제 괜찮……."

"아니요, 밖에 돌아다니게 내버려 두기엔 아직은 위험합니다. 저러다 저번처럼 사고라도 치면……."

수혁이 아슬아슬하게 말을 끊자, 곧바로 과거 일을 떠올린 아주머니가 화들짝 놀라더니 조심스럽게 입을 열었다.

"그럼 어떻게 해야 하나? 사모님께 일단 전화해서……."

"아니요, 나중에 선생님 오시면 제가 말씀드릴 테니 일단 해주는 저 상태로 두세요. 제가 계속 옆에서 지켜볼 테니 말입니다."

아주머니는 수혁의 말에 동조하며, 고개를 끄덕였다.

"어차피 해주 학생 관련된 일은 수혁 학생이 하라는 대로 하라고 전에 사모님께서도 말씀하셨으니 그렇게 해요."

수혁은 아주머니의 대답에 열쇠를 빙그르 만지작대던 손에 힘을 꽉 줬다.

"네, 그럼 내일 저 없는 동안만 해주 부탁드립니다."

"알겠어요, 그나저나 수혁 학생도 아침 먹어야지."

그는 괜찮다는 듯 고개를 저었다.

"지금은 입맛이 없어서요. 배고프면 제가 알아서 챙겨 먹을게요."

"아니에요, 내가 챙겨줄 테니 배고플 때 언제든지 말해요."

"고맙습니다."

수혁의 인사에 아주머니는 인자하게 웃으며 부엌으로 뒤돌아 들어갔다. 거실에 혼자 덩그러니 남겨진 수혁은 천천히 발걸음을 옮겨 동환이 앉았던 소파 위로 털썩 앉았다.

'인터뷰라…….'

그가 원하던 대로 자연스럽게 흘러가던 일들이 순간 삐거덕거리는 기미를 보이자, 내내 감춰뒀던 불편한 감정들이 치솟는 것만 같았다.

"하아."

뜨겁게 달아오른 이마를 손을 짚은 채로 한참을 기대 서 있던 그는, 주머니 속에서 돌아다니던 열쇠를 꺼내 봤다. 그나마 이 집에서 마음에 들었던 물건인데…… 이대로 가다간 곧 쓸모없어질지도 모른다.

"유일하게 널 지킬 수 있는 방법이었는데……."

서로 몸을 부딪치며 기이한 소리를 내는 열쇠들을 가만히 쳐다보던 그가, 이내 그걸 다시 주머니에 집어넣었다.

'이제 그만 가 볼까.'

수혁은 몸을 일으켜, 부엌으로 걸어가 식탁 위에 놓인 음식이 담긴 쟁반을 들었다. 그러고는 해주가 있는 그곳, 2층으로 향하는 계단 위로 발걸음을 내디뎠다.

처음 느껴보는 고통이었다. 온몸에 들끓는 열로 인해 눈앞은 어질어질했고, 이마와 등 뒤로 식은땀이 흐르는 것이 느껴졌다. 거기다 속은 왜 이리 울렁거리는지 차갑게 식은 손과 발이 부들부들 떨렸다.

'너무 힘들어…….'

가만히 앉아 있는 것조차 버거워 자꾸만 몸이 앞으로 기울어졌다.

"똑바로 앉아. 천해주."

동환의 질책이 낮고 음산하게 울렸다. 이어 밝은 조명이 그녀의 머리 위로 쏟아지는 동시에, 차가운 한기가 그녀를 감싸 안았다. 이제는 자그마한 몸 전체가 덜덜 떨리기 시작했다.

"아빠, 나 너무 아파요."

집에 가고 싶어요. 차마 이 말까진 내뱉진 못한 해주는 힘겹게 들어 올린 고개를 천천히 옆으로 돌렸다. 두 눈에 소름 끼칠 정도로 냉담한 동환의 얼굴이 들어와 박혔다. 해주는 마치 끔찍한 것을 본 것처럼 흠칫 놀라며, 마른침을 꿀꺽 삼켰다.

"저…… 아빠."

"쓸모없는 것."

심장이 툭 하고 떨어졌다. 그녀의 눈에 눈물이 가득 차오르기 시작했다. 마치 세상에 버려진 기분. 슬프고, 아파. 그런데 어디가 아픈 건지 도통 알 수가 없었다. 몸이 아픈 건지, 가슴이 아픈 건지…… 모르겠어.

"허리 꼿꼿이 세우고, 아파도 안 아픈 척 웃어. 그게 네가 여기서 할 일이야. 알겠어?"

그의 당부에 해주는 새파랗게 질린 얼굴로 고개를 끄덕였다. 동환은 못마땅한 눈초리로 그녀를 훑어보곤, 스튜디오 아래로 내려갔다. 혼자 남겨진 해주는 입술을 꽉 깨물곤 흘러내린 눈물을 소매로 쓰윽 닦아냈다.

안 돼. 참아야 돼. 익숙하게 스스로를 다독였다.

와아아—

잠시 뒤 엄청난 환호성이 스튜디오 안을 가득 메웠고, 그녀의 곁으로 유정이 다급히 다가와 앉았다.

"엄마."

의지할 곳 없이 홀로 남겨진 해주는, 마지막 희망을 붙잡는 심정으로 유정의 옷깃을 부여잡았다. 하지만 유정은 그녀의 부름에도 말없이 큐카드만 확인할 뿐이었다. 자신에겐 일말의 관심조차 없는 유정의 모습에, 해주는 또다시 무너져 내렸다.

"이 선생님, 촬영 시작할게요."

숨소리가 점차 거칠어질 때쯤, 낯선 여자의 음성이 들렸다. 그제야 큐카드에 시선을 고정시켰던 유정의 시선이 천천히 해주에게로 향했다. 문득 두 사람의 눈이 맞닿자, 해주의 눈동자에 사그라졌던 불빛의 씨가 조금씩 되살아나듯 기대감이 금세 어렸다.

"천해주, 웃어야지."

하지만 돌아온 건 결국 고압적인 유정의 말투와 표정뿐. 결국 마지막 남은 희망마저 갈기갈기 찢긴 채, 가슴속에 핏빛 강을 만들고 말았다. 아파. 해주의 눈에 또다시 슬픔이 가득 고였다.

"웃으라고, 해주야."

아프다고 엄마.

"천해주!"

작게 움직이던 유정의 입술 새로 쏘아붙이는 소리가 새어 나오자, 하얗게 질린 해주의 얼굴 위로 눈물이 한 방울 뚝 떨어졌다. 웃어. 되새김질하듯 스스로에게 외친다. 그러자 거짓말처럼 입가에 미소가 번졌다.

"예쁘다, 우리 딸."

그제야 유정의 입에서 그토록 듣고 싶었던 칭찬의 한마디가 흘러나왔다.

잘했어, 천해주. 한결 아픔이 가신 듯, 기묘하게 밝아진 얼굴 위로 그제야 만족스러움이 드리웠다.

"해주 학생!"

침대 위에 누워 있는 그녀의 몸이 아주머니에 의해 흔들거렸다.

"해주 학생!"

제법 큰 목소리로 깨우는데도 해주가 좀처럼 일어나지를 못하자, 아주머니의 얼굴에 조금씩 걱정이 묻어나기 시작했다. 벌써 해가 저물어가고 있건만, 그녀는 평소와 다르게 잠에서 좀처럼 깨지 못하고 있었다.

무슨 문제라도 있는 건 아닌가 싶어, 아주머니는 좀 더 세게 그녀의 몸을 뒤척거렸다. 그러자 다행히도 해주의 눈이 번쩍 떠졌다. 이후 흐릿한 시야로 아주머니를 발견한 그녀는 천천히 몸을 일으켰다.

"아주머니?"

매번 수혁의 목소리를 들으며 잠에서 깼던 해주는 의아한 눈빛으로 그녀를 응시했다.

"수혁이……는요?"

해주의 물음에 아주머니는 협탁 위에 올려 두었던 물 잔을 그녀에게 건네며 대답했다.

"오늘 일이 있어서 외출했어요, 그나저나 하도 못 일어나서 무슨 문제라도 생긴 줄 알고 깜짝 놀랐네요. 일어났기 망정이지, 순간 119라도 불러야 되나 싶었어요."

아주머니의 핀잔 섞인 말을 들으며, 해주는 일단 물을 한 잔 들이켰다. 차가운 물이 넘어가며 조금씩 몽롱했던 정신이 돌아오는 게 느껴졌다.

"지금 몇 시예요?"

해주가 손에 든 잔을 협탁 위에 내려놓으며 묻자, 그녀가 창문을 가린 커튼을 착 거둬내며 말했다.

"벌써 5시가 다 돼가요."

5시? 오후 5시? 믿기지 않는다는 듯 해주가 두 눈을 동그랗게 떴다.

"수혁 학생이 그러던데, 요즘 통 잠을 못 자서 수면제 먹는다면서요……."

"제가요……?"

해주가 멍한 눈으로 고개를 갸웃 기울이자, 아주머니가 한숨을 푹 내쉬며 협탁 위에 놓인 물 잔을 집어 들었다.

"뭐, 일단은 일어나서 세수부터 해요. 가서 먹을 것 좀 챙겨다 줄 테니."

"수혁인, 언제 온다고 했는데요?"

아이가 어미를 찾듯 해주가 다급히 물었지만, 아주머니는 걸음을 옮기며 심드렁하게 대꾸했다.

"글쎄요, 저녁 먹기 전에는 온다고 했는데 정확히는 모르겠네요."

"어디 갔는데요?"

끊임없이 이어지는 해주의 물음에, 금방이라도 문을 닫을 듯 문고리를 붙잡은 상태로 아주머니가 대답했다.

"그건 나도 모르겠어요."

"그래요……."

"흠, 그럼 나 그만 음식 가지러 내려가도 될까요?"

질문이 더 없는지 그녀가 돌려 묻자, 해주가 작게 고개를 끄덕였다.

"그럼 씻고 있어요."

탁—

마지막 말을 남기고 아주머니가 문을 닫았다. 이후 조용해진 방안에 우두커니 남겨진 해주는 천천히 침대 위에서 내려왔다.

욕실로 들어가 대충 씻고 나온 그녀는, 창가 근처로 다가가 드르륵 창문을 열었다. 상쾌한 바람이 방안으로 밀려들어 오며, 답답했던 마음이 한 번에 가시는 기분이 들었다.

'예쁘다.'

어느새 푸른빛을 삼킨 붉은 노을이 하늘을 조금씩 뒤덮고 있었다. 오랜만에 보는 황홀한 광경이었다. 왠지 모를 두근거림이 가슴을 간질였다. 해주는 그대로 뭐에 홀린 듯 책상 근처로 뛰어가 그 옆에 놓인 가방 하나를 손에 들었다.

그러고는 그 안에 든 카메라를 꺼내 다시 창가로 다가섰다. 손에 잡히는 차가운 기계의 온도가 잊고 있었던 감정을 되살리는 듯했다. 해주는 강하게 자리 잡은 노을에 대한 집착을 사각 프레임에 담기 위해 집중했다.

찰칵— 찰칵—

일정한 리듬이 귓가에 머물렀다.

'바깥으로 나가고 싶다…….'

한참 노을을 찍던 해주는, 문득 시선을 아래로 떨어뜨렸다. 분주하게 길거리를 오가는 사람들. 그들의 움직임은 인형처럼 집

안에 갇혀 있는 자신과 달리 생동감이 넘쳤다.

"……너 나가는 거, 아직은 무리야."

그 순간 그녀의 뇌리로 수혁의 단호한 한 마디가 스쳐지나갔다.
딱딱하게 굳은 그의 얼굴이 눈앞에 어른거리자, 알 수 없는 반발감이 스멀스멀 피어올랐다.
'왜 나가면 안 되는 건데?'
스스로에게 반문을 던지자마자 조금 전 꿨던 꿈이 회상되며, 오싹하리만큼 차가운 동환과 유정의 얼굴이 먼저 떠올랐다.
순간 온몸을 타고 흐르는 섬뜩한 느낌에, 해주는 그 모든 것들을 이겨내려는 듯 거칠게 고개를 내저었다.
그녀는 손에 카메라를 든 채로 풀썩 침대 위에 앉았다. 지친다. 숨이 막힌다. 지금 이 순간…… 수혁이 너무나도 보고 싶었다.
"해주 학생, 나 들어가요."
그때, 방문 너머로 아주머니 목소리가 들렸다. 해주는 재빨리 몸을 일으켜 방문 앞으로 다가가 손잡이를 돌렸다. 따로 설치한 열쇠들을 잠그고 나가지 않았는지, 찰칵 소리와 함께 문이 열렸다.
"아, 고마워요."
안 그래도 쟁반을 든 상태로 문 열기가 곤란했는지, 아주머니가 반색하며 안으로 들어섰다.

"해주 학생 주라고 수혁 학생이 아침부터 게살 스프랑 유부초밥 만들어 놓고 갔어요."

아주머니가 쟁반을 내려놓기 위해 테이블로 다가가는 동안, 해주는 빤히 방 밖을 바라보았다. 답답하다, 당장 나가고 싶어.

"식기 전에 어서 와서 먹어요."

쟁반을 테이블 위에 내려놓은 아주머니가 해주를 돌아봤다.

"해주 학생?"

어떡하지?

"네 부모님께서 허락하지 않을 거라는 거 알잖아."

또다시 뇌리를 스치는 수혁의 한마디. 해주는 이를 꽉 다물었다.

그래, 언제 허락할지 모른다. 이곳을 나가는 것을.

그동안 혹시라도 자신으로 인해 수혁에게까지 피해가 갈까, 조심스럽게 행동했지만, 어차피 그도 없는 지금 그럴 필요까진 없었다. 그래…… 핑곗거리라도 만들어 낼 수 있는 지금 이 순간, 하루라도 숨통이 트이고 싶다.

"금방 올게요……."

방문 손잡이를 꽉 붙잡은 채로 돌아서 있던 그녀는 아주머니를 향해 작게 말을 던지곤, 그대로 밖으로 뛰쳐나갔다. 등 뒤로 애타게 부르는 아주머니의 목소리가 들렸지만, 해주는 뒤도 돌아보지 않고 1층으로 내려왔다.

그녀는 미친 듯이 현관으로 달려가 대충 아무 신발이나 구겨 신고는 철옹성 같던 문을 박차고 밖으로 나왔다.

미처 겉옷을 챙겨 입지 못한 그녀의 몸 위로 제법 찬바람이 거세게 부딪쳐 왔다. 하지만 해주의 얼굴엔 추위라는 두려움보단, 해방됐다는 홀가분함이 담겨 있었다.

집 주변을 벗어나 사람들이 오가는 번화한 거리에 발걸음을 내디딘 해주는, 새삼 새로운 기분으로 주변 사람들을 살펴봤다.

교복을 입은 학생들이 삼삼오오 짝을 지어 걸어가기도 했고, 이어폰을 낀 채 휴대폰을 들여다보며 걷는 직장인들도 눈에 띄었다. 다정한 연인들은 뭐가 그리 즐거운지, 마냥 신이 난 얼굴로 서로 얘기를 나누며 그녀의 곁을 지나쳐 갔다.

마치 모두가 존재하는 세상에 홀로 붕 뜬 느낌이 들었다. 해주는 천천히 걷던 걸음을 우뚝 멈추곤, 근처에 놓인 벤치 위에 앉았다.

“휴우…….”

집 밖을 나오면 숨통이 확 트일 줄 알았건만, 오히려 돌덩이 하나가 속 안에 꽉 들어찬 기분이 들었다. 그녀는 어깨에 멘 카메라를 손에 쥔 채로 만지작거리다, 그것을 눈에 가까이 가져다 댔다. 카메라 너머로 또 다른 세상이 보이는 듯 했다.

너무나도 넓어 휑해 보이던 곳이 프레임 안에 담기자, 이상하게도 포근한 느낌마저 들었다. 해주는 살포시 셔터를 눌렀다. 찰칵 소리와 함께 사진이 찍혔지만, 뭐가 찍힌 건지 알아볼 수조차 없게 요상한 불빛만이 담겨 있었다.

"벌써 어두워졌네……."

버릇처럼 셔터스피드와 ISO 감도, 조리대 값을 조절하던 해주는, 문득 손 위로 포개지는 수혁의 손을 상상하며 움직임을 멈췄다.

카메라에 빠져 있을 때면 어김없이 들려오던 수혁의 언짢은 목소리 대신, 지금은 사람들의 재잘거리는 소리와 노랫소리만이 귓가에 가득 맴돌았다.

'전화해 볼까?'

해주는 곧바로 주머니를 뒤적거리려 했지만, 손에 잡히는 건 아무것도 없었다. 뒤늦게 카메라 이외는 빈손으로 나온 것을 깨달은 그녀는, 두 손으로 망연자실한 얼굴을 감싸 쥐었다.

이대로 있다간 채 1시간도 못 버티고 집에 돌아갈 판이었다. 현실에 눈뜨고 보니, 느껴지지 않았던 추위가 뒤늦게 살갗을 스치며 매섭게 느껴졌다.

'어떡하지.'

한참을 고민하던 해주는, 일단 수혁을 만나자는 생각으로 벤치에서 일어나 발길을 돌렸다.

왠지 모를 허무함이 밀려들었다. 그래도 이대로 가만히 있는 것보단 그렇게 하는 편이 조금 더 효율적이란 생각에 절로 발걸음이 빨라졌다.

"앗."

낯선 상점들을 지나 서둘러 걸음을 재촉하던 그녀는 그 순간, 누군가와 어깨를 부딪치고는 걸음을 멈춰 섰다.

"미안합니다."

정면만 보고 걷다 옆으로 툭 튀어나온 상대방을 보지 못한 그녀가 먼저 사과를 건넸다. 그러자 남자는 됐다는 퉁명스러운 말과 함께 시선을 앞으로 홱 옮겼다. 뭔가에 집중한 듯한 모습이었다.

해주는 남자의 시선을 따라 고개를 옆으로 돌렸다. 그곳엔 가전제품 대리점에서 켜 놓은 TV가 놓여 있었다. 그리고 TV 속에는 너무나도 익숙한 두 남녀가 환하게 웃고 있었다.

'아빠, 엄마……?'

TV 프로그램에 출연 중인 동환과 유정을 발견한 해주의 눈동자가 파르르 떨렸다. 그녀는 천천히 몸을 틀어 TV로 가까이 다가섰다.

평소엔 절대 볼 수 없는 두 사람의 미소. 서로를 향해 다정한 눈빛을 보내는 모습이 치가 떨릴 정도로, 완벽하리만치 사랑하는 부부처럼 보였다.

"저기, 조금만 옆으로 비켜서 줄래요?"

등 뒤로 여자의 불만 섞인 목소리가 들렸지만, 해주는 우두커니 선 채로 TV만 응시했다. 그녀의 얼굴이 어느새 서늘하게 굳어 있었고, 카메라를 쥔 손은 부르르 떨리고 있었다. 꿈속에 갇힌 듯, 잊고 있었던 두려운 감정들이 다시 그녀의 심장을 옥죄기 시작했다.

"쓸모없는 것."

꿈속에서마저 끔찍했던 그 순간,

"웃으라고, 천해주!"

구토가 치밀만큼 역겨웠던 그 순간,

"천해주!"

제 이름이 너무나도 저주스러웠던 그 순간, 아니, 지금 이 순간 그녀의 영혼이 잠식된 듯, 공허한 눈빛이 번들거렸다.

"보고 싶지 않아……."

저런 가식적인 웃음.

"……사라져."

중얼거리듯 말을 내뱉은 해주는 곧장 카메라를 든 손을 번쩍 들어 올렸다. 그러고는 조금의 망설임도 없이 유리창 너머에 있는 TV를 향해 카메라를 집어던지려던 그때였다. 누군가 그녀의 손목을 붙잡아 강하게 돌려세웠다.

"이봐, 뭐하려는 거야?"

다소 짜증 섞인 거친 어투,

"……지금 제정신이야?"

낯선 남자가 갑작스레 훼방을 놓으며 등장했다. 해주는 그를 맞받아치듯 노려보며, 카메라를 쥔 손에 힘을 꽉 줬다.

* * *

챙, 딸랑…… 딸랑…….

고요한 분위기 속에서 청아하게 울려 퍼지는 풍경 소리가 바람을 타고 공간 전체를 가득 메웠다. 광활한 절벽과 울창한 수풀들이 한눈에 보이는 작은 사찰에 도착한 수혁은, 그곳 제당 앞에 우뚝 멈춰 섰다.

입구 너머로 명패 하나가 보였다. 그곳에 적힌 익숙한 이름을 발견한 그의 얼굴 위로 어두운 그림자가 내려앉았다.

'나 왔어.'

속으로 무뚝뚝한 인사를 건넨 그는 눈을 감은 채로 고개를 푹 숙였다. 아직도 생생하게 떠오를 만큼 아픈 기억이었다. 세월이 지날수록 더욱 또렷해지는 그녀에 대한 기억에 눈빛이 무겁게 가라앉았다.

"미안해, 수혁아…… 혼자만 두고 가서……."

꺼져가는 숨소리 속에서 정확히 들렸던 목소리가, 눈을 감는 순간까지 미안하단 말을 되뇌던 모습이, 세차게 뛰는 심장을 갉아 먹을 듯 고통스럽게 다가왔다

이젠 무뎌졌을 거라 생각했는데…… 잊지도 지워지지도 않은 슬픔 앞에 수혁은, 그저 말없이 차갑게 식은 손을 꽉 말아 쥐었다.

"왔으면 들어가 볼 것이지, 왜 장승처럼 서서 기웃거리고 있는 게야."

멍하니 선 채로 한참 명패를 응시하던 수혁은, 문득 등 뒤로 들린 노인 목소리에 천천히 뒤를 돌아섰다. 승려복을 정갈하게 차려입은 스님 한 분이, 그를 탐탁지 않은 눈빛으로 바라보고 있었다.

수혁은 스님에게 살짝 묵례를 하곤, 시선을 아래로 내렸다. 아무도 모르게 왔다 가려 했건만, 그럴 때마다 귀신같이 등장하는 그가 오늘따라 유난히 더 달갑지 않았다.

"오랜만에 뵙습니다. 혜각 스님."

스님은 작게 웃으며 건네는 그의 인사에 대꾸도 없이 쯧, 하고 혀를 찼다. 겉으로 보기엔 예의 발라 보이지만, 적어도 스님의 눈엔 그가 마지못해 인사를 건네는 것이 명백하게 보였다.

"네놈은 예나 지금이나 재수 없기는 매한가지로구나."

"여전히 건강해 보이십니다."

"이런 쳐 죽일 놈. 너무 건강해 보여서 아쉽다, 라는 표정이 역

력하구나."

스님의 호통에 수혁은 별다른 부정 없이 입을 다물었다. 서운할 법도 한 반응이었지만, 누구보다 수혁에 대해 잘 알고 있는 스님은 더는 탓하지 않고 그의 곁으로 가깝게 다가섰다.

"지내는 건 어떠냐? 그 의사 선생이 여전히 잘 해주든?"

투박하지만 애정이 느껴지는 스님의 물음에, 수혁은 묵묵히 고개를 끄덕였다.

"그럼 됐다."

무뚝뚝하게 말을 건넨 스님은 제당 안으로 들어섰다. 수혁은 그런 스님의 뒷모습을 물끄러미 바라봤다. 세월의 흔적이 느껴지는 스님의 왜소한 어깨가 유독 눈에 들어왔다.

자신과 누이를 돌봐줄 때까지만 하더라도 태산처럼 크고 강해 보였는데, 이제는 어딘가 외롭고 쓸쓸해 보였다.

"저번처럼 멀뚱히 보다만 갈 생각 아니면 들어 오거라."

등 뒤로 수혁의 시선이 느껴졌는지, 스님이 명패를 정성스레 쓰다듬으며 말했다. 하지만 수혁은 들어갈 생각이 없는지, 그저 문턱을 앞에 둔 채로 꿈쩍도 하지 않고 서 있었다.

"수혁아."

들어오라는 듯 스님이 다소 강하게 이름을 불렀다. 그러나 그는 눈앞에서 삐그덕 대는 문을 손으로 매만지며, 명패만을 가만히 응시할 뿐이었다.

지우희.

그는 미동도 없던 입술을 움직여 세 글자를 그려냈다. 부를 때마다 먹먹해지는 이름. 다시는 들을 수도, 부를 수도 없는 이름.

과거, 끔찍했던 순간들이 눈앞에 어른거리자, 그의 얼굴이 냉랭하게 굳어갔다.

"만약에 말입니다, 스님."

스님은 벙어리처럼 입을 다물고 있던 수혁에게서 흘러나온 음성에 내심 반색하며, 그를 돌아봤다.

"그래."

"만약에……."

뇌리로 선명히 스치는 우희의 환한 얼굴.

"방송국에서 누나 눈 고쳐 준다고 했을 때, 처음부터 거절했더라면……."

그때 받아들이지 않았다면,

"괜히 수술한답시고 누나 맘 들뜨게 하지 않았더라면……."

차라리 그대로 영영 못 본채로 지내게 했더라면,

"누나를 방에서 한 발자국도 못 나가게 했더라면……."

그랬다면,

"제 옆에서 한시도 떨어지지 않게 했다면……."

그렇게 했다면,

"이렇게……."

"……."

"허무하게 죽진 않았겠죠?"

끼이익—

괴이하게 울리는 문소리와 함께 수혁이 말을 끝냈고, 스님은 가만히 그를 들여다봤다. 끝도 없이 이어진 자책. 그리고 그 속에 숨겨진 소름 끼치도록 적나라한 집착심이 드러나자, 근심하는 마음이 답답하게 맺혔다.

세월이 그리 흘렀건만, 저 젊은 것의 상처는 가슴속 깊은 곳에 고스란히 남아 있는 모양이었다. 스님은 눈을 질끈 감았다 떴다. 금방이라도 꺼져버릴 불꽃처럼 위태롭게, 넋이 나간 얼굴로 누이의 영정사진을 꼭 껴안고 있던 수혁의 모습이 문득 머릿속에 떠올랐다.

"……이렇게 된 것 또한 이 아이 운명인 것을."

인력으론 어찌할 수 없는 운명.

"괜한 자책하지 말고, 넌 그저 우희가 저승에서나마 편히 살기만을 바라 거라."

그것이 최선이니. 진부할 법도 한 말이 때론, 가장 큰 위로가 될 수도 있음이야. 스님은 합장한 뒤, '나무아미타불 관세음보살'을 송주했다.

딸랑— 딸랑—

풍경소리가 마치 누군가의 화답처럼 이어 들린다.

'운명이라…….'

수혁은 스님이 했던 말을 곱씹어 생각하며, 실소를 흘렸다. 그러고 보니 스님께서 전에도 저런 말을 하셨었지. 뭐든 운명이라,

이리 치부하면 끝인 건가? 수혁의 눈이 가늘게 찢어졌다.

"그만 가보겠습니다."

더는 이곳에 머무르고 싶지 않았다. 그는 마지막으로 스님에게 묵례를 한 뒤, 미련 없이 몸을 돌렸다. 스님의 표정에서 아쉬움이 묻어난 걸 봤지만, 수혁은 더는 눈길을 주지 않았다.

벗어나고 싶다. 처음으로 실패를 경험했던 끔찍한 이곳에서…….

그래, 실패. 누구보다 소중했던 누나라는 존재를, 너무나도 쉽게 빼앗겨 버리는 우를 범하고 말았다.

어떻게든 곁에 둬어야 했는데, 유일하게 남겨진 내 것이었는데, 그런 그녀를 지키는 것에 실패하고 말았다.

'다시는, 같은 실수를 반복하지 않으리라…….

스님의 말씀대로 사람의 운명이 정해져 있다 하더라도, 가만히 지켜보고만 있지는 않을 것이다. 내 것이 더는 내 손아귀에서 빠져나갈 수 없도록. 어느 순간에도 벗어날 수 없도록.

지이잉—

생각에 잠긴 채 어둑해진 산길을 내려가던 수혁은, 차를 주차해둔 공터에 도착하자마자 주머니에서 울려대는 휴대폰을 꺼내들었다.

'아주머니?'

수혁은 자연스레 굳어 있던 표정을 풀며, 통화 버튼을 눌렀다.

"네, 아주……."

—아이고, 수혁 학생! 어떡해요, 어떡해!

아주머니의 목소리가 다급하게 들려왔지만, 수혁은 침착히 가라앉은 얼굴로 차에 올라타며 물었다.

"무슨 일 있으세요?"

—그게…… 내가 음식을 가져다 준 새에, 해주 학생이 밖으로 나가버렸는데…….

"……해주가요?"

—네! 더구나 휴대폰까지 두고 나가서, 연락도 안 되는데 어떡하죠?

수혁은 손가락으로 핸들을 일정한 속도로 툭, 툭, 두드리기 시작했다. 어느 정도는 예상했던 상황이었다. 아마도 자신이 자리를 비운 것을 알고 충동적으로 행동했을 것이다. 요새 들어 유독 방안에 갇혀 지내는 걸 답답해했으니.

'그래서 일부러 수면제까지 준비했던 건데.'

아쉽게도 틀어진 모양이었다.

'뭐, 어쩔 수 없지…….'

수혁은 서슬 퍼런 날을 숨기며, 무미건조한 투로 물었다.

"나간 지 얼마나 됐나요?"

—한 10분쯤 됐어요.

10분…….

"알겠습니다. 제가 찾아보고 연락드리겠습니다."

수혁은 걱정 말라는 말을 끝으로, 종료버튼을 눌렀다. 그러자 바탕화면으로 설정해 둔 해주와 함께 찍은 사진이 자연스레 그의 두 눈에 들어왔다.

"너만은 날 혼자 두지 마."

애원하듯 매달리던 그녀. 마지막으로 주어진 나만의 존재.

"더 이상의 실패는 없어……."

작게 읊조리듯 말을 내뱉은 수혁은, 휴대폰을 보조석에 집어 던지곤 액셀을 꽉 밟았다.

* * *

해주는 자신의 손목을 붙잡고 있는 남자의 손을 확 뿌리치며, 뒤로 물러섰다.

'뭐야, 이 사람은.'

그녀는 손에 쥔 카메라 끈을 아래로 툭 늘어뜨리며 그를 자세히 훑어봤다.

검게 짙은 눈썹과 잔뜩 찌푸려진 미간, 그리고 그 아래로 길게 찢어진 눈매 안에 담긴 갈색 눈동자가 그녀를 따갑게 응시하고 있었다.

수혁을 볼 때보다 턱 끝의 높이가 조금 더 위로 향하는 것이 그보단 키가 큰 듯 보였고, 훨씬 다부진 몸매를 지니고 있었다. 낯익은 구석이라곤 전혀 없는 남자였다.

"……뭐죠?"

해주가 태연자약한 얼굴로 반문하자, 그가 삐딱하게 고개를 옆으로 기울이며 대꾸했다.

"너야말로 뭔데, 남의 가게에 고이 모셔져 있는 TV를 때려 부수려고 해? 그것도 그렇게 값비싸 보이는 카메라로."

비아냥거리는 어투, 거기에 예의는 밥 말아 먹은 듯한 반말까지. 뭐 하나 거슬리지 않은 부분이 없었지만, 해주는 오히려 남자를 흥미롭게 쳐다봤다.

처음엔 가게 주인인가 싶었다. 하지만 유니폼으로 보이는 클래식풍의 정장을 입고선, 쓰레기봉투를 들고 있는 폼이 그건 아닌 듯싶었다. 그럼 뭐지? 그저 지나가는 행인인 건가?

"이봐, 내 말 듣고 있는 거야?"

"네, 듣고 있습니다."

남자는 해주의 정직한 대답에 헛웃음을 내뱉었다. 어딘가 살짝 모자라 보이는데……. 남자는 눈을 가늘게 뜨며 그녀의 외관을 살폈다. 서늘해진 날씨와는 무관하게 얇은 원피스 하나만 달랑 입은 데다, 구멍이 숭숭 뚫린 샌들을 신은 그녀의 어깨엔 어울리지 않게 고가의 카메라가 걸려 있었다. 거기다 적당히 붉게 달아오른 얼굴과 다소 멍해 보이는 눈까지.

처음 혹시나 했던 가정이 점차 확신으로 바뀌었다.

"술 마셨군."

술?

"하하."

술주정뱅이 취급이라니. 황당함에 해주가 실소를 터트렸다. 하지만 남자는 오히려 그녀의 반응에 귀찮게 됐다는 투로 말을 꺼냈다.

"이 동네 터가 안 좋나, 왜 저녁만 되면 좀비처럼 진상들이 모여드는 거야."

그는 거칠게 자신의 머리를 흐트러뜨리더니, 구경하듯 자신을 빤히 바라보고 있는 해주에게 가깝게 다가섰다. 그러고는 부릅뜬 눈으로 그녀를 압박하듯 내려다보며, 어딘가를 손가락으로 척 가리켰다.

"내가 얼마 전에 딱 너 같은 여자를 정확히 저곳에서 봤거든."

해주는 그의 손가락을 따라 시선을 옮겼다. 가전제품 대리점 옆으로 보이는 작은 술집, 그리고 그 옆으로 아기자기한 커피숍이 자리하고 있었다.

"커피숍?"

"그래, 거기. 그전엔 입구 앞에 딱 너만 한 곰 인형이 앉아 있었는데, 웬 술 취한 여자가 그 곰 인형의 팔 한쪽과 다리 한쪽을 떼어가는 바람에 지금은 흔적도 없이 사라진 상태지."

"……그렇군요."

심드렁한 해주의 반응에, 남자는 이를 바득 갈며 이번엔 커피숍 옆 옷가게를 가리켰다.

"그리고 정확히 이튿날, 또 웬 여자가 잔뜩 술에 취해서는 밖에 내놓은 마네킹을 훔쳐 달아나려다 붙잡혔고."

"흠……."

"심지어 어젠 웬 술 취한 여자가 가게 앞에 손님이 세워 놓은 외제 차 보닛 위에 구토를 잔뜩 해 놓은 것은 물론, 사이드미러 하나를 작살 낸 사건도 있었거든."

"그랬군요."

그녀가 덤덤한 목소리로 맞장구를 치자, 남자의 짙은 눈썹이 꿈틀거렸다.

"내가 했던 얘기 중에 공통적으로 들어가는 말 있지 않나?"

해주가 눈을 이리저리 굴리더니, 아! 하는 탄성과 함께 대답했다.

"웬 술 취한 여자."

"다행히 완전 맛이 간 건 아닌가 보군."

"전 지금 지극히 멀쩡합니다만."

해주가 무슨 말이냐는 듯 곧바로 반박하자, 남자가 이맛살을 찌푸리며 고개를 절레절레 흔들었다.

"기억력 저하에 현실부정까지. 위험한 상태긴 하네."

"잠깐만요, 아저씨."

"……아저씨?"

자꾸만 초점이 어긋나는 대화를 바로잡고자 그녀가 익숙한 호칭을 앞세워 그의 말에 제동을 걸었다. 그러나 남자는 아저씨란 호칭이 거슬리는지 눈을 삐쭉 위로 치켜 올린 채로, 그녀의 얼굴에 가까이 다가가 나직이 말했다.

"이젠 판단력까지 흐려졌나 보군."

"……그럴 리가요."

"아니. 방금 네 입에서 흘러나온 '아저씨'라는 단어. 그게 진상 짓 하던 여자들이, 눈앞의 모든 인간들을 공통적으로 부르던 호칭이었어."

처음엔 자신을 나이보다 높게 보고 아저씨라 불러 기분 나빠 하는 줄 알았더니, 전혀 다른 해석에 해주가 피식 웃음을 터트렸다.

그러고 보니 서로 간의 오해가 섞인 대화이긴 했지만, 이상하게도 그로 인해 짜증이 일거나, 화가 나지 않았다. 오히려 재밌기까지 한 지금의 상황이, 조금 전까지 부모님으로 인해 차올랐던 분노를 일순 잊게 만들었다.

"몇 살인지 물어봐도 돼요?"

문득 그에 대해 궁금해졌다. 일단 나이. 외모로 봐선 20대 중반쯤으로 보이는데 정확히 가늠이 되진 않았다.

"스물넷? 아니면…… 스물다섯?"

해주가 어림잡아 얘기를 꺼냈지만, 남자는 그저 말없이 그녀를 내려다보고 있었다. 마치 못 볼 꼴을 본 사람처럼, 그는 인상을 잔뜩 구기고선 허탈한 한숨을 내쉬었다.

"그래, 내가 술 취한 여자를 데리고, 이때껏 뭔 헛소리를 한 거냐."

남자는 후회 섞인 말을 내뱉곤, 그녀에게서 멀어지려 뒤로 몸을 뺐다. 하지만 그 순간, 얼굴을 감싸 쥐는 해주의 손길에 그는 제자리에 움직임을 멈출 수밖에 없었다.

마치 키스를 하듯 살짝 각도를 틀어 금방이라도 입술이 닿을 듯 다가선 해주를, 그는 두 눈을 동그랗게 뜨고 멍하니 바라봤다.

"나 술 안 마셨어요."

입술에 부딪히는 뜨거운 입김.

"봐요, 술 냄새 안 나죠?"

해주가 슬쩍 눈을 슬쩍 위로 뜨며, 싱긋 웃어 보였다. 남자는 생각지도 못한 해맑은 미소에 흠칫 놀라며, 순간 숨을 멈추고 말았다.

TV를 보고 있을 때까지만 하더라도 얼음처럼 차갑게 굳어 있던 얼굴이, 봄 햇살처럼 순하고 따뜻하게 변하자 남자의 눈에 당혹스러움이 어렸다.

'뭐야, 이 여자?'

골 때리는 행동으로 봐선 술주정과 다를 바 없어 보이는데, 분명 그녀에게서 술 냄새는 풍기지 않았다. 그렇다면 원래 이상한 여자인 건가?

남자는 일단 재빨리 해주에게서 한 발자국 뒤로 물러섰다. 그러고는 그녀를 다시 찬찬히 훑어보았다. 그러고 보니 얼굴도 꽤 예쁘장했다.

날씨에 안 맞는 옷차림이 아니더라도, 누구든 한 번쯤은 돌아볼만한 외모인 것만은 확실했다. 하지만 평소 외적으로 멀쩡해 보이는 여자들에게 된통 당해본 전적이 있는 그는 도리어 거부감을 드러냈다.

"지금 딱! 이 거리를 유지한 채로 돌아서서, 각자 갈 길 가자고."

남자는 그녀에게 더는 다가오지 말라는 듯 손바닥을 정면으로 들어 보였다. 그러고는 주춤주춤 뒤로 물러서며, 한 마디 더 붙였다.

"그리고 그 가게 주인 조폭이니까. 괜한 헛짓해서 안 좋은 꼴 당하지 말고 그대로 집으로 들어가. 알겠어?"

손가락을 빙글 돌려 당장 돌아서란 표시를 내보이곤, 그는 미련 없이 뒤돌아 걸어갔다. 해주는 남자의 뒷모습을 유심히 관찰했다.

정면으로 똑바로 걸어가던 그는 중간에 무슨 일 때문인지, 짧게 욕 한마디를 던지곤 방향을 옆으로 틀었다. 혹시 쳐다보고 있는 걸 알고 저러나? 해주는 의아해하며, 안보는 척 슬쩍 몸을 옆으로 틀었다.

하지만 그녀의 예상과 달리, 남자는 허무하게도 달랑달랑 손에 들고 있던 쓰레기봉투를 도로 앞 나무 옆에 신경질적으로 던져놓고 있었다.

그 모습이 어딘가 엉뚱해 보여 웃음이 새어 나왔다. 뭐 하는 사람일까? 갈수록 궁금증이 더해졌다. 결국 참지 못하고 남자의 뒤를 쫓던 그녀는, 이윽고 커피숍 옆 술집으로 들어가는 그의 모습에 걸음을 멈췄다.

'러쉬(Rush)라.'

다소 진취적인 향기를 풍기는 간판 이름을 확인한 해주는 좀 전의 그를 회상해 봤다. 유니폼처럼 보이던 클래식한 정장 차림에 쓰레기봉투라. 얼추 생각해 봐도 그가 술집에서 일하는 직원임을 유추해낼 수 있었다.

'어떻게 할까…….'

해주는 고개를 들어 하늘을 올려다봤다. 붉은 사막을 연상시키던 하늘이 어느새 온통 암흑으로 뒤덮여 있었다. 지금쯤이면 수혁도 집에 들어갔을 시간이었다. 아마도 자신이 없어진 걸 알고, 잔뜩 화가 난 상태로 안절부절못하고 있을 것이다. 해주는 깊게 고민했다.

수혁에게 걱정을 끼친 것에 대한 죄책감과 낯선 이에 대한 호기심을 두고 머릿속에서 끊임없이 저울질을 했다. 그리고 잠시 후, 결정을 내린 해주는 두 눈을 빛내며 정면으로 보이는 술집 간판을 응시했다. 어차피 밖으로 나온 이상, 수혁에게는 미안하지만 조금이라도 마음이 이끄는 대로 행동하고 싶었다.

'잠깐만 있다 가면 괜찮을 거야.'

그래, 어차피 돈도 없으니 오래 있고 싶어도 있을 수 없을 것이다. 만약 부득이하게 늦어진다 하더라도 술집에서 휴대폰을 빌려 수혁에게 전화를 하면 될 일이었다.

해주는 짧게나마 그리 스스로를 설득했다. 그러고는 더는 망설이지 않고 남자가 들어간 술집으로 향했다.

요즘 들어 유독 일진이 사나워, 최대한 몸을 사릴 생각이었다.

"전, 이거 먹을래요."

잔뜩 신이 나서 메뉴판을 찍어대는 저 여자를,

"괜찮은데…… 고마워요."

조금의 의심도 없이, 남자들의 호의를 덜컥 받아들이며 환하게 웃고 있는 저 여자를,

"아! 아저씨, 여기 주문할게요."

마치 몇 년은 알고 지낸 사이처럼 자신을 '아저씨'라 살갑게 부르며 손을 흔드는 저 여자를,

그래, 괜히 나서서 도와줄 것이 아니라, 온전히 무시했었어야 했다.

"저 앤 또 뭐야?"

친구 도진이 슬쩍 옆으로 다가와 묻자, 률은 해주를 향한 시선을 거두며 퉁명스럽게 대꾸했다.

"몰라."

매정하리만큼 싸한 률의 태도에, 도진은 그럴 줄 알았다는 듯 고개를 가로저었다. 어떻게 된 게 밖에 나갔다 오기만 하면 피리 부는 사나이처럼 여자들을 홀려 데리고 들어오는지 신기할 지경이었다.

사장된 입장에선 성별을 떠나 손님들을 끌고 오는 것이 반길

일이었지만, 항상 그 뒤끝이 안 좋다는 게 문제였다.

어떻게든 률의 관심을 끌어보려던 여자들이 죄다 오버 페이스로 음주를 감행하는 바람에, 사고란 사고는 다 치고 다녀서 골치 썩은 적이 한 두 번이 아니었다.

심지어 피해를 입은 주변 가게 주인들이 찾아와 성화를 부릴 정도이니, 이제는 손님을 떠나 그런 싹수를 보이는 여자는 먼저 거부하고 싶은 심정이었다.

하지만 그렇다고 해서 사장이 직접 나서서 손님을 쫓아낼 수는 없는 일. 일단은 최악의 상황만은 피해 보고자, 도진은 슬금슬금 률에게 다가가 조심스럽게 말을 건넸다.

"가서 좀 말려야 하지 않아?"

그전 여자들과 달리 외모가 출중한 탓에 남자들의 관심을 한 몸에 받으며 그들과 어울리고 있긴 하지만, 사실 다른 의미로 걱정되기도 했었다. 일단 그녀 주변을 둘러싸고 있는 놈들,

"저것들 아주 작정한 거 같은데?"

단골들이긴 했지만, 절로 욕이 터져 나올 정도로 질이 나쁜 놈들이었다. 특히 여자에 관한 한 절로 도리질이 쳐 질 정도였다.

온갖 수법을 다 동원해 어떻게 한번 해 보려 안달이 난, 발정 난 개나 다름없었다. 그런데 뭣도 모르고 순진하게 웃고 있는 그녀를 보고 있자니, 손님을 떠나 순수하게 인간 대 인간으로 걱정되기 시작했다.

하지만 률은 걱정도 되지 않는지, 그녀에게 시선조차 주지 않

고 무심하게 컵만 닦고 있었다.

"권률, 내 말 듣고 있어?"

도진이 되묻자, 그제야 률이 손에 들고 있던 컵을 탁 내려놓으며 그를 돌아봤다.

"일하고 있는 거 안 보여?"

다소 신경질적인 률의 반응에 도진은 한숨을 푹 내쉬었다. 성깔하곤. 그는 뒤쪽에 놓인 술병 하나를 들어 작은 잔에 따르며 말했다.

"넌 꼭 나 있을 때만 열라 바쁜 척하더라?"

도진의 비꼬는 말투에 률은 바에 삐딱하게 몸을 기대며 반문했다.

"쥐꼬리만 한 월급 주면서 얼마나 더 해 주길 바라는 건데?"

"쥐꼬리는 무슨, 팁까지 생각하면 호랑이 꼬리만큼은 되겠고만."

도진의 입꼬리가 유려한 곡선을 그리며 위로 추켜 올라갔다.

"하긴, 우리 권 교수님께서 받으시는 월급에 비하면 쥐똥만 하긴 한가?"

명백한 도발에 률의 이마 위로 빠직 힘줄이 솟아났다. 하여튼 깐죽대는 거로는 타고난 구석이 있는 녀석이었다. 가뜩이나 정체를 알 수 없는 여자 때문에 머리가 지끈거리는데, 엎친 데 격친 격으로 도진까지 심기를 건드리니 속에서 천불이 나기 시작했다.

률은 삐뚤게 섰던 자세를 바로 하고선 그에게 천천히 다가섰다. 그러고는 혹시 자신을 때리려는 건가 싶어 손을 들어 올리는 그에게 작게 경고의 말을 내던졌다.

"그렇게 부르지 마, 낯간지러우니까."

그의 반응에 오히려 도진은 히죽 웃어보였다.

"새삼스럽긴, 네 학생들도 그렇게 부를 거 아냐? 교수님~! 하고 이렇게."

"……적어도 너한테 듣고 싶진 않다."

"왜~!"

장난스러운 도진의 반문에 률이 기다렸다는 듯이 대답했다.

"왠지 변태 같고, 기분 나빠."

"……."

률은 황당한 표정을 짓고 있는 그의 어깨를 탁 두드리며 이어 말했다.

"10분 휴식하고 온다."

괜스레 골이 띵했다. 찬바람을 쐬며 담배 한 대를 피워야지 조금이나마 정신이 맑아질 것만 같았다. 더불어 부글거리는 속도 진정이 될 듯싶었다.

"그럼 이거 저 여자애 갖다 줘도 되겠어?"

막 그를 지나쳐 문 쪽으로 향하던 률은, 발목을 붙잡는 도진의 의미심장한 말에 걸음을 멈췄다. 그는 도진의 손에 들린 잔을 확인하곤, 눈살을 확 찌푸렸다. 작은 잔엔 노란 빛깔의 술이 담겨 있었다.

"말했잖아, 작정한 거 같다고."

도진의 말에 률은 복잡 미묘한 표정으로 술잔을 응시했다. 70도가 넘는 술이었다. 보기엔 그저 색이 예쁜 칵테일처럼 보일 법했지만, 마시면 그대로 쓰러질 수도 있을 만큼 독한 술이었다. 딱 봐도 술과는 친해 보이지 않는 그녀라면, 한방에 나가떨어져도 이상할 게 없을 만큼 말이다.

"어떡할까?"

뭘 어떡하긴 어떡해, 라고 곧바로 쏘아붙이려던 률은 슬쩍 시선을 해주에게로 옮겼다. 그녀는 뭣도 모르고 눈앞에 놓인 맥주를 홀짝홀짝 들이켜며, 그들과 즐겁게 얘기를 나누고 있었다. 괜스레 짜증이 치밀었다.

"권률?"

"갖다 줘."

"뭐?"

도진이 미간을 찡그리며 반문하자, 그가 짧게 한숨을 내쉬며 말했다.

"손님이 시켰으면, 갖다 줘야지. 어떡하겠어."

률은 어깨를 으쓱하곤, 다시 몸을 돌려 문 쪽으로 걸어갔다. 도진은 률의 뒷모습을 우두커니 지켜보다, 이내 손에 든 술잔을 눈앞으로 가져가 살짝 흔들어 보았다. 정의감을 앞세워 이대로 단골손님과의 인연을 끊느냐, 주인으로서 수익성을 생각해 눈 딱 감고 불의를 참느냐, 마치 햄릿이 된 듯했다.

"정 없는 자식."

제가 좀 나서주면 어디가 덧나나. 도진은 속으로 그에게 입에 담기 힘들 만큼의 욕을 실컷 던져 주곤, 그대로 해주 쪽 테이블로 발걸음을 옮겼다.

그래, 손님이 시켰으면 주인 된 도리로 갖다 줘야지. 어떡하겠어. 애써 속으로 변명을 삼키며, 그는 일단 멸치처럼 생긴 남자 앞에 술잔을 내려놨다.

"왔네, 벌주."

멸치가 도진이 내려놓은 술을 해주 앞에 옮겼다.

"이게…… 뭐예요?"

해주는 자신의 앞에 놓인 술잔을 들어 보이며 고개를 갸웃했다. 그러자 기다렸다는 듯 그녀의 왼편에 앉은 꼴뚜기가 능글맞게 웃으며 대답했다.

"칵테일이야, 숨 쉬지 말고, 한입에 다 마시면 돼."

칵테일? 해주는 잔을 코끝에 가져다 댔다. 알싸하게 쏘는 술의 향. 그녀는 한쪽 눈을 살짝 찡그리며 술잔을 테이블 위에 내려놓았다.

"이거 말고 맥주 마시면 안 될까요?"

해주가 앞에 놓인 맥주병을 들자, 이번엔 해삼이 그녀에게서 그것을 빼앗아 들었다.

"에이, 맥주보단 그게 더 비싸고 맛있는 거야. 그러지 말고 마셔 봐."

"됐어요, 그냥 맥주 마실게요."

"무슨 소리야? 내기에서 졌으면 시키는 대로 마셔야지."

조금 전과 다르게 미묘하게 변한 멸치의 태도에 해주의 얼굴 위로 살얼음이 맺히기 시작했다. 그걸 눈치 채지 못한 남자들은 계속해서 그녀를 채근하기 시작했다.

"마셔 보라니까."

그녀는 멸치가 권하는 잔을 일단 받아들었다. 멀거니 해주를 지켜보고 있던 도진은, 결국 잔을 손에 든 그녀의 모습에 또다시 고민에 빠졌다. 말려야 하나, 아니면 모른 척해야 하나.

"마시라고."

끈덕지게 들이대는 멸치의 행동을 더는 보고 있기가 힘들었는지, 도진이 그들을 향해 발길을 돌렸다. 그 순간, 갑자기 해주가 천천히 자리에서 일어나더니 잔을 든 손을 멸치 머리 위를 향해 쭉 뻗었다. 이어 부드럽게 잔의 각도가 서서히 기울어지기 시작했다. 1도, 2도, 3도…… 술이 출렁이며 막 잔을 벗어나려던 그때였다.

"내놔."

갑자기 나타난 률이 그녀의 잔을 빼앗아 들었고, 누가 말릴 틈도 없이 그가 단숨에 술을 들이켰다.

"당신, 뭐야!"

해삼이 률의 행동에 성을 내며 자리에서 벌떡 일어났다. 그런 해삼을 매섭게 노려보며, 률은 해주의 손목을 붙잡아 당겨 그녀를 제 옆에 세웠다.

"아저씨……?"

얼떨떨해하는 해주를 뒤로 하고, 률은 멀뚱히 서 있는 도진을 향해 말을 콱 던졌다.

"여기 이 손님들께 내가 마신 술, 한 병 가져다 드려."

률의 말에 도진은 이렇게 될 줄 알았다는 듯, 슬며시 입가에 미소를 지었다.

"지불은?"

도진의 천연덕스러운 물음에 률은 이를 바득 갈았다. 피도 눈물도 없는 새끼.

"월급에서 까시죠."

젠장.

"사.장.님."

률의 손에 이끌려 밖으로 나온 해주는, 벽에 기댄 채 담배 필터에 불을 붙이는 그를 멀거니 바라봤다. 술집에 들어서자마자 계속해서 따라다니며 말을 걸 때는 들은 척도 하지 않고 무시하던 그였다.

그런데 생각지도 못한 타이밍에 나타나 무리하면서까지 자신을 도와준 그가, 처음 봤던 이미지 그대로 신기하고 재미있었다. 해주는 히죽 웃으며, 그가 어깨에 걸쳐준 상의를 손으로 만지작거렸다.

"그만 보지."

뚫어져라 쳐다보는 해주의 시선을 느꼈는지, 률이 돌처럼 단단한 얼굴로 그녀에게 경고했다. 하지만 해주는 주눅 든 기색 하나 없이, 도리어 그에게 가까이 다가서며 물었다.

"이름이 뭐예요?"

률은 담배 연기를 가슴 깊이 한 모금 들이마시며, 해주를 내려다봤다. 왜 이렇게 남의 호구조사에 집착하는 건지, 하여간 피곤하기 이를 데 없는 여자였다.

"귀찮게 하지 말고, 더 어두워지기 전에 집으로 가기나 해."

"이름 정도는 알려 줄 수 있잖아요."

해주의 간절한 눈빛에 률은 담배를 끼운 손으로 이마를 긁적이더니, 툭 던지듯 이름을 말했다.

"권률."

권률……. 해주는 그의 이름을 가슴 속에 새겨 넣고는 다시 질문을 건넸다.

"여기서 매일 일하는 거예요?"

"아니, 주말에만 잠깐."

"그럼 평일은요?"

"다른 일, 해."

"다른 일 뭐요?"

"몰라도 돼."

"알고 싶은데, 알려 주시면 안 돼요?"

끊임없이 이어지는 해주의 재촉에 률은 이제는 지친다는 듯,

옆에 놓인 의자에 앉으며 말했다.

"사진."

사진? 해주가 그의 대답에 반색했다.

"사진작가?"

"뭐…… 전에 잠깐……?"

"주로 어떤 종류의 사진을 찍는데요?"

그녀가 두 눈을 빛내며 묻자, 률은 뒤늦게 해주가 가지고 있었던 카메라를 생각해냈다. 그가 담배 연기를 허공에 흘리며 물었다.

"사진 찍는 게 취미인가?"

률의 질문에 해주는 자신의 눈앞에 휘날리는 담배 연기를 입으로 빠끔빠끔 먹으며 대답했다.

"네."

"……그런데 지금 뭐하는 거지?"

률은 대화중에 갑자기 자신이 뿜어낸 담배연기를 먹어대는 그녀를 황당하다는 듯 올려다봤다. 그러자 해주가 스르륵 허리를 숙여, 의자에 앉아 있는 그의 입술에 시선을 고정시킨 채로 나직이 말했다.

"궁금해서요."

"……."

"담배 연기는 무슨 맛일까, 하고."

률은 바로 눈앞에 보이는 그녀를 피해 시선을 아래로 툭 내려뜨렸다. 쿨럭하고 헛기침이 나올 뻔했지만, 가까스로 삼킨 그는 재빨리 담배를 바닥에 떨어뜨려 신발로 비벼 껐다. 률은 눈에 힘을 꽉 준채로 다시 턱을 들어 그녀를 마주봤다. 도대체 무슨 생각을 하고 사는 건지, 제정신이 박힌 건 맞는지 이제 슬슬 걱정까지 들었다.

"벌써…… 취한 건가?"

문득 그녀가 맥주를 마시던 걸 기억해낸 률이 묻자, 해주가 고개를 내저었다.

"아니요, 맥주 조금밖에 안 마셨는데요."

"하긴, 취하긴 내가 취한다."

담배를 끄고 나니, 눈앞이 빙글 돌았다. 술이 독하긴 독한 모양이었다. 웬만큼 마시지 않고선 잘 취하지 않는 자신이 어지러울 정도면 말이다. 새삼 그녀 대신 술을 마시기 잘했다 생각하며, 그는 한 개비 더 피우기 위해 담뱃갑을 열어봤다. 아쉽게도 여분의 담배는 없었다.

"귀찮은데……."

편의점까진 거리가 꽤 되는 데다, 술기운 때문인지 속까지 울렁거려 멀리까지 갈 용기가 생기지 않았다. 술집 안에 혹시 손님이 남겨둔 담배라도 있지 않을까 해서 자리에서 일어서던 그는 순간 휘청거리며, 도로 제자리에 앉았다.

"괜찮아요?"

률은 해주의 걱정 어린 말에 어금니를 꽉 깨물었다.

"괜찮아."

"술 때문에 그래요?"

반사적으로 되돌아온 반문에 률은 한숨을 푹 내쉬며 시선을 위로 올렸다.

"그런 거 아니……."

부정하는 말을 꺼내던 그는 한 뼘도 채 되지 않은 거리까지 다가선 그녀를 발견하곤, 자신도 모르게 말을 삼켰다.

"으, 술 냄새."

그의 입가 주변에 은은하게 퍼지는 술 냄새를 킁킁 맡은 해주는, 이어 손바닥을 그의 뺨에 가져다 댔다.

"열도 나고."

스르륵.

"귀도 빨개졌어요."

"……."

"뭐 시원한 거라도 마셔야 되는 거 아니에요?"

부드러운 손끝이 얼굴을 어루만지고 붉은 기를 머금은 그녀의 입술이 자극적으로 움직이자, 률의 눈썹이 파르르 떨렸다. 도무지 종잡을 수가 없었다.

일부러 홀리려고 들이대는 건지, 아니면 선천적으로 스스럼없이 다가서는 친화력이 있어서 이러는 건지, 사람을 헷갈리게 만들었다.

"뭐 하나만 물어봐도 되나?"

률이 눈을 가늘게 뜬 채로 입을 열자, 해주가 작게 고개를 끄덕였다.

"뭔데요?"

"나한테 관심 있어?"

직설적인 물음. 관심이라…… 해주는 잠시 고민하는 듯하더니, 눈웃음 지으며 입술을 열었다.

"아주 많이."

이때껏 만나본 어떤 사람들보다도 흥미로웠다. 마치 새로운 세계의 사람을 만난 느낌이었다.

"……그래?"

"네."

너무나도 당당한 그녀의 답변에 률은 피식 웃음을 터트렸다. 술기운 때문인지, 아니면 그새 정이라도 생긴 건지, 그 역시 그녀에게 없던 흥미가 동했다.

률은 문득 시선을 돌리다, 그녀의 입술 위로 눈을 고정시켰다. 메말랐는지 무의식적으로 그녀의 혀끝이 입술을 훑어내고 있었다. 본능적으로, 그는 순간 넋을 놓고 말았다.

"아저씨?"

벌어진 입술 새로 따스한 입김이 흘러나와 그의 입술을 두들겼다. 눈앞이 뿌옇게 흔들거렸다. 동시에 콧속으로 그녀 특유의 향기가 스며들자, 그는 어느 샌가 그녀의 입술을 향해 천천히 다가가고 있었다.

미쳤나 싶었지만, 이상하게도 멈출 수가 없었다. 뭐에 홀린 듯 그녀에게 온전히 정신을 빼앗기고 말았다. 금방이라도 서로의 입술이 포개질 듯 아슬아슬한 위치까지 도달했고, 률의 손이 점차 그녀의 얼굴로 향했다.

하지만 그 순간, 해주의 몸이 거짓말처럼 뒤로 확 멀어졌다.

"앗."

해주는 갑작스레 자신의 허리를 감싸 안는 누군가의 손길에 놀라며 눈을 동그랗게 떴다.

"정말 성가시게 하는 데 뭐 있다니까……."

익숙한 목소리가 들렸다. 해주의 얼굴에 의아함이 번졌다.

'지수혁?'

해주는 등 뒤로 전해지는 따뜻한 온기를 느끼며, 천천히 뒤로 돌아섰다. 그곳에 예상대로 수혁이, 사뭇 굳은 표정으로 서 있었다.

"한참 찾았어."

수혁의 질책 섞인 말투와 눈빛에도, 해주는 그저 말없이 큰 눈만 끔뻑였다. 갑작스러운 그의 등장에 얼떨떨했다.

"수혁아……?"

뒤늦게 그의 존재를 각인한 해주의 얼굴 위로 환한 미소가 확 번졌다. 안도감과 함께 반가움이 번졌다. 그녀는 지체 없이 수혁의 허리를 감싸 안았다.

익숙한 향기와 손길이 유난히도 더 친근하게 다가온다. 바깥

공기로 인해 이질적으로 느껴지던 차가운 그의 온도가 금세 걷혀지고, 본래의 따뜻함이 곧바로 전해졌다.

"옷차림이 이게 뭐야?"

"그게……, 도망치듯 나오는 바람에 어쩔 수 없었어."

수혁은 강아지처럼 뛰어든 해주를 못 말린다는 듯 한마디 더 쏘아붙이려다, 문득 뭔가를 발견하곤 멈칫했다. 얇디얇은 원피스 위에 낯선 이의 상의가 부자연스럽게 걸쳐져 있었다.

올곧게 해주를 향하던 그의 시선이 직선을 그리며 앞을 직시했다. 입김이 날 만큼 추워진 날씨에도 셔츠 하나만 입고 있는 남자의 모습이 보였다.

"그런데 여긴 어떻게 찾은 거야?"

수혁은 해주의 물음에도 대꾸도 없이 가만히 률을 응시했다. 어둠 속에 잠시 묻었던 불편한 기억이 다시금 머릿속에 피어올랐다. 조금이라도 해주를 늦게 발견했더라면, 직면했을 저주스러운 장면이었다.

해주의 입술을 탐하려던 불량스러운 남자의 눈이 맞부딪쳐 왔다. 새까맣게 변색된 질투가 솟구치는 게 느껴졌다. 그는 무의식적으로 품에 안겨 있는 해주의 어깨를 꽉 감싸 안았다.

"왜 그래?"

의아함이 담긴 해주의 목소리에 맞추듯, 굳어 있던 수혁의 손이 서서히 움직였다. 그의 오른손이 해주의 어깨를 침범한 률의 겉옷을 일순 확 걷어냈다. 이어 품에 안긴 해주를 떼어낸 수혁은,

자신의 상의를 벗어 가녀린 그녀의 몸에 둘러 주었다.

"땡땡 얼었다."

스르륵. 수혁은 해주의 뺨을 두 손으로 감싸 쥐었다. 오랫동안 바깥에 서 있었는지 두 볼이 붉게 달아올라 있었고, 몸은 가늘게 떨리고 있었다. 이리될 때까지 밖에 있었던 이유가 뭘까.

자연스럽게 그의 눈이 다시 률을 향했다. 짜증 섞인 감정이 인다. 기세 좋게 쏘아져 오는 률의 눈빛에서 견제심을 발견한 수혁의 턱 끝이 위로 살짝 추켜 올라갔다.

본능적으로 느껴졌다. 해주를 향한 그의 속내가. 수혁의 눈동자 안으로 날카로운 기가 가득 차올랐다.

'뭐야, 저 자식……?'

수혁에게서 노골적인 적대감을 느낀 률의 얼굴이 살짝 일그러졌다. 그는 자리를 툴툴 털고 일어난 뒤, 수혁을 대등하게 마주했다. 대충 상황이 어떻게 된 건지 파악은 됐다.

수혁에게 살갑게 구는 해주의 태도로 보건대, 그는 그녀의 연인인 듯싶었다. 그렇기 때문에 자신이 해주에게 키스를 하려는 장면을 보고, 저렇게 죽일 기세로 노려보는 거겠지.

'귀찮게 됐군.'

참지 못하고 남 일에 간섭했더니, 결국 그토록 멀리하려 했던 난처한 상황을 또다시 접견하고 말았다. 더구나 최악 중에서도 최악의 상황이었다.

아무것도 몰랐다 하지만, 상황만 놓고 보자면 자신은 임자가 있는 여자에게 군침을 흘린 못된 놈이나 다름없었으니 말이다. 그것도 숨겨져 있던 늑대의 본성이 순간적으로 튀어나오는 바람에 제어조차 불가능했던 상황이었다.

술 때문인지 몰라도, 처음으로 느낀 기이한 감정으로 인한 충동적인 행동을 저지른 건 분명 잘못된 일이었다. 섣불리 정신을 놓아버린 저 자신에 대한 후회가 밀려든다. 동시에 이상하게도 묘한 감정이 섞여들었다. 왠지 모를 아쉬움.

'정신이 나갔나.'

일시적인 착각에 이리 휘둘리다니, 한심스럽기 짝이 없었다.

"이거."

률이 복잡하게 뒤엉킨 감정에 정신이 팔린 새에, 가깝게 다가선 수혁이 손에 든 겉옷을 그에게 내밀었다. 수혁을 마주한 률의 눈이 가늘게 길어졌다. 그의 노골적인 적개심이 불쾌하게 느껴졌다. 그는 슬쩍 시선을 수혁의 등 너머로 보냈다. 수혁의 뒤를 쫓아 해주 역시, 자신을 향해 다가오는 것이 보였다.

"안 받으십니까?"

퉁명스러운 그의 목소리에도 움직임조차 없던 률이, 해주의 발길이 자연스레 수혁의 옆자리에서 멈춘 순간 변했다. 률은 꽉 쥐고 있던 손의 힘을 풀며, 수혁에게서 옷을 홱 받아들었다.

혹시라도 그녀가 자신에게로 오는 것은 아닐까. 그런 작은 기대감이 어렸다 사라진 걸 느낀 그의 이마에 짙은 굴곡이 졌다. 지금 이 상황에서 대체 뭘 기대한 건지……. 자존심에 깊게 금이 갔다. 률은 짜증스럽게 머리를 긁적였다.

“오늘 고마웠어요.”

남의 속도 모르고 싱긋 웃으며 인사하는 해주가 못마땅하긴 했지만, 률은 애써 무덤덤한 척했다.

“그래.”

“다음에 또 놀러 올게요.”

귓속에 감도는 다정한 음성이 기어코 꾹 누르고 있는 짜증을 툭툭 건드렸다. 남자 친구까지 있으면서 뭐하자는 건지. 률은 미간을 잔뜩 좁혔다.

“그래도 되죠?”

그는 대답하지 않았다. 그때, 옆에서 그들을 지켜보고 있던 수혁이 끼어들며 해주의 팔을 잡아끌었다.

“천해주, 그만 가자.”

“잠깐만, 수혁아.”

수혁을 돌아보는 해주의 눈이 부드럽게 반달을 그리자, 률의 표정이 작게 구겨졌다. 가슴 한켠에 낯선 동요가 온다. 거슬려.

“오지 마.”

서늘하게 률의 한마디가 꽂혔다. 해주가 의아해하며 그를 돌아봤다.

“네?”

률은 해주를 똑바로 마주 보며, 퉁명스럽게 대꾸했다.

“괜히 귀찮게 드나들지 말라고.”

한 번이면 족하다. 이런 성가신 상황은.

"너처럼 주변에 피해나 주고 다니는 손님은 절대 사절이야."

그래, 절대 사절이다. 이런 식으로 사람 곤란하게 하는 여자 따윈.

"혹시라도 왔다가는…… 보는 즉시 쫓아버릴 테니 그런 줄 알아."

률은 그 어느 때보다 단호한 얼굴로 말을 던지곤, 술집으로 발길을 돌렸다. 필요 이상으로 오버해 선을 긋긴 했지만, 이렇게 하지 않으면 전에 다른 여자들처럼 안 좋게 엮일 수도 있기에 어쩔 수 없었다. 이걸로 저 여자와의 인연은 끝이다. 정말 끝. 하지만 그런 률의 생각을 비틀듯 해주의 손이 그의 팔목을 꽉 붙잡았다.

"아까 저 대신 낸 술값은 갚아야죠."

률이 눈살을 찌푸리며 그녀를 돌아봤다.

"됐어, 그건 내가 멋대로 마신 거니까."

"하지만……."

"가라."

률은 해주의 손을 툭 쳐내곤, 가게 입구로 빠르게 걸어갔다. 더 이상 엮였다간 기분 나쁜 눈빛으로 자신을 관망하고 있는 재수 없는 녀석과 대판 싸움이라도 벌어야 할 거 같았다. 그것만은 정말, 진짜 사절이다.

'제발 쫓아오지 마라.'

마음 한구석에 작은 여운이 남긴 했지만, 독한 술기운에 잠깐 정신이 나간 것이라 치부하고 말았다. 이젠 이 모든 상황들이 그저 피곤하고 불편했다. 이쯤에서 마무리되었음 바랐다. 그런데 그런 그의 마음을 거스르듯, 등 뒤로 해주의 목소리가 들려왔다.

"잠깐만요, 아저……!"

철컥.

"여기서 뭐 해?"

다급히 쫓아오는 해주의 그림자가 그의 그림자를 덮치기 직전이었다. 갑작스레 가게 뒷문이 열리며 도진이 등장했다.

"10분이 훌쩍 지난 지가 언젠데, 왜 안 들어 와?"

도진은 문고리를 잡은 채로 률을 쏘아보고 있었다. 얼굴에 불만이 가득했다. 하지만 률은 오히려 그런 도진이 너무나도 반갑다는 듯 밝은 기색을 내비쳤다.

"안 그래도 지금 들어가려 했다, 사장님아."

률은 다급하게 그의 등을 떠밀었다.

"들어가자."

"뭐? 야……, 너 왜 그러는데?"

혹시라도 해주가 붙잡을 새라, 률은 숨 쉴 틈도 없이 도진을 데리고 가게 안으로 들어갔다. 쾅! 문소리와 함께 환했던 시야가 곧바로 가게 조명 아래에 맞춰 어둑해졌다. 이어 소울풀한 가게 음악 소리가 잔잔하게 그의 귓가로 부딪쳐 왔다. 익숙한 환경, 뒤숭숭했던 마음이 조금씩 안정되어가는 게 느껴졌다.

'됐나.'

문고리에 움직임이 없는 것을 끝까지 확인한 률은, 그제야 참고 있던 한숨을 푹 내쉬었다. 유난스러운 그녀와의 만남이 이 선에서 끝난 게 다행이다 싶었다. 그래, 이로써 아무 일도 없었던 것이다.

"뭔데, 지금 이 상황?"

멍하니 문고리를 살피던 률은, 불현듯 들린 도진의 목소리에 다급히 몸을 뒤로 돌렸다.

"별거 아냐."

도진은 의미심장한 눈초리로 그를 응시하며 슬쩍 물었다.

"아까 그 여자애 옆에 있던 남자는 누군데?"

그 짧은 순간에도 그 남자를 본 모양이었다. 률은 잠시 머뭇거리더니, 손에 든 겉옷을 입으며 대답했다.

"남자 친구."

"여자애?"

"그럼 내 남자 친구겠냐?"

"뭐, 내가 네 취향을 전부 아는 건 아니니까."

"아주 맞고 싶어서 온몸이 근질근질하지?"

순간 어둡게 변질된 기류에 도진은 잽싸게 손에 들고 있던 휴대폰을 그에게 건네며 말했다.

"여기, 기철이 형한테 계속 전화 왔었어."

절묘한 타이밍에 말을 돌리는 도진이 마뜩잖았지만, 률은 일단 한번은 참아주고서 휴대폰을 받아들었다.

"통화했어?"

도진이 작게 고개를 끄덕였다.

"응, 다음 주 화요일쯤 하루만 시간 좀 내달라더라."

"왜?"

"중요한 취재가 잡혔는데, 그날 형수님 출산 예정일이라 병원 가봐야 하나 봐. 그래서 그 날만 네가 대신 가서 사진촬영 좀 해 달라는 거 같던데?"

도진의 말에 률이 난감한 표정을 지었다. 기철이 근무하는 잡지사 '아레아 코리아'에서 프리랜서 알바로 일한 경험이 있었던 터라, 가끔 이런 식의 그의 부탁을 받곤 했었다.

하지만 매번 안 좋은 사건에 휘말린 적이 많다 보니, 그 뒤로는 부탁을 해도 매번 거절해 왔었다. 그런데 형수님의 출산이라니, 이번만큼은 매몰차게 밀어내기가 어려웠다. 어떡해야 하나.

'출산 예정일이라는데……, 어쩔 수 없지.'

짧은 고민 끝에 하기로 마음먹은 률은, 한숨을 푹 내쉬며 그에게 물었다.

"누구 취재하는 건지 들었어?"

"그, 누구라더라……? NHS 뉴스 앵커였는데……."

NHS? 률은 곧바로 누군가를 떠올렸다.

"천동환?"

"아, 맞아! 천동환."

도진의 확답에 률의 눈매가 옆으로 가늘어졌다. 천동환 앵커라…… 문득 몇 시간 전 해주와의 첫 만남이 뇌리를 스쳐 지나갔다.

천동환 앵커 부부가 나오는 토크쇼를 보자마자, 그녀는 발작적으로 TV를 향해 카메라를 집어던지려 했었다.

'안티라도 되나?'

현재 젊은 사람들 사이에서 가장 신망이 두터운 언론인이었다. 그런 그를 그렇게까지 싫어할 이유라…….

"왜? 무슨 문제 있어?"

골몰히 생각에 잠겨 있던 률은, 도훈의 물음에 별일 아니라는 듯 대답했다.

"아니야, 문제는……."

률은 대충 말을 흐리곤, 도진을 피해 바 안으로 들어섰다. 잡생각 때문인지 술기운이 또다시 오르며 머리가 지끈거렸다. 동시에 담배 생각이 간절해졌다.

그는 선반 이곳저곳을 뒤적거리며 남은 담배가 없나 찾기 시작했다. 그러다 우연히 바 한쪽에서 뭔가를 발견한 그는, 고개를 갸웃 기울였다.

'카메라?'

률은 재빨리 다가가 그것을 집어 들었다. 익숙하다 했는데, 그 여자 것이었다.

"아, 그거 아까 그 여자애가 두고 갔나 보다."

도진이 카메라를 빤히 쳐다보며, 어깨를 으쓱했다.

"비싼 거 같은데…… 지금이라도 가져다 주지그래?"

률은 잠시 망설이는 듯하더니, 원래 자리에 카메라를 도로 내려놓았다.

"알아서 가지러 오겠지."

이제 더는 그 여자 일에 상관하고 싶지 않았다.

그는 카메라를 눈에 띄지 않은 곳에 깊숙이 밀어 넣었다. 이것으로 그 여자에 대한 기억은 머릿속에서 지웠다.

"편의점 좀 다녀올게."

률은 서랍 안에 넣어둔 지갑을 챙겨 들고 바에서 나왔다. 도진이 인상을 찌푸리며, 불만 섞인 말을 툭 내뱉었다.

"거긴 또 왜?"

률은 대답 대신 그에게 담배 피는 시늉을 보이며, 씨익 웃어보였다. 장난기 가득한 그의 표정에 도진은 못 말린다는 듯 고개를 절레절레 흔들었다.

"적당히 피우고 들어 와, 알바 잘리기 싫으면!"

하여튼 잔소리는. 률은 알겠다는 표시로 그에게 손을 흔들어 보이곤, 손님들 사이를 지나 밖으로 향했다.

# 제 2 장
# 시선

해주는 굳게 닫힌 가게 뒷문을 멀거니 지켜봤다. 매몰차게 률이 안으로 들어간 이후로, 문은 미동조차 없었다. 왠지 모를 아쉬움에, 작은 한숨이 새어나왔다.

'좀 더 친해지고 싶었는데…….'

처음 만난 사람답지 않게, 같이 있으면 이상하게 편하고, 즐거웠다. 시시때때로 표정이 변할 만큼 자기감정에 솔직한 데다, 까칠한 척하지만 은근히 자신을 챙겨주던 것 역시 마음에 들었다. 그는 흥미롭고, 왠지 모를 궁금증을 자아냈다. 또 어떤 모습이 있을까.

"언제까지…… 그렇게 서 있을 거야?"

한참 생각에 잠겨 있던 그때였다. 해주는 문득 들린 수혁의 목소리에 움찔 놀라며 뒤로 돌아섰다. 찬바람이 휑하고 불며, 두 눈 가득 어둡게 변한 그의 얼굴이 들어왔다.

그제야 륨에 대한 생각으로 미처 수혁을 신경 쓰지 못한 것을 깨달은 그녀는 우물거리며 답했다.

"아, 수혁아. 그게……."

"일단 집에 가서 얘기하자, 너 감기 걸리겠다."

말투는 다정했지만, 뒤돌아서는 그의 행동은 어느 때보다 냉랭했다. 상반되는 그의 모습에서 낯선 기운을 감지한 해주는 서둘러 그의 옆에 다가섰다. 입술을 꾹 닫은 채로, 앞을 직시하고 있는 그가 생소하게 느껴졌다.

"화났어?"

해주는 그의 눈치를 살피며, 조심스레 물었다. 그 순간 반 보쯤 앞질러 가던 수혁의 걸음이 우뚝 멈춰 섰다.

"아니."

그에게서 싸늘한 대답이 돌아왔다. 해주는 그제야 분위기가 생각한 것 이상으로 심상치 않음을 느낄 수 있었다.

'많이 화났나 보네…….'

분위기를 반전시킬 필요는 있었지만, 지은 죄가 많아 선뜻 입이 떨어지지 않았다. 멋대로 집을 뛰쳐나온 데다, 새로운 사람과의 만남에 정신이 팔려 수혁에게 연락하는 것조차 잊고 있었다.

더구나 조금 전까진 힘들게 자신을 찾아낸 수혁을 뒤로 하고, 오롯이 륨에게 집중했다. 단순한 호기심에 그런 거지만, 지금 생각해보니 수혁 앞에서 살짝 도가 지나친 감도 있었다. 뒤늦은 후회가 밀려들었다.

"다들 걱정하시겠다. 빨리 가자."

해주는 뒤도 돌아보지 않은 채 앞으로 걸어 나가는 수혁을 물끄러미 바라봤다. 처음 보는 그의 뒷모습이 유난히도 불안하게 다가왔다. 다른 사람이라면 무시했겠지만, 수혁이 이러니 당혹스러웠다.

일단은 그의 화를 풀어주는 것이 급선무일 듯 보였다. 타닥타닥. 해주는 재빨리 뛰어가 수혁의 등 뒤 옷깃을 부여잡았다.

"같이 가."

나지막한 해주의 음성에 수혁이 다시 제자리에 멈춰 섰다. 잠깐의 정적이 흐르고, 그녀의 입에서 느릿하게 말이 흘러나왔다.

"오늘 일은 미안해. 괜히 걱정 끼쳐서."

"……."

"다신 안 그럴게."

마지막 말에 맞춰 수혁이 천천히 해주를 돌아봤다. 말과 달리 표정엔 진심이 느껴지지 않았다.

그저 지금의 상황을 모면하고 싶어 버릇처럼 내뱉은 말임을 알 수 있었다. 수혁의 입에서 날 선 목소리가 흘러나왔다.

"넌 매번 그랬지."

"……."

"다신 안 그러겠다고."

해주는 꿀 먹은 벙어리처럼 할 말을 잃고 말았다. 내가 그랬나? 멍하니 생각을 곱씹던 그녀는 애써 어색하게 웃어보였다.

"그래도 이번엔 사고 안 쳤어. 정말이야."

하마터면 욱해서 가게 TV를 박살낼 뻔했지만, 다행히 률로 인해 상황이 악화되진 않았다. 지금 되돌아 생각해보면 천만다행이 아닐 수 없었다.

"그러니까 이제 그만 화 풀어라, 응?"

수혁은 어쩔 줄 몰라 하는 해주의 얼굴을 가만히 들여다봤다. 그새 버릇이 발동됐는지, 그녀의 입술은 찢긴 채 붉은 피를 머금고 있었다. 본능적으로 수혁은 그녀의 입술을 향해 손을 뻗으려다, 잠시 멈칫했다.

'붉은 입술…….'

그게 거짓말처럼 겨우 억누르고 있던 감정을 불러일으켰다. 수혁의 눈빛에 묘한 기류가 감돌며, 입술 새로 음습한 음성이 흘러나왔다.

"넌, 그냥…… 가만히 방안에 있었어야 했어."

침대 위에 얌전히 잠든 채로…….

"그랬다면 아무 일도 없었을 테고,"

무엇보다도 내가,

"아무것도 못 봤을 텐데……."

탁. 일정하게 말을 내뱉던 입술의 움직임이 멈추며, 일순 수혁의 안색이 차갑게 굳었다. 의미심장한 그의 말과 표정에 해주의 얼굴 위로 의문이 떠올랐다.

"뭐……?"

무슨 소릴 하는 거냐며 되물으려던 해주의 눈이, 일순간 커졌다. 스르륵. 가깝게 다가선 수혁이 그녀의 어깨를 붙잡은 채, 당장이라도 키스할 듯 입술을 가까이 가져다 댔다.

당황한 해주의 몸이 뒤로 살짝 젖혀졌다. 동그랗게 뜬 해주의 두 눈에 묘한 표정을 짓고 있는 수혁이 가득 담겼다.

움찔—

적나라하게 얼굴에 닿는 그의 숨결에 숨을 참고 말았다. 시간이 멈춘 듯 공허하게 흐르듯 적막이, 유리처럼 아슬아슬하게 둘 사이를 가로막고 있던 투명한 벽이, 수혁의 입술 움직임에 따라 쨍하고 깨졌다.

"다르네……."

같은 거리, 같은 각도. 하지만 그녀의 반응은 조금 전 낯선 남자와 함께 있을 때랑 달랐다.

수혁의 얼굴 위로 쓰디쓴 감정이 담긴 차가운 미소가 번졌다.

"아까부터…… 무슨 소릴 하는 거야?"

수혁을 주시하는 해주의 얼굴이 뻣뻣하게 굳었다. 의미 모를 수혁의 행동에, 지금의 상황이 불편해졌다. 처음엔 장난인가 싶었지만, 그가 하는 말, 태도, 분위기가 알 수 없는 위화감을 들게 했다.

자신이 알던 수혁이 아닌 거 같았다. 마주 보는 그의 눈빛이, 평상시와 달리 묘하리만큼 온몸에 긴장감을 불러일으켰다.

"수혁아?"

의아함이 짙게 배인 해주의 음성 뒤로, 수혁의 시선이 아래로 툭 떨어졌다.

이후 어깨를 부여잡은 수혁의 손끝에 힘이 더 가해지며, 그의 숨소리가 그녀의 코앞까지 드리웠다. 자연스레 시선이 한 곳으로 모아졌고, 자신의 입술을 응시하고 있는 수혁이 보였다.

두근—

심장이 그에게 반응을 하자, 곧바로 건조하게 갈라진 입술 위로 그의 혀끝이 부드럽게 핥고 지나갔다. 할짝. 아린 고통 위로 아찔한 전율이 느껴졌다. 우두망찰해하는 그녀의 눈동자가 파르르 떨렸다.

"너……."

"입술, 물어뜯지 말라고 했잖아."

수혁의 타박에 해주는 순간 말문이 막혔다.

어떻게 반응해야 할지 혼란스러웠다. 별일 아닌 것처럼 넘기기엔 그의 행동이 과하다 싶었다. 왜 굳이, 라는 의문이 머릿속을 차지했다.

이건 뭔가 아니다 싶었기에, 그녀의 입술이 뭐라 한마디 하려 달싹였다. 하지만 그전에 먼저 수혁이 유연하게 말을 돌렸다.

"오늘 멋대로 집을 나온 건 네 잘못이야."

이어진 수혁의 말에 해주는 입안에 맴도는 말을 차마 내뱉지 못했다. 묵묵히 입을 다물고 있는 그녀의 모습에 수혁의 눈매가 가늘어졌다.

'어쩌면 잘 된 일인 건가, 이 모든 게…….'

수혁은 무의식적으로 한쪽 손을 바지 주머니에 집어넣었다. 서늘한 열쇠의 감촉이 손끝에 닿았다. 그는 능숙하게 표정을 숨기며, 낮게 목소리를 냈다.

"……돌아가게 되면 누가 뭐라 해도 대꾸하지 말고, 그대로 방으로 올라가."

찰랑, 차가운 금속재의 소리가 주머니 안에서 울렸다.

"무슨 일이 있더라도, 절대 끼어들거나 나서지 마."

평이한 목소리 뒤로, 해주를 직시하는 그의 눈빛에 고요함이 서렸다.

"그렇게 할 거지?"

그가 동조를 구했다. 처음 다소 강압적이었던 어조가, 마지막엔 봄 눈 녹듯 부드럽게 변했다. 혼란스러울 정도로 분위기가 급변했다.

"그게……."

한껏 반발하고 나서려던 해주는, 차분히 대답을 기다리고 있는 수혁의 모습에 뒷말을 삼켰다.

"……알았어."

뭔가 석연찮았지만, 해주는 일단 고개를 끄덕였다. 그리고 돌아서 가는 그의 뒤를 조용히 따랐다. 뭐라 말하고 싶은 게 많았지만, 왠지 말을 꺼내기가 망설여졌다.

해주는 그의 흔적이 고스란히 남은 입술을 매만졌다.

'이상해…….'

그가 어딘가 꺼림칙했다. 그럼에도 겨우 마음이 풀린 듯 보이는 그의 심기를 공연히 건드릴까 봐, 머뭇거릴 수밖에 없었다.

평소 투정부릴 때와는 상황이 많이 달랐다. 단념한 채 한숨을 푹 내쉰 그녀의 오른손이 자연스레 어딘가로 향했다.

'아, 카메라…….'

뭔가 불안한 마음에 기댈 것을 찾던, 그녀의 손이 허무하게 허공을 가로질렀다. 한쪽 어깨에 걸려 있어야 할 카메라가 없음을, 집 앞에 다다라서야 깨달은 그녀는 아연한 얼굴로 멈춰 섰다.

"뭐해?"

대문으로 향하던 수혁이 돌아보자, 해주가 주저하며 입을 열었다.

"그게, 아까 술집에 카메라를 두고 온 거 같은데……."

수혁의 눈치를 살피며, 그녀가 조심스럽게 말을 꺼내던 그때였다. 한 차량이 두 사람을 헤드라이트로 비추며 천천히 다가섰다.

보는 것만으로도 위압감을 주는 검은색 고급 세단이었다. 한눈에 누구 것인지를 알아본 해주의 얼굴이 일순 경직됐다.

'아버지……?'

머릿속이 붉은색 등으로 번쩍이며, 입안이 바짝 말라왔다.

"얼른…… 집에 들어가자."

힘겹게 말을 내뱉은 해주는 애써 차를 외면하며, 수혁에게로 다가가 그의 손목을 붙잡았다. 카메라도 잊은 듯, 행여 그와 마주치게 될까 서둘러 대문 안쪽으로 발을 내디뎠다. 어떻게 해서든 그를 피할 심산이었다. 그런데 수혁이 그런 해주의 손목을 붙잡아 세웠다.

"다녀오셨습니까."

어느새 대문 앞에 멈춰 선 차량에서 내리는 동환에게 수혁이 작게 묵례를 했다. 무시하고 갔으면 좋았으련만. 해주는 어금니를 꽉 다물었다. 등 뒤로 동환이 따각따각 구두 소리를 내며 다가서는 게 느껴졌다. 신경이 날카롭게 곤두섰다.

"꼬락서니 하고는……."

발소리가 멈추자마자 비수 같은 동환의 한마디가 들려왔다. 굳이 눈으로 확인하지 않아도, 자신을 향한 질책임을 알아챈 해주의 눈동자가 파르르 떨렸다.

사람들에게 신뢰감을 준다는 묵직한 목소리가 그녀에겐 악마의 속삭임보다 소름 끼치게 다가왔다.

곧바로 반기 어린 독한 말들이 목구멍까지 차올랐지만, 그녀는 애써 삼키며 표정을 감췄다. 지금은 굳이 그와 말을 섞어 상황을 악화시키고 싶지 않았다.

"나 먼저 들어갈게."

해주는 수혁의 손길을 밀어내며 대문 안으로 들어갔다. 수혁에게 모든 걸 맡기고 회피하는 자신이 한심스러웠지만, 이게 최선의 선택이라 생각했다.

멋대로 밖을 나갔지만 큰 사고를 치진 않았으니, 그도 별다른 지적 없이 이대로 상황을 마무리할 것이라 예상했다.

하지만 그건 잘못된 착각임을, 그녀는 막 계단 위를 오른 순간 알게 되었다.

짝—!

고요한 밤공기를 가르며 무섭도록 매서운 소리가 울려 퍼졌다.

우뚝 제자리에 멈춰 선 그녀의 가슴이 덜컥 내려앉았다.

"수혁아……."

해주는 천천히 뒤를 돌아봤다. 눈앞의 광경에 그녀는 움켜쥔 손을 부르르 떨었다. 설마 했건만, 동환에게 따귀를 맞은 충격으로 수혁의 고개가 옆으로 돌아가 있었다.

그녀는 파리해진 얼굴로 재빨리 수혁에게로 다가섰다. 그의 왼쪽 뺨에 붉은 자국이 선명하게 새겨졌다. 순간 울컥한 해주의 날카로운 시선이 동환에게로 쏘아졌다.

"이게 무슨 짓이에요!"

해주가 분노를 참지 못하고 소리쳤다. 그럼에도 동환은 해주는 아랑곳 하지 않고, 수혁에게 질타의 말을 쏟아냈다.

"전에 분명 네가 말했지. 해주한테 무슨 일 생기면, 그 책임은 전부 다 네가 지겠다고."

슬며시 턱 끝을 추켜 올린, 그의 눈썹이 사납게 휘어졌다.

"고작 이 집에서 네가 하는 일이라곤 저 아이를 돌보는 일뿐인데, 그것 하나 제대로 못 하고 이딴 식으로 분란을 만들어?"

“……죄송합니다.”

수혁이 힘없이 당하고만 있자, 결국 해주가 더는 못 참고 두 사람 사이에 끼어들었다.

“네가 왜 죄송해? 뭘 잘못했다고!”

“천해주, 넌 가만히 있어.”

“하지만 수혁아……!”

“한심하기 짝이 없구나.”

동환이 해주의 말을 칼같이 자르며, 못마땅한 얼굴로 혀끝을 찼다.

“제 잘못도 모르고, 설치는 꼴이라니.”

“아버지!”

해주가 득달같이 소리쳤지만, 동환은 미동도 없이 철옹성 같은 얼굴로 맞받아쳤다.

“아직도 모르겠느냐? 이 사달이 난건, 네가 고삐 풀린 망아지처럼 멋대로 행동했기 때문이다.”

서늘하게 식은 그의 눈빛이 번뜩였다.

“내가 중요한 회의를 뒤로하고 이곳에 오게 된 것도, 그것에 대한 화를 수혁이가 받게 된 것도, 조용했던 집안이 또다시 이렇게 발칵 뒤집어진 것도. 네가 또 이번엔 어떤 극단적인 짓을 할지 몰라 다들 전전긍긍하다 벌어진 일이란 말이다.”

“…….”

“그런데도 아직도 정신 못 차리고, 제 잘났다고 아득바득 대들

다니……."

다소 격앙된 동환의 말에 해주는 대꾸조차 못하고 조개처럼 입을 꾹 닫았다. 모든 탓을 저 자신에게 몰아붙이는 그에게 기세 좋게 맞붙일 말이 떠오르지가 않았다. 갈 곳을 잃고 흔들리던 시선이 자연스레 수혁에게로 향했다.

"먼저 집에 들어가 있어."

어르듯 꺼내진 그의 말에 해주의 입매가 굳었다. 그녀의 표정을 확인한 수혁이 다시 한 번 차분한 음성으로 회유했다.

"아까 약속했잖아. 절대 끼어들거나 나서지 않기로."

"싫어."

"천해주."

수혁이 끝까지 완강한 태도로 만류하자, 해주는 결국 뜨겁게 치솟는 감정을 참지 못하고 입안에 담고 있었던 말을 꺼냈다.

"이게 왜 다 내 탓인데?"

그녀의 눈에 점차 습기가 차올랐다. 분하고 답답했다.

"나도 겨우 참고 있는데…… 참고 또 참고, 그러다 미칠 것 같아서 잠깐 밖에 나온 거뿐인데."

감정 없는 인형처럼 사는 게 너무나도 비참해서,

"그런데, 너까지 나한테 참으라고만 하는 거야?"

감옥 같은 이 집에서 유일한 내 편이 네가?

"이대로 평생 이 지긋지긋한 집구석에 처박힌 채로, 너도 내가 그렇게 살기 바라는 거야?"

있는 힘껏 소리를 낸 해주가 수혁의 옷깃을 꽉 부여잡았다. 너만큼은 내 생각에 동조해줄 것이라, 믿음에 대한 표시였다. 그러나 기대와 달리 수혁의 입에선 그녀를 거스르는 말이 튀어나왔다.

"넌……, 내가 이 집에서 더는 지낼 수 없게 돼도 상관없어?"

생각지도 못한 수혁의 말에, 해주의 눈빛이 크게 흔들렸다.

"무슨…… 뜻이야?"

수혁이 단호한 눈빛으로 그녀를 마주봤다.

"알지? 내가 처음 이 집에 들어오게 된 건 선생님 덕분이지만, 이후에도 계속 이 집에서 지낼 수 있게 된 명목은 순전히 너 때문인 거."

해주가 주춤했다.

"그건……."

"부모님 뜻대로 해."

그가 옷깃을 부여잡은 그녀의 손을 살짝 포개 잡으며 말했다.

"그래야만 내가 네 곁에 있을 수 있어."

수혁이 자신의 옷깃을 붙잡고 있는 해주의 손을 떼어냈다.

"더 이상 날 곤란하게 하지 말아 줘."

"……."

"부탁이다. 해주야."

무기질적인 눈동자와 달리, 그의 입에선 간절한 말이 흘러나왔다. 해주는 수혁을 넋이 나간 얼굴로 응시했다. 그녀는 미동도 없이 그저 인형처럼 멍하니 수혁과 눈을 마주했다.

잠깐의 정적이 흐르고, 냉랭한 바람이 둘 사이를 스쳐 지나가며 해주의 어깨 위에 걸쳐져 있던 옷이 바닥에 툭 떨어졌다. 차디찬 날씨에 얇은 원피스 하나만 입고 서 있게 됐지만 그녀는 떨어진 옷을 쳐다보지도, 그렇다고 줍지도 않았다.

"……나 추워."

해주가 고개를 푹 숙이며, 투정 섞인 나직한 목소리를 냈다. 평소처럼 그에게 겉옷을 주워 입혀달라는 의미였다. 하지만 그녀의 바람과 달리, 수혁은 가만히 지켜만 볼 뿐 움직이지 않았다.

"추우면, 집으로 들어가."

수혁이 살짝 시선을 내려 그녀에게 단호하게 말했다. 그제야 미동도 없던 그녀의 어깨가 작게 떨렸다. 평소와 다른 그의 차가운 행동이 낯설게 느껴졌다. 해주는 잔뜩 기가 죽은 얼굴로 입술을 꽉 깨물었다.

두려웠다. 절대 겪고 싶지 않았던 지금의 상황이. 그와의 마찰이. 혹시라도 이러다 둘 사이가 조금이라도 악화될까 두려웠다. 벌써부터 가슴이 텅 비어버린 것 같은 공허함이 밀려들었다.

"……알았어."

그녀가 두 손을 꽉 말아 쥐었다.

"들어갈게."

해주는 시선을 바닥에 고정시킨 채, 뒤로 돌아섰다. 그러고는 빠른 걸음으로 집 안으로 들어갔다. 그녀의 뒷모습이 사라질 때까지 지켜보고 있던 수혁의 얼굴에, 뒤 늦게 감춰져 있던 표정이 드러났다.

굳어 있던 그의 얼굴에 묘한 여유가 돌았다. 수혁은 한 발짝 내디뎌 바닥에 떨어져 있는 옷을 주워들었다. 바람을 타고 옷에 배인 해주의 향기가 그의 콧속을 간질였다.

그의 시선이 옷에 잠시 오랫동안 머물렀다가, 이내 뒤로 향했다. 그의 시야로 우두커니 제자리에 서 있는 동환의 모습이 들어왔다. 조금 전만해도 딱딱하게 굳어 있던 그의 얼굴이 어느샌가 풀어져 있었다.

"해주, 어디서 찾았느냐?"

동환이 안경을 고쳐 쓰며 물었다. 해주 앞에서 감정적인 모습을 고스란히 드러내던 것과 달리, 어느새 분위기가 무겁게 가라앉아 있었다. 수혁은 그의 변화를 자연스럽게 받아들이며 입을 열었다.

"여기서 멀지 않은 곳에 있었습니다."

"뭐, 딱히 갈 곳도 없었을 테지."

"괜히 신경 쓰이게 해드려서 죄송합니다."

동환이 쓰윽 수혁의 얼굴을 살펴보더니, 무뚝뚝하게 물었다.

"얼굴은 괜찮나?"

"네, 괜찮습니다."

동환은 수혁의 대답과 함께, 시선을 2층 해주의 방으로 옮겼다. 지금쯤이면 방안에 불이 켜져야 하는데, 여전히 어두컴컴했다.

"역시 안 되겠군……."

동환이 나직이 중얼거리는 말에, 수혁이 기다렸다는 듯이 생각해뒀던 말을 꺼냈다.

"교수님, 선생님께서 말씀하신 인터뷰 말입니다……."

"그건 네 말대로 나와 집사람만 하기로 결정했으니, 굳이 해주한테 말 꺼낼 필요 없다."

동환이 작게 한숨을 내쉬었다.

"그나마 다행이지, 저 고집불통이 네 말이라도 듣는다는 게."

"……."

"인터뷰까지 괜한 분란 일으켜서 성가신 일 생기지 않게, 당분간 저 아이 밖에 못 나오게 해."

수혁은 피곤하다는 듯 관자놀이를 매만지는 동환을 말없이 바라봤다.

'성가신 일이라…….'

수혁은 실소가 나려는 걸 참으며, 감정을 얼굴에서 지웠다. 예상대로 드러난 동환의 이기심이 지금 상황에선 꽤 반가웠지만, 한편으론 무책임하기 짝이 없는 그의 모습이 역겨웠다.

그러나 수혁은 진심을 가슴 한 곳에 가두고, 거짓을 드러냈다.

"네, 교수님."

수혁의 고분고분한 대답을 뒤로, 동환은 손목에 찬 시계를 슬쩍 확인했다.

"다시 방송국으로 들어가 봐야겠다."

"네."

"해외 출장 건으로 준비할 게 많아서 이번 주는 집에 자주 못 들어올 거 같으니, 무슨 일 생기면 연락하거라."

"알겠습니다."

차로 향한 동환은 운전석 문을 열자마자, 뭔가 생각난 게 있는 듯 다시 수혁을 돌아봤다.

"아, 그리고 네 아버지 말이다."

아버지란 단어에 고요했던 수혁의 눈빛에 일순 서슬 퍼런 기가 일었다. 동환이 말을 이었다.

"해외 출장 가기 전에 한번 만나기로 했는데, 너도 같이 보면 하더구나."

"……."

"괜찮겠느냐?"

수혁이 입을 꽉 다문 채 아무 말을 하지 않자, 동환이 작게 어깨를 으쓱했다.

"뭐, 원치 않으면……."

"원치, 않습니다."

음산하리만치 차가운 수혁의 대답에, 그는 입안에 맴돌던 말을 삼켰다. 어느 정도 예상했던 대답이었다.

동환은 잠시 수혁을 살폈다. 무표정했지만, 눈에선 냉기가 흘렀다. 그걸 확인한 순간, 동환은 그와의 대화를 미련 없이 끝냈다.

"알겠다."

탁—

동환은 차에 올라탄 뒤, 시동을 걸고 빠르게 자리를 빠져나갔다. 수혁은 제 볼일을 마친 후, 뒤도 돌아보지 않고 떠나는 그를 끝까지 지켜봤다.

동환의 차량이 시야에서 사라질 때쯤에야, 날카롭게 빛나던 그의 눈빛이 잠잠히 가라앉았다.

수혁은 아버지란 단어에 불쾌해진 마음을 익숙하게 허공에 날려버렸다. 단 1초라도 그 인간에 대한 생각을 했다는 것 자체가 끔찍했다.

그는 해주의 방이 있는 2층으로 시선을 돌렸다. 굳게 닫혀 있는 커튼 사이, 작은 틈새로 미묘한 균열이 인 것처럼 그림자 하나가 비쳤다가 곧 사라졌다.

그게 해주임을 단번에 알아챈 수혁은 시선을 거두곤, 대문 안으로 발을 들였다. 그때였다. 겉옷에 넣어둔 수혁의 휴대폰이 진동소리를 냈다. 수혁은 휴대폰을 꺼내 확인했다. 해주로부터 온 메시지였다.

[잘못했어, 내가.]

메시지를 확인한 그가 슬쩍 2층으로 시선을 옮겼다. 커튼 위로 익숙한 그림자가 이리저리 움직거렸다. 그리고 잠시 뒤, 그녀에게서 연달아 메신저가 도착했다. 수혁의 눈이 다시 느릿하게 휴대폰으로 향했다.

[진심이야, 다신 너 곤란하게 안 할게.]

[그러니까 화 풀어, 그럴 거지?]

[오늘은 내 방에서 계속 같이 있자, 괜찮지?]

[왜 안 올라와? 나 불안해.]

끊임없이 이어지는 휴대폰 메신저를 확인하는 동안, 수혁은 길고 가느다란 손가락으로 제 입술을 만지작거렸다.

내용이 횡설수설한 게, 해주가 어떤 모습으로 이걸 보냈을지 안 봐도 눈에 훤했다. 안절부절못하며, 불안에 떨고 있겠지. 그것이 썩 마음에 들었다.

수혁은 손에 쥐고 있는 휴대폰을 겉옷에 도로 넣곤, 다시 그녀의 방을 올려다봤다. 조금 전과 달리 커튼 위로 잠잠한 어둠만이 보였다.

"불안할 테지……."

혼잣말이 공기 중으로 홀연히 흩어진다. 그가 위로 향한 시선을 거두고 정면을 응시했다.

어느 샌가 그의 눈매가 매섭게 가늘어졌다.

"그럼 가볼까……."

방안에 홀로 버려진 공주님을 달래 주러.

가엾게도 어둠에 떨고 있을 그녀를 따뜻이 안아 주러.

수혁은 입 밖으로 내지 않은 말을 속으로 곱씹으며, 대문을 지나 집으로 향했다.

* * *

"어떤 스타일의 여자를 좋아하세요?"

운전 중인 여자의 물음에, 률은 피곤한 얼굴로 창밖을 내다봤다. 정말 지치지도 않는 여자였다. 함께 차를 탄 뒤로 이어진 질문만 벌써 몇 수십 개였다.

대답해 주고, 좀 잠잠해졌다 싶으면 같은 주제의 질문을 귀신같이 뉘앙스만 바꿔 또다시 던졌다. 그래서 처음엔 착각이라도 한 줄 알았다.

혹시 저 여자가 취재 대상을 잘못 알고 있는 건 아닌가 하고 말이다. 하지만 신호등에 차를 멈춰 세울 때면, 어김없이 두 눈을 반짝이며 돌아보는 게 그런 이유가 아님을 확실히 알 수 있었다.

자신을 향한 과도한 관심에, 률은 질린 표정으로 무심히 말을 늘어놨다.

"머리는 단발이고, 얼굴은 동안에 몸매는 통통한 베이글녀, 거기다 직업은 기자가 아닌 여자요."

률은 질문을 던진 여자와 전혀 반대되는 특징만 골라 대답했다. 즉, 명백히 거절을 내포하고 있는 답변이었다. 보통 여자라면 자존심이 상할 법한 그런 냉정한 말이었다.

하지만 그녀는 보통 여자가 아니었다. 오히려 빙긋 웃어 보이며, 률의 어깨를 호들갑스럽게 두드렸다.

"어머! 그럼 딱 나네요. 안 그래도 긴 머리 지겨워서 자르려고 했고, 너무 마른 거 같아서 살도 적당히 찌우려고 했는데. 무엇보다도 저 이 일을 끝으로 기자생활 접고 어머니께서 운영 중인 뷰

티 샵 물려받으려고 했거든요. 호호. 우리 운명인가 보다."

운명은 개뿔. 욕이 입안 가득 맴돌았지만, 률은 가까스로 삼키며 어색한 웃음소리를 내보였다.

"하.하.하."

"률 씨는 웃는 소리가 참 매력적이네요! 제 이상형이 남자답게 웃는 사람이거든요. 뭔가 카리스마가 느껴진달까?"

점점 썩어 들어가는 률의 표정에도, 여자는 여전히 환한 빛을 가득 내뿜으며 신나게 조잘거렸다.

"아, 그러고 보니 취재하는 천동환 앵커도 딱 제 이상형이 부합되네요. 묵직하고, 카리스마 있는 게 왠지 섹시한 중년의 표본 같은 느낌이 나서요."

"……."

"거기다 정의롭고, 매너도 좋은 데다, 무엇보다도 직업도 안정적이고, 가정적이고……."

끊임없이 떠들어대는 여자를 지켜보며, 률은 의문스러웠다. 전생에 무슨 죄를 그리 지었다고, 이런 힘든 상황을 매번 겪게 하는 건지. 정말 나라 하나 팔아먹은 역적이 아니었을까 하는 생각까지 들었다.

그렇지 않고서야, 매번 이런 여자들만 꼬일 일이 없었다. 률은 짜증을 참으며, 짙은 한숨을 푹 내쉬었다.

"……그만하죠."

그의 매서운 경고에도, 여자는 아랑곳하지 않고 장난스럽게 코끝을 찡긋거렸다.

"아, 실수. 기분 나빴죠? 다른 남자 얘기 꺼내서."

"아니요, 전……."

"알아요, 무슨 말 할지."

뭘 안다는 건지 찬찬히 따져 묻고 싶은 걸 꾹 참고 있는데, 여자가 곧바로 말을 이었다.

"질투하는 거죠? 호호. 걱정 말아요. 아무렴 제가 률 씨보다 유부남한테 관심을 더 가지겠어요."

"……."

"더군다나 선배들 말 들어보니까 천동환 앵커, 보기보단 소문이 별로더라고요. 하긴, 원래 언론에서 철저하고 완벽하게 비춰지는 사람들이 실제론 쓰레기 같은 경우도 많으니까요."

천동환에 대한 칭찬만 줄줄이 늘어놓던 사람이라 믿기지 않을 만큼 급변한 태도에, 률의 얼굴이 일그러졌다. 그녀의 얘기를 듣고 있는 것만으로도 기가 쭉쭉 빨리는 것만 같았다. 이대로라면, 일을 시작하기도 전에 그녀에게 질려 도망이라도 갈 듯싶었다.

'역시 하는 게 아니었어.'

아무리 피치 못할 사정을 늘어놓아도, 강의 준비를 핑계로 아레아 일은 맡지 않는 편이 좋을 뻔했다. 항상 이런 식이었다.

잡지사와 일을 하면 아무래도 여자들과 얽히는 일이 많았고, 개 중에 기가 세고 제 잘난 맛에 취해 사는 여자들과 부딪치게 되면서 지레 지친 적이 한두 번이 아니었다.

그래도 오늘만큼은 그런 일 없겠지 생각했는데, 언제나 그랬듯 그의 기대는 처참히 무너져 내리고 말았다.

"저기, 도착하려면 멀었습니까?"

률은 창밖 너머를 살피며 불퉁한 목소리로 물었다. 네비게이션이 고장 난 바람에 정확한 위치 파악이 되진 않았지만, 고급 주택들이 줄지어 자리 잡고 있는 골목으로 들어선 걸 보면 목적지에 거의 다다른 것으로 보였다.

그리되니 마음이 조급해졌다. 이 답답하고 불편한 차 안을 벗어나 시원한 공기를 맘껏 들이켜고 싶었다. 특히 저 여자의 관심과 시야에서 최대한 멀어지고 싶었다.

"아, 다 왔어요. 바로 저기예요."

여자가 자신의 휴대폰에서 지도를 확인하더니, 꽤 고급스러운 자태를 뽐내는 2층 저택을 손으로 가리켰다. 50m 채 남지 않은 거리를 확인한 률의 얼굴에 잠시나마 안도의 기색이 번졌다.

드디어 다 온 건가. 잠시 뒤 여자가 차를 대문 앞쪽에 주차하자, 률은 그 어느 때보다 빠른 속도로 안전벨트를 풀었다.

"아, 률 씨. 장비 좀 챙겨 주시겠어요? 제가 가서 벨 누를게요."

그가 차 문을 열고 내리자마자 그녀가 자연스럽게 부탁을 해왔다. 도착했다는 기쁨을 맛본 률은 조금 전과 다르게 호의적인 목소리로 알겠다 대답했다.

머릿속이 온통 빨리 일을 끝내고 가자는 생각으로 가득 차, 몸놀림이 절로 민첩해졌다.

률은 트렁크로 다가가 인터뷰에 필요한 장비들을 챙겨 들기 시작했다. 그동안 여자는 대문으로 다가가 인터폰을 눌렀다.

"아레아에서 온 강민하라고 합니다."

그녀가 신분을 밝히자마자, 삐 소리와 함께 대문이 열렸다. 때마침 짐을 다 챙겨든 률이 그녀의 뒤를 따라 집 안으로 들어섰다.

넓은 정원과 더불어 현대식으로 세련되게 지어진 집이 그들의 눈길을 확 사로잡았다.

"야, 집이 생각했던 것보다 훨씬 좋네요."

민하가 주변을 살피며 감탄사를 연발했지만, 률은 별다른 반응을 보이지 않았다. 그녀는 멋쩍은 얼굴로 코끝을 긁적였다.

'이 남자 참 어렵네.'

이 상태로 가다간 일 끝나기가 무섭게 서로 일면식도 없었던 사람처럼 바이바이 할 가능성이 농후해 보였다. 간만에 한눈에 반할 만큼 멋진 남자를 만났는데, 이대로 놓칠 수는 없었다.

민하는 어떻게 해서든 그에게서 번호를 받아내겠다는 각오로 주머니에서 휴대폰을 찾아 뒤적거렸다. 이상하게도 휴대폰이 손에 잡히지 않았다. 뒤늦게 차에 두고 온 것을 기억해 낸 그녀는 률의 팔을 붙잡아 세웠다.

"차에 휴대폰을 두고 와서요."

"그럼……."

먼저 들어가 있겠다는 말을 내뱉으려던 률이 잠시 멈칫했다. 이대로 들어가게 되면, 그녀를 대신해 귀찮은 인사치레를 해야 할 것만 같아 괜스레 꺼려졌다. 잠시 망설이던 률이 입을 뗐다.

"다녀오세요. 여기 있을 테니."

"어머, 기다려 주시게요?"

쓸데없는 시간 낭비가 예상되는 질문이었다. 률은 팍 인상을 쓰며, 얼른 사라지라는 듯 손을 휘휘 저었다.

"알겠어요. 그럼 금방 다녀올게요!"

민하는 그에게 상큼한 윙크 한 방을 날리곤, 발랄한 발놀림으로 밖을 향했다. 률은 기가 찬 듯 헛웃음을 지었다. 무심하고 차가운 반응에도 민하는 아랑곳 않고 뻔뻔하게 맞받아쳤다.

'강적 중의 강적.'

이때껏 몇몇 여자들을 만나온 결과, 이런 류의 여자들은 최대한 피하는 게 상책이었다. 조금이라도 틈을 내주었다가는, 곤란한 일에 봉착될 가능성이 많았다. 가령 예를 들어 얼마 전에 만난 그 여자처럼.

'갑자기 왜 그 여자애가 떠오르는 건데…….'

률은 그녀에 대한 망상을 지우려 작게 도리질을 쳤다. 나름 잊고 지냈는데, 불현듯 떠오르니 당혹스러웠다. 생각하면 생각할수록 후회되는 순간이었다.

아무리 술 때문이라지만 자신이 먼저 여자한테 키스하려 들이댔다니, 민망함에 저절로 얼굴이 찌푸려졌다.

'뭐, 다신 볼 일 없을 테지.'

률은 단순하게 결론지었다. 아마 두 번 다시 마주칠 일 없을 것이다. 가게에 놓고 간 카메라를 아직 찾아가진 않은 것 같지만, 여차하면 본인이 피하면 될 일이었다. 아니, 남자 친구가 있는 여자였으니 자신을 찾지도 않을 거라 확신했다. 그날 환한 얼굴로 그놈 품에 뛰어든 걸 보면, 꽤나 애틋한 사이임에는 분명해 보였으니 말이다.

'그러고 보면, 참 이상한 여자였어.'

첫 만남 때는 무서운 얼굴로 당장이라도 TV를 때려 부수려 하더니, 술집에서는 언제 그랬냐는 듯 넉살 좋게 웃고, 그러다 울컥할 일이 생기면 금방이라도 사고 칠 태세였다가, 또 마지막엔 뻐끔뻐끔 담배 연기를 마시며 실없는 소리나 실실 해댔다.

도무지 종잡을 수 없는 여자였다. 그래서인지 한시도 시선을 뗄 수 없었다.

'미쳤군.'

순간적으로 그녀에 대한 미련이 남아 있는 것을 느낀 률은 자조했다. 그렇게 똑 바라진 척, 고고한 척, 여자들을 대해 놓곤, 결국엔 임자 있는 여자 생각이나 하고 있다니…… 스스로가 한심스럽게 느껴졌다.

률은 착잡한 얼굴로 한숨을 내쉬었다. 그러고 보니 그 여자가 이상한 게 아니라, 자신이 제일 이상했다. 뒤숭숭해진 마음에, 마치 자연의 섭리처럼 자연스레 담배 생각이 났다.

'아까 피우고 올 걸 그랬나.'

장소가 장소이니만큼 그냥 이대로 참을까 싶었지만, 본능은 그를 가만두지 않았다. 률은 주변에 몰래 피울 곳이 없나, 두리번거리기 바빴다.

딱히 마땅한 곳이 보이진 않았지만, 멀찍이 웬 나무 하나가 눈에 들어왔다. 담벼락과 나무 사이에 숨어 피우면 되려나 싶었는데, 그 순간 나무를 타고 올라가던 그의 시선이 한 곳에서 딱 멈췄다.

갑자기 2층 테라스 문이 탁 열리는가 싶더니, 익숙한 자태의 여자가 맨발로 스르륵 걸어 나왔다.

'설마…….'

률은 믿기지 않는다는 얼굴로, 여자를 멍하니 바라봤다. 혹시 착각한 건 아닐까 자세히 훑어봤지만, 분명 얼마 전에 만난 그녀였다.

조금 전까지 해주를 생각하고 있었던 률은 너무나도 극적인 상황에 할 말을 잃고 말았다. 어떻게 여기에 저 여자가 있는 거지 의문스러웠다. 하지만 그전에 먼저 그는 숨을 죽이고, 해주를 지켜봤다.

얇은 슬립 위에 카디건 하나를 어깨에 걸쳐 입은 그녀는, 난간에 팔을 걸친 채 하늘을 올려다봤다. 그녀는 음울한 얼굴로 하늘을 향해 한숨을 푹 내쉬었다.

뽀얀 입김이 허공에 흩어지며, 그녀의 시선이 내리쬐는 햇빛을 따라 아래로 뚝 떨어졌다. 동시에 그의 가슴도 철렁 내려앉았다.

전에 봤던 싸늘했던 모습도, 장난스러웠던 모습도, 환하게 웃던 모습도, 지금은 어디에도 없었다. 햇살이 부서지는 아래에 몽환적인 분위기를 내는 그녀는 흡사 프레임에 갇힌 아름다운 피사체처럼 예술적으로 다가왔다.

순간 다른 사람을 보는 것 같은 착각마저 일었다. 그녀에게 온통 시선을 빼앗긴 률은 무언가에 홀린 듯, 손에 든 짐들을 바닥에 내려놓았다. 그러고는 가방에서 주섬주섬 카메라를 꺼내 들어, 망설임 없이 그녀를 찍기 시작했다.

혹시라도 들킬까 조심스러우면서도, 셔터를 누르는 손가락은 어느 때보다 과감하게 움직였다. 그렇게 10컷 정도의 사진을 찍을 때였다.

"뭐 하세요?"

률은 갑자기 들리는 민하의 목소리에 움찔 놀라며, 카메라에서 눈을 뗐다. 순간 현실로 돌아온 그의 시야로 자신들을 돌아보는 해주의 모습이 들어왔다. 그는 황급히 해주를 등지고 섰다.

"아무것도 아닙니다."

률은 최대한 당황한 티를 숨기며, 바닥에 내려놓은 짐들을 챙겨 들었다. 그의 모습이 어딘가 이상했지만, 그녀는 깊게 생각하지 않았다.

"그럼 이제 그만 갈까요."

민하는 그의 어깨를 툭툭 치곤 앞서 걸어갔다. 그녀의 뒤를 따르던 률은, 뭔가 아쉬운 마음에 슬쩍 테라스 쪽을 돌아봤다.

그곳엔 조금 전과 달리 누구도 존재하지 않았다. 그저 고요한 적막만이 흐르고 있었다. 혹시 환상을 본 건 아닌가 의심마저 들었다.

"저기요. 강민하 씨."

막 계단 위를 오르던 민하는 률의 부름에 재빨리 뒤를 돌아봤다.

"네, 권률 씨."

부담스러울 정도로 즉각적인 그녀의 반응에 다소 후회가 들었지만, 률은 침착히 물었다.

"혹시 천동환 앵커 가족 관계가 어떻게 됩니까?"

뜬금없는 그의 질문에도 민하는 친절하게 답해주었다.

"부인인 이유정 씨랑 딸 하나가 있는 걸로 알고 있어요."

딸? 그의 뇌리로 해주가 스쳐 지나갔다.

"그런데 그건 왜요?"

률은 민하의 물음에 뜨끔하며, 말끝을 흐렸다.

"아닙니다. 그냥 궁금해서……."

"그래요?"

"……."

"흐음…… 뭐, 어쨌든 다들 기다리고 있을 테니 일단 들어가죠."

민하는 서둘러 말하곤, 현관문 손잡이를 돌려 열린 문 사이로 들어섰다. 그녀를 환영하는 여러 명의 목소리가 들리고, 곧이어 안 들어오고 뭐하냐는 민하의 목소리가 들려왔다.

꿈쩍 않고 현관문 앞에 서 있었던 률은 안으로 들어서기 전, 다시 2층을 올려다봤다. 2층 오른쪽 맨 끝 방. 률은 넋 놓고 서 있던 그녀를 회상하며 그곳을 두 눈 속에 새겨 넣었다.

그는 그녀가 올려다보던 하늘을 잠시 바라보곤, 소란스러운 인사들이 오가는 집 안으로 들어섰다.

인터뷰는 수월하게 진행됐다. 민하의 밝은 성격 탓인지 시종일관 분위기는 화기애애했고, 동환과 유정도 금실 좋은 부부의 모습을 한껏 과시했다.

위화감이라고는 조금도 느껴지지 않을 정도로 밝고, 따뜻한 분위기가 그들에게서 물씬 느껴졌다.

'뭐가 문제인 걸까.'

률은 기계적으로 셔터를 누르며, 그들을 주시했다. 누가 봐도 동환과 유정의 사이에는 불화 따윈 느껴지지 않았다. 다만 이따금씩 그들에게서 어색한 표정이 드러났지만, 그건 인터뷰 질문에 따라 자연스럽게 표출되는 모습일 뿐이었다.

해주가 그렇게 증오스러운 눈초리로 쏘아붙일 만한 부분은 전혀 느껴지지 않았다.

'그냥 부모님을 향한 반항심…… 같은 건가?'

단순히 생각해보면 그럴 가능성도 있었다. 성인이 돼서 사춘기가 올 수도 있는 일이니 말이다.

"률 씨. 일단 인터뷰 사진은 그 정도만 찍어도 될 거 같은데요."

생각에 잠긴 채, 멍하니 사진을 찍어 대던 률은 민하의 말에 재빨리 카메라를 거뒀다.

당황스러웠다. 일할 때만큼은 누구보다 진지하고 충실하게 임했는데, 이리도 집중도가 흐트러진 모습이라니…… 일단은 머릿속을 정리할 필요가 있어 보였다.

제 할 일을 끝낸 그가 조용히 장비들을 정리하기 시작했다.

"따님도 같이 인터뷰했으면 좋았을 텐데 아쉽네요. 미국에 있는 친척 집에 놀러 갔다고 했나요?"

그때였다. 률은 순간 두 귀를 사로잡는 민하의 질문에 그들을 돌아봤다.

해주와 관련된 얘기였다. 그는 하던 일을 멈추고 그들의 대화에 집중했다.

"네, 우리 애가 사진 찍는 걸 좋아해서요. 사진도 찍고 여행도 해보고 싶다고 해서 보냈습니다. 아마 다음 주쯤엔 한국에 들어올 겁니다."

동환의 대답에 민하는 아쉬운 표정을 지었다.

"아, 그래요? 그럼 인터뷰를 다음 주로 미룰 걸 그랬네요. 따님까지 함께 나왔으면, 훨씬 보기 좋았을 텐데 말입니다."

"미뤄도 괜찮을 인터뷰였으면 그럴 걸 그랬네요."

천연덕스러운 동환의 대답에, 민하는 잠시 머뭇대더니 참고 있던 말을 조심스럽게 꺼냈다.

"사실 따님과 관련한 루머가 공공연하게 돌고 있는 상황이라, 차라리 이번 인터뷰를 기회로 그 루머들을 불식시키면 어떨까 싶었거든요."

"……루머라면?"

민하는 곤란한 표정을 지었다.

"그게…… 계속해서 자살시도를 하는 바람에 학교도 휴학시키고, 결국 정신병원에 가뒀다는 얘기를 들어서요."

"……."

"너무 허무맹랑한 소문이라 저는 아니라고 생각합니다만, 증권가 찌라시로도 꽤 알려진 내용이라……."

"헛소문입니다."

"하지만 앵커님……."

"우리애가 선천적으로 몸이 약해서 어쩔 수 없이 휴학하긴 했지만, 이번 학기엔 복학할 예정입니다."

"……."

"즉, 그런 루머 따윈 사실이 아니란 말입니다. 강민하 기자님."

동환은 민하를 무섭게 노려보며, 단호하게 말했다.

차분하고 다정했던 그의 분위기가 일순간 눈보라가 몰아친 듯 차갑게 돌변했다. 어느 순간에도 여유를 잃지 않던 그가 갑자기 변하자, 민하는 당혹스러움을 감추지 못했다.

민감한 주제이긴 했지만, 평소 동환이라면 좀 더 침착하게 대응할 거라 생각했다. 하지만 이런 생각을 완전히 뒤집는 그의 반응에 민하는 한편으론 의아심이 들기도 했다.

"저기, 강민하 기자님."

잠시 생각에 빠져 있던 민하는, 불현듯 들려온 유정의 목소리에 고개를 홱 들었다.

"아, 네?"

"더 하실 질문 없으시면, 이쯤에서 인터뷰 끝내는 게 어떨까요?"

민하는 유정의 권유에 난감한 얼굴로 률을 돌아봤다. 그 역시 별다른 이견은 없는 듯 보였다. 좀 더 이야기를 나누고 싶었지만, 민하는 결국 유정의 뜻에 따라줬다.

"알겠습니다. 그럼 오늘 인터뷰는 여기서 끝내도록 하죠."

시종일관 화기애애했던 인터뷰는, 결국 삽시간에 무겁고 딱딱한 분위기로 마무리되었다.

"잠깐 화장실 좀 다녀올게요."

률은 시무룩하게 다가오는 민하를 뒤로하고, 화장실로 곧장 향했다.

쏴아악—

수도꼭지를 틀고, 거울을 통해 제 얼굴을 쳐다보며 그는 한숨을 길게 내쉬었다.

'자살 시도에…… 정신 병원?'

루머라지만 수위가 지나쳐 듣기 거북할 정도였다. 천동환 앵커의 격양된 반응역시 뭔가 의문스러웠다.

'거기다 미국 여행이라니, 왜 그런 거짓말을 하는 거지?'

처음엔 자신이 그녀를 다른 사람으로 착각한 줄 알았다. 그래서 아까 찍은 사진을 다시 확인해봤지만, 테라스에서 본 여자와 '러쉬'에서 만난 여자는 분명 동일인물 임이 틀림없었다.

무슨 연유인지는 모르겠지만, 동환과 유정이 무언가를 숨기려 하고 있었다.

"루머를 거짓말로 덮는다는 건 결국 루머가 진실이라는 말도 되는데……."

중얼거리듯 말을 내뱉던 률이, 이를 꽉 다물었다. 단지 생각만 했을 뿐인데도 왠지 등줄기부터 소름이 쫙 끼쳤다.

'2층 왼쪽 끝 방이었나.'

성격상 다른 때 같으면 괜한 오지랖이라며 무시했을 사항이었지만, 어쩐지 이번만큼은 꺼림칙했다. 그녀를 만나 일단 얘기를 나눠 보는 게 좋을 듯싶었다.

률은 일단 수도꼭지를 잠그고, 화장실을 나와 주변을 살폈다. 거실에서 유정과 민하가 대화를 나누고 있었고, 동환은 방에 들어갔는지 보이질 않았다.

모두의 시선이 분산되어 있는 때를 놓치지 않고, 률은 2층으로 향하는 계단 위로 올랐다. 왠지 도둑놈이 된 거 같아 망설여졌지만, 이왕지사 이렇게 된 거 뻔뻔하게 굴 참이었다.

그렇게 한 층, 한 층, 조심스럽게 오른 그의 시야로 여러 개의 방문과 긴 복도가 눈에 들어왔다. 복도 가운데에 서게 된 그는 왼쪽으로 발길을 돌렸다.

지나가는 내내 많은 고민과 갈등이 있었지만, 그는 걸음을 멈추진 않았다. 정면에 위치한 통 유리창 너머로 조금 전 보았던 나무의 일부분이 보였다.

그걸 확인한 률은 잠시 발길을 멈췄다. 막상 그녀의 방으로 찾아가려니, 무슨 말부터 꺼내야 할지 망설여졌다.

그냥 무덤덤하게 인사하면 되는 건가, 아니면 친한 척이라도 해야 하는 건가. 손을 들어 인사를 해야 하나, 아니면 쿨하고 시크하게 인사는 생략해야 하는 건가.

별의별 생각을 하던 그는 순간 뭐하는 건가 싶어 머리를 쥐어 싸맸다. 내심 부정했었는데, 자신은 미친 게 분명했다. 아니고서야 고작 여자애 하나 만나는 일 가지고 이렇게 쩔쩔맬 리가 없었다.

'일단은 가보자.'

이렇게 시간 낭비할 여유 따윈 없었다. 그 여자를 만나보면 뭔 사정인지 알 수 있지 않을까 싶어 그는 재빨리 왼쪽 끝 방으로 걸어갔다.

그리고 문 앞에 선 순간. 그는 할 말을 잃고 말았다.

아연한 률의 두 눈이 천천히 문을 훑어 내렸다. 믿을 수 없게도, 문고리 위로 기이한 빛을 내는 여러 개의 자물쇠들이 단단하게 설치되어 있었다.

그레이와 화이트 톤으로 세련되게 인테리어 된 주변 모습과 달리, 이곳 방문만이 이질적인 분위기를 자아내고 있었다.

률은 자신의 앞머리를 거칠게 위로 쓸어 올렸다. 겉으로 드러난 이마에 잔뜩 주름이 잡혀 있었고, 눈썹은 확 일그러져 있었다.

그의 마른 입술은 금방이라도 욕을 뱉어낼 듯 달싹였다.

'정신 병원이 아니라 집이었어?'

가늘게 길어진 눈 사이로 박힌 검은 눈동자가 작게 요동쳤다. 그는 긴 숨을 내뱉으며, 통유리 너머로 시선을 옮겼다.

지금 이 상황을 어떻게 이해해야 할지 판단이 서질 않았다. 오해일지, 아니면 진실일지. 여기서 이걸 가늠할 수 있는 가장 확실한 방법은 하나였다.

그는 맨 위에 설치되어 있는 자물쇠를 천천히 쓰다듬었다. 열기 쉽지 않아 보였다. 그래도 다른 수가 있을까 그가 한참 자물쇠를 이리저리 살피던 그때였다. 률은 갑자기 어깨를 붙잡는 강한 힘에 그대로 움직임을 멈췄다.

"여기서 뭐 하시는 거죠?"

등 뒤로 나직한 남자 목소리가 들렸다. 률은 긴장한 얼굴로 자물쇠를 쥔 손에 힘을 꽉 줬다. 최대한 자연스럽게 행동하자. 그는 침착히 마음을 가다듬으며 천천히 뒤로 돌아섰다.

"그게……."

변명을 늘어놓으려던 률의 말문이 일순 막혔다. 해주에 이어 익숙한 얼굴이 그의 시야로 들어왔다.

"……넌 그때?"

수혁을 발견한 률의 얼굴 위로 어두운 그림자가 가득 내려앉았다. 그는 차가운 눈빛으로 률을 노려보고 있었다.

률은 자신의 어깨를 붙잡고 있는 그의 손을 툭 쳐내며 경계했다. 왜 저 자식이 여기 있는 거지? 그는 마뜩잖은 얼굴을 하고선, 불퉁스럽게 말을 던졌다.

"반갑지 않은 얼굴이네."

수혁은 팔짱을 끼고 삐딱하게 선 채로 곧바로 맞받아쳤다.

"그건 제가 할 말인 것 같은데요."

"……."

"당신이 왜 여기 있는 겁니까?"

직설적인 수혁의 물음에 률은 곧바로 답하지 못했다. 사실 그와 마주치게 될 거라고 생각도 못 했던 입장에선, 지금의 상황이 다소 당혹스러웠다. 그러나 률은 최대한 감정을 드러내지 않고, 담담하게 대화를 이어나갔다.

"인터뷰 때문에."

"인터뷰?"

수혁의 미간에 작은 주름이 졌다. 인터뷰라면…….

"잡지사에서 일하십니까?"

"오늘은."

수혁의 뾰족한 시선이 그를 직시했다. 시큰둥한 률의 대답이 꽤 신경에 거슬렸다. 아니, 대답뿐만이 아니라 그의 존재 자체가 거슬렸다. 잊고 있었는데, 왜 또다시 나타나 사람 속을 이렇게 긁어대는 걸까. 그것도 하필 집까지 찾아와 말이다.

수혁은 그의 등 뒤로 보이는 문을 슬쩍 흘겨봤다. 문 너머로 기척이 없는 것이, 다행히 해주가 아직 잠에서 깨지 않은 듯 했다.

하지만 혹시 모를 상황을 대비해, 눈앞의 이 남자를 당장 아래층으로 내려보내야 할 것 같았다. 적어도 이 집에선 곤란한 상황을 만들고 싶진 않았다. 아니 만들어선 안 됐다.

수혁은 어둡게 가라앉은 눈으로 그를 응시하며, 낮게 말했다.

"내려가시죠. 주인 허락도 없이 이렇게 집안을 돌아다니는 건, 예의에 어긋나는 행동이라 보여지는 군요."

냉랭한 수혁의 태도에, 률은 불쾌한 기색을 내비쳤다.

"마치 이 집 주인인 양 말하는군."

"주인은 아니지만, 적어도 이 집에 살고 있는 입장에선 충분히 지적할 수 있는 부분이죠."

막힘없이 흘러나온 그의 말에, 률은 더는 대꾸할 수 없었다. 그저 남자 친구로서 잠시 놀러 온 것이라 가볍게 치부했었다. 그런데 이 집에서 같이 살고 있다니……. 그의 머릿속이 복잡하게 뒤엉켰다.

"더는 볼 일 없으시면, 그만 내려가시죠."

수혁이 내려가라는 듯 옆으로 살짝 비켜섰지만, 률은 미동조차 하지 않았다.

"……그 여자애와는 어떤 관계지?"

률이 그에게 나직이 물었다. 일반인도 아니고, 남들 눈을 의식해야 하는 천동환 부부가 딸의 남자 친구를 집에 들여 같이 살게 할 리가 없었다. 또, 천동환 부부에겐 외동딸인 해주만 있다고 했으니, 남매 사이도 아닐 것이다. 그렇다면……

"친척 관계라도 되나?"

"제가 그 질문에 답해야 할 의무는 없는 거 같은데요."

수혁이 못마땅한 어조로 대답했다. 이후 그들 사이에 익숙한 적막이 이어졌다. 수혁은 이것으로 그와의 대화가 끝이 난 것이라 생각했다. 하지만 그런 수혁의 생각을 무참히 거스르듯, 률이 문에 달린 자물쇠 중 하나를 움켜쥐며 빈정댔다.

"대답하는 게 좋을 거 같은데?"

챙강—

"왠지 내가 못 볼 걸 본 것 같거든."

금속재의 묵직한 소음에 수혁의 눈이 날카롭게 찢어졌다. 그걸 놓치지 않고 지켜본 률이 의심 섞인 질문을 그에게 던졌다.

"이 안에 누가 있지?"

그의 물음에, 수혁은 조바심을 억누르며 어금니를 꽉 다물었다. 질문의 의도가 꽤나 불순했다. 이 안에 해주가 있다는 걸 알고 던진 질문인 게 분명했다. 아니라면, 보통 자물쇠가 달린 방을 발견한 사람은 무슨 용도로 사용하는 방인지, 안에 무슨 물건이 있는지를 궁금해 하며 물을 테니 말이다.

분위기가 꽤 위험하게 흘러가고 있었다. 수혁은 팔짱을 풀고, 천천히 그에게로 다가갔다. 그러고는 자물쇠를 붙잡고 있는 그의 손을 잡아채 뒤로 밀쳐내며 차갑게 경고했다.

"실수하시는 겁니다."

실수? 률은 그가 밀쳐낸 손을 꽉 말아 쥐었다. 도전적인 수혁의 눈빛에 률은 한 치의 물러섬 없이 응수했다.

"글쎄…… 실수를 내가 하는 걸까, 아님 네가 하는 걸까?"

둘 사이에 팽팽한 대립이 형성되며, 분위기가 점차 고조됐다.

"거기서 뭐 하고 계시는 거죠?"

그 순간 일순 한껏 타오르던 불꽃이 꺼지며, 그들의 시선이 한 곳으로 모아졌다.

유정이 그들에게로 천천히 다가서고 있었다. 인터뷰할 때의 온화한 미소는 어느새 지워지고, 그녀는 무표정한 얼굴을 하고 있었다.

그녀에게서 묘한 위화감마저 들었지만, 수혁은 무덤덤하게 받아들였다. 반면 률은 유정을 직면하게 된 상황에 난처한 기색을 감추지 못했다.

"2층엔 무슨 볼일이시죠?"

유정은 작게 웃으며, 률에게 물었다. 그녀 특유의 상냥함이 묻어나는 표정이 다시 드러났지만, 률은 오히려 힐난을 받는 기분이 들었다.

자신을 옭아매는 그녀의 눈빛엔 지금 이 상황에 대한 전말을 따져 묻는 것이 명백히 담겨있었다.

"작가님?"

이름을 부르는 유정의 음성에, 률은 잠깐의 침묵 끝에 입을 열었다.

"집 안 인테리어가 너무 훌륭해서 구경하다 보니, 여기까지 오게 됐네요."

그가 시선을 아래로 내렸다.

"죄송합니다. 허락도 없이 멋대로 돌아다녀서."

률은 그녀에게 정중하게 사과를 건넸다. 유정은 그의 태도에 더는 나무라지 않고, 딱딱하게 굳어 있던 입매를 누그러뜨리며 말했다.

"아, 그랬군요. 괜찮습니다."

그녀가 뒤로 보이는 계단을 눈짓으로 가리켰다.

"강 기자님께서 찾으시던데, 그만 내려가 보시죠."

률은 유정의 말에 눈을 가늘게 떴다. 미심쩍은 구석이 한두 군데가 아니었지만, 그녀의 개입으로 더 이상 깊게 파고드는 것이 어려워졌다.

어찌 되었든 지금 자신의 신분은 아레아의 사진작가였다. 쓸데없는 오지랖 때문에, 괜한 분란을 일으켜서 좋을 건 없었다. 더구나 심증만 가지고 그들을 몰아붙이기엔 비약이 심한 것도 사실이었다.

루머만 믿고 확대해석 한 점도 인정하지 않을 수 없었다. 이 방 너머에 누가 있는 건지, 뭐가 있는지 그 어떠한 것도 확실한 건 없었다.

'그러고 보면 나하고 큰 관련도 없는 일이지.'

평소와 달리 이상하게 마음이 쓰이긴 했지만, 굳이 이들과 척지면서까지 고집부릴 상황은 아니었다.

"안 내려가십니까?"

잠시 생각을 정리하던 률은 문득 들리는 서늘한 목소리에 옆을 돌아봤다. 오만함이 담긴 수혁의 눈빛이 률에게 빨리 내려가라 재촉했다.

불쾌함이 어렸지만, 률은 섣불리 감정을 드러내지 않았다.

"실례했습니다."

률은 유정에게 작게 묵례를 한 뒤, 2층 계단으로 향했다. 모든 걸 덮고 보니, 한시라도 빨리 이 집에서 나가고 싶었다.

1층에 다다를 때쯤, 불쑥 눈앞에 민하가 등장했다, 그녀는 계단 아래로 내려서는 률을 보며, 고개를 갸웃 기울였다.

"왜 거기서 내려오세요?"

률은 귀찮은 표정으로 그녀를 지나쳐 걸어가며 말했다.

"인터뷰 마무리했으면, 어서 장비 챙겨서 나가죠."

민하는 갑자기 서두르는 그의 태도가 어딘지 조금 이상했지만, 토를 달진 않았다. 인터뷰 중에 루머를 들먹인 바람에, 집 안 분위기가 살벌할 정도로 싸늘하게 식은 걸 몸소 느끼고 있었기 때문이었다.

민하는 재빨리 장비를 챙기고 있는 그를 거들었다.

"서두르죠."

률은 쓸데없는 관심은 고이 접어 가슴 깊은 곳에 묻어버렸다.

인터뷰가 끝난 뒤, 수혁은 동환에게 불려가 잠깐의 대화를 나눴다.

주된 대화의 주제는 가족과 관련한 공공연한 루머, 그리고 그로 인한 해주의 복학 여부였다. 그리고 결론적으로 공천을 앞둔 동환에게 치명적일 수 있는 루머를 불식시키기 위해, 어쩔 수 없이 해주의 복학이 결정됐다.

수혁은 계속해서 반대 의견을 내놓았지만, 이미 인터뷰 때 심기가 뒤틀린 동환과 유정은 그의 뜻을 묵살시켰다. 결국 언제나 그랬듯 해주의 인생은 그들의 이기심에 의해 또 다시 결정되어졌고, 대화는 그대로 끝이 났다.

'좋게 생각해야 하나…….'

어차피 자신이 복학하게 되면, 해주는 혼자 집에 남겨지게 될 일이었다. 그전엔 그녀 혼자 집에 남겨져도 별 탈 없이 하루하루가 지나갔지만, 이번 일을 계기로 해주가 또 어떤 충동적인 행동을 할진 모를 일이었다.

그럴 바에는 차라리 자신이 계속 함께 있을 수 있는, 학교를 다니는 편이 나을 수도 있었다. 하지만 문제가 하나 있었다.

바로 이 사태를 받아들이는 해주의 태도였다.

"싫어."

해주는 수혁의 말을 듣자마자, 부정적인 입장을 확고히 했다. 학교에 절대 다니지 않겠다며 단호히 굳은 그녀의 눈이 그리 말했고, 삐죽거리는 그녀의 입술도 마찬가지였다. 그걸 눈앞에서 확인한 수혁은 일단 침묵한 채, 한 발 뒤로 물러섰다.

"나 학교 다니기 싫다고."

해주가 끝없이 칭얼거렸지만, 수혁은 아무 말도 하지 않았다.

"지수혁, 내 말 듣고 있어?"

수혁에게서 반응이 없자, 결국 창가 근처에 앉아 있던 해주가 그에게로 가까이 다가갔다. 그녀는 침대 위에 걸터앉아 책을 읽고 있는 수혁의 발밑에 쭈그려 앉은 뒤, 그의 무릎 위에 몸을 기댔다.

이쯤 되면, 책은 접어두고 자신을 봐줄 법한데, 그는 미동조차 없었다. 결국 심통이 있는 대로 난 해주가 그의 책을 확 잡아채 침대 위로 집어던져 버렸다.

"뭐하는 거야?"

수혁의 볼멘소리에, 해주가 새초롬하게 그를 쏘아붙였다.

"너야말로 뭐하는 거야? 내 말 안 듣고."

"듣고 있었어."

"듣고 있었으면서 왜 대답은 안 하는 건데?"

"무슨 대답?"

"학교 가기 싫다고 했잖아."

"그래서?"

예상치 못한 그의 반문에 해주는 입을 조개처럼 꾹 닫았다. 달라졌다. 처음엔 아닐 거라 생각했지만, 분명 얼마 전 탈출 사건 이후로 그는 변해 있었다.

전엔 웬만해선 제 편을 들어줬었다. 이렇게 억지로 부모님의 뜻을 따라야 할 때는 다정하게 달래 주고, 설득하고, 따뜻하게 보듬어 줬다. 그런데 요즘 부쩍 그는 쌀쌀맞게 굴었다.

마치 정을 떼려는 것처럼, 서운해질 법한 행동을 반복했다.

"나한테 화난 게 있으면 차라리 말해, 그렇게 꿍해 있지 말고."

해주가 그의 바지자락을 살짝 움켜쥐며, 치기 어린 말을 내뱉었다. 수혁은 그녀를 가만히 내려다봤다. 작은 일에도 금세 불안해하는 것이 눈에 선했다.

수혁은 의미심장한 눈길로 그녀를 훑어 내렸다. 잠시 후, 그가 오른손으로 해주의 턱을 슬쩍 치켜 올려 자신과 눈을 마주하게 했다.

"화난 거 없어."

"그럼?"

"그냥…… 조금 피곤할 뿐이야. 그러니까……."

그가 옆 테이블 위에 놓인 딸기 하나를 그녀의 입에 쏙 밀어 넣었다.

"이제 조용히 과일이나 드세요."

수혁이 그녀의 턱을 잡고 있던 손을 거뒀다. 그리고 침대에 널브러진 책을 집어 들었다.

무심한 그의 태도에 해주는 딸기를 신경질적으로 씹어 먹었다. 왜 저렇게 뻣뻣하게 구는 건데.

"너 내가 여기서 나가는 거 싫어했잖아."

그녀가 옷깃을 부여잡은 손에 힘을 줬다. 빨리 대답하라는 신호였다. 이번엔 수혁이 곧바로 반응을 보내줬다.

"싫어."

해주는 생각했던 답변이 그의 입에서 나오자, 득의양양한 미소를 지었다.

"역시 그렇지?"

"그런데 어쩔 수 없잖아."

곧바로 돌아온 그의 답변에 해주가 김빠진 얼굴을 했다.

"뭐가 어쩔 수 없다는 건데?"

"네 부모님께서 결정하신 일이야. 따라야지."

해주는 마지막 그의 말에 인상을 확 찌푸렸다. 가장 듣고 싶지 않은 말이었지만, 함부로 거역할 수도 없었다. 마치 기억의 스위치를 켠 듯, 얼마 전 그가 했던 말이 뇌리를 스쳐 지나갔다.

함께 있고 싶다면, 부모님 뜻에 따르라는 간절한 그의 한 마디, 해주는 항거의 뜻을 즉시 접을 수밖에 없었다. 이제 와 학교를 다시 다녀야 하는 것이 두렵고 낯설었지만, 수혁을 잃는 것에 비하면 별거 아닌 일이긴 했다.

'수혁이랑 같이 다니는 거니까 괜찮을 거야.'

그녀는 마음을 단단히 고쳐먹었다. 학교 다닐 때의 기억이 좋진 않았지만, 수혁이가 있어 어느 정도는 버틸 수 있었다. 끔찍한 경험을 하게 된 순간에도, 어찌 되었든 그가 항상 곁에 있어줬다. 이번에도 그럴 것이라 믿어 의심치 않았다.

"최대한 너하고 같은 수업 들을 수 있게 시간표 짜야 돼."

수혁은 자신의 무릎에 기댄 채 중얼거리듯 말하는 그녀를 책 너머로 응시했다. 생각보다 이른 항복에 의아했지만, 한편으론 기특했다. 그는 책을 옆으로 비켜 들곤, 오른손으로 그녀의 머리를 부드럽게 쓰다듬어줬다.

"걱정할 거 없어. 네가 그러지 말라고 해도 그럴 거니까."

해주가 슬쩍 그를 올려다봤다.

"공강일 땐 같이 수업도 들어 줄 거지?"

"응."

"항상 밥도 같이 먹을 거고."

"그래."

"다른 여자들이 말 걸어와도, 아는 체 안 할 거고."

수혁이 순간 말을 멈추고, 헛웃음을 지었다. 그는 장난스럽게 어깨를 으쓱였다.

"그건 너무 월권 아냐?"

"넌 내 것이니까 내 마음대로 해도 되는 거잖아."

수혁은 순간 말을 멈췄다.

'내 것이라…….'

그는 물끄러미 그녀와 눈을 마주했다. 투명하게 빛나는 검은 눈동자 위로 과거, 그녀와 처음 만났을 때가 떠올랐다. 금방이라도 깨질 거 같은 유리처럼 아슬아슬해 보이던 그녀가 가늘게 떨리는 손으로 그를 붙잡으며 가까스로 꺼내던 말.

"비협조적으로 나오면 범위를 넓힐 수도 있어, 전교생으로."

해주의 장난스러운 으름장에, 수혁은 회상을 멈추고 심드렁하게 대꾸했다.

"적당히 하지."

수혁의 제재에 해주는 불만스런 얼굴로, 왼손을 뻗어 그의 뺨을 매만졌다.

"너 학교에서 인기 많잖아. 왠지 질투 나."

"막상 학교 다니면, 네가 더 인기 폭발일 거야."

가볍게 던져진 수혁의 말에, 순간 해주의 안색이 싸늘히 굳었다.

"그건 다 가짜잖아."

그녀가 나직이 말했다. 가짜. 나를 통해 부모를 보려는 거짓된 관심.

"그런 건 하나도 달갑지 않아."

부모의 거짓된 삶에 열광하는 사람들의 관심 따윈 오히려 역겹고 불편했다. 그들의 시선으로부터 피하고 싶고, 도망치고 싶었다. 그래서 철저히 고립되었고, 세상과 동떨어진 채 살았다. 그런데 다시 세상 밖으로 나가야 한다니, 걱정이 먼저 앞섰다.

"정말 괜찮을까…… 나 학교 다니는 거."

해주가 불안한 기색을 내비치자, 수혁이 자신의 뺨을 쓰다듬는 그녀의 손을 맞잡았다.

"걱정 마."

그는 해주의 손목을 끌어당겨 자신의 입술로 가져갔다. 그러고는 망설임 없이 자해 흔적이 남겨진 자리에 따뜻한 입술 자국을 남겼다.

"아……."

서늘하게 식어있던 손이 가늘게 떨리며, 그녀의 시선이 수혁을 향했다. 동시에 해주의 손목을 응시하던 수혁의 시선이 느릿하게 그녀와 마주했다. 수혁이 천천히 입을 열었다.

"너만 도망가지 않으면 돼……."

"……."

"항상 내가 네 옆에 있을 거야."

안도감을 주는 그의 말에 어둡게 가라앉았던 그녀의 얼굴이 사르륵 녹았다. 해주는 그에게서 손을 거두곤, 그의 허리를 끌어안았다. 따뜻한 온기가 심장에 닿자, 차갑게 식었던 몸에 열기가 돌았다.

그녀의 얼굴 위로 만족한 미소가 떠올랐다. 해주는 조금 더 그의 품속 깊숙이 파고들며, 강아지처럼 볼을 비비적거렸다.

"차라리 네가 우리 가족으로 태어났다면 좋았을 텐데."

해주의 말에, 수혁의 눈동자가 움찔 흔들렸다.

"가족……?"

해주가 해맑게 웃으며 대답했다.

"응, 그럼 평생 헤어질 걱정 없이, 이렇게 붙어 있을 수 있으니까."

"……."

"네가 학교를 졸업해도, 직장을 다니게 돼도, 혹시라도 여자가 생겨서 결혼하게 되더라도, 언제든, 어떤 상황이든 함께 할 수 있잖아."

한참 중얼거리듯 말을 늘어놓던, 그녀가 갑자기 고개를 홱 들었다.

"오빠! 맞아, 오빠로 태어났으면 진짜 좋았겠다. 그렇지?"

조용히 그녀의 말을 듣고 있던 수혁이, 자리에서 벌떡 일어섰다. 그로 인해 엉거주춤한 자세로 뒤로 밀쳐난 해주가 의아한 얼굴로 그를 올려다봤다.

"수혁아?"

"……슬슬 잠 온다. 너도 그만 자."

수혁이 문 쪽으로 발길을 옮기려 하자, 해주가 다급히 그의 손목을 붙잡았다.

"벌써 자려고?"

"……."

"그러지 말고 좀 더 있다 가."

그녀가 못내 아쉬운 표정으로 그가 못 가도록 만류했다. 하지만 수혁은 가차 없이 해주의 손길을 밀쳐냈다.

"너도 개강하기 전에, 낮과 밤이 바뀐 것부터 원래대로 돌리려고 노력해 봐."

"……."

"괜히 나까지 지각하게 하지 말고."

쿡쿡 찔러오는 수혁의 말에, 해주는 머쓱한 표정으로 허공에 떠도는 손을 거뒀다. 반박하기엔 다 맞는 말이었다. 결국 그녀는 수긍하고, 고개를 끄덕였다.

"그래, 알았어……."

해주의 기죽은 목소리에도 수혁은 뒤도 돌아보지 않고, 그대로 방문으로 향했다. '잘 자.'라는 해주의 인사가 등 뒤로 들렸지만 수혁은 대답하지 않았다.

달칵—

그는 문을 열고 밖을 나온 뒤, 미련 없이 열쇠를 잠갔다. 그러고는 닫힌 문에 몸을 기대며, 두 눈을 질끈 감았다.

"차라리 네가 우리 가족으로 태어났다면 좋았을 텐데."

'가족이라…….'

그녀가 했던 말을 떠올린 수혁은, 자신도 모르게 픽, 하고 실소를 터트렸다. 잊고 있었는데, 자신의 위치와 역할이 어떤 건지 잠시 잊고 있었는데, 이렇게 다시금 그녀가 일깨워 줬다.

그는 불현듯 깨닫게 된 현실에 자조했다. 애초에 자신은 동환 부부가 해주에게 던져준 장난감, 그 이상 그 이하도 아니었다. 그건 자신이 유정의 손을 붙잡고 이 집에 들어올 때부터 정해진 운명이나 다름없었다.

'또 운명이라니…….'

그는 한쪽 입꼬리를 위로 끌어올렸다. 부모에게 버림받은 것도 운명이고, 누나를 잃은 것도 운명이며, 이 집에 들어와 해주를 만나게 된 것도 운명이었다.

그래도 이번엔 그 빌어먹을 운명이 제 편으로 흘러가나 했더니, 우습다는 듯 또 한 번 그를 배신했다.

'그래도 상관없어.'

이 정도 삐걱거림은 괜찮았다. 어차피 마냥 뜻대로 흘러갈 것이라 생각하지 않았다. 해주만 제 손아귀 안에 있다면, 그녀만 제 옆에 붙어 있기만 한다면, 아무래도 상관없었다.

판은 다시 짜면 그만이니까, 관계라는 건 언제든 뒤바뀔 수 있는 문제였다. 그래, 결과적으론 모든 건 제 식대로 흘러갈 것이다.

"곧 둘만 남게 되겠지."

개강쯤이면 동환도, 유정도 각자 일 문제로 잠시 집을 떠나게 될지도 모른다고 했다. 수혁은 두 눈을 치켜뜨곤, 천천히 뒤를 돌아 문을 마주 보고 섰다.

문 너머로 존재하는 금단의 공간이 오늘따라 유독 만족스러웠다. 그는 길고 가느다란 손가락으로 문을 찬찬히 쓰다듬었다.

"가족이 아니더라도, 우리가 헤어질 일은 절대 없을 거야……."

확신했다. 그가 손가락을 세워 문을 툭툭 두들겼다.

"넌 영원히 이곳에 갇혀 지내게 될 테니."

그가 손가락을 멈추고, 문에 이마를 살며시 댔다. 냉랭한 기운이 살갗에 그대로 전해졌다. 그의 입술이 다시 달싹였다.

"그러니까 걱정할 거 없어."

수혁의 시선이 아득해졌다.

"우린 평생 함께할 거야."

서슬 퍼런 그의 의지가 공허한 복도 안에 작게 울렸다.

* * *

모처럼 맑고 청명한 하늘이 열린 아침이었다.

"으…… 골이야."

밝은 햇살이 창문 너머로 쏟아졌지만, 그에겐 그걸 즐길 여유 따윈 없었다. 률은 잔뜩 얼굴을 찌푸린 채, 머리를 부여잡고 신음을 내뱉었다. 어제 과음으로 인한 숙취가 좀처럼 가시질 않았다.

오래간만에 느끼는 고통에 자연스레 짜증이 신물처럼 속에서부터 치솟았다. 술의 잔재가 스멀거리는 것이 메스꺼웠다. 어찌 해야 할지 몰라, 일단 그는 차가운 물을 단숨에 들이켰다. 잠시나마 불쾌함이 가라앉았다.

률은 입가에 묻은 물기를 손으로 쓰윽 닦아낸 후, 한숨을 푹 내쉬었다. 이럴 줄 알았으면 딱 잘라 거절하는 건데…… 어제 일을 회상하며 그는 후회하고 또 후회했다.

'권제이……!'

어쩐 일로 악마 같은 그놈이 술을 다 산다 했다. 어릴 적부터 가족이든, 친구든, 남자라는 성별을 가진 사람에겐 단돈 10원도 안 쓰던 놈이 말이다.

일단은 별일이 다 있다 싶으면서도, 혹시 큰 고민이라도 있나 싶어 거절은 하지 않았다. 그래도 하나뿐인 동생인 데다, 뭐하고 싸돌아다니는지 집에 안 들어온 지도 꽤 되었던 터라 걱정도 됐기 때문이었다.

하지만 이 같은 걱정은 전날 그 녀석이 집에 들어온 지 단 1초 만에, 쓸데없는 감정낭비였다는 결론과 함께 흔적도 없이 싹 사라졌다.

—그래서 제이 녀석이 데리고 온 여자들하고 신명 나게 밤새 노셨다? 그것도 개강 전날에 말이지.

률은 이어피스 너머로 들리는 리아의 볼멘소리에 미간을 잔뜩 찌푸렸다. 수업에 늦지 않게 깨워 준 것까지는 고마운데, 마치 마누라처럼 잔소리를 해 대는 통에 정신이 하나도 없었다.

—권 교수님, 제 말 듣고 계십니까?

재빠르게 정장을 챙겨 입고, 양말을 신고, 마지막으로 왼쪽 손목에 시계를 채우려는데, 귓가로 날 선 리아의 목소리가 들렸다.

률은 한숨을 푹 내쉬었다. 숙취에, 시간은 촉박했고, 거기다 발에 탁탁 체이는 동생 놈은 여자 한 명을 끌어안은 채 인사불성이었다. 거기다 설상가상으로 한참이나 어린 여동생한테까지 잔소리 세례까지 받고 있으니, 벌써부터 온 몸의 진이 다 빠진 기분이 들었다.

—오빠!

"그래, 그래서 하고 싶은 말이 뭔데?"

노트북과 갖가지 물품을 챙겨 넣은 백팩을 어깨에 멘 그는, 신발장에 가서 적당히 눈에 띄는 구두를 챙겨 신었다.

—내가 만든 정장 입었어?

률은 대답도 없이 현관문 앞에 붙어 있는 거울을 들여다봤다. 먼저 검게 짙은 눈썹과 길게 찢어진 눈매 안에 담긴 흑갈색 눈동자가 저 자신을 따갑게 응시하고 있었다. 그리고 그 아래로 180cm가 훌쩍 넘는 키와 다부진 몸매를 슬림하게 부각시키는 정장이 멋들어지게 입혀져 있었다.

생각했던 것보다 꽤나 만족스러운 모습이었다. 리아가 생전 처음으로 만든 남자 정장이라며, 잔뜩 기뻐하던 모습이 눈앞에 아른거렸다.

—오빠, 입었냐고!

우렁찬 리아의 목소리에 귀가 찌릿하게 울렸다. 률은 그녀의 성화에 질린 듯 도리질을 쳤다. 하여튼 권제이도 그렇고, 유리아도 그렇고, 이 둘은 귀엽게 봐 주려 해도 봐 줄 수가 없었다.

"아니."

률은 문밖을 나서며 퉁명스럽게 대꾸했다. 아침부터 귀찮게 해 대는 것에 대한 분풀이였다. 하지만 이건 또 다른 불행을 가져온 대답임을 곧바로 알 수 있었다.

—그럼 뭐 입었는데? 읊어봐.

집요하게 따라붙는 말에, 률은 엘리베이터에 몸을 실으며 심드렁하게 대답했다.

"자알 입었다."

—그러니까 뭐 입었냐고.

"정장."

—설마 그거 입은 거 아니지?"

그거? 률은 의아한 투로 되물었다.

"뭐?"

—프릴 달린 와이셔츠와 은회색 정장."

땡— 소리와 함께 1층에 멈춰 선 엘리베이터 문이 열렸다. 률은 황당한 얼굴로 그곳에서 성큼성큼 내렸다.

"뭐냐? 그 지극히 권제이스러운 정장은."

—그러니까 권제이가 요 며칠 설쳤단 말이야, 자기 형 출근할 때 입힐 정장을 만들겠다면서.

"혹 만들었다고 해도, 그걸 내가 입을 거란 발상은 어디서 나오는 거지?"

—왜, 오빠 취향도 꽤 마니악 하잖아, 그거 집안 내력인가?

지하철역으로 향하던 률이 우뚝 제자리에 멈춰 섰다. 어제저녁에 이어, 오늘 아침에까지 이런 수모와 극심한 스트레스를 받으며 마냥 지하철에 몸을 실은 순 없었다.

그는 일단 손목에 찬 시계를 확인했다. 조금 촉박하긴 했지만, 5분 정도의 여유를 낼 수도 있을 것 같았다.

"넌 오전에 수업 없냐?"

률은 성가시다는 듯 그녀에게 물은 뒤, 주위를 두리번거렸다. 마침 멀리 유려하게 솟아 있는 나무 아래서, 담배를 뻐끔뻐끔 피우고 있는 사람들이 그의 눈에 확 들어왔다.

—전화 끊고 싶구나?

률은 순간 뜨끔했지만, 자리를 옮기며 최대한 유연하게 답했다.

"아니, 너 바쁠까 봐."

—인간아, 그냥 솔직하게 말해. 담배 피러 가는 중인 거 다 아니까.

"……정장에 CCTV 달았냐?"

—어? 내가 만든 정장 입었구나!

리아의 밝아진 목소리에 률이 피식 웃음을 지었다. 하여튼 귀신같이 눈치는 빨라서는.

—궁금해, 얼마나 잘 어울리는지. 사진 찍어서 보내 줘.

"아침부터 별짓을 다 시킨다."

—아! 아니다, 이따 수업시간에 보면 되겠구나.

"너 내 수업 신청했어?"

—응, 혹시라도 정원 미달 될까 봐.

"……."

잠깐의 정적이 흐른 뒤, 그가 이마를 긁적이며 물었다.

"……너, 내 수업이 정원 초과될 거란 생각은 안 해봤냐?"

—흠, 생각은 했어. 수업의 질과 상관없이, 오롯이 오빠의 외모 하나만을 바라보고 신청하는 속없는 여자들이 많으니까.

이제 그만 통화를 마쳐야 할 때인가.

"그만 끊어라."

—삐쳤어?

률은 지끈거리는 머리를 손으로 꾹꾹 눌렀다.

"너 지금 안 끊으면 후회할지도 몰라."

—무슨 소리야?

"아침부터 걸쭉한 구토 소리 듣고 싶은……."

뚝—

"유리아?"

률은 채 말이 끝나기도 전에 끊긴 전화에 헛웃음을 터트렸다. 하여튼 이럴 때만 행동이 재빠르지.

률은 귀에서 이어피스를 떼어 내 가방 속에 툭 집어넣었다. 그래도 리아의 잔소리가 사라지니, 두통이 조금은 사그라지는 것 같았다.

겨우 눈앞이 트인 그는 상쾌한 아침 공기를 쭉 들이켜고는 훅 하고 내뱉었다. 알코올 향이 공기 중에 흩어지며, 속이 싸하게 쓰려왔다. 이쯤에서 혹사당한 속을 담배로 달래 줄 필요가 있어 보였다. 률은 다시 한 번 시간을 확인하곤, 서둘러 흡연 구역으로 향했다.

지난달 또다시 아프리카로 봉사활동을 떠난 유정에 이어, 오늘 아침엔 동환이 미국으로 장기 출장을 떠났다.

갑작스럽게 떠나게 된 그를 배웅하고 오느라, 해주와 수혁은 빠듯한 시간에 학교에 도착했다. 수업 시작 10분 전이었지만, 해주는 선뜻 강의실 안으로 들어가지 못하고 그저 수혁의 눈치를 살폈다.

수혁과 함께 듣지 않는 수업 중의 하나였다. 동일 시간대에 하필이면 그에게 중요한 전공수업이 있어 같이 수업을 들을 수가 없게 된 것이다. 더구나 해주도 졸업하려면 이 수업을 꼭 이수해야만 했기에, 각자 다른 수업을 듣는 게 불가피한 상황이었다.

왜 하필 첫 날 수업부터 이렇게 된 건지. 해주는 괜스레 기분이 울적해졌다.

"그냥 너랑 같은 수업 들어가면 안 돼?"

해주는 그의 팔을 붙잡고, 투정을 부렸다. 마음 같아선 수업은 제치고 수혁과 함께 있고 싶었다. 하지만 수혁은 어느 때보다도 단호하게, 그녀의 뜻을 꺾었다.

"안 돼, 이왕 학교 다니는 거 수업은 제대로 들어야지."

"그래도……."

"이거 전공수업이라 학점 제대로 못 받으면, 너 다음 학기 때 또 들어야 할지도 몰라. 그래도 괜찮겠어?"

해주는 수혁의 말에 입을 꾹 닫았다. 수혁이 옳은 말만 구구절절 읊어대는 통에, 부정하는 말을 내뱉을 수도 없었다.

마음 같아선 '학점 따윈 상관없다.'라고 반박하고 싶었지만, 그걸 저 범생이가 받아줄 리 만무했다. 다른 건 몰라도, 수혁은 자기 관리가 누구보다도 철두철미했다. 괜히 말을 잘못 꺼냈다간, 하루 종일 그의 핀잔에 시달리게 될지도 몰랐다.

"알았어. 그럼 수업 끝나고 봐."

해주가 시무룩하게 대답하자, 수혁이 피식 웃으며 그녀의 머리를 쓰다듬었다.

"여기서 기다리고 있어, 수업 끝나면 데리러 올게."

"아! 수혁 선배님!"

수혁이 그녀를 달랠 때쯤, 낯선 목소리가 두 사람 사이를 파고들었다. 해주는 복도를 울리는 목소리에 의아한 얼굴로 고개를 옆으로 돌렸다.

웬 낯선 여자가 득달같이 수혁을 향해 뛰어오는 게 보였다.

"누구야?"

해주가 소곤거리며 묻자, 수혁이 무덤덤한 얼굴로 어깨를 으쓱했다.

"과 후배인가?"

수혁의 불확실한 대답에 해주가 못마땅한 눈빛으로 그녀를 돌아봤다. 작고 아담한 키에 볼륨 있는 단발머리를 한 여자는, 한눈에 봐도 귀엽고 사랑스러워 보였다. 거기다 열심히 뛰어오는 모습이 어찌나 해맑은지, 보는 이로 하여금 저절로 미소 짓게 만들었다.

해주는 자신과는 전혀 다른 분위기의 그녀를 묘한 눈길로 쳐다봤다. 어느새 그들에게 가깝게 다가선 여자는 큰 눈을 반짝이며, 수혁을 우러러 바라보고 있었다.

"선배님, 오랜만이에요. 그동안 잘 지내셨어요?"

반갑게 인사하는 그녀의 모습에, 수혁은 고개를 갸웃 기울이며 되물었다.

"누구지?"

여자는 수혁을 알아봤지만, 그는 그녀를 전혀 알아보지 못했다. 누가 봐도 민망할 법한 상황이었지만, 여자는 전혀 그런 기색 하나 없이 오히려 당당한 미소를 지어보였다.

"선배님의 한 학번 후배인 서나율입니다. 전에 몇 번 뵀었는데, 기억 못 하시네요?"

서나율? 딱히 누군지 기억나지 않았다. 수혁은 그녀가 학교에서 오다가다 본 후배일 거라 대충 짐작하곤, 관심을 껐다.

수혁은 그녀에게 향했던 시선을 해주에게로 옮기며, 다정한 미소를 머금었다.

"나 그만 갈게. 혹시 수업 먼저 끝나게 되면 연락해."

수혁은 그녀에게서 화답이 돌아올 거라 생각했다. 하지만 해주는 뭔가 못마땅한 얼굴로 말없이 그를 빤히 바라보기만 했다.

갑자기 왜 이러나 싶어 그녀에게 물어볼 찰나, 미동도 없던 해주의 입에서 나지막한 한마디가 흘러나왔다.

"알겠어."

"……?"

짧은 대답을 던진 해주는, 홱 뒤돌아 강의실 안으로 들어가 버렸다. 어딘가 심통이 난 해주의 모습에, 가만히 서 있던 수혁은 그녀의 뒤를 쫓아 강의실로 향했다. 그때, 나율이 다급히 그의 옷깃을 부여잡았다.

"선배님, 지금 전공 수업 있는 거 아니세요? 아까 다른 선배님들은 미디어 홀로 가시던데."

수혁은 천천히 나율을 돌아봤다. 아, 수업. 또 해주에게 정신이 팔려 잊을 뻔했다. 그는 다급히 손목시계를 확인했다. 수업 시작까지 남은 시간은 5분, 당장 뛰어가지 않으면 지각은 확실해 보였다.

수혁은 흘끗 강의실 안을 확인했다. 해주는 맨 뒷자리에 자리를 잡은 뒤, 창문 밖을 멀거니 쳐다보고 있었다. 외로워 보이는 모습이 왠지 마음에 걸렸지만, 수혁은 애써 발길을 돌렸다.

"아침 안 드셨죠? 이거 드세요."

미디어 홀로 향하려던 수혁은 눈앞에 내밀어 진 초콜릿 바를 조용히 내려다봤다.

"난 모르는 사람이 주는 건 안 먹어."

그는 싸늘한 표정으로 초콜릿 바를 툭 밀어냈다.

"……아, 그래요……?"

수혁의 반응에 민망해진 나율의 얼굴을 붉어졌다. 나율은 그에게 내민 초콜릿 바를 거둬들였다. 그 모습이 어딘가 애처로워 보였지만, 수혁은 오히려 그녀가 주체스럽다는 듯, 미간을 구기며 지나쳐 걸어갔다.

나율은 수혁의 뒷모습을 말없이 지켜봤다. 어쩔 줄 몰라 전전

궁궁하던 그녀의 얼굴이, 그가 시야에서 사라지자 거짓말처럼 싹 바뀌었다. 그녀는 섬뜩하게 변한 얼굴로 움켜쥔 손을 부들부들 떨었다.

그녀는 초코바를 쓰레기통에 거칠게 버리곤, 잠시 숨을 골랐다. 불쑥 튀어나왔던 성질이 서서히 가라앉는 것이 느껴졌다.

어느 정도 기세를 죽인 뒤, 나율은 자연스럽게 가방에서 거울을 꺼내 얼굴을 매만졌다. 그리고 잠시 뒤, 마치 아무 일 없었다는 듯 평온해진 얼굴로 수업이 있는 강의실로 향했다.

강의실 안에 들어서자마자 해주는 창가 쪽 맨 뒷자리로 향했다. 교수나 학생들의 눈에 띄지 않는 자리라 선택함에 있어 망설임은 없었다.

가방을 의자 아래쪽에 대충 놓고, 존재감이 느껴지지 않을 만큼 그녀는 숨을 죽였다. 하지만 얼마 지나지 않아 적막감마저 감돌던 강의실에 균열이 일며, 몇몇 불편한 시선들이 그녀에게로 쏟아졌다.

"천해주 아냐?"

"맞지? 설마 했는데……."

"복학한다는 소리 듣긴 들었는데. 진짜였구나."

귓속으로 웅성거림이 들렸지만, 그녀는 짐짓 못 들은 척 시선을 창밖으로 옮겼다. 오랜만에 마주 보게 된 하늘은 휑하니 맑고 잠잠한 반면에, 그녀의 속은 성난 파도처럼 영 심란했다.

어느 정도 예상은 했지만, 막상 상황에 닥치고 보니 담담하게 받아들이기가 쉽지 않았다. 해주는 전신으로 압박해오는 관심 어린 시선에 숨통이 막혀왔다. 긴장감에 얼굴이 굳고 입술이 바짝 말랐다. 하지만 그녀는 제 감정을 얼굴 위로 드러내지 않으려, 있는 힘을 다해 입안 살점을 꽉 깨물었다.

입 안 가득 비릿한 피 맛이 느껴지며, 속이 메스꺼워졌다. 아무래도 아무렇지 않은 척 끝까지 버티고 있기가 힘들 것 같았다.

결국 나가기로 마음먹은 그녀는, 가방을 챙겨 들고 다리에 힘을 줬다. 그 순간 뒷문 사이로 수혁과 나율의 모습이 그녀의 시야로 들어왔다.

'왜 아직도 저기 있는 거지?'

해주는 제자리에 앉은 채로 그들을 살펴봤다. 수혁은 뒷모습밖에 보이지 않아 얼굴을 확인할 순 없었지만, 나율은 그에게 뭔가를 건네며 수줍게 웃고 있었다. 둘 사이에 뭔가 묘한 분위기가 오가는 걸 본 해주는, 즉시 그들에게서 시선을 거뒀다.

왠지 모를 이상한 감정이, 가슴속 깊은 곳에서부터 툭툭하고 치고 올라오는 게 느껴졌다. 화도, 짜증도 아닌, 형용할 수 없는 기분에 가방 끈을 쥔 손에 힘이 절로 들어갔다.

해주는 입술을 꽉 깨문 채로, 몸을 정면으로 홱 돌렸다. 그때, 그 여파로 가방 옆 주머니에 대충 넣어둔 그녀의 휴대폰이 바닥 아래로 굴러 떨어졌다.

"아……."

갑작스러운 실수에 해주는 조심스레 신음을 삼켰다. 순간 자신을 향한 많은 사람들의 시선이 고개를 들지 않아도 느껴졌다.

'어떡하지.'

해주는 튀어나오려는 한숨을 삼키며, 재빨리 허리를 숙여 휴대폰을 찾았다. 바로 앞쪽 의자 밑으로 휴대폰이 보였다. 그나마 멀리 떨어지지 않은 것에 안도하며, 그녀는 손을 최대한 앞으로 뻗었다.

끈질긴 노력에도 좀처럼 휴대폰까지 손이 닿지 않았다. 그 때, 갑자기 철컥하고 문이 열리는 소리가 들렸다.

'교수님, 오셨나?'

뚜벅뚜벅 구두 소리와 함께 주변이 크게 술렁거렸다. 교수님이 등장한 것만으로도 학생들이 과한 반응을 보이는 게 뭔가 의문스러웠지만, 그녀는 일단 휴대폰에 집중했다.

어떻게든 주워보려 아등바등 애를 써 봐도, 역부족인지 끝끝내 휴대폰은 손에 닿지 않았다. 결국 해주는 포기하고, 엉거주춤한 자세를 바로하며 헝클어진 머리카락을 정리했다.

눈앞을 어지럽히던 머리카락이 사라지자, 시야가 밝아지며 정면으로 학생들의 머리가 보였다. 이상하게도 그들은 일제히 누군가를 응시하며, 감탄사를 내뱉고 있었다.

쉽게 가라앉지 않는 소란에, 해주도 고개를 빠끔히 옆으로 내밀었다. 학생들의 시선을 한 몸에 받으며, 교탁 위에 놓인 노트북을 들여다보고 있는 교수님은 놀랍게도 그녀의 눈에 익은 사람이었다.

'설마…….'

해주는 동그랗게 뜬 두 눈을 끔뻑였다. 혹시 착각한 건 아닐까, 그녀는 몇 번이고 교수님의 얼굴을 확인했다. 흔히 볼 수 없는 외모와 길쭉한 기럭지를 자랑하는 남자는 분명 자신이 알고 있는 사람이었다. 우연히 길거리에서 인연을 맺게 된 그 남자,

'아저씨……?'

# 제 3 장
# 충돌

교탁 앞에 서 있는 률을 멍하니 응시하며, 해주는 잠시 동안 입을 다물지 못했다.

마치 다른 사람을 보는 것만 같았다.

'혹시 쌍둥이가 아닐까?'

일단 얼굴은 분명 률이 맞는데, 처음 만났을 때와 분위기 자체가 달라서 황당한 의심마저 들었다. 그도 그럴 것이, 일전에 느꼈던 까칠하고 투박한 분위기는 사라지고, 점잖고 지적인 아우라만이 그에게서 풍겨 나왔다.

강의를 하는 내내 그의 표정과 눈빛은 누구보다 진지하고 카리스마가 넘쳤으며, 손동작, 눈빛 하나하나가 물 흐르듯이 자연스럽고 능숙해 보였다.

'참, 재밌는 사람이야.'

해주는 그에게서 한시도 시선을 떼지 못했다. 말을 하는 중간중간 이따금씩 그가 미간을 좁힐 땐 그녀 역시 따라 미간을 좁혔고, 가끔 학생들 반응에 멋쩍은 미소를 머금을 때면 그녀도 피식 웃음을 짓곤 했다.

가만히 앉아 그를 지켜보는 것만으로도 좌불안석이었던 마음이 해소되듯 금세 사그라졌다. 해주는 턱을 괸 채 그를 골몰히 응시했다.

수업 끝난 후 아는 척한다면 어떤 반응을 보일까?

나를 기억이라도 하긴 할까?

갖가지 생각과 함께 그녀의 눈이 흥미롭게 빛났다.

"그럼 오늘은 개강 첫날이고 하니, 이쯤에서……."

드르륵……드르륵……

강의가 어느 정도 마무리되어 가는 시점이었다. 해주는 귓속에서 요란하게 울리는 휴대폰 진동소리에 화들짝 놀라며 고개를 숙였다.

전화가 왔는지, 바닥에 떨어뜨린 휴대폰이 쉴 새 없이 울렸다. 해주는 당혹스러운 얼굴로 안절부절못했지만, 다행히도 률의 목소리가 다시 그들의 시선을 붙잡았다.

"이쯤에서 수업 마무리하겠습니다. 혹시 수업과 관련하여 질문 있으십니까?"

학생들 사이에서 정적만이 흐르자, 률이 시원한 미소를 지어 보이며 마지막 말을 꺼냈다.

"그럼 다음 주에 봅시다."

률의 마무리 인사와 함께, 학생들이 일사불란하게 짐을 챙기기 시작했다. 그 사이, 해주는 수업이 끝난 것에 내심 안도하며, 재빨리 의자 옆으로 비켜 앉았다. 그리고 몸을 숙여 휴대폰을 주우려 하는데, 앞자리에 앉은 사람이 먼저 허리를 팍 숙이더니 휴대폰을 주웠다.

"이거 그쪽 거?"

"아! 고맙……."

고개를 들어 휴대폰을 내미는 사람과 눈을 마주한 해주는 순간 말을 멈추고 말았다. 해주는 벙찐 얼굴로 눈앞의 여자를 응시했다. 뒤에서 봤을 땐 컷트 머리라 남자일 거라 예상했는데, 그녀는 누가 봐도 여자였다. 그것도 엄청난 미인.

해주는 살짝 놀란 기색으로 그녀를 살펴봤다. 보이쉬한 외모, 눈에 띄는 밝은 톤의 머리카락은 물론 그녀와 절묘하게 어울리는 독특한 패션까지. 거기다 묘하게 뿜어져 나오는 아우라가 같은 여자임에도 눈길을 뗄 수 없게 만들었다.

'누구지?'

그녀에 대한 궁금증이 절로 일었다. 마치 TV나 잡지에서 툭 튀어나온 모델을 보는 것 같았다.

"안 받아요?"

넋 놓은 듯 그녀를 바라보던 해주가 불현듯 들린 음성에 움찔 놀랐다. 뒤늦게 눈앞에 흔들거리는 휴대폰을 발견한 그녀는 민망한 얼굴로 손을 내밀었다.

"네, 감사합니다."

해주가 휴대폰을 건네받자, 여자가 고개를 갸웃 기울이며 조심스럽게 물었다.

"흐음…… 혹시 우리 전에 본 적 있나요?"

천천히 기억을 되짚어 보던, 해주는 의아한 표정을 지었다. 일전에 이런 독특한 분위기를 지닌 여자를 본 기억 같은 건 없었다. 해주는 고개를 살며시 가로저었다.

"아니요. 처음 보는데요."

"그래요? 난 하도 내 얼굴을 뚫어지게 쳐다보길래 혹시나 했어요."

"아……."

"제가 안면을 인식하는 기능에 문제가 있는지 사람을 잘 못 알아보거든요. 혹시 실수로 못 알아본 건 아닌가 하고, 순간 엄청 쫄았네요."

여자가 '하하'하고 너털웃음을 짓자, 해주가 그녀를 따라 어색한 미소를 지어 보였다. 그걸 가만히 지켜보던 여자가 묘한 시선으로 해주를 이리저리 훑어보더니, 자리에서 벌떡 섰다.

"잠깐만 일어서 볼래요?"

그녀의 엉뚱한 부탁에, 해주는 어리둥절해했다.

"네?"

"확인할 게 좀 있어서요. 잠깐이면 돼요."

그녀가 얼른 일어서라 손짓하며 부추기자, 해주는 마지못해 자리에서 일어섰다. 그러자 여자가 해주의 주변을 빙글 돌며 그녀를 구석구석 살펴보기 시작했다.

"저, 무슨 문제라도……?"

당황한 해주가 몸을 움츠리며 물었지만, 여자는 아랑곳하지 않고 해주의 상체 부근을 가리키며 말했다.

"겉옷 좀 벗어봐 줄 수 있겠어요?"

그녀의 부탁에 해주는 오히려 옷깃을 슬그머니 여몄다. 조금 이상했다. 가늘게 뜬 눈으로 뚫어지게 쳐다보는 눈초리와 이유를 알 수 없는 요구까지…….

"저기요?"

해주는 여자가 부르는 소리에 맞춰 몸에 힘을 꽉 줬다. 느낌이 왔다. 이 여자는 피하는 게 좋을 것 같다는 촉. 처음 그녀에게서 느꼈던 호기심과 호감은 금세 걷히고, 수상함만이 가득해졌다.

"저……."

지이잉…….

어떻게든 변명을 하고 자리를 벗어나려던 순간, 타이밍 좋게도 손에 쥔 휴대폰이 진동소리를 냈다. 기회다 싶어 해주는 재빨리 휴대폰 액정 부분을 여자에게 비춰 보이며, 바쁜 척 말을 꺼냈다.

"죄송해요. 제가 지금 빨리 가 봐야 돼서요."

"아, 잠깐이면 되는데……."

"죄송합니다. 그리고 휴대폰 주워 주신 거 감사합니다."

해주는 붙잡을 기세로 다가서는 여자를 지나쳐, 서둘러 강의실 밖을 나왔다. 그리고 어느 정도 강의실에서 멀어졌다 싶을 때쯤, 해주는 제자리에 멈춰 뒤를 돌아봤다. 상당히 묘한 여자였다.

도도하고 시크한 얼굴과는 어울리지 않는 털털한 행동과 말투 하며, 맛있는 먹이를 앞에 두고 군침 삼키는 사자처럼 매서운 눈초리로 제 몸을 훑어보는 거 하며, 뭔가 평범한 것과는 거리가 멀어 보이는 여자였다.

'요즘 특이한 사람들하고 자주 만나네.'

정체를 알 수 없는 여자도 그렇고, 술집 서빙인지 교수님인지 정체가 모호한 아저씨도 그렇고.

"아! 맞다. 아저씨."

여자를 신경 쓰느라 잠시 잊고 있었다. 뒤늦게 률을 떠올린 해주는 서둘러 강의실로 돌아갔다. 률의 모습은 보이지 않았다.

'어디 갔지?'

해주는 주변을 두리번거렸다. 안타깝게도 그 어디에서도 률의 흔적을 찾을 수 없었다. 일단은 1층으로 내려가 보면 볼 수 있지 않을까 싶어, 해주는 계단으로 향했다. 한 층 한 층 바삐 내려오던 해주는, 그러다 문득 아래를 내려다보곤 반색했다.

찾았다.

건물 밖으로 향하는 문 앞에 률이 누군가와 대화중인 게 보였다. 서둘러 그를 붙잡아야 한다는 생각이 머릿속을 지배했다.

해주는 그가 있는 곳을 정확히 눈 안에 담고선, 망설임 없이 률이 있는 곳을 향해 뛰어갔다. 도중에 손에 쥔 그녀의 휴대폰이 쉴 새 없이 울렸다. 해주는 일단 멈춰 선 채로 휴대폰 액정을 확인했다. 수혁에게 걸려온 전화였다.

처음엔 제 눈을 의심했었다.

설마 아닐 거라, 우연도 이런 우연이 계속될 리가 없을 거라 현실을 부정했었다.

'말도 안 돼.'

률은 좀 전 강의를 떠올리며, 관자놀이를 손가락으로 꾹꾹 눌렀다. 그 여자였다. 얼마 전에 만난 그 이상한 여자 말이다. 그녀가 분명 자신이 강의 중인 강의실 안에 있었고, 학생으로서 그의 강의를 듣고 있었다.

처음엔 눈치채지 못했었다. 그런데 강의를 끝낼 때쯤 갑작스럽게 울려대던 휴대폰 진동 소리와 함께, 그녀의 얼굴이 그의 눈에 팍하니 꽂혔다. 하마터면 강의 중에 그녀를 향해 손가락질하며 소리를 내지를 뻔했다.

천만다행히도 일말의 자제력을 동원해 상황을 유연하게 넘길 수 있었지만, 아니었다면 어떤 끔찍한 상황을 맞이하게 됐을지 생각하고 싶지도 않았다.

률은 지친 얼굴로, 책상 위에 놓인 찬물을 단숨에 들이켰다. 파노라마처럼 뇌리를 스쳐 가는 그녀에 대한 기억에, 겨우 잠재운 숙취가 다시금 머릿속을 헤집었다. 률은 짙은 한숨을 훅 내뱉으며, 의자 위에 털썩 앉았다.

"아직도 속이 안 좋아?"

률의 맞은편 소파에 앉아 휴대폰을 들여다보며 리아가 그에게 물었다. 교수나 조교들만이 주로 드나드는 연구실임에도, 학생인 그녀는 전혀 거리낌 없이 편안히 소파를 차지하고 있었다. 률은 그런 그녀의 성가시다는 듯 쳐다보며 손을 휘휘 내저었다.

"귀찮게 하지 말고 가."

"그러지 말고, 같이 해장이나 하러 가자."

리아의 살가운 제안이 썩 반갑지 않은지, 률은 단칼에 거절했다.

"됐어."

"어차피 점심 먹을 거면 튕기지 말고 같이 먹지? 혼자 먹기 싫단 말이야."

"제이랑 연락해서 같이 먹어, 해장은 나보단 그 녀석이 더 절실할 테니."

"숙취로 생사를 오가는 놈하고 무슨 밥입니까…… 초상 치를 일 있어요? 권 교수님?"

변기를 붙잡고 작두를 찾으며 괴로워하고 있을 제이가 곧바로 머릿속에 떠올랐다. 결국 률은 포기하고 다른 대안을 내놓았다.

"그럼 네 추종자들하고 먹으면 될 거 아냐? 그 정신 빠진 놈들 있잖아."

"개강 첫날부터 그들과 불편한 점심을 하고 싶진 않아."

그녀의 말에 이번엔 륜이 즉시 동조했다.

"그래? 나도 그런데. 이제야 말이 좀 통하네."

"뭐?"

"너랑 나랑 통했다고. 나도 개강 첫 날부터 너와 불편한 점심을 함께하고 싶지 않았거든."

"……."

냉정하게 말을 끝내고 난 뒤, 륜은 의자에 몸을 기댄 채로 두 눈을 질끈 감았다. 이제 그만 조용히 나가라는, 무언의 압박이나 다름없는 행동이었다.

'하여튼 저놈의 똥고집!'

한순간에 그와의 기싸움에서 맹렬히 패배한 리아는 못 말린다는 듯 고개를 절레절레 흔들었다. 그깟 밥 한 끼 먹는 게 뭐가 이리 어렵냐며 따져 묻고 싶었지만, 구차한 것 같아 꾹 참았다. 어쩔 수 없지 뭐.

"알겠습니다, 알겠어. 우리 잘나신 교수님과 함께 식사하는 건 이만 포기합죠!"

결국 포기선언을 한 리아는 다리를 바짝 꼬고, 턱을 괸 상태로 륜을 빤히 응시했다. 그러고 보니 평소보다 더 예민하게 반응하는 게, 어딘가 이상해 보이긴 했다.

"그나저나 오늘따라 유독 까칠하네? 강의할 땐 그래도 괜찮더니, 지금은 온몸에 잔뜩 날 세우는 게 고슴도치가 따로 없어."

"……."

"흠, 아직도 숙취 때문에 그래? 그렇게 힘들면 내가 약이라도 사다줄까?"

"……됐어."

률이 대답과 동시에 눈을 떴다. 경험상 그녀의 오지랖은 이대로 끝이 나지 않을 것 같았다. 리아의 주절거림을 이렇게 계속 듣고 있을 바엔, 아무리 속이 안 좋아도 같이 밥을 먹고 보내는 편이 나을 듯싶었다.

더구나 밥을 혼자 먹게 한다는 게, 아닌 척했지만 마음에 걸리는 일이긴 했다. 결국 힘겹게 무거운 몸을 일으킨 률이 긴 숨을 내쉬며, 리아에게 손짓했다.

"가자, 해장하러."

그의 말에 리아가 씨익 웃으며 말했다.

"교수님께서 쏘시는 겁니까?"

"원하면 더치페이해도 되고."

"후훗, 요즘 들어 농담이 퍽 느신 것 같습니다."

리아의 넉살에 굳어 있던 률의 얼굴에 미소가 번졌다. 다른 것 몰라도 그녀는 사람 마음을 눈 녹듯이 풀어지게 하는 데 탁월한 능력이 있었다.

"아, 아까 사람들이 밖에 눈 온다던데 아직도 오나?"

률이 의자에 걸쳐 둔 상의를 챙겨 입는 동안, 리아가 창가로 다가가 커튼을 확 쳤다. 창문 위로 희뿌연 서리가 낀 탓에 밖이 자세히 보이지 않았다. 리아는 닦을 게 없나 찾다, 결국에는 커튼으로 대충 창문을 닦아냈다. 잠시 뒤, 새하얀 눈이 쏟아지는 게 보이며, 익숙한 여자의 뒷모습이 그녀의 눈에 들어왔다.

"어?"

"왜?"

리아의 낮은 탄식에 률이 그녀의 시선을 따라 창문을 돌아봤다. 놀랍게도 유리창 가까이에 해주의 뒷모습이 보였다.

"어? 내가 아까 강의실에서 발견한 모델이다."

모델? 뜬금없는 리아의 말에 률이 의아해하며 그녀를 돌아봤다.

"모델이라니?"

"축제 때 내 옷 입어 줄 모델 찾고 있었거든. 그런데 기적적으로 아까 강의실에서 찾은 거 있지?"

"아, 강의실……."

"응. 얼굴이고 몸매고 내가 딱 찾고 있던 이상형이라, 얼른 컨펌하고 제이 녀석한테 자랑하려고 했거든…… 그런데 보기 좋게 까였어."

리아가 아깝다는 듯 입맛을 다시자, 률이 두 눈을 가늘게 뜨며 혀끝을 찼다.

"또 다짜고짜 들이댔겠군."

"아니야! 이번엔 진짜 자연스럽게 말 꺼냈는데……."

"어떻게?"

일단 휴대폰을 주워주며 호의를 베풀고…… 다짜고짜 몸매 구경부터 했어.

리아는 목구멍까지 차오른 말을 차마 내뱉지 못하고, 꿀꺽 삼켰다. 그러고는 어색하게 웃으며 익숙하게 말을 돌렸다.

"그나저나 누구 기다리나 보네. 같이 밥이라도 먹자고 해볼까? 회유도 할 겸."

률은 말없이 창문 너머로 보이는 해주를 응시했다. 바깥 날씨가 꽤 추운지 그녀는 가늘게 몸을 떨며 손에 입김을 불어넣고 있었다.

그 모습이 어쩐지 안돼 보였지만, 률은 약해지는 마음을 다잡으며 리아에게 단호히 말했다.

"됐어, 그냥 우리끼리 먹어."

"왜? 쟤도 오빠 수업 듣는 학생인데, 밥 한 끼 정도 사줄 수 있잖아."

그래도 절대 안 돼. 리아에게 거부의 의사를 확실히 밝히려 했던 률은 일순 조개처럼 입을 꾹 닫았다. 미동도 없던 해주의 어깨가 살짝 들썩이는가 싶더니, 그녀 너머로 수혁의 모습이 보였다. 그를 발견한 률의 두 눈이 매섭게 치켜 올라갔다.

작게 미소 지으며 해주에게로 다가서던 수혁도 창문 너머로 률을 발견했는지, 멈칫 발걸음을 멈췄다. 률은 그런 수혁을 날카로운 눈으로 노려봤다. 그를 보고 있자니, 인터뷰 때의 일이 떠오르며 심기가 불편해졌다. 동시에 잊고 있었던 그녀에 대한 궁금증들이 되살아났다. 그녀의 주변을 둘러싸고 있었던 묘한 위화감의 정체는 뭐였을까.

"그러지 말고 같이 먹자. 오늘은 내가 쏠 테니까."

률의 표정이 어두워진 걸 확인한 리아가 다시 한 번 회유책을 들이밀었다. 이게 률에게 먹힐지 반신반의했는데, 다행스럽게도 그의 입에서 뜻했던 대답이 흘러나왔다.

"그래, 그럼."

리아의 얼굴 위로 웃음꽃이 번졌다.

"정말? 알았어. 그럼 내가 나가서 물어……."

"아니, 나갈 필요 없어."

"응?"

무슨 말이냐는 듯 되묻기가 무섭게, 률이 굳은 얼굴로 창문을 확 열어젖혔다. 커다란 유리문이 열리는 동시에, 찬바람이 쌩하고 연구실 안으로 곧장 밀려들었다.

"오빠, 지금 무슨……."

당황한 리아가 만류하려다 말을 채 내뱉지 못하고, 그대로 굳어버렸다. 창문을 거칠게 열어젖힌 률은 놀란 눈빛으로 돌아보려는 해주의 허리를 한 팔로 확 끌어안아 올렸다.

해주의 입에서 짧은 비명 소리가 터져 나왔지만, 률은 아랑곳하지 않고 팔에 매달린 해주를 자신의 옆에 세운 뒤 거칠게 창문을 도로 닫았다.

탁— 탁—

잠금장치까지 완벽하게 채운 그는 이후 일사천리로 커튼까지 쳤다. 너무나 순식간에 벌어진 일이었다. 감히 상상조차 못 했던 상황에 리아는 할 말을 잃고 말았다.

지금 뭘 본 건지 두 눈이 의심스러울 지경이었지만, 륭은 너무나도 무덤덤하게, 평온한 얼굴을 하고선 넋을 놓고 서 있는 해주를 손가락으로 가리켰다.

"이제 만족해?"

직접 눈앞에 대령하니 만족하냐는 그의 속내를 알아챈 리아의 인상이 보기 좋게 구겨졌다.

'저런 미친…….'

"밖에 눈 많이 오는 거 같은데, 밥은 그냥 여기서 시켜 먹자."

륭은 마치 아무 일 없었다는 듯, 탁자 위에 놓인 전단지를 챙겨 들었다.

그리고 그걸 리아와 해주에게 건네며, 그는 어느 때보다 밝은 얼굴로 말했다.

"먹고 싶은 거 있으면 다 시켜도 좋아."

그가 해주에게 쓰윽 시선을 보냈다.

"오늘은 내가 제대로 쏘지."

음식 주문을 한 뒤, 륭은 자연스럽게 본인의 자리로 돌아가 각종 자료들과 책을 들여다봤다. 잠시나마 복잡한 머릿속을 식힐 요령이었다.

망부석처럼 제자리에 서있던 해주는, 그런 률을 가만히 응시했다. 아직도 얼떨떨했다. 갑자기 납치당하다시피 끌려 온 곳에 률이 있을 거라곤 정말 상상치도 못한 일이었다.

오늘은 그를 만나지 못할 줄 알았다. 운 좋게 발견해 만나기 직전까지 갔지만, 건물 근처까지 왔다는 수혁의 전화에 결국 포기하고 돌아섰던 터였다.

어차피 률이 강의하는 수업을 듣고 있으니, 언제든 볼 수 있을 거란 생각에 아쉬운 마음을 애써 접은 것이다.

왠지 모를 묘한 기분이 가슴 한켠을 간질이는 것 같다. 어떻게 이 사람과는 매번 이렇게 극적으로 만나게 되는 걸까.

"그렇게 서 있지 말고, 여기 와서 앉아요."

리아가 멍하니 서 있는 해주를 향해 손짓했다. 하지만 그녀는 무슨 생각을 하는지, 률에게서 시선을 떼지 못한 채 미동조차 하지 않고 있었다.

"유리아."

다시 한 번 해주를 부르려던 그때, 리아는 나직한 률의 음성에 그에게로 시선을 옮겼다.

"응?"

"내 얼굴 멀쩡한지 좀 봐줄래?"

너무나 뜬금없는 소리에 리아가 의아해하며 되물었다.

"뭐?"

"아니, 누가 하도 뚫어지게 쳐다보길래, 얼굴에 구멍이라도 나지 않았을까 싶어서.”

률의 말에 돌처럼 굳어 있던 해주의 몸이 움찔 움직였다. 그녀의 작은 변화를 느낀 률이 슬쩍 해주에게로 시선을 던졌다.

흐릿했던 눈의 초점이 어느새 또렷해져 있었고, 무언가 할 말이 있는 듯 메마른 입술을 연신 달싹거리고 있었다. 그 모습을 지켜보며, 률은 작게 한숨이 내쉬었다.

“할 말 있으면 그냥 해, 그러다 숨넘어……”

“보고 싶었어요.”

돌연 그녀의 입에서 터져 나온 말 한마디에 률이 말을 뚝 멈췄다. 동시에 무방비 상태로 물을 마시던 리아는 너무 놀란 나머지 물을 내뿜었다.

“콜록콜록.”

리아가 숨넘어 갈 듯 기침을 해댔다. 혹시 잘못 들은 거 아닐까 제 귀를 의심했던 률은 리아의 적나라한 반응에 헛웃음을 터트렸다.

처음 만났을 때도 느꼈지만, 도무지 무슨 생각을 하고 사는지 그녀의 속은 도통 가늠이 되질 않았다.

지금도 연인에게나 할법한 말을 던지고선, 부끄러워하는 기색 하나 없이 맑디맑은 얼굴을 하고 있었다.

아마도 머릿속에 떠오르는 생각이나 감정을 표현할 때, 별다른 필터 과정 없이 솔직하게 입 밖으로 내는 스타일인 모양이었다.

보고 싶었단 말도 애절하고 애틋한 의미의 말이 아닌, 정말 말 그대로 다시 한 번 만나고 싶었다, 정도의 가벼운 어투였다.

"혹시 두 사람 아는 사이예요?"

리아가 휴지로 주변을 닦으며 물었다. 률은 뭐라 대답해야 할지 몰라 가만히 있는데, 해주가 기다렸다는 듯이 그녀에게 대답해 줬다.

"네, 전에 아저씨께서 저 대신 술값을 내 주신 적 있거든요."

"술……값이요? 그리고 뭐? 아저씨?"

"그만."

률은 그들의 대화를 단박에 끊어냈다. 이대로 대화를 진행시켰다간, 저 여자의 화법에 리아가 단단히 걸려들어 이상한 오해나 할 법 싶었다. 률이 손에 든 서류를 내려놓고, 리아에게 손을 휘휘 저어 보였다.

"잠깐만 자리 좀 비켜 줘."

"왜? 그냥 얘기해. 여기서 듣고 말한 얘기는 절대 밖으로 안 흘려보낼 테니까."

리아의 입가 주변이 지진이라도 난 것처럼 씰룩거렸다. 지금 이 상황이 너무나도 재밌어 죽겠다는 표정이 역력했다.

률은 자리에서 일어나, 반강제적으로 리아를 문 쪽으로 떠밀었다.

"어어? 왜 이러십니까? 권 교수님."

"음식 배달 올 때까지만, 얌전히 밖에서 기다려."

률은 억지로 버티고 안 나가려는 리아를 겨우 문 앞까지 데려가, 손잡이를 잡아 돌렸다. 덜컥 문이 열리고 지체 없이 리아를 내보내려 하는데, 정면으로 싸한 기운이 맞부딪쳐 왔다. 수혁이었다.

그가 여기까지 찾아올 것이라 어느 정도 예상했던 률은, 무덤덤하게 그를 맞이했다.

"또 보네?"

"……해주, 어디 있습니까?"

무슨 공주님 지키는 호위무사도 아니고…… 그녀의 곁에서 한시도 떨어지려 하지 않는 그의 모습이, 신기하기도 하면서 감탄스럽기까지 했다.

'그렇게까지 소중한 존재라는 뜻이겠지. 저 애가.'

률은 여유롭게 팔짱을 낀 채로, 살짝 옆으로 비켜섰다.

"들어와."

"……지수혁?"

수혁을 발견한 리아가 아는 척을 했다. 그러나 수혁은 그녀에게 시선 한 번 주지 않고, 성큼성큼 연구실 안으로 들어섰다.

"수혁아?"

수혁은 놀란 눈으로 서 있는 해주에게로 다가가, 그녀의 손목을 붙잡았다. 살짝 당황한 해주가 무의식적으로 뒤로 물러섰지만, 수혁은 거침없이 그녀를 이끌고 밖으로 향했다.

그때, 률이 그런 두 사람의 앞을 가로막았다. 그는 문에 비딱하게 몸을 기대고, 수혁을 차분한 시선으로 응시했다.

"이왕 들어왔으니 얘기나 좀 하지. 보아하니 우리가 보통 인연은 아닌 거 같은데."

"별로 그러고 싶지 않은데요."

"하긴, 그쪽은 그래 보이네. 그런데 네가 데리고 나가려는……."

"……."

"해주는 안 그런 것 같은데?"

수혁이 그녀를 부르는 이름을 뒤늦게 기억해 낸 률이 도발하듯 말을 꺼냈다. 수혁의 얼굴 위로 어두운 그림자가 내려앉았다.

그는 긴 숨을 들이켜 끓어오르는 화기를 잠재우고, 해주의 손목을 탁 놔주었다. 그리고 률을 도전적으로 노려보며, 옆에 서 있는 해주에게 말을 던졌다.

"어떡할래?"

"……어?"

"여기 남을 건지, 나랑 같이 갈 건지 정해."

수혁의 말에 해주가 난처해하며 률을 바라보았다. 수혁은 쓴웃음을 삼켰다. 타인에게 향한 그녀의 시선에, 흔들림이 없던 수혁의 눈빛이 크게 일렁였다. 가슴이 덜컹 내려앉으며, 억누르고 있던 감정들이 제멋대로 튀어 오르는 것이 느껴졌다.

수혁은 이를 꽉 악물었다.

모든 게 결정이 난 지금, 이렇게 힘들게 자리를 지키고 서 있을 필요는 없었다. 오히려 버티고 서 있어 봤자 분노만 가중돼, 볼썽사나운 꼴을 보이고 말지도 모를 일이었다. 수혁은 짧고 빠르게 상황을 마무리 지었다.

"알았어."

수혁은 해주를 뒤로하고, 곧장 밖을 나섰다. 갑작스럽게 수혁이 나가버리자, 당황한 해주가 재빨리 그의 뒤를 쫓으려 했다. 하지만 그 순간, 률이 먼저 해주를 거침없이 붙잡아 세웠다.

"할 말 있어. 물어볼 것도 있고."

해주가 그의 손을 차분히 밀어냈다.

"죄송합니다. 지금은 가 봐야 해요."

"이봐……."

"그럼 나중에 봬요. 아저……."

"……."

"아니, 교수님."

해주가 그를 뿌리치고, 재빨리 수혁이 사라진 쪽으로 뛰어갔다. 률은 착잡한 표정으로 그녀에게 밀쳐진 손을 내려다봤다.

'아저씨에서 교수님이라…….'

갑작스러운 호칭 변화가 이상하게 마음에 들지 않았다.

"제대로 차이셨네. 우리 교수님."

리아가 옆에서 빈정대는 말을 꺼냈다. 다른 때 같으면 한소리 했겠지만, 그보단 문득 든 의문에 률이 그녀를 돌아보며 물었다.

"너, 아까 그놈 알아?"

"그놈? 지수혁?"

"그래."

"물론, 당연히 알지. 나랑 제이 녀석이 처음으로 치고받고 싸운 게 재 때문인데."

치고받고 싸워?

"왜?"

"서로 기말평가 모델로 섭외하겠다고."

"……."

"그때 꽤 치열했는데, 웃기게도 결국엔 둘 다 뻥 차인 거 있지? 자긴 남 앞에서 광대 짓 하는 취미는 없다나 뭐라나. 요즘에도 그런 구시대적인 발상을 가지고 있는 녀석이 있었다니, 진짜 웃기지 않아?"

기가 막혔다. 그녀에게서 쓸 만한 대답을 기대한 제 자신이. 률은 그녀에게 욕을 한 바가지 해 주고 싶은 걸 힘겹게 입안으로 꾸역꾸역 삼켰다.

도대체 이 녀석들은 학교에서 뭐하고 돌아다니는 건지, 당최 한심하단 생각밖에 들지 않았다.

"휴우……."

률이 참고 있던 긴 숨을 내뱉었다. 뭔가 한바탕 난리를 친 거 같긴 한데, 아무런 결과도 없으니 허무한 기분마저 들었다. 문득 찬바람을 쐬고 싶어졌다.

"그런데 오빠. 아까 걔네들은 어떻게 아는 거야?"

리아가 소파에 털썩 앉으며 묻자, 률이 지갑을 챙겨 들며 심드렁하게 대꾸했다.

"어쩌다, 우연히."

"우연히?"

말이 길어질 것 같은 예감에, 그는 묵묵히 고개만 끄덕였다. 이후 률은 지갑에서 돈을 꺼내 책상 위에 탁 올려놓고, 의자에 걸쳐 둔 상의를 챙겨 입었다.

"뭐야? 어디 가게?"

률이 짧게 대답했다.

"옥상."

률은 책상 위에 놓은 돈을 손가락으로 가리켰다.

"돈은 여기 뒀으니까, 이따 음식값 내고."

"그냥 먹고 가지, 그걸 못 참아!"

리아의 잔소리 폭탄이 그대로 등에 꽂혔지만, 률은 대꾸조차 없이 서둘러 연구실 밖을 나섰다.

"수혁아!"

해주가 애타게 불렀지만, 수혁은 뒤를 돌아보지 않았다. 계단 위를 오르는 내내 수혁은 걸음을 멈추지 않았고, 해주는 그저 열심히 그의 뒤를 쫓았다.

몇 층인지 모를 한 곳에 도착한 수혁은, 무작정 눈앞에 보이는 강의실 안으로 들어섰다. 점심시간이라서인지, 학생들이 있어야 할 강의실 안은 고요한 적막만이 흐르고 있었다.

"지수혁!"

강의실 복도로 해주의 목소리가 연달아 들렸지만 수혁은 대꾸하지 않았다. 그는 자신을 찾는 해주를 잠시 기다렸다, 그녀가 강의실 문턱을 밟는 즉시 손목을 확 잡아끈 뒤 거칠게 문을 닫았다.

해주는 화들짝 놀라며, 본능적으로 뒤로 물러서려 했다. 그러나 곧장 문에 가로막힌 상태로 발걸음을 멈출 수밖에 없었다. 그녀는 그대로 수혁의 팔 안에 갇힌 채로 어깨를 움츠렸다.

밀접한 거리에서 냉랭한 수혁의 시선을 받게 된 해주는 마른 침을 꿀꺽 삼켰다. 처음 보는 위압적인 그의 분위기가 저절로 몸을 위축되게 만들었다. 하지만 해주는 주눅 든 티를 애써 감추며, 평소 하던 대로 그에게 투정 섞인 말을 건넸다.

"계속 불렀잖아, 왜 대답을 안 하는 건데?"

수혁은 말없이 그녀를 내려다봤다. 강하게 내려찍는 그의 눈빛에 압박감을 느꼈는지, 해주가 시선을 아래로 툭 떨어뜨렸다.

아닌 척해도 두 사람 사이에 흐르는 이질적인 분위기가 버티기 힘든지, 그녀는 초조한 얼굴로 아랫입술을 질끈 베어 물었다.

그걸 놓치지 않고 발견한 수혁은 그녀의 턱을 쓰윽 손으로 잡아 올렸다.

"……고치라고 했는데. 이 버릇."

느릿하게 흘러나온 낮은 목소리에, 해주가 움찔 놀라며 그의 손길을 툭 밀어냈다. 잊고 있었는데, 수혁의 말 한마디에 불현듯 날카로운 기억 하나가 뇌리를 스쳐 지나갔다.

터진 입술 위로 핥고 지나간 부드러운 감촉. 아찔하고 생경한 그때의 경험이 떠오르자, 입술에 심장이라도 박힌 것처럼 움찔댔다.

해주는 괜스레 손등으로 입술을 한 번 훔쳐내고는, 상기된 얼굴로 볼멘소리를 냈다.

"중요한 건 이게 아니잖아. 대체 왜 그렇게 화가 난 건데?"

수혁은 그녀를 바라보며 천천히 입을 열었다.

"계속 연락하고 지낸 거야?"

"뭐?"

"아까 그 사람하고 그 뒤로도 계속 연락하고 지냈냐고."

그를 언급한 것만으로도 꾹꾹 눌러 참고 있던 질 나쁜 감정들이 스멀스멀 가슴속으로 피어올랐다. 갑자기 나타난 그의 존재가 탐탁치가 않았다. 무엇보다도 해주를 대하는 그의 눈빛과 태도, 그리고 은근한 스킨쉽까지, 무엇 하나 거슬리지 않는 구석이 없었다.

그런데 그런 그와 매번 생각지도 못한 장소에서 그것도 기가 막힌 타이밍에 맞닥뜨린다는 게, 아무래도 의심스러울 수밖에 없었다.

"그런 거 아니야."

예상과 다른 해주의 대답에, 수혁의 눈에 의구심이 담겼다.

"연락하고 지낸 게 아니라고?"

수혁이 재확인하듯 묻자, 해주가 강한 어조로 말했다.

"그래, 오늘도 강의실에서 우연히 보게 된 거야."

"강의실……?"
"오늘 오전에 들었던 강의, 담당 교수님이셔."
수혁의 미간에 주름이 짙게 졌다.
"그 사람이 교수라고?"
"그래, 나도 처음에 깜짝 놀랐어. 술집 서빙인 줄 알았던 사람이 우리 학교 교수님일 줄 누가 상상이나 했겠어."
해주가 황당하다는 듯 표정을 지으며 어깨를 으쓱했다. 수혁은 속으로 허탈한 웃음을 삼켰다. 세 사람의 관계가 보통 인연은 아니라는 률의 말이 새삼 뒤늦게 이해가 갔다.
"신기하긴 해. 이렇게 다시 만나게 된 거."
"……이제부터 그 사람한테서 관심 끊어."
수혁이 그와의 관계를 매정하리만큼 잘라 버리자, 해주의 얼굴 위로 불만스러운 빛이 떠올랐다.
"뭐?"
"앞으로 그 사람한테 아는 척하지 마."
해주가 반발했다.
"왜 그래야 되는데? 네가 생각한 것보다 훨씬 좋은 사람이야."
"그걸 네가 어떻게 알아?"
"뭐?"
"겨우 한두 번 봐 놓고, 네가 그 사람이 어떤 사람일지 어떻게 아냐고?"
"수혁아……!"

쾅!

수혁이 참지 못하고, 강하게 문을 한차례 내려쳤다. 흠칫 놀란 해주의 속눈썹이 파르르 떨렸다. 그녀는 입을 꾹 다물고, 긴장한 상태로 그를 올려다봤다. 수혁은 얼음장처럼 차갑게 식은 표정으로 그녀의 얼굴 근처로 가까이 다가섰다.

"너, 벌써 잊은 건 아니겠지?"

수혁의 검은 눈동자가 무서우리만치 가라앉았다.

"전에도 그렇게 미련할 정도로 사람 믿었다가, 어떤 꼴을 당했었는지?"

뾰족한 날을 드러낸 말이, 그녀의 귓속을 파고들었다. 해주의 뇌리로 과거의 잔상들이 선명하게 스쳐 지나갔다. 그녀의 낯빛이 순간 파리해지며, 눈의 초점이 흐려졌다. 수혁의 시선이 그런 해주를 훑었다.

"그때 일을 또 겪고 싶지 않으면 내가 하라는 대로 해."

그가 단호하게 말했다.

"내가 하는 말만 믿고 따라."

수혁이 가늘고 긴 손을 들어 어르듯 해주의 뺨을 쓰다듬었다.

"적어도 내가 널 배신하는 일 따윈 없을 테니."

그의 손길이 뺨을 타고 내려와 다시 그녀의 턱을 치켜 올렸다. 수혁이 그녀의 귀에 입을 가까이 대고, 작게 속삭였다.

"그 사람과는 교수와 학생. 그 이상의 관계로는 알고 지내지 마."

"……."

"알아들었으면 대답해, 천해주."

해주가 대답하지 않자, 수혁이 한 번 더 강한 어조로 그녀를 불렀다.

"천해주."

고집스럽게 닫혀 있던 그녀의 입이, 결국 그의 다그침을 이기지 못하고 작게 움직였다.

"……알았어."

해주가 대답하자, 그제야 수혁의 얼굴 위로 드리웠던 사나운 기가 사라졌다. 그는 해주에게서 손을 떼고, 작게 한숨을 내쉬었다.

그의 시야로 가라앉은 해주의 얼굴이 들어왔다. 막상 그녀의 모습을 보니, 너무 몰아붙인 거 같아 마음이 약해졌다.

수혁은 손목에 찬 시계를 확인했다. 다행히 다음 수업 시간까지 시간의 여유가 있었다. 그는 굳어 있었던 표정을 풀고 축 늘어진 그녀의 어깨를 감싸 쥐었다.

"그만 가자."

해주가 시선을 올려 그를 마주 봤다. 다소 눈이 촉촉하게 젖어 있었다. 수혁은 그녀를 달래듯 머리를 쓰다듬어 주고는, 함께 강의실 밖을 나섰다.

* * *

개강 후, 시간은 빠르게 흘렀다. 오늘 역시 평소와 다를 바 없이 무탈하게 수업이 끝났다. 그래도 그동안 해주는 학교에 제법 적응해 수업도 빠짐없이 잘 들어가고 있었다.

비록 아직까지 자신을 향한 몇몇 시선들이 부담스럽고 거슬렸지만, 그것도 점차 익숙해지고 있었다. 해주는 그것에 내심 안도하며, 한결 나아진 얼굴로 가방을 챙겨 들고 강의실 밖을 나섰다.

'어디 갔지?'

공강이라며 밖에서 기다리겠다던 수혁의 모습이 보이지 않았다. 해주는 의아해하며 주변을 두리번거렸다. 혹시 화장실이라도 간 건 아닐까 해서 기다려봤지만, 시간이 지나도 그의 모습은 보이지 않았다.

결국 수혁에게 연락해볼 목적으로 휴대폰을 꺼내 든 해주는, 그때서야 그에게서 온 메시지를 확인할 수 있었다. 교수님까지 참석하는 과모임이라 빠질 수 없게 되었다며, 일찍 들어갈 테니 오늘만 먼저 집에 들어가라는 내용이었다.

아쉽고 서운한 마음이 들었다. 금요일 오후, 북적이는 사람들 틈에 끼어 혼자 집에 들어갈 생각을 하니, 벌써부터 마음이 공허해지는 것 같았다.

'집에 갇혀 지낼 땐 혼자 있어도 이런 기분이 들진 않았는데…….'

괜스레 마음이 싱숭생숭해졌다.

'뭐, 어쩔 수 없지.'

매번 한날한시에 수혁과 붙어 있을 순 없는 노릇이었다. 해주는 어쩔 수 없는 상황에 수긍하며 마음을 다독였다.

'집에 가면 뭐하면서 시간을 보내야 하나.'

그녀가 여러 가지 고민을 하며 걸어가던 그때였다. 누군가 그녀에게 다가와 허리를 확 감싸 안더니, 어깨에 얼굴을 괴고 작게 속삭였다.

"자기, 어디가?"

귓속을 파고드는 숨결에 순간 온몸에 소름이 돋았다. 해주는 낯선 손길을 밀쳐내고 뒤를 홱 돌아봤다. 익숙한 목소리다 싶었더니, 장난을 친 사람은 다름 아닌 유리아였다.

"그때 같은 수업 들었던……?"

"와, 오랜만에 보니까 되게 반갑네요. 이제 수업 끝났나 봐요?"

해주는 리아의 물음에 작게 고개를 끄덕이며 대답했다.

"네. 방금요."

"흐음, 그래요……."

"……."

"아! 그러고 보니 우리 아직 통성명도 안 했죠? 전 패디과 12학번 유리아라고 해요. 그쪽은?"

자기소개의 순서가 자신에게로 넘어오자 멍하니 서 있던 그녀가 재빨리 대답했다.

"아, 저도 같은 12학번이고, 사진학과 천해주라고 합니다."

"같은 12학번! 그럼 어색하게 존댓말 하지 말고 편하게 말 놓는 거 어때요?"

어물쩍 던져진 제안에 해주는 흔쾌히 수긍했다.

"네. 그러세요."

"그래! 그럼 우리, 오늘 친구 된 기념으로다가 술 한 잔 어때?"

첫 번째 제안에 이어, 초고속으로 던져진 두 번째 제안에 해주는 주춤 물러섰다. 얼마 전, 수혁과 감정적으로 부딪쳤던 일이 생각났다.

비록 률을 만나는 것에 한정적인 제약이 붙은 거지만, 그와 꽤 친분 있어 보이는 그녀와 어울리는 것만으로도 수혁이 못마땅하게 여길 게 분명했다.

해주는 결국 그녀에게 거절의 의사를 비쳤다.

"아니요, 전……."

"말 놓기로 했는데?"

"아…… 난 집에 가 봐야 돼서."

"걱정 마, 오늘 안에는 집에 보내 줄 거니까."

"……."

단호한 그녀의 말에 잠시 말을 잇지 못하던 해주가 곧 다른 변명을 내놓았다.

"그리고 내가 술을 잘 못 마셔서……."

"술이야 마시다 보면 늘 테니 걱정 말고."

"……."

철벽 방어.

"사실 저녁에 만날 사람이 있어."

"혹시 지수혁? 걔 아까 교수님이랑 동기들하고 어디 가는 거 같던데? 너도 거기 가게?"

"……."

절대 무적. 결국 KO패 당한 해주는 반포기 상태로 입을 다물었다. 더는 할 변명도 없는 데다, 있어도 그녀를 말발로 이길 자신이 없었다.

리아는 지금의 기세를 몰아붙이려는 듯, 해주의 손목을 꽉 부여잡았다. 절대 놓치지 않겠다는 무언의 신념이 그녀의 손아귀 힘에서 느껴졌다.

"그럼 가 볼까?"

"어딜 가는데?"

해주가 낯설어하며 묻자 리아가 싱긋 웃어 보였다.

"걱정 마, 네가 반가워할 사람들이 모여 있는 곳으로 갈 거니까."

반가워할 사람들? 단둘이 먹는 게 아니라 다른 사람들도 있다는 그녀의 말에 해주가 본능적으로 발걸음에 제동을 걸었다.

"미안, 난 다음에 갈게."

"다음에도 가고, 오늘도 가고, 언제든 가자고."

말이 안 통했다. 해주는 그 뒤로도 갖가지 변명들을 늘어놓았지만, 리아에게 무참히 묵살 당했다. 그렇게 결국 리아의 손에 질질 이끌려, 해주는 어딘가로 향했다.

시끌벅적한 술집 안,

"지수혁, 잔 안 비우고 뭐하냐?"

동기들의 성화에 수혁은 눈앞에 놓인 술을 단번에 들이켰다. 술집에 도착해 동기들의 등살에 못 이겨 들이킨 소맥만 벌써 10잔째가 다 되어갔다.

그럼에도 수혁은 조금의 흐트러진 모습조차 보이지 않았다. 얼굴색 하나 변하지 않고, 자세 역시 꼿꼿하게 유지하고 있었다.

오랜만에 그와 자리를 갖게 된 남자 동기들은 그런 수혁의 모습을 질린다는 눈초리로 지켜봤다.

학과 내에서 누구보다 완벽한 모습을 보여주는 그였다. 학점은 항상 4점대를 유지하는 우등생인데다, 입학 한 이래로 장학금을 한 번도 놓친 적 없었으며, 각종 공모전에 다수 입상까지 했다.

그렇다 보니 과내 교수님들의 평판도 굉장히 좋은 편이었다. 그런데 빈틈이라도 찾아낼 요량으로 권하는 술까지 척척 마셔대니, 기막힐 수밖에 없었다.

'독한 놈.'

남자 동기들의 공통된 생각이었다. 전부터 알고 있긴 했지만 그는 강적 중의 강적이 따로 없었다. 이럴 줄 알았으면 교수님이 가시고 난 뒤, 자리를 뜨려고 할 때 그를 붙잡지 말 걸 그랬다.

그랬더라면 모든 여자들의 시선이 한 곳에 집중되는 걸 지켜보기만 해야 하는 사태가 발생하진 않았을 텐데 말이다.

차라리 성격이라도 살가우면 친한 척하면서 숟가락이라도 얹어보겠는데, 어찌나 시크하고 도도한지 편하게 다가갈 틈조차 보이지 않았다. 결국 그들은 자신들의 과오를 탓하며, 떨떠름한 기분을 술과 함께 삼켜냈다.

"마시자, 마셔!"

수혁은 부어라, 마셔라 하는 이들을 지켜보며 작게 한숨을 내쉬었다. 친분 있는 교수님을 만나게 돼서, 어쩔 수 없이 참석하게 된 자리였다.

그래도 앞으로의 인맥을 생각해 최대한 그들의 비위를 맞춰주려 노력했지만, 슬슬 인내심의 한계가 오고 있었다.

'귀찮아…….'

그저 불편했다. 막무가내로 술을 권하는 남자동기들은 물론, 양옆 자리까지 채우고 앉아 질문세례를 퍼붓는 여자 동기들과 후배들까지. 답답하고 짜증이 치밀었다.

이럴 줄 알았다면 교수님이 자리를 뜨실 때, 붙잡아도 바로 뒤따라 나갈 것을 잘못했다는 생각이 들었다.

수혁은 벽에 걸린 시계를 슬쩍 확인했다. 이때쯤이면 해주가 집에 도착하고도 남을 시간이었지만, 그녀에게서 별다른 연락은 없었다.

그것마저 신경이 쓰이니, 더는 참고 앉아 있을 수가 없었다. 결국 수혁은 벗어둔 겉옷을 챙겨 들고, 자리에서 벌떡 일어섰다.

"약속 때문에 먼저 일어난다."

모두의 시선이 그에게로 쏟아졌다.

"응? 그래? 그럼 어쩔 수 없지."

끝끝내 붙잡던 아까 전과 달리 남자들은 한 마음 한 뜻으로 쿨하게 상황을 받아들였다. 반면, 여자들은 저마다 아쉬움 가득한 표정으로 그의 발목을 붙잡았다.

"에이, 중요한 약속 아니면 다른 날로 옮겨~!"

"그래요, 선배님. 이제 시작인데 벌써 가시면 어떡해요. 좀만 더 있다 가세요. 네?"

"그래그래, 아직 시간도 얼마 안 됐는데……."

저마다 아우성이었다. 하지만 수혁은 중요한 약속이란 핑계로 결국 자리를 빠져나왔다. 시끌벅적했던 곳에서 나와 보니, 숨구멍이 막힌 듯 답답했던 마음이 한결 편안해졌다.

수혁은 한숨 돌린 뒤, 겉옷을 챙겨 입고 손에 쥐고 있던 휴대폰을 들여다봤다. 일찍부터 술자리가 시작된 탓에 시간은 얼마 되지 않았다.

수혁은 해주에게 전화를 건 뒤, 문밖으로 걸어 나갔다.

뚜르르……뚜르르……

신호음은 계속 갔지만, 자동응답기능으로 넘어갈 때까지 해주는 전화를 받지 않았다. 뭔가 이상함을 느끼고 다시 통화버튼을 누르려던 찰나, 그의 옆으로 누군가 다가섰다.

"이제 나오세요?"

수혁은 문득 옆을 돌아봤다. 낯이 익은 여자가 빙긋 웃는 얼굴로 서 있었다.

'서나율?'

보자마자 그녀의 이름을 기억해낸 수혁은 의아한 눈빛으로 나율을 응시했다. 집에 일이 있다며 술자리에서 가장 먼저 일어난 그녀였다.

그런데 아직도 돌아가지 않고 이곳에 있다는 게 의문스러웠다. 수혁은 일단 휴대폰을 접어 두고 그녀에게 물었다.

"집에 일 있어서 간다고 하지 않았나?"

"선배님한테 드릴 게 있어서 기다렸어요."

나율이 손에 꼭 쥐고 있던 걸 그에게 조심스럽게 내밀었다.

"아까 술 많이 드시는 거 같더라고요."

"……."

"이제 저도 모르는 사람은 아니니까, 받아 주실 수 있죠?"

숙취해소음료였다. 그걸 확인한 수혁은 미간을 찌푸렸다. 고작 이런 걸 주려고 여기서 기다리고 있었다는 건가?

그가 못마땅한 기색으로 나율을 응시했다. 진지하고 절실한 눈빛과 표정이, 부담스러운 걸 넘어 불쾌하게 다가왔다.

경험 상, 좋게 타일러서 될 문제가 아님을 깨달은 수혁의 입에서 차가운 말이 흘러나왔다.

"됐으니까, 다신 이런 짓 하지 마."

음료를 쥐고 있는 나율의 손이 작게 떨렸다. 수혁은 그것마저 거슬리는지 두 눈을 치켜떴다.

"뭘 바라고 이렇게 귀찮게 구는 건지 모르겠지만, 이런 식으로 행동하는 거 딱 질색이거든."

냉담히 말을 끝낸 수혁은 망설임 없이 그녀를 지나쳐 출구로 향했다. 그런데 문을 나서기가 무섭게, 나율이 그의 팔을 강하게 붙잡았다. 결국 수혁은 다시 제자리에 멈춰 서야했다.

"이번에 또 뭐지?"

수혁이 귀찮은 기색을 역력히 드러내며 돌아봤다. 나율은 잔뜩 상기된 얼굴로 조심스럽게 말을 꺼냈다.

"잠깐만, 얘기 좀 할 수 있을까요?"

수혁은 고민할 것도 없이 바로 거절하려 했다. 그러나 그 전에 먼저 나율의 입에서 간절한 한마디가 튀어나왔다.

"정말 잠깐이면 돼요."

"……."

"부탁드립니다. 선배님."

리아에게 하릴없이 끌려나온 해주는 밝아진 시야에 연신 주변을 두리번거렸다. 화려한 불빛으로 둘러싸인 길 위에는 걷는 것만으로도 서로 어깨가 치일정도로 사람들이 우글거렸다.

새 학기 시즌이라서인지 여기저기 단체로 몰려다니는 이들도 많이 보였고, 저마다 웃음소리가 끊이지 않았다. 귓속을 혼란스럽게 강타하는 음악소리가 쿵쿵 심장을 울리는 것 같았다.

이런 식의 시끌벅적한 분위기는 무척 오랜만이었기에, 해주는 혼란스러움을 감추며 리아의 뒤에 딱 붙어 걸었다. 그런 해주와 달리 리아는 주변 분위기에 취한 듯, 콧노래까지 흥얼거리고 있었다.

해주는 리아를 신기한 듯 쳐다봤다. 뭐랄까. 그녀는 외모를 떠나 시선을 확 잡아끄는 묘한 매력을 지니고 있었다.

꾸밈없이 자신감 넘치는 표정이라든지, 쏟아지는 주변 시선을 전혀 의식하지 않는 거침없는 행동이라든지, 털털하면서도 시원스러운 미소와 성격까지.

몇 번 보지 않았지만 벌써부터 호감이 생길 정도였다. 해주는 다양한 매력을 가진 그녀를 동경어린 시선으로 응시했다.

왠지 부러웠다. 제 자신에게 없는 부분을 다 가진 그녀가. 자유로워 보이는 그녀가.

'친구도 많겠지?'

아마 가만히 있어도 사람들이 알아서 그녀와 친해지려 노력했을 것이다. 얼굴은 미인인데다 모델처럼 쭉 뻗은 몸매와 남다른 패션센스, 거기다 활발한 성격까지. 남녀를 불문하고 누구에게나 인기 있을 타입이었다.

부모님과 수혁이라는 배경만 없었다면 존재감조차 없었을 자신과는 반대였다. 해주는 그녀에게서 시선을 뗐다. 그리 비교를 하고 보니 허탈한 기분이 들었다. 입술 새로 작은 한숨이 흘러나왔다.

"왜? 가기 싫어?"

한숨짓는 해주를 문득 보게 된 리아가 걸음을 멈추고 그녀에게 물었다. 해주는 살짝 당황한 표정으로, 고개를 저었다.

"아니, 그런 건 아닌데……."

"가기 싫어도 같이 가자. 우중충한 인간들만 모여 있는 자리에 혼자 가기 싫어서 그래."

"……우중충한 인간들?"

해주가 의아한 듯 묻자, 리아가 씨익 웃어보였다.

"응. 사실 부모님들끼리 서로 친해서 어릴 적부터 알고 지낸 사람들인데, 흠…… 좀 부족한 게 많지만, 그래도 그럭저럭 알고 지내긴 나쁘지 않을 거야."

그녀의 의미심장한 말로는 어떤 사람들일지 쉽게 짐작가지 않았다. 해주는 리아의 말을 들을수록 내심 그들이 누구일지 궁금했다.

리아와 어릴 적부터 같이 지낸 사람들이라면 분명 비슷한 성향을 지닌 또래들 일거라 짐작했다. 그것만으로도 꽤 즐거운 자리가 될 거란 예감이 들었다. 수혁이 마음에 걸려 아닌 척했지만, 항상 집안에 억눌려 지내기만 했던 그녀는 간만에 겪는 일탈에 가슴이 다 두근거렸다.

"아, 다 왔다. 저기야!"

해주가 주변을 구경하느라 정신없는 그때, 리아가 어딘가를 손가락으로 가리켰다. 길거리에서 흔히 볼 수 있는 일본식 주점이 해주의 시야로 들어왔다.

"어서 들어가자."

리아가 멍하니 서 있는 해주의 팔을 툭툭 치곤 먼저 앞질러 걸어갔다. 해주는 잠시 손에 든 핸드폰을 들여다봤다.

들어가기 전, 수혁과 미리 통화라도 해야 마음이 편해질 거 같았다. 해주는 먼저 들어가 있으라 말하기 위해 리아를 부르려 했다.

그때, 술집으로 들어가는 입구 옆으로 익숙한 얼굴이 그녀의 눈에 확 들어와 박혔다.

'지수혁?'

수혁을 발견한 해주의 눈에 의아심이 가득 들어찼다. 그는 웬 여자와 단둘이 얘기를 나누고 있었다. 누군가 싶어 가까이 다가서려 하는데, 앞장 서 걸어가던 리아가 몸을 홱 돌려 그녀를 바라봤다.

"저기, 지수혁 아니야?"

해주가 맞다는 듯 고개를 작게 고개를 끄덕였다. 그녀는 수혁에게 다가갔다. 리아가 쫄래쫄래 따라오고 있었지만, 해주는 크게 신경 쓰지 않았다.

점차 수혁과 가까워질수록, 같이 있는 여자의 얼굴이 확연히 보였다. 어딘가 익숙하다 생각했는데, 얼마 전 강의실 앞에서 수혁에게 다가와 인사하던 후배였다.

'왜 저 두 사람이 같이 있는 거지?'

과모임이라고 했으니, 그녀가 같이 있는 건 어느 정도 납득할 수 있었다. 다만 이해가 안 되는 건 왜 수혁이가 저 여자애와 둘이 따로 나와 있냐는 것이었다.

진지한 분위기로 봐선 뭔가 중요한 얘길 하고 있는 것 같은데, 해주는 그것이 신경 쓰였다. 수혁을 마주한 그녀의 남다른 눈빛과 표정을 보고 있자니, 또 묘한 감정이 일며 가슴 한편이 찌릿하게 저려왔다.

"분위기가 영 심상치 않네?"

나직이 들려온 리아의 말에 해주는 멈춰 있던 발걸음을 그에게 다시 향했다. 이대로 가만히 그들을 지켜보는 건 뭔가 마음에 들지 않았다.

해주는 딱딱한 표정으로 걸음을 서둘렀다. 그렇게 그들에게 거의 다다를 때쯤, 해주는 수혁을 부르려 손을 살짝 들어보였다. 하지만 그 순간, 해주는 눈앞에서 일어난 갑작스러운 상황에 그대로 얼음처럼 굳어버렸다.

"입학한 순간부터 지금까지 쭉, 선배님을 동경해 왔습니다."

할 말이 뭔지 가만히 들어주려던 수혁은 그녀의 첫마디에 곧바로 인상을 굳혔다. 어느 정도 예상했던 패턴이었다. 수혁은 차갑게 대꾸했다.

"그래서?"

나율은 온몸을 찍어 누르는 그의 싸늘한 대답에 잠시 입술을 닫았다. 하지만 금방이라도 돌아설 것 같은 수혁의 모습에, 나율은 다급히 다시 말을 이었다.

“저요, 선배님께 말 한 번 붙여보려고 방학 내내 죽도록 노력했어요.”

그녀는 긴장한 얼굴로 한 차례 침을 꿀꺽 삼켰다.

“그, 그러니까…… 조금이라도 예뻐지면 선배가 한 번쯤은 얼굴을 봐주지 않을까 성형에 다이어트에, 알바도 무지 열심히 해서 옷 스타일도 싹 바꿨고요. 또…… 뭐지.”

“…….”

“아! 선배님께서 제 이름을 꼭 기억해 주셨으면 해서 선배님이 계신 각종 행사에 다 참석하고, 선배님과 친한 분들과 친분도 쌓았어요.”

“…….”

“그리고 또…….”

“그만.”

수혁이 나율의 말을 차갑게 잘랐다. 나율은 잔뜩 얼굴이 붉어진 채로 고개를 푹 숙였다. 그동안 수혁에게 하고 싶었던 말이 잔뜩 있었는데, 기대하고 기대했던 순간이 눈앞에 있는데, 너무 긴장한 나머지 말이 횡설수설하게 튀어나갔다.

나율은 금방이라도 눈물이 쏟아지려는 걸 참으려 아랫입술을 꽉 깨물었다. 잠시 숨을 고르던 그녀는 일그러지려는 표정을 바로하며, 다시 조심스럽게 입을 열었다.

"선배님, 그러니까 제 말은요……."

"그만 하라고 했을 텐데?"

"하지만……."

"내가 왜 지금 여기서 너의 사생활에 대한 얘길 듣고 있어야 하는 거지?"

수혁의 날 선 반문에 나율은 어깨를 떨며, 입술을 꽉 깨물었다. 그의 말에 뭐라 대꾸라도 해야 하는데, 목에 뭐가 탁 거린 것처럼 말이 나오질 않았다.

그녀는 새파랗게 질린 얼굴로 고개를 들어 수혁을 살펴봤다. 그의 표정이 처음 보다 더 냉랭하게 얼어 있었다.

"아……."

나율이 당혹스러운 얼굴로 침음성을 흘렸다. 어찌 할 바를 몰라, 그녀는 애꿎은 발만 동동 굴렀다. 수혁은 더는 지켜볼 필요도 없다는 듯 칼같이 그녀를 등지고 돌아섰다.

그때, 나율이 뒤돌아 선 그의 허리를 확 끌어안아버렸다. 팔 안 가득 전해져 오는 따뜻한 온기에 뒤늦게 아차 싶었지만, 그녀는 수혁을 놓아주지 않았다.

다시없을 기회였다. 지금이 아니라면, 진심을 전하기 어려울 거란 생각에 그녀는 차마 다 하지 못한 얘길 바로 꺼내 들었다.

"그냥 옆에만 있게 해 주세요."

나율이 그를 붙잡은 손에 힘을 꽉 줬다.

"선배님한테 바라는 거 아무것도 없어요. 그러니까 그저 친한 후배나, 여동생으로라도 옆에만 있게 해 주세요. 그렇게만 해 주시면, 선배님이 하라는 대로 뭐든 다 할게요."

말을 하는 내내 조마조마했다. 혹시라도 그가 밀쳐내며 어떡하나, 걱정하며 말을 마쳤다. 수혁은 미동조차 없었다. 그것에 이상함을 느낀 나율이 시선을 올려 그의 얼굴을 살폈다.

수혁은 어딘가를 가만히 응시하고 있었다. 나율은 수혁의 시선을 따라 고개를 앞으로 돌렸다. 시선이 닿은 곳엔 익숙한 얼굴이 우두커니 서 있었다.

"해주야."

한참 뒤에, 수혁의 입에서 그녀의 이름이 흘러나왔다. 갑작스러운 해주의 등장에 놀란 그는 뒤늦게 자신의 허리를 안고 있는 나율을 매몰차게 밀쳐냈다. 그러고는 뒤도 돌아보지 않고 해주에게 다가섰다.

"네가 왜 여기 있어?"

해주는 대꾸조차 하지 않고, 수혁을 가만히 바라봤다. 그는 아무 일 없었던 사람처럼 태연하게 그녀를 대하고 있었다. 당황한 기색도 없이, 그저 담담하게 왜 이곳에 있는지를 따져 묻고 있었다. 그것이 그녀의 속을 더 긁어왔다.

'나한테는 사람들이랑 함부로 어울리지 말라고 했으면서.'

해주는 그에게서 시선을 거두고, 멀뚱히 옆에 서 있는 리아의 팔을 붙잡았다.

"그만 가자."

"응? 아…… 그래."

둘 사이에 풍기는 묘한 분위기에 잠시 머뭇거리던 리아가, 해주의 재촉에 술집으로 발길을 돌렸다. 그런 그들 앞을 수혁이 방해하며 막아섰다.

"어디 가는 거야, 너?"

해주가 미간을 찌푸리며 대꾸했다.

"약속 있어. 그러니까 비켜."

약속? 수혁은 해주 옆에 서 있는 리아를 슬쩍 돌아봤다. 리아는 자신을 향한 그의 시선에 살짝 손을 들어 보이며 인사를 건넸다.

"안녕, 오랜만."

"언제부터 둘이 이렇게 친하게 된 거지?"

수혁의 추궁어린 물음에 리아가 어색하게 웃으며 대답했다.

"그러게, 어쩌다 보니, 우연히?"

"우연히?"

"아, 우리 같은 수업 듣거든. 사진예술의 이해."

리아의 말에 단단하게 굳어 있던 그의 얼굴에 작은 균열이 일었다. 그 강의라면, 률이 강의하는 수업이었다.

그걸 떠올리고 보니, 전에 률과 함께 있었던 리아의 모습까지 연달아 뇌리를 스쳐 지나갔다. 꽤 친근해 보이던 둘의 모습.

"보니까 너도 아직 모임 안 끝난 거 같은데, 그만 들어가 봐. 후배 기다리잖아."

해주는 나율을 눈짓으로 가리키며 수혁에게 퉁명스럽게 말을 꺼냈다. 괜한 심술을 부리는 것 같았지만, 이상하게도 말이 곱게 나가지가 않았다. 해주는 이대론 그와 다툴 거 같아, 서둘러 그를 지나쳐 술집으로 향했다. 리아도 수혁에게 다음에 다시 보자, 짧게 말을 남기고 곧바로 그녀의 뒤를 따랐다.

덩그러니 제자리에 남게 된 수혁은 잠시 후, 뒤를 돌아 해주의 뒷모습을 물끄러미 바라봤다. 멋대로 행동하기 시작하는 그녀가, 자꾸만 다른 이들과 얽혀가는 그녀가, 슬슬 그의 인내심을 자극하고 있었다.

"저기, 선배님."

옆에서 그들을 지켜보던 나율이 조심스럽게 다가서자, 수혁이 해주에게서 눈을 떼지 않은 채 스르륵 입을 열었다.

"더 이상 거슬리게 하지 말고 가."

수혁은 나율에게 싸늘히 경고하고는, 해주가 들어간 술집으로 향했다.

해주는 눈앞에 마주하게 된 이들을 보며, 잠시 침묵했다.

'우중충하고 부족한 게 많지만 나쁘진 않을 인간들…….'

문득 리아가 했던 말을 떠올린 해주는 피식 터져 나오는 웃음을 속으로 삼켰다. 반가워할 사람이라고 리아가 그렇게 호언장담을 하더니…… 그녀가 왜 그런 말을 했는지 알 것 같았다.

해주는 떨떠름한 표정으로 앉아 있는 률에게 인사를 건넸다.

"안녕하세요, 교수님."

해주의 인사에도 률은 말없이 리아에게 뾰족한 시선을 보냈다. 오랜만에 친목 다짐이나 하자며, 학교 근처로 불러 모았을 때부터 뭔가 이상하다는 예감이 들긴 했었다.

다른 때 같았으면 도진의 가게에서 만나자고 했을 그녀가, 이곳 술집에서 만나자고 하는 이유를 이제야 알 거 같았다.

"인사하는데 좀 받아주지, 까칠하긴."

리아가 툴툴대며 불평을 토로했지만, 률은 심드렁하게 받아쳤다.

"새삼스럽게 무슨 인사, 자리에 앉기나 해."

리아는 속이 부글부글 끓어올랐지만 애써 억누르며, 해주와 함께 자리에 앉았다.

"권제이는?"

리아가 빈자리를 돌아보며 묻자, 도진이 률을 손가락으로 쓰윽 가리켰다.

"률 통신원 말에 따르면, 어제부터 연락 두절이랍니다."

"또?"

"뭐…… 한두 번 있는 일도 아니고, 때 되면 나타나겠지."

대수롭지 않은 일이라는 듯 말을 끝낸 도진의 시선이 어느 순간 해주를 향했다. 처음엔 몰랐는데, 자세히 보니 어쩐지 낯이 익었다.

"전에 너 보러 우리 가게 들어온 아가씨 아니냐?"

뒤늦게 해주를 알아본 도진이 어깨를 툭 치며 묻자, 률이 불퉁스럽게 대꾸했다.

"몰라, 인마."

"안녕하세요, 오랜만에 뵙네요."

해주가 먼저 인사를 건네자, 도진이 의외라는 듯 그녀를 쳐다봤다.

"그러게요. 그런데 리아하고도 아는 사이인가 보네요?"

"아, 권 교수님 수업 같이 듣다 알게 됐어."

리아의 말에 도진이 살짝 놀란 표정으로 다시 률을 돌아봤다.

"네 제자였어?"

"……관심 끄고, 술이나 마셔."

해주에 관련된 얘기가 나올라치면 률이 원천봉쇄를 하고 나섰다. 그걸 수상쩍게 여긴 리아가 도진을 돌아보며 물었다.

"오빠는 해주 어떻게 알아?"

"아, 그게 률이 우리 가게에서 잠깐 알바 하다가……."

"김도진."

률에게서 불어온 휑한 기운에, 도진은 결국 하려 했던 말을 삼키고 잔을 들었다.

"술이나 마시자."

리아가 아쉬운 표정을 지었다. 조금 더 해주와 률의 관계에 대해 파고들고 싶었다. 하지만 그녀는 원활한 분위기를 생각해 이쯤에서 생각을 접었다.

"해주는 술 뭐 마실래?"

리아가 테이블 위에 올려 져 있는 술병들을 가리키며 묻기가 무섭게, 률이 맥주병을 들어 해주에게 내밀었다. 해주는 관심조차 보이지 않던 그의 갑작스러운 호의에 멈칫했다.

"안 받아? 너, 맥주 좋아하잖아."

해주는 내심 의아했다. 남의 술 취향까지 기억하고 있을 타입으로 보이진 않았는데 의외였다. 멍하니 그가 내민 맥주병을 내려다보던 해주는 빨리 받으라는 률의 성화에 못 이긴 척 잔을 슬며시 내밀었다.

콸콸 맥주가 다 채워져 갈 동안, 해주는 률을 흘끗 훔쳐봤다. 그를 보고 있자니 률과는 교수와 제자, 그 이상의 관계로는 지내지 말라는 수혁의 말이 불현듯 뇌리를 스쳐 지나갔다. 처음으로 무섭도록 차가운 얼굴을 하고선 그녀를 쏘아 붙이며 했던 경고였다.

그걸 저버리고, 률과 함께 술자리를 하고 있는 것이 내심 목에 가시가 걸린 듯 불편하게 다가왔다.

"제사 지내러 왔어?"

생각에 잠겨 있던 해주의 귀로 무뚝뚝한 률의 음성이 들렸다. 해주는 흠칫 놀라며 눈앞의 잔을 확인했다. 언제 다 채웠는지, 맥주가 금방이라도 넘칠 듯 넘실대고 있었다.

그걸 옆에서 지켜보고 있던 리아가 이대로 다 같이 한잔하자며 건배 제의를 해왔다. 가운데로 잔이 모이고, 얼떨결에 건배까지 한 해주는 그대로 잔을 입으로 가져갔다.

그런데 해주가 입안으로 술을 채 들이켜기 직전, 누군가가 그녀의 잔을 확 가로채 갔다. 해주는 두 눈이 동그래져선 옆을 돌아봤다.

그곳엔 냉랭하게 굳은 얼굴을 한 수혁이 그녀의 술잔을 들고 우두커니 서 있었다.

수혁은 손에 든 술잔을 테이블 위에 탁 내려놓으며 해주의 팔목을 붙잡았다.

"일어나, 천해주."

수혁이 무작정 일으켜 세우려 하자, 해주가 당황한 얼굴로 그의 손길을 탁 밀쳐냈다. 갑작스러운 수혁의 등장에 주변 분위기도 어느새 싸하게 가라앉았다.

어떻게 해야 할지 난감해하고 있는데, 옆에서 지켜보고 있던 률의 싸늘한 목소리가 들려왔다.

"예의가 없어도 너무 없군."

낮게 깔린 그의 목소리에 수혁이 날카롭게 치켜뜬 눈으로 그를 돌아봤다.

"뭐라고 하셨습니까?"

다소 반항적인 그의 태도에, 률이 맞받아치듯 차갑게 그를 노려보았다.

"너야말로, 이게 지금 뭐하는 행동이지? 비록 우리가 사적으로 얽힌 사이라고 하지만 명색이 난 교수이고 넌 학생인데, 이런 식으로 무례하게 구는 건 대체 어디서 배운 거지?"

그의 으름장에 수혁은 말문이 막혔다. 인정하기 싫지만, 그의 말 대로 기본적인 예의는 차려야 하는 사이가 맞았다.

"교수로서 내 수업을 듣는 학생들하고 간단한 술자리 정도는 가질 수 있다고 생각하는데……, 이 부분에 대해 이견이 있나?"

이번에도 수혁이 별다른 말을 하지 못하고 서 있자, 률이 그가 잡고 있는 해주의 팔목을 흘겨보며 말했다.

"이견이 없다면, 방해 그만하고 자리 좀 비켜 줬으면 좋겠군."

률이 말하는 내내 한마디 대꾸하지 못한 수혁의 표정이 끝내 무참히 일그러졌다. 결국 물러날 수밖에 없는 상황에 다다르자, 수혁은 해주의 손목을 움켜쥔 손에 힘을 줬다. 같이 나가자는 의미의 신호였다.

중간에 낀 상태에서 곤란해 하던 해주의 시선이 수혁에게로 향했다. 왠지 모를 서운함에 그를 밀어내려 했던 마음이, 불청객처럼 서 있는 그를 보자 순식간에 수그러들었다. 아무래도 수혁을 혼자 보낼 순 없었다.

해주는 자리에서 일어나기로 결정을 내리자마자 의자 옆에 둔 가방끈을 움켜쥐었다. 그런데 그때, 낯선 목소리가 그들 사이를 파고들었다.

"수혁 선배!"

진중하게 흘러가는 분위기와 상반된 상큼하고 발랄한 음성에 해주가 고개를 돌렸다. 그녀의 시선이 닿은 곳엔 낯선 여자들이 반가운 얼굴로 수혁을 향해 손을 흔들고 있었다.

그들은 서로 호들갑스럽게 좋아하더니 곧장 수혁이 있는 곳으로 쪼르르 달려왔다.

"약속 있으시다더니 아직 안 가신 거예요?"

"아! 약속 취소되신 거구나! 그렇죠?"

"잘됐다~ 저희랑 좀 더 놀다 가세요, 네? 선배?"

수혁의 양팔을 부여잡고 정신없이 질문을 퍼붓는 그들의 모습에, 해주의 고운 이마가 살짝 구겨졌다. 흔적도 없이 사라진 줄 알았던 묘한 감정들이 다시금 아지랑이처럼 그녀의 가슴속에 피어오르기 시작했다.

해주는 금방이라도 일어설 것처럼 달싹이던 엉덩이를 다시 의자에 붙였다. 그리고 손에 쥐고 있던 가방 끈도 홱 내려놓곤, 도끼눈을 뜬 채 수혁을 올려다봤다.

그는 잔뜩 짜증이 난 얼굴을 하고 있었지만, 그렇다고 해서 여자들을 확 밀쳐내지도 못하고 있었다. 그걸 해주는 못마땅하게 쳐다보며 입술을 꽉 깨물었다.

'나는 누구 한 사람 마음대로 못 만나게 하면서…….'

해주는 제 손목을 붙잡고 있는 수혁의 손을 밀쳐냈다. 그러고는 보란 듯이 맥주를 잔에 채워 그걸 단번에 벌컥벌컥 들이켰다. 갑작스러운 그녀의 행동에 다른 이들은 다소 놀란 눈으로 그녀를 바라봤다.

그녀는 금세 비운 잔에 맥주를 또 다시 채우기 시작했다. 수혁이 해주를 만류하려 손을 내밀었지만, 해주는 거부하며 퉁명스럽게 말했다.

"너, 교수님 말씀 못 들었어?"

"뭐……?"

해주가 슬쩍 눈짓으로 후배들을 가리켰다.

"이제 그만 방해하고, 너도 후배들한테 가봐."

"천해주……."

해주는 수혁을 차갑게 외면했다. 아까 나율과 맞물려 그를 마주 보고 있는 것만으로도 심기가 불편해졌다. 해주는 률과 도진, 리아를 차례대로 쓰윽 돌아보곤, 그새 채워놓은 맥주잔을 들어 올렸다.

어차피 이렇게 된 거 수혁은 신경 쓰지 않고, 이들과 즐거운 시간을 보낼 생각이었다. 해주는 맥주잔을 그들에게 내밀며 보란 듯이 싱긋 웃어 보였다.

"다 같이 원샷하죠? 원샷!"

두 시간 후,

"원샷!"

"원샷……."

어쩐지 위험하다 싶었다.

"그래……, 너무 부르짖는다 했지."

도진은 눈앞의 광경을 지켜보며 못 말린다는 듯 혀끝을 찼다.

그렇게 서로 자신만만해하며 받는 족족 신나게 원샷을 해대더니, 리아는 결국 제 몸을 가누지 못하고 갈대처럼 상체를 휘청거리고 있었고, 해주는 5잔째쯤 그대로 테이블 위로 뻗어버렸다. 황당하게도 불과 두 시간 만에 벌어진 일이었다.

"이제 그만 일어나자."

도진이 마지막 잔을 들이키며 말했다. 아무리 봐도 이대로 더는 술자리를 이어나가기 힘들어 보였다. 률도 더는 안 되겠다 싶었는지 한숨을 푹 내쉬며 고개를 끄덕였다.

"그래, 리아는 네가 좀 데려다 줘라."

"돼써, 나 아지근 더 마실 수 이써, 더 마시고 주글꺼야……."

리아가 두 눈을 부릅뜨며 거부의 의사를 밝혔다. 그걸 지켜보던 도진이 얼굴을 잔뜩 구기고는 률을 돌아봤다.

"얘 뭐라는 거냐?"

"해석할 시간 없다, 얼른 데려가라."

저대로 두었다간 그대로 넘어질까 싶어, 도진은 서둘러 리아를 부축하고선 그녀의 가방을 목에 걸쳤다. 어느 정도 갈 준비를 마친 도진은 멀뚱히 앉아 있는 률과 인사불성인 해주를 번갈아 보더니 심란한 얼굴로 어깨를 으쓱했다.

"재는 어떻게 할 건데?"

도진의 물음에 률은 걱정 말라는 듯 말했다.

"내가 알아서 할게. 그만 들어가 봐."

"흠…… 그래 그럼. 무슨 일 생기면 연락하고."

"알았다."

도진은 혼자 걸어가겠다는 리아의 고집을 달래가며, 힘겹게 술집을 나섰다. 술집 안에 단둘이 남게 된 률은 한숨을 푹 내쉬며, 눈앞의 해주를 물끄러미 쳐다봤다. 잠에 푹 빠져든 건지 그녀는 작은 움직임조차 보이질 않았다.

일단 깨워야겠다는 생각에, 률은 해주의 어깨를 흔들어보았다. 잠깐 움찔하는가 싶더니, 해주의 몸은 금세 다시 평온을 되찾았다.

어떻게 해야 하나 한참 고민하던 그는, 답답한 마음에 일단 찬물을 한 모금 들이켰다. 그리고 잔을 테이블 위에 올려놓는 찰나, 갑자기 해주가 고개를 번쩍 들더니 새빨개진 얼굴로 급하게 손으로 자신의 입을 틀어막았다.

본능적으로 불길한 기운을 감지한 률은 자리에서 벌떡 일어나 그녀의 옆으로 다가갔다.

"제발 화장실 갈 때까지 참아."

률은 해주의 어깨를 붙잡아 세운 뒤, 점원들에게 물어 그녀를 화장실 안으로 재빨리 들여보냈다. 그렇게 한 10분 정도가 흐른 뒤였다.

초췌한 모습을 한 해주가 얼굴이 파리해져서는 비틀비틀 화장실 밖으로 나왔다. 화장실 입구 앞에서 해주를 기다리고 서 있던 률은 파김치가 된 그녀의 모습에 걱정스러운 눈빛으로 물었다.

"너, 괜찮은 거야?"

"네…… 괜찮아요."

해주는 대충 대답하고는 제 자리로 돌아가 축 늘어진 몸을 의자에 기댔다. 그래도 속에 있는 것을 모두 게워 내고 나니, 한결 편안해진 것 같았다.

"여기, 물 마셔."

률이 물을 따라 건네주자, 해주가 그걸 받아 단숨에 들이켰다. 그렇게 원샷을 외쳐대더니 물까지 원샷으로 마시는가 싶어, 률은 참지 못하고 피식하고 웃음을 터트렸다. 영문을 알 리 없는 해주는 왜 그러는가 싶어 고개를 갸웃 기울였다.

"왜요? 제 얼굴에 뭐 묻었어요?"

해주가 얼굴을 더듬거리며 물었다. 률은 그녀를 빤히 쳐다보며 진지하게 대답했다.

"김 묻었어."

"김……요?"

"응, 못생김."

유머인지 진담인지 알 수 없어 잠시 말을 잇지 못하던 해주가, 그를 잠시 살펴보더니 조심스럽게 물었다.

"……취하셨어요?"

률이 미간을 좁히며 그녀에게 되물었다.

"나한테 묻는 거야?"

"네."

"술 취해 뻗었던 사람한테 그런 질문을 들으니 꽤 신선하네."
"뻗은 거 아니에요. 잠시……."
"잠시?"
"생각할 게 많아서 명상을 좀 한 것뿐이에요."
"……."
힘껏 말을 지어 내뱉은 해주는 이후, 밀려드는 민망함에 재빨리 다른 화제로 말을 돌렸다.
"리아랑 친구분은 가셨나 봐요?"
"조금 전에."
"그럼 교수님은 저 때문에 여기 남아 계셨던 거예요?"
그는 멈칫했다. 당연한 것을 되물어오니, 대답하기가 왠지 낯간지러웠다. 률은 해주의 질문은 묵살한 채, 옆에 내려놓은 옷과 가방을 급히 챙겨들었다.
"집에 데려다 줄 테니까, 놓고 가는 거 없나 잘 확인해 봐."
"아, 안 데려다 주셔도 되는데요."
"챙겨 줄 남자 친구도 그렇게 보내버렸는데, 나라도 책임져야지."
률이 자리에서 벌떡 일어나며 말하자, 해주가 고개를 내저었다.
"수혁인 남자 친구 아닌데요."
률이 의아해하며 물었다.
"남자 친구가 아니라고?"
"네, 수혁이랑 전 그냥 친구예요. 교수님하고 리아처럼, 서로 부모님들끼리 아는 사이라 어릴 적부터 함께 쭉 같이 지냈어요."

"아…… 그래?"

그래서 그 집에서 같이 살고 있었던 건가? 그녀의 말에 작은 의문이 하나 풀리며, 마음 한구석에 자리 잡고 있던 답답함이 조금은 불식된 듯싶었다. 동시에 묘한 안도감도 같이 밀려들었다.

그게 어떤 감정인지 미처 알아채지 못한 률은, 해주를 재촉하며 걸음을 옮겼다.

"그만 가지."

"아, 네."

그를 따라 자리에서 일어선 해주가, 순간 술기운에 휘청하며 손에 든 겉옷을 바닥에 떨어뜨렸다. 그걸 지켜본 률이 성큼성큼 다가와 겉옷을 주워들더니, 자연스레 그녀에게 손을 내밀었다.

"잡고 일어나."

잠시 머뭇거리던 해주가 그의 손을 붙잡고 자리에서 일어섰다. 아직까지도 머릿속이 핑글 돌았지만, 어느 정도 중심을 잡고 설 순 있었다.

"잠깐 있어 봐."

률은 손에 들고 있던 겉옷을 그녀에게 손수 입혀줬다. 해주는 다정한 그의 손길을 묵묵히 받고 있었다. 그의 손은 무척이나 크고 단단했다.

그녀는 그의 손길이 몸에 닿을 때마다, 어쩐지 심장부근이 따뜻해지는 것 같았다. 수혁을 제외한 타인에게서 이렇게 배려 가득한 온기를 받는 것은 오랜만이었다.

"갈까?"

해주는 고개를 끄덕였다. 이유는 모르겠지만, 지금은 왠지 그를 쳐다보기가 조금 민망했다. 해주는 그보다 먼저 앞서 걸어 나갔다. 률이 뒤에서 조심하라며 주의를 줬지만, 그녀의 귀엔 들리지 않았다.

그렇게 비뚤비뚤 걸어 밖을 나선 해주는, 온몸으로 부딪쳐 오는 차가운 공기에 숨을 크게 들여 마셨다. 그때 갑자기 머리가 띵하다 싶더니, 그녀의 몸이 균형을 잃고 뒤로 기울어졌다. 금방이라도 바닥에 부딪힐 듯 위태로운 상황에 놀란 그녀가 두 눈이 크게 떠졌다.

이대로 넘어가나 싶어 몸에 힘을 꽉 준 순간, 누군가 그녀를 뒤에서 확 끌어안았다.

"큰일 날 뻔 했잖아."

놀란 가슴을 쓸어내리던 해주는 뒤쪽에서 들려 온 질책 섞인 목소리에 놀란 눈빛으로 뒤를 봤다. 그녀는 저를 잡아준 이가 률일 것이라 생각했다.

그런데 막상 뒤를 돌아보니, 그녀의 눈에 들어 온 건 률이 아닌 수혁이었다.

"너……."

해주가 얼떨떨한 얼굴로 그를 바라보았다. 다른 사람들과 함께 한 자리에서 그녀가 외면한 뒤로, 수혁은 보란 듯이 후배들과 함께 자리를 떠났었다. 얼마 지나지 않아 후회가 밀려들었지만, 이미 그땐 그가 사라진 직후였다.

그와 틀어져 버린 것에 속이 상한 해주는 잘 마시지도 못하는 술을 연달아 들이켰고, 그 결과 잔뜩 취해 테이블에 바짝 엎드려 잠에 들어버리고 말았다.

그로부터 꽤 시간이 지난 후라 해주는 당연히 그가 먼저 집에 가버렸을 거라 예상했다.

"……밖에서 계속 기다린 거야?"

수혁이 무표정한 얼굴로 그녀를 내려다보며 대답했다.

"왠지 네가 사고 칠 거 같은 예감이 들어서."

"……."

"그런데 사고를 치는 게 아니라 당할 뻔했네."

해주가 민망한 듯 슬며시 그의 시선을 피했다. 그러다 문득 해주는 정면으로 우두커니 서 있는 률을 발견했다.

"교수님……."

해주의 입에서 무의식적으로 그를 부르는 소리가 흘러나왔다. 등 뒤로 률이 있음을 알게 된 수혁의 낯빛이 어둡게 변했다. 또 다시 둘 사이에 개입된 그의 존재가 불편했다.

수혁은 률에게로 가려는 해주의 팔을 붙잡아 자신 쪽으로 끌어당겼다. 순식간에 가까워진 간격에 그가 몸을 살짝 숙이는가 싶더니, 해주를 한쪽 어깨에 가볍게 들쳐 멨다.

갑작스럽게 몸이 들린 해주가 놀란 눈으로 신음을 삼키며, 그의 옷깃을 꽉 부여잡았다.

"뭐, 뭐하는 거야! 내려 줘!"

해주가 벌게진 얼굴로 버둥대자, 수혁이 그녀의 다리를 꽉 붙잡으며 낮게 경고했다.

"저 사람 앞에서 창피한 꼴 당하기 싫으면 얌전히 있어."

그의 말에 해주가 즉각 몸에서 힘을 뺐다. 그녀가 한결 얌전해지자, 수혁이 그대로 뒤로 돌아섰다. 그의 행동을 처음부터 끝까지 지켜본 률은 황당함과 불쾌감이 뒤섞인 표정을 드러내고 있었다.

수혁은 그 와중에 예의라도 차리려는 듯 미미하게 고개를 숙이곤, 그를 곁을 유유히 지나쳐 걸어갔다. 해주는 차마 창피함에 그를 올려다보지 못하고, 수혁의 옷깃을 꽉 움켜쥐는 걸로 상황을 견뎌냈다.

률은 그런 그들을 말없이 우두커니 선 채 지켜봤다. 어느 정도 그들이 시야에서 멀어지자, 률의 입에서 허탈한 웃음소리가 흘러나왔다.

보란 듯이 해주를 들쳐 메고 가는 수혁의 행동이 꽤나 도전적으로 느껴졌다. 마치 제 것이니 건들지 말라는 듯 스쳐지나가는 동안에도 수혁은 잔뜩 날을 세우고 있었다.

유치하다 여기며 무심하게 굴었지만, 내심 그런 그의 행동이 눈엣가시처럼 거슬리고 못마땅했다.

'신경 쓰지 말자.'

한참 속을 끓던 그는 학생을 상대로 이런 식의 감정낭비는 하지 말자며 스스로를 다잡았다. 률은 밀려드는 피곤함에 손가락으로 관자놀이를 꾹꾹 누르다, 주머니에서 울려대는 핸드폰을 꺼내 확인했다. 도진이었다. 그는 곧바로 전화를 받았다.

"응."

—어디야?

"술집 앞."

—아직도?

좀 전 일을 떠올리며, 률이 한숨을 푹 내쉬었다.

"어쩌다 보니…… 그렇게 됐어."

—그럼 그 여자애랑 같이 있는 거야?

"아니, 그건 아니고."

—설마 술 취해 잠든 애를 혼자 두고 나온 건 아니지?

질책 어린 그의 말에 률이 이마를 긁적이며 말했다.

"그런 게 아니라…… 누가 어깨에 들쳐 메고 갔어."

—뭐? 누가?

"남자인 친구가."

—남자인 친구?

"아까 술자리에 갑자기 나타난 놈 있잖아."

—아, 그 여자애 남자 친구?

률이 미간을 좁혔다.

"남자 친구가 아니라, 그냥 친구."

—…….

"흐음…… 생긴 건 얇실하게 생겨가지고 힘 좋더라."

—그래서?

예상치 못한 반문에 그가 고개를 기울였다.

"그래서라니……?"

—휴우…… 너 말이야. 지금 꽤 위험한 거 아냐?

위험?

"무슨 헛소리야?"

—솔직하게 말해 봐.

"뭘?"

—너 해준가, 걔한테 관심 있지?

그가 정곡을 찔린 듯 움찔했다. 률은 괜스레 그를 쏘아붙였다.

"미친 놈. 취했냐?"

—내가 널 모르냐? 오늘 네가 술자리에서 한 행동으로 봐선 100% 확신한다.

"내가 뭘 어쨌는데?"

—되도 않는 교수 행세를 하지 않나, 한참이나 어린놈을 질투하지 않나…….

"하, 질투?"

—그래, 질투. 뭐, 내가 볼 땐 맞는데 아니라면 다행이고.

"아니야."

—그래, 나도 솔직히 아니길 바란다. 나이 차이야 상관없는

데…… 어찌되었든 지금은 너하고 걔, 교수하고 학생 사이지 않냐?

"……."

―정식교수 되려면 앞으로 갈 길이 구만리인데, 괜히 흠집날 일 만들 필요 없지. 안 그래?

잠시 동안 말이 없던 그가 다시 입을 열었다.

"끊어라, 더는 못 들어 주겠다."

―새끼, 조언해 줄 때 잘 새겨들어.

"이게 무슨 조언이냐? 오지랖이지."

―……하여튼 생각해서 말 해줘도 난리지.

"끊는다."

률은 뚝 종료버튼을 눌렀다. 괜히 전화를 받았다 싶었다. 그는 핸드폰을 주머니에 도로 넣고는 깊은 한숨을 몰아쉬었다.

"너 해준가, 걔한테 관심 있지?"

"무슨 말도 안 되는 소리를……."

률은 도진이 했던 말을 되뇌며, 고개를 내저었다. 관심이라니…… 그럴 리 없었다. 그냥 요 근래 자주 마주치다 보니 생긴 자연스러운 호기심 정도면 모를까. 그런 낯간지러운 감정을 그 애한테서 느낄 리 없었다.

'김도진…….'

률은 어딘가 가슴 한 구석 턱턱하고 막히는 답답함의 원인을 도진에게로 돌리며 이를 갈았다.

괜히 사람 마음 심란하게 들쑤셔 놨다며, 그는 한참동안을 속으로 투덜거렸다.

아무리 내려 달라 소리쳐도 미동도 없던 수혁은, 택시 승강장에 도착해서야 해주를 바닥에 내려줬다. 그는 먼저 택시 뒷좌석 문을 열어 그곳에 해주를 앉히고, 곧 자신도 올라탔다.

따가운 시선을 느끼며, 수혁은 옆으로 고개를 돌렸다. 해주가 잔뜩 화가 난 얼굴을 한 채, 수혁을 무섭게 노려보고 있었다. 미리 예상했던 반응이라, 수혁은 무덤덤하게 해주의 시선을 받아냈다.

"왜 그런 거야?"

해주의 물음에 수혁이 짐짓 모르는 척 되물었다.

"뭘?"

"왜 매번 교수님 앞에서 안 좋은 모습을 보이냔 말이야. 이번에도 굳이 날 짐짝처럼 짊어지고 올 필요는 없었잖아."

"안 그랬으면, 넌 그 사람한테 갔을 거 아냐."

"그거야 당연히 인사드리러……."

"싫어."

수혁의 입에서 단호한 한 마디가 튀어나왔다. 해주가 눈살을 찌푸렸다.

"싫다니, 뭐가 그렇게 싫은데? 내가 교수님한테 인사하는 거?"

"그래, 싫어. 네가 그 사람한테 인사하는 것도, 계속 이런 식으로 얽히는 것도 모조리 다."

"지수혁."

"그 사람한테 관심 갖지 마."

"……."

"전에도 얘기했지만, 어울려서 좋을 거 없어."

"함부로 단정 짓지 마. 그렇게 나쁜 사람 같지는 않았어."

"무슨 기준으로 그런 판단을 내린 건데?"

"그건……."

해주가 말을 잇지 못하자, 그 틈을 파고들며 수혁이 말을 늘어놓았다.

"너한테 관심을 가져 주고, 다정하게 대해 주고, 힘든 일 있을 때마다 도와주고, 웃어 주고…… 또 그러던가?"

차근차근 말을 씹어 뱉던 그의 눈에 서서히 경멸이 차올랐다.

"그때, 그놈도 그랬지. 1학년 때 네가 줄곧 어울리던 그 남자."

수혁이 목구멍까지 차오른 말을 결국 참지 못하고 내뱉자, 해주의 얼굴이 순간 파리하게 변했다.

그녀는 천천히 숨을 고르며 륜의 모습을 떠올렸다. 무심하지만 온기가 가득하던 두 눈. 짜증을 내다가도 다정히 건네던 커다란 손. 저를 바라보던 올곧은 검은 눈동자.

해주는 저릿해져오는 입술을 겨우 열어, 나지막한 목소리를 냈다.

"그 사람 얘기, 더 이상 꺼내지 마."

해주는 현재의 률에게 끔찍했던 과거의 잔상을 남기고 싶지 않았다. 애써 부정하고 피하고 싶었다. 그녀는 창밖으로 고개를 돌렸다. 어둡게 가라앉은 그의 눈동자가 좀처럼 그녀에게서 떨어질 줄을 몰랐다.

해주는 수혁의 눈빛을 어렴풋이 느꼈지만, 끝까지 돌아보지 않았다. 그건 그와의 갈등을 피하고 싶은 그녀의 최선이었다. 해주는 두 눈을 지그시 감았다. 이대로 대화 없이 조용히 집으로 갔으면 했다.

수혁은 그녀의 뜻에 동조하듯 침묵했다. 미묘한 말다툼이 오가던 좁은 택시 안은 이후, 고요한 적막만이 흘렀다.

평소보다 이른 아침에 눈을 뜬 수혁은 준비를 마치고, 언제나 그랬듯 해주의 방으로 향했다. 어제 일로 피곤했는지, 해주는 문소리에도 미동조차 없이 새근새근 잠에 빠져 있었다.

수혁은 해주의 곁에 앉아 그녀의 흐트러진 머리카락을 귀 뒤로 넘겨준 뒤, 이불을 정리해줬다. 다정한 그의 손길에 해주는 꿈틀 움직이는 듯하더니, 점점 이불 속으로 파고들며 깊은 잠을 청했다.

그 모습을 물끄러미 지켜보던 수혁의 입가에 작은 미소가 번졌다. 무방비 상태의 그녀를 보고 있자니, 어제의 일로 들끓었던 마음이 조금은 가라앉았다.

해주가 잠에서 깰까 조심스럽게 자리에서 일어나 방을 나선 그는, 신문이라도 볼 겸 1층으로 향했다. 1층에 내려서자마자, 그의 주머니에서 휴대폰 진동소리가 들렸다. 수혁은 소파로 다가가 털썩 앉으며 휴대폰을 확인했다.

[집 앞에 있다.]

반갑지 않은 이의 갑작스러운 메시지에 그의 표정이 사납게 구겨졌다. 수혁은 메시지를 확인한 이후, 잠시 동안 생각에 잠겼다.

피할 수만 있다면 피하고 싶은 상대였지만, 마냥 피한다고 해서 피해질 인물이 아니었다. 그럴 바엔 차라리 직접 부딪치는 것이 나았다.

잠시간의 고민 끝에 결정을 내린 그는, 제 방으로 돌아가 가방을 챙겨들고 내려 왔다. 수혁은 부엌에서 아침을 준비 중인 아주머니에게 다가가 차분한 표정으로 말을 건넸다.

"학교에 급한 일이 있어서 먼저 가봐야 할 거 같아요. 시간 되면 해주 좀 깨워 주세요."

"알았어요. 그나저나 아침은……."

"괜찮습니다. 그럼 다녀올게요."

마지막으로 아주머니에게 인사를 건넨 수혁은, 싸늘히 굳은 얼굴로 집 밖을 나섰다.

집을 나서자마자 그림자처럼 따라 붙는 차로 인해 수혁의 심기가 내내 불편했다. 화려화고 고급스러운 외관, 거기다 우아한 자태와 당당함이 단번에 시선을 끌만큼 위용 있는 차량이었다.

지나가는 사람들이 저마다 호기심의 눈길을 보냈지만, 수혁은 걸을 땐 물론이고, 대중교통을 이용할 때 역시 단 한 순간도 차로 시선을 주지 않았다. 오히려 없는 취급을 했다.

때때로 너무 밀착해 오면, 번거롭고 귀찮은 기색을 여과 없이 얼굴 위로 드러냈다. 그렇게 적당한 거리와 평행선을 유지한 채 어느 덧 학교 근처에 당도하자, 결국 차량이 먼저 그의 앞을 가로 막았다.

수혁은 눈 하나 깜짝 안하고, 차를 피해 유유히 옆으로 발길을 돌렸다. 그러자 곧바로 차량 뒷좌석 창문으로 고급스러운 차량에 어울리는 멋들어진 중년의 남자가 모습을 드러내며, 그를 불러 세웠다.

“지수혁.”

귀를 사로잡는 중후한 목소리에도, 수혁은 걸음을 멈추지 않았다. 투명인간 취급을 하며, 제 갈 길을 갈뿐이었다.

“지수혁.”

똑같은 톤으로 그가 다시 수혁을 불렀다. 그러나 주변 다른 학생들의 시선이 모일 뿐, 수혁은 그를 돌아보지 않았다. 결국 참다못한 그가 창가 주변을 손가락으로 툭툭 치더니, 아까보다 낮은 목소리로 말을 꺼냈다.

“어쩐 일로 해주, 그 아이와 같이 등교하지 않는 구나?”

나직한 그의 한 마디에 좀처럼 미동도 없던 수혁의 발걸음이 그제야 제자리에 멈췄다. 너무나도 적나라한 태도 변화에, 그는 눈을 가늘게 떴다.

어김없었다. 평상시에는 냉랭한 기운을 풀풀 풍기며 주변에 무관심한 녀석이, 해주의 이름만 튀어나와도 민감하게 반응하며 적극적으로 돌변했다.

그게 어딘가 마음에 들지 않았지만, 이렇게라도 그 녀석의 약점을 잡을 수 있다는 것에 안도하기도 했다. 그게 아니었다면, 수혁을 컨트롤 할 수 있는 장치는 아무것도 없었을 테고, 이런 관계조차 유지하기 힘들었을 테니 말이다.

"용건이 뭡니까?"

어느새 뒷좌석 문턱까지 다가 온 수혁이 퉁명스럽게 물었다. 그는 그런 수혁에게 싱긋 웃어 보이며, 자신의 옆 시트를 손으로 툭툭 쳤다.

"일단 타거라."

"제가 왜요?"

"아들이 아버지 차에 타는데 이유가 필요한가?"

수혁은 싸늘하게 굳은 얼굴로 한 쪽 눈을 찡그렸다. 뭔가 마음에 안 들 때 나오는 버릇이었다.

그는 자신과 동일한 버릇을 가진 수혁을 묘한 눈빛으로 바라봤다. 이게 유전자의 힘이라는 건가. 그의 입에서 괜스레 실소가 흘러나왔다.

"뭡니까?"

수혁이 기분 나쁘다는 듯 굴자, 그가 직접 차문을 열어주며 말했다.

"타, 잠깐이면 돼."

수혁이 단호하게 말했다.

"수업 있습니다."

"알아, 5분이면 충분해."

수혁은 잠시 망설이더니 결국 차에 올라탔다. 다른 건 몰라도 그가 해주의 이름을 들먹였다는 것이 왠지 모르게 찝찝했다. 또 무슨 꿍꿍이가 있어서, 아침부터 찾아와 이러는 걸까.

차에 올라타자마자, 수혁은 슬쩍 고개를 돌려 그를 흘겨봤다. 어느 날 갑자기 아버지라며 나타난 그는, 웃는 낯빛 뒤로 끔찍하리만큼 서늘한 기운을 숨기고 있었다.

수혁은 그것을 처음 만났을 때부터 본능적으로 느끼고 있었다. 그래서 그와 함께 있는 것만으로도 뱀이 온 몸을 휘감고 있는 듯 숨통이 막히고, 답답했다. 또한 무엇보다도 그의 존재자체가 불쾌하고 불편했다.

"개강했는데 뭐 필요하거나 갖고 싶은 건 없느냐?"

그가 인자한 미소를 띠며 물었지만, 수혁은 시선을 창밖에 둔 채 무뚝뚝하게 답했다.

"없습니다."

"용돈은?"

"필요 없습니다."

"그래?"

"할 말이 뭔지나 말씀하십시오."

수혁이 매몰차게 말을 돌렸다. 그는 아버지 노릇 따윈 듣고 싶지도, 보고 싶지 않다는 기색을 여실히 겉으로 드러냈다. 하지만 그는 그것에 순응할 생각이 없는지 여유로운 얼굴로 의자에 몸을 기대며 물었다.

"그 집에서 지내면서 불편한 건 없느냐? 학교생활은 원활하게 잘 하고 있고?"

"지금…… 뭐하자는 겁니까?"

"대화라는 걸 하는 중이다. 5분 동안."

"……."

"그럼 계속 이어가볼까? 부자간의 대화 말이다."

수혁이 그를 날카롭게 노려보며 말했다.

"그냥 말씀 하시죠…… 빙빙 돌리지 말고."

"뭘 말이냐?"

능청스럽게 반문하는 그에게, 수혁은 짜증을 삼키며 대꾸했다.

"갑자기 찾아 온 진짜 목적 말입니다."

뾰족하게 날 선 눈으로 그를 노려보며 수혁이 입매를 굳혔다. 들어볼 생각이었다. 또 무슨 용건이 있어 여기까지 행차하셨는지.

"목적이라……."

말끝을 흐리던 그가 갑작스레 무언가 떠올랐다는 듯이, 자신의 이마를 손가락으로 툭툭 쳤다.

"아아, 그러고 보니 있긴 있구나. 너를 찾아 온 이유 말이다."

그가 부드러운 미소를 지었다.

"이번 주 주말이 네 어머니 생일인데, 꼭 집에 와서 같이 밥이라도 먹었으면 좋겠구나."

'……어머니?'

수혁은 그를 향해 불쾌감을 비치며, 조소를 흘렸다.

"누가…… 제 어머니입니까?"

그가 태연하게 대답했다.

"내가 네 아들인 이상, 그 여자가 네 어머니가 되는 건 당연한 일이지."

다소 억지스런 논리에, 수혁은 그를 향해 참고 있던 말을 내뱉었다.

"어차피 다른 사람들 앞에선 아들이라고 부르지도, 알리지도 못하시지 않습니까?"

"……."

그가 선뜻 답하지 못하자. 꼬투리를 잡은 수혁이 못을 박듯 강한 어조로 그에게 말했다.

"알려져 봤자 의원님 이미지에 타격만 있을 테니, 차라리 전처럼 아들 같은 건 애초에 없는 취급하고 사십시오."

"……."

"이렇게 바쁜 시간 쪼개며, 괜한 헛짓 하지 마시고요."

수혁은 마지막 말을 끝으로, 차에서 내리기 위에 차문 손잡이를 움켜쥐었다. 하지만 그때, 어느 때보다 단호한 음성이 그의 귓속으로 날아들었다.

"주말에 집으로 차 보내마."

수혁은 거절의 의미로 대꾸도 없이 차에서 내렸다.

"그날 해주도 같이 데리고 오거라."

막 문을 닫고 돌아서려던 찰나였다. 수혁은 또 다시 가슴을 긁어내는 그의 소름끼치는 음성에 움직임을 멈췄다.

정확히 수혁의 정곡을 찌른 그는 그 순간을 놓치지 않고, 입에 담고 있는 말을 차근히 꺼냈다.

"듣자니, 천 앵커랑 이 선생 둘 다 해외로 나갔다던데. 주말에 해주 혼자 쓸쓸하게 남겨두지 말고 같이 데려오란 말이다. 어차피 집안끼리 서로 모르는 사이도 아니고, 이럴 때일수록 서로 챙겨야지. 안 그러느냐?"

수혁은 말이 없었다. 그걸 좀 전과 다르게 긍정의 뜻으로 받아들인 그가 운전석에 앉아 있는 남자를 손으로 가리키며 환하게 웃었다.

"그날 집으로 특별히 최 보좌관을 보내마."

선심 쓰는 척 구는 그의 행동에 치솟는 분노를 삭이며 수혁이 나직이 말했다.

"보내시든 말든 그건 의원님 뜻대로 하십시오. 전 안 갑니다."

"괜한 고집 부리지 말거라."

"지금 이 상황에, 누가 더 쓸데없는 고집을 부리고 있는지는 다시 잘 생각해 보십시오."

"수혁아."

"앞으로 절대 이런 일로 찾아오지 마십시오. 연락도 하지 마시고요."

수혁은 있는 힘껏 차 문을 쾅하고 닫았다. 등 뒤로 그의 시선이 박히는 게 느껴졌지만, 수혁은 개의치 않고 교문으로 향했다.

그런 수혁의 뒷모습을 물끄러미 지켜보던 그가 최 보좌관에게 시선을 옮기며 나직이 말을 건넸다.

"그 날, 해주 먼저 집으로 데리고 오도록 해."

"그럼 아드님은……."

그가 슬쩍 한쪽 입술을 위로 추켜올렸다.

"뭐…… 해주라면 사족을 못 쓰는 놈이니 알아서 제 발로 찾아오겠지."

"네, 알겠습니다. 의원님."

최 보좌관의 대답에, 그는 만족한 얼굴로 천천히 의자에 몸을 기대며 두 눈을 질끈 감았다.

"그럼 그만 출발하지."

학교 안으로 들어서는 해주의 얼굴이 시무룩하게 가라앉아 있었다. 수혁이 집에 온 이후로 학교에 혼자 가는 건 거의 처음 있는 일이었다. 그래서인지 교정을 걷는 길이 유독 낯설고 어색하게 느껴졌다.

학교에 급한 일이 있어서 먼저 간다는 말을 아주머니께 전해 듣긴 했지만, 그게 사실이 아닐 거라 그녀는 짐작했다.

정말로 학교에 일이 있어서 먼저 가는 일이라면, 자신에게 미리 말을 하거나 적어도 휴대폰으로 메시지라도 남겨뒀을 것이다.

이렇듯 아침에 별다른 말도 없이 나갔을 리 없었을 뿐더러, 그에게서 연락이 온 건 아무것도 없었을 리 없었다.

'어제 일 때문이겠지.'

화가 덜 풀린 게 분명했다. 그리 내심 확신한 해주는 수업이 있는 건물 안으로 들어서는 내내 깊은 한숨을 내쉬었다.

마음속이 복잡하면서도 허한 것이 수업을 들을 기분이 아니었다. 이대로 어딘가 도망치고 싶었다. 하지만 그렇다고 해서 어디 갈 만한 곳도 없었다.

그녀에게 학교를 벗어나 갈 곳이라곤 집뿐이었다. 따로 연락해서 만날 친구도 없었다. 학창시절 때는 그래도 알고 지냈던 몇몇 친구들이 있긴 했었는데, 대학교에 들어온 뒤로는 대부분 연락이 끊긴 상태였다.

해주는 그나마 지금 들을 수업이 률의 강의 인 것에 위안을 삼으며, 힘없이 강의실로 향했다.

'아직 안 왔나?'

혹시 리아가 먼저 도착하진 않았을까 강의실 안을 먼저 둘러보던 해주는, 그녀가 없음을 확인하곤 아쉬운 표정을 지었다.

몇 번 보지 않았는데도 벌써 정이라도 든 건지, 괜스레 그녀가 기다려졌다.

"천해주!"

강의실로 들어가려던 해주는, 문득 자신을 부르는 소리에 걸음을 멈췄다. 별 생각 없이 뒤를 돌아본 그녀의 표정이 심각하게 굳어버린 건, 누군가를 발견한 직후였다.

비소를 머금고 다가서는 두 남자의 모습에, 해주의 얼굴이 차갑게 얼어붙었다.

'어떻게…….'

짧은 새에 속으로 몇 번이고 되뇌어졌다.

'어떻게…… 어떻게…… 저 사람들이 내 눈앞에 있는 거지?'

다시는 볼일 없을 거라, 조금의 의심조차 하지 않았던 그들이 뻔뻔하게 고개를 쳐들고 나타났다는 것이 믿기지 않았다.

두 눈을 번들거리며 다가서는 그들을 쳐다보고 있는 것만으로도, 온몸에 소름이 돋고 등골이 오싹해졌다.

해주는 바짝 메마른 입술을 꽉 깨물고, 숨을 잠시 멈췄다. 생각을 정리하고, 표정을 갈무리했다. 그녀는 최대한 침착하게, 상황을 직시했다.

"오랜만이다, 너?"

두 남자 중 꽤 준수한 외모의 안경을 쓴 남자가 먼저 그녀에게 아는 척을 해 왔다. 마치 과거의 일은 잊은 듯 아무렇지 않은 얼굴을 하고서 인사를 건네는 그에게, 해주는 적대감을 고스란히 드러냈다.

그는 처음 그녀를 마주쳤을 때와 마찬가지로 누구나 호감을 가질 만큼 다정하고 친절한 미소를 띠고 있었다. 하지만 그의 뒷면을 알고 있는 해주의 눈에는 역겨운 가식덩어리로 밖에 보이지 않았다.

잠시라도 말을 섞는 것조차 불쾌하게 여겨져 당장이라도 그를 회피하고 싶었다. 그래서 무시하고 돌아서려는데, 옆에서 지켜보고 있던 또 다른 남자가 그녀의 앞을 가로막고 나섰다.

"선배가 먼저 인사를 했으면, 받아주는 척이라도 해야지, 안 그래?"

너구리처럼 넓적한 얼굴 면적을 자랑하는 남자가 비아냥거리며 말을 걸어왔다. 대꾸할 가치조차 못 느꼈지만, 해주는 서서히 거리를 좁히며 압박해 오는 그들을 날카롭게 노려보며 입을 열었다.

"……반갑게 인사를 나눌 사이는 아니죠, 우리가."

"하, 이것 봐라."

너구리가 금방이라도 한 대 칠 것처럼 위협적으로 다가서자, 안경 낀 남자가 그를 만류하며 앞으로 나섰다.

"인마, 넌 왜 아침부터 심란하게 인상을 찌푸리고그래."

그는 여유롭게 웃으며 너구리한테 질책 섞인 말을 던진 후, 해주를 묘한 눈초리로 바라봤다.

"어쩐 일로 혼자네? 매일 붙어 다니는 네 기둥서방은 어디가고?"

해주는 속으로 헛웃음을 삼켰다. 평소 수혁이 곁에 있을 때면 말조차 걸지도 못했던 그들이었다. 이들을 상종하고 있는 제 자신조차도 한심스럽게 여겨질 정도였다.

더는 말조차 섞고 싶지 않아, 해주는 그들을 외면하고 뒤로 돌아서 강의실 안으로 들어가려 했다. 하지만 그녀가 돌아서려는 타이밍을 놓치지 않고, 안경 쓴 남자가 그녀의 손목을 탁 붙잡았다.

그 순간, 몸에 닿은 낯선 온기에 스위치가 탁 하고 켜진 듯 뇌리로 잊고 있던 순간이 떠올랐다.

3개의 그림자가 그녀의 시야로 무섭게 덮쳐 왔다.

"이곳에 널 도와 줄 사람은 아무도 없어, 그러니까 그만 포기하고 같이 즐기자고."

파노라마처럼 지나간 기억에, 해주가 소스라치게 놀라며 하얗게 질린 얼굴로 그의 손을 세게 쳐냈다. 그의 손길이 닿은 곳에 더러운 벌레가 기어 다니는 것 같은 느낌이 들었다.

그녀는 뒤로 주춤 물러나며, 더 이상 다가오지 말라는 듯 경계하는 눈빛으로 보냈다. 남자들은 오히려 그런 그녀의 반응이 재미있다는 듯 지켜봤다. 안경 낀 남자가 자신의 안경을 매만지며, 슬쩍 입꼬리를 위로 추켜올렸다.

"복학 했다길래, 그날 일은 완전히 잊어버린 줄 알았는데……

그건 아닌가 봐?"

"……."

"뭐, 다시 그날 일을 들먹일 생각은 없으니 그렇게 예민하게 굴 건 없어. 너한테 고맙다는 인사나 하려고 온 거니까."

해주는 인내심을 발휘하며, 상황을 버텨냈다. 그녀의 귀로 그의 소름 끼치는 음성이 이어 들렸다.

"네 부모님 덕분에 정후, 그 자식은 장학금까지 지원받으면서 미국으로 교환학생 가게 됐고, 우리는 공짜로 학교 졸업할 수 있게 되었으니 당연히 고마워해야지."

"엄밀히 따지면, 재 부모님이 아니라 그 자식 덕분 아닌가?"

차분히 말을 이어 나가던 그가 눈치 없이 끼어드는 너구리를 사납게 노려봤다. 금방이라도 험한 말을 내뱉을 것처럼 입술을 움직거리던 그가, 해주의 눈치를 살피며 너구리에게 경고의 눈빛을 보냈다.

장난스럽게 웃고 있던 너구리가 그의 싸늘한 눈빛에 뒤늦게 아차 싶은 표정으로 입을 오므렸다. 하지만 이미 두 사람 사이에 흐르는 묘한 위화감을 느낀 해주는 그 순간을 놓치지 않고, 그들에게 질문을 던졌다.

"방금 한 말, 그게 무슨 뜻이에요?"

핍박하듯 너구리를 노려보던 그가, 표정을 바꿔 태연하게 해주를 돌아봤다.

"무슨 말?"

"방금 선웅 선배가 꺼낸 말이요."

"그러니까 무슨 말?"

"선배!"

끝까지 따져 물으려던 해주가 눈앞에 드리운 검은 그림자에 흠칫 놀라며 입을 꾹 다물었다.

채 한 뼘도 되지 않는 거리에 해주와 마주 보고 선 그는, 안경 너머로 그녀를 의미심장하게 내려다보며 천천히 입을 열었다.

"네가 궁금해 하는 그걸 얘기하려면, 과거 있었던 일을 다시 차근히 풀어내야 하는데 그러길 바라는 거야?"

엄습하는 불길한 기운에 해주가 주춤 뒤로 물러섰다. 그는 그 때를 놓치지 않고, 그녀의 어깨를 꽉 붙잡아 세우며 입매를 비틀어 올렸다.

"원한다면 얘기해 줄 수 있어. 너는 어떨지 몰라도, 난 그 날 일이 그다지 나쁘지 않았거든. 지금 돌이켜 생각해 보면, 좀 더 신중하게 행동하지 못한 게 아쉬울 지경이야."

"……이거 놔요!"

탁—!

해주가 어깨를 붙잡은 그의 손을 사납게 쳐냈다. 하지만 그러기 무섭게 그가 해주를 거칠게 벽으로 밀어붙였다. 한순간 그의 공간 안에 갇히게 된 그녀는 당혹스러움에 몸 둘 바를 몰랐지만, 감정을 겉으로 드러내지 않으려 애썼다.

입안 살점을 있는 힘껏 베어 물고, 두 손을 힘줄이 돋아 날만큼 힘줘 쥐었다. 그 탓에 표정은 크게 흔들리지 않았다.

남자의 눈매가 불만스럽게 길어졌다. 대차다 싶을 만큼 곧게 구는 성미가 참으로 마음에 들지 않았다. 굽힐만한 상황에도 뭐가 그리 잘났다고 저리도 두 눈을 치켜뜨고 달려드는 건지, 재수 없던 어떤 녀석이 생각나 짜증이 솟구쳤다.

"……좋게 넘어가 준 걸 고맙게 생각해야지."

참고 있던 말이 그의 입술 새로 흘러나왔다. 해주의 얼굴이 작게 구겨졌다.

"뭐라고요……?"

큰 변화가 없던 그녀의 얼굴에 작은 균열이 일자, 그의 두 눈이 비열하게 빛났다.

"그날 일이 그 정도로 마무리되지 않았으면, 네가 과연 이렇게 얼굴을 들고 다닐 수 있었을까?"

읊조리듯 내뱉어진 그의 한 마디에, 그녀의 눈동자가 갈 곳 없이 흔들렸다. 추잡하고 치졸하기 짝이 없었다. 용서를 빌어도 모자를 상황에 오히려 선심 쓴 것처럼 행동하는 그를, 더는 참고 두고 볼 수가 없었다.

해주는 망설임 없이 떨리는 손을 높이 들었다. 그러고는 거들먹거리며 실실 웃고 있는 그의 뺨을 힘껏 내려쳤다.

짝—!!

따가운 마찰소리가 강의실 앞에 울리자, 관심 없이 지나쳐가던 사람들의 시선이 한순간에 그들에게로 모아졌다. 옆에 지켜보고 있던 너구리가 눈앞의 상황에 화들짝 놀라며 경악을 금치 못했다.

"저게 진짜 미쳤나!"

너구리가 분노로 붉어진 얼굴로 안경 쓴 남자에게 다급히 다가갔다. 너구리가 괜찮냐며 호들갑스럽게 물어왔지만, 그는 아무런 대꾸도 하지 않았다.

지금의 상황을 금세 인식하지 못한 듯 잠시 멍했던 그의 표정이, 이후 무참히 일그러졌다.

그는 느릿하게 손을 들어, 붉게 달아오른 뺨을 매만졌다. 얼얼한 느낌에 그제야 맞은 것이 실감나는지, 그가 어처구니가 없다는 듯 실소를 터트렸다.

그 모습이 어딘가 소름 끼칠 정도로 섬뜩해, 해주는 그에게서 벗어나려 서둘러 몸을 돌렸다. 하지만 얼마 못 가, 해주는 또다시 그에게 팔을 붙잡히고 말았다.

"너…… 따라 와."

서슬 퍼렇게 날선 눈을 번뜩이며, 그가 그녀를 억지로 어딘가 끌고 가려던 그때였다. 수군거리는 무리들 사이로 누군가 그의 앞을 가로막으며 나섰다.

"남의 강의실 앞에서 이게 무슨 짓이지?"

익숙한 음성에, 끌려가지 않으려 버티던 해주의 시선이 자연스레 정면을 향했다. 혹시나 했건만, 시선이 닿은 곳에 률이 딱딱하게 굳은 얼굴로 우두커니 버티고 서 있었다.

"교수님……."

교수님? 해주의 입을 통해 눈앞의 남자가 누구인지 파악한 그가, 금방이라도 내뱉으려 했던 욕을 가까스로 집어삼켰다.

마치 치부를 들키기라도 한 듯 그의 얼굴이 눈에 띄게 일그러졌다. 남자는 일단 그녀의 손목을 놔줬다.

"보아하니, 내 수업 듣는 학생은 아닌 거 같은데 여기서 뭐하고 있는 거지?"

률이 시선을 훑어 내려며 묻자, 그가 별일 아니라는 듯 표정관리하며 대답했다.

"아무것도 아닙니다."

그는 너구리에게 그만 가자는 의미의 눈빛을 보냈다. 이번만큼은 너구리도 금세 분위기 파악을 했는지, 어색한 표정으로 앞서 걸어 나갔다.

그 뒤를 따라 걸음을 돌린 그가 잠시 해주의 곁에 멈춰 섰다. 고고하게 고개를 들고 서있는 그녀를 보고 있자니, 더욱 속이 뒤틀려왔다.

"나중에 또 보자"

그는 독기어린 말 대신, 시시덕거리는 말을 남겼다. 해주는 당장이라도 그런 그의 얼굴을 다시금 후려치고 싶었지만, 이쯤에서 상황을 정리하는 것으로 마음을 다잡았다.

그들이 사라지자, 주변의 웅성거림이 순식간에 가라앉았다. 해주는 지친 얼굴로 자리를 피하기 위해 무거운 발걸음을 내디뎠다.

머릿속이 온통 그날 일로 가득 채워져, 금세라도 고통스러운 신음 소리가 입술 새로 흘러나올 것만 같았다. 새파랗게 질린 얼굴로 입술을 꽉 봉쇄한 채, 뭐에 홀린 사람처럼 비틀거리며 앞으로 걸어갔다.

그 순간, 누군가가 그녀의 어깨를 조심스럽게 잡아 세웠다.

"수업 안 들어가고 어디가려고?"

해주는 느릿하게 옆으로 고개를 돌렸다. 률이었다. 그는 미간을 좁히며, 해주를 가만히 내려다봤다.

"너…… 괜찮은 거야?"

그녀의 상태가 영 좋아 보이지 않자, 차갑다 느낄 정도로 무심했던 그의 말투가 다정스럽게 변했다. 그것에 호응하듯 말없이 묵묵히 서 있던 해주가, 목구멍을 막고 있던 뜨거운 불덩이를 집어삼키며 목소리를 냈다.

"네, 괜찮아요."

전혀 안 괜찮아 보이는데…… 평소처럼 불퉁하게 말을 던지려 했던 률은 입속에 맴도는 말을 차마 내뱉지 못했다.

어딘가 불안해 보이는 모습이, 평소처럼 제 말을 받아칠 여력 같은 건 남아 있지 않아 보였다. 도대체 저놈들하고 무슨 사이길래 이러는 건가 의혹이 들었지만, 그것도 지금은 잠시 접어 두었다.

온 힘을 다해 그녀가 지금의 상황을 견뎌내고 있는 것이 그의 눈에 고스란히 들어와 차마 말을 잇지 못하게 만들었다.

률은 잠시 동안 그녀를 말없이 응시했다. 어깨를 붙잡고 있는 손에 절로 힘이 들어갔다. 가늘게 떨리는 어깨를 그의 팔이 점차 침범하려했지만, 이내 멈추고선 손에 힘을 뺐다.

"들어가지."

률은 거둔 손으로 그녀의 어깨를 한 번 치고는 강의실 안으로 들어갔다.

복도 위에 혼자 남게 된 해주는 그제야 참고 있던 숨을 토해내듯 길게 내뱉었다. 최악까지 치달았던 감정이 률이 사라지자 고삐 풀린 망아지처럼 격해지며, 눈앞이 핑글 돌았다.

그녀는 왼쪽 손목을 움켜쥔 상태로 어금니를 꽉 다물었다. 이대로 계속 혼자 있다간 전신을 압박하는 서늘한 고통을 이겨 내지 못하고, 절대 해선 안 될 짓을 또다시 저지를 것만 같았다.

차라리 억지로라도 강의실에 제 발을 묶어 두는 편이 나았다. 해주는 이마에 흐르는 식은땀을 소매로 훔쳐내고, 숨을 고른 뒤 강의실 안으로 들어섰다. 그러고는 익숙하게 비어 있는 맨 뒷좌석으로 다가가 자리에 앉았다.

수업이 시작되고, 얼마 지나지 않아 리아에게서 문자가 왔다. 늦잠 자는 바람에 지금 학교에 가고 있다며, 끝나고 점심이나 같이 먹자는 내용이었다.

해주는 별다른 답장 없이 일단 휴대폰을 책상 위에 내려놓았다. 다른 때 같으면 먼저 살갑게 다가와주는 리아가 고마워 답장이라도 보냈겠지만, 지금은 그렇게 할 만큼 마음의 여유가 있질 않았다.

최대한 마음을 가라앉히고 머릿속을 어지럽히는 그들의 기억들을 지우려 애를 썼지만, 좀처럼 쉽지가 않았다.

해주는 딱딱하게 굳은 얼굴로 두 손을 꽉 맞잡았다. 가만히 앉아 있는데도, 금방이라도 폭발할 거 같은 활화산처럼 가슴속 안이 화기로 끓어올랐다.

'뻔뻔한 인간들, 죽어버렸음 좋겠어.'

해주는 입술을 잘근잘근 씹으며, 눈앞에 놓인 핸드폰을 손에 쥐었다.

이럴 때 수혁이 옆에 없는 것이 불안했다. 어떻게든 걱정을 끼치고 싶지 않아 참으려 했는데, 참아지지가 않았다.

해주는 전원버튼을 눌러 패턴을 해제하고 메신저 창을 열었다. 그런데 그때, 기다렸다는 듯이 수혁에게서 메시지가 날라 왔다.

[수업 끝날 때쯤 데리러 갈게. 건물 앞에서 보자.]

지금 당장 만나자고 얘기하고 싶지만, 수업중인 그를 일부러 나오라고 하기가 마음에 걸려 차마 그럴 수가 없었다.

해주는 짤막하게 알겠다는 답변을 보내고 창밖을 내다봤다.

조금만 참자. 그리고 수혁이를 만나게 되면 집으로 가자고 하자.

그리 마음을 다잡으며 그녀는 청명한 하늘을 올려다보며 속을 달랬다. 그렇게 시간이 잠시 흘렀다.

높낮이가 일정한 률의 목소리가 귀에 익을 때쯤, 시선을 아래로 내린 해주의 시야로 벤치에 앉아 있는 익숙한 누군가의 모습이 들어왔다.

흐릿했던 해주의 초점이 점차 뚜렷해졌다. 의심이 금세 확신으로 바뀌었다.

'지수혁?'

벤치에 앉아 있어 뒷모습밖에 보이지 않았지만, 옷 스타일이나 자태가 분명 그였다.

수업을 듣고 있어야 할 그가 왜 이곳에 와 있는지 의아했지만, 그보단 조급함이 먼저 앞섰다. 강의실을 나가 수혁에게 가고 싶었다.

망설이던 해주가 결국 참지 못하고, 책상 위에 올려 둔 휴대폰과 가방을 챙겨 들었다. 이어 그녀는 자리에서 일어나 강의실 문 밖으로 향했다. 최대한 수업에 지장이 없도록 발걸음을 조심히 내디뎠다.

내내 률의 시선이 꽂이는 것이 느껴졌지만, 그렇다고 되돌아가진 않았다. 조용히 문을 열고 나간 뒤, 그녀는 수혁이 있던 곳으로 재빨리 향했다.

건물 밖을 나서자, 차가운 바람이 부딪쳐 오면서 시야가 환하게 밝아졌다. 그녀의 시선이 벤치가 있는 쪽으로 향했다.

창밖 너머로 봤던 수혁이 휴대폰을 들여다보고 있었다. 그를 보고나니 꾹 참고 있었던 울분이 솟으며, 눈시울이 점차 붉어졌다. 해주는 천천히 수혁의 뒤쪽으로 걸어갔다.

음악을 듣고 있는지 그는 이어폰을 낀 채 휴대폰에 집중하고 있었다. 조심스럽게 그의 뒤로 다가선 해주는, 끝까지 제 존재를 알아채지 못한 수혁을 뒤에서 끌어안았다.

그가 어깨를 움찔 떨었다. 곧이어 뒤에서 끌어안은 사람이 해주임을 단박에 알아 챈 수혁은, 피식 웃음 지으며 이어폰을 뺐다. 목 주변으로 그녀의 따뜻한 숨결이 간질였다.

"여기 있는 줄 어떻게 알고 온 거야?"

수혁이 일부러 볼멘소리를 내며 묻자, 해주가 그의 목에 얼굴을 파묻은 채로 대답했다.

"어쩌다 창밖 내다봤는데 네가 딱 보이더라."

"그런다고 수업을 땡땡이치고 나와?"

해주가 고개를 들어 그를 흘끗 바라봤다.

"넌? 오늘 수업 안 들어간 거야?"

그가 잠깐 망설이다 대답했다.

"일이…… 좀 있었어."

"도대체 무슨 일이 길래 말도 없이 학교도 먼저 가고, 수업까지 빼먹은 건데?"

그의 반응을 봐선 어제 일로 화나서 먼저 학교에 온 것 같진 않았다. 그의 말대로 무슨 일이 있는 거 같긴 한데, 수혁은 쉽게 입을 열지 않았다.

결국 참지 못한 해주가 보채듯 나섰다.

"얘기해 봐. 무슨 일인데?"

"……별일 아니야. 그냥……."

"그냥?"

해주가 조그맣게 따라 묻자, 수혁이 작게 한숨을 내쉰 뒤 손을 뻗어 그녀의 머리를 쓰다듬으며 말했다.

"밥이나 먹으러 가자. 배고프다."

장난스럽게 그녀의 머리를 한 차례 헝클어뜨리더니, 그가 자리에서 벌떡 일어섰다. 수혁이 끝까지 말을 돌리자, 그녀는 천천히 입을 닫았다.

이쯤 되니 해주도 더는 캐묻기가 어려웠다. 그가 이만큼이나 말을 꺼내기 싫어하는 걸 보면, 차라리 모르는 척하는 편이 나을 듯싶었다.

그녀는 궁금스러운 마음을 접고, 헝클어진 머리를 매만졌다. 그 사이 수혁이 그만 가자며 그녀에게 눈짓을 보냈다.

익숙하게 수혁의 팔짱을 낀 그녀는, 그를 물끄러미 올려다봤다. 아까 전 그놈들과 있었던 일을 말해야 하나, 망설이고 있는데 갑작스레 수혁이 그녀를 돌아봤다.

"무슨 할 말 있어?"

머뭇거리는 걸 눈치챘는지, 그가 먼저 물어왔다. 해주는 선뜻 입을 열지 못했다. 막상 그가 물어오니, 말을 하기가 더 조심스러웠다.

모든 걸 털어놓고 기대기엔, 오늘따라 그가 평소와 조금 달라

보였다. 얼굴빛이 어둡고, 어딘가 마음이 불편해 보였다. 이럴 때 괜한 걱정을 가중시키고 싶지 않았다.

"아니, 아무것도 아니야."

짧게 답을 끝낸 해주가 시선을 아래로 내려뜨렸다. 자신을 향한 수혁의 시선이 느껴졌지만, 짐짓 모르는 척 외면했다.

그녀는 팔짱을 낀 손을 풀고 가방 끈을 꼭 붙잡았다. 그러고는 나란히 걷는 수혁의 발걸음에 맞춰 말없이 걸어갔다.

률은 좀처럼 강의에 집중하지 못했다. 강의를 하는 내내 누군가가 신경 쓰였기 때문이었다. 아니, 신경이 쓰일 수밖에 없었다.

금방이라도 쓰러질 것처럼 새하얗게 질린 얼굴을 하고서 앉아 있으니 신경이 쓰이지 않는 게 이상했다. 그렇다 보니 입은 강의를 진행하고 있었지만, 눈은 자꾸만 그녀에게로 고정됐다.

해주는 휴대폰을 한참 동안 들여다보는가 싶더니, 이내 창밖을 멍하니 내다봤다.

무슨 생각을 그렇게 하는 건지. 이따금씩 기침소리도 내보고, 강렬한 눈빛도 보내봤지만, 단 한 번도 그를 돌아보지 않았다.

그렇게 멍하니 밖을 내다보던 그녀의 표정이 일순간 바뀐 건, 강의가 중반쯤 치달았을 때였다.

내내 죽을상을 하고 있던 그녀의 눈빛에 반짝 빛이 도는가 싶더니, 일체의 망설임도 없이 가방을 챙겨 들고 밖으로 나가 버렸다.

당장이라도 어디 가냐며 따져 물으려는 걸 가까스로 참아낸 그는, 잠시 물을 마시는 척 그녀가 바라본 창밖을 내다봤다.

밖을 확인한 그의 표정이 일순 차갑게 가라앉았다.

'또…….'

어김없이 또 그놈이었다.

신기할 정도로 눈에 띄다 보니, 이젠 없던 정까지도 생길 지경이었다.

'왜 항상 천해주 옆엔 저놈이 떠나질 않는 걸까.'

왠지 모를 신경질적인 감정이 가슴속에서부터 치달아 올랐다.

'관심 끄자.'

률은 그에게서 시선을 거두고 다시 강의를 이어나갔다. 하지만 얼마 못가 학생들에게 수업관련 영상을 보여줄 시간이 오자, 그의 시선은 다시 창문 쪽으로 향했다.

그의 동공이 조금 전과 다르게 확연하게 커졌다. 벤치에 앉아 있는 수혁의 목을 해주가 뒤에서 다정하게 끌어안는 모습이 강렬하게 그의 눈에 박혀 들어왔다.

순간적으로 률은 그들에게서 시선을 떼고 돌아섰다. 심장이 죄이는 기분이 드는가 싶더니, 손에 자연스럽게 힘이 들어갔다.

목이 바짝 말라와 그는 조금 전에 마신 물을 또다시 들이켰지만, 이상하게 갈증이 가시질 않았다.

뜨거우면서도 묘한 감정. 당혹스러움에 눈살이 절로 찌푸려졌다.

"교수님?"

학생들 중 그와 가장 가까이 앉아 있는 한 여학생이 의아해하며 그를 불렀다. 그녀의 고운 음성에 문득 정신을 차린 그의 시야로, 어느새 화면이 정지되어 있는 스크린이 들어왔다.

그제야 제 자신이 강의 중이었음을 깨달은 률은 다급히 교탁으로 다가갔다.

"그럼 계속……."

정신을 차리고 강의를 시작하려 하는데, 설상가상 목에 뭐가 탁 걸린 것처럼 목소리가 나오질 않았다. 그의 시야로 오로지 그녀가 앉아 있었던 자리만이 가득 들어왔다.

신경 쓰지 않으려 해도, 머릿속이 복잡해 좀처럼 집중이 되지 않았다. 어떻게든 마음을 다잡으려 했지만, 그럴수록 부정하고 억눌렀던 감정들이 치솟아 가슴속을 강하게 울려댔다.

평정심을 찾기가 쉽지 않았다. 잠깐이라도 숨통을 트일 시간이 필요했다.

률은 굳은 얼굴로 시선을 내려 손목시계를 확인했다. 강의 종료까진 시간이 얼마 남지 않았다. 이대로 강의를 끝낼 수도 있었지만, 그렇다고 해서 사사로운 감정으로 강의를 일찍 끝낼 순 없었다.

"잠깐 5분만 쉬었다 하죠."

결국 잠시 강의를 멈추는 걸로 타협한 률은, 교탁 위에 내려놓은 휴대폰을 들고 강의실 밖을 나섰다.

학과 사무실 옆에 마련된 의자에 앉아 잠시 휴식을 취하려던 그는, 누군가의 등장에 걸음을 멈췄다. 리아가 그의 앞을 당당하게 가로막고 싱긋 웃고 있었다.

"벌써 강의 끝난 거야?"

률은 넉살 좋게 물어오는 리아를 가늘어진 눈매로 응시하며 말했다.

"한 번만 더 빠지면 F다."

"에이! 겨우 한 번 빠진 거 가지고, 뭘 그렇게 냉정하게 굴어."

리아가 능청스럽게 웃으며 손에 들고 있는 음료수를 그의 손에 쥐어줬다.

"어젠 내가 좀 무리한 거 인정! 이건 사과의 의미니까 받아두고."

"뇌물은 됐다."

"이런 약소한 것도 뇌물로 취급해 주는 거야? 우리 교수님 스케일이 너무 협소하네."

"헛소리 그만하고, 아직 수업 안 끝났으니까 강의실로 들어가 있어."

귀찮다는 듯 말을 끊고서 리아의 곁을 지나쳐 가려던 그가, 문득 든 생각에 멈춰선 채로 그녀를 돌아봤다.

"오면서 천해주 못 봤어?"

뜬금없는 률의 물음에 리아가 고개를 갸웃 기울였다.

"해주? 왜? 아직 수업 안 왔어?"

"들어오긴 했는데……."

수업 중간에 멋대로 나가버렸어. 률은 말끝을 흐린 채로, 마지막 말은 삼켰다.

리아에게서 귀찮은 질문들이 쏟아질 것을 예상했기 때문이었다. 대신 그는 고민 끝에 손에 든 휴대폰을 리아에게 툭 내밀었다.

"천해주 휴대폰 번호 알지? 저장해."

"해주 번호는 왜……?"

"그것까진 네가 알 거 없고."

률의 단호한 한마디에 호기심에 달싹이는 그녀의 입이 그대로 봉쇄됐다. 리아는 입술을 삐쭉이며 일단 휴대폰을 받아들었다.

"어제 해주하고 무슨 일 있었어?"

리아가 그의 휴대폰에 해주의 번호를 찍으며 물었다. 도진의 말에 의하면, 어제 해주를 데려다 주기로 한 건 률이라고 했다.

안 그래도 둘 사이가 묘하다 싶었는데, 률이 직접 해주 번호까지 알아가니 궁금증이 증폭될 수밖에 없었다. 혹시 어제 무슨 일이 있었던 건 아닐까?

리아는 그에게 휴대폰을 건네며, 갖가지 추측들 중 그나마 신빙성이 있어 보이는 내용을 슬쩍 찔러보았다.

"이건 혹시나 해서 묻는 건데…… 오빠, 혹시 밤새 해주랑 같이 있었던 건……."

"아니야."

리아의 말을 무섭게 끊으며, 률이 휴대폰을 홱 가져갔다. 너무나도 냉랭한 반응에 민망해진 리아는 덩그러니 남겨진 손으로 말없이 이마를 긁적였다.

반은 장난으로 던진 말이었는데, 다소 과한 반응에 오히려 의문이 짙어졌다. 분명 어제 해주하고 무슨 일이 있긴 있었던 거 같은데 그게 무엇일까.

결국 궁금증을 참지 못한 리아가 돌아서는 그의 뒤를 끝까지 쫓으며 말을 붙였다.

"어디 가는데?"

"귀찮게 따라오지 말고, 강의실로 가 있어."

"흠, 해주 번호는 갑자기 왜 따가는 건데? 그것만 대답해 주면 갈게."

"네가 알 필요 없다고 얘기했을 텐데."

"오빠, 혹시 해주한테 관심 있어?"

불현듯 던져진 그녀의 물음에, 률은 우뚝 걸음을 멈추고 그녀를 돌아봤다.

무겁게 착 가라앉은 그의 눈빛에서 순간 불길한 기운을 감지한 리아는 주춤 뒤로 물러섰다.

"아니, 그냥 해 본……."

"맞아."

리아는 벼락처럼 귀에 꽂인 그의 대답에, 순간 어안이 벙벙해져선 반문했다.

"……맞아?"

"……."

"해주한테 정말 관심 있다고?"

리아는 혹시 잘못 들은 건가 싶어 또다시 되물었지만, 률은 대꾸도 없이 가던 발걸음을 다시 내디뎠다. 명백히 긍정이나 다름없는 률의 태도에 리아는 제자리에 선 채로 그를 멍하니 지켜봤다.

농담으로 던진 말이었는데, 정말 아무 생각 없이 던진 말이었는데, 저런 반응이 나올 거라곤 생각조차 하지 못한 탓에 순간 머릿속이 혼란스러워졌다.

'저거 진심인 건가?'

자신이 알고 있는 한 률은 먼저 여자한테 관심을 가질 위인이 아니었다. 알아서 들러붙는 여자들도 다 쳐내는 그가, 먼저 여자에게 다가가는 경우는 제 기억에는 단 한 번도 없었다.

리아는 갑작스러운 사태에 놀라워하면서도 한편으론 흥미롭다는 듯 두 눈을 반짝이며 손에 든 휴대폰으로 어디론가 전화를 걸었다.

의문스러운 생각에 확신을 줄만한 증언이 필요했다. 잠시간의 시간이 흐르고, 누군가가 전화를 받자 그녀가 한껏 들뜬 목소리로 입을 열었다.

"도진 오빠, 난데. 어제 일로 물어볼 말이 좀 있어서 그러는데 잠깐 통화 할 수 있어?"

학교 내 구내식당. 수혁은 말없이 눈앞에 앉아 음식을 먹고 있는 해주를 물끄러미 바라보았다. 밖에 나가서 먹자며 투정부리던 그녀를 겨우 달래 식당 안에 데리고 들어온 것까진 좋았다.

이후, 식당 안에 들어선 그녀는 마치 수혁에게 반항이라도 하듯 메뉴에 있는 음식들을 죄다 주문하고 나섰다. 수혁이 만류했지만 소용없었고, 결국 주변 학생들이 힐끔 쳐다보고 갈 정도로 엄청난 양의 음식들을 그녀는 꾸역꾸역 입에 집어넣고 있었다.

과도한 스트레스를 받을 때면 그녀에게 간혹 나타나는 증상이었다. 아침부터 기분이 좋지 않아 보인 데다 폭식 증상까지 나타난 걸 보니, 그녀의 심경에 무언가 안 좋은 일이 있는 듯했다.

먹는 둥 마는 둥 하며, 그녀의 눈치를 살피던 수혁이 결국 손에 든 젓가락을 내려놓고 입안에 맴도는 말을 꺼냈다.

"나 먼저 나온 후로, 집에 무슨 일 있었어?"

수혁의 질문에, 해주는 앞에 놓인 물 잔을 들어 한 모금 들이킨 후 무덤덤하게 대답했다.

"아니, 아무 일도 없었는데."

"……정말 아무 일도 없었어?"

"응."

"그럼 수업시간에는?"

"없었어."

거듭되는 그의 질문에 짧게 대답을 마친 해주는 다시 젓가락을 들어 음식을 먹기 시작했다. 다소 부자연스러운 해주의 반응에 수혁은 의미심장한 눈초리로 그녀를 응시했다.

행동이나 표정으로 봐선 분명 무슨 일이 있었던 것 같은데, 먼저 얘기를 꺼낼 거 같진 않아 보였다. 집에서 무슨 일이 있었다면, 아주머니에게 연락이 왔을 터였다. 학교에서 무슨 일이 있었을 것으로 가닥을 잡은 그가, 젓가락을 들며 입을 열었다.

"솔직하게 말해 봐."

"……뭘?"

"수업시간 중간에 왜 나온 거야?"

수혁의 질문에 해주가 작게 한숨을 내쉬며 심드렁하게 대꾸했다.

"아까 말했잖아, 창문 너머로 네가 보여서……."

"그거 말고."

"그거 말고 그럼?"

해주가 되묻자, 수혁이 손에 든 젓가락을 도로 내려놓으며 확인하듯 물었다.

"정말 다른 이유는 없는 거야?"

집요하게 그가 물어오자, 해주가 난감한 얼굴로 머뭇거렸다. 이제라도 오전에 있었던 일을 말해야 하나 싶어 갈등하는 찰나, 때마침 식탁 위에 올려놓은 휴대폰이 진동소리를 내며 울리기 시작했다.

해주는 수혁의 눈치를 살피며 휴대폰을 확인했다. 처음 보는 번호였다. 다른 때 같으면 무시하고 안 받았을 테지만, 수혁의 관심을 돌려보고자 일단 그녀는 통화버튼을 눌렀다.

"여보세요?"

—천해주?

스팸 번호일 거라 예상했던 해주는 수화기 너머로 들린 제 이름을 듣고 의아해했다.

"누구시죠?"

잠깐의 정적이 흘렀다. 역시나 스팸 전화인가 싶어 그녀가 전화를 끊으려 했던 그때였다. 수화기 너머로 익숙한 이름이 곧바로 흘러나왔다.

—나다. 권률.

교수님? 해주는 생각지도 그의 전화에 당황하며, 수혁의 시선을 피해 고개를 돌렸다.

—천해주?

뜻밖의 인물에 그저 멍하니 있던 해주는, 또다시 수화기 너머로 들리는 률의 목소리에 흠칫 놀랐다. 슬쩍 수혁을 쳐다보니, 그는 어김없이 누구냐 묻는 시선을 보내고 있었다.

뭐라 대답해야 할지 고민하던 해주는, 일단 휴대폰을 손에 쥔 채로 자리에서 벌떡 일어섰다.

"나 잠깐 화장실 좀 다녀올게."

언뜻 수혁의 얼굴이 일그러지는 것이 보였지만, 해주는 못 본 척 재빨리 식당 밖으로 나왔다. 그의 앞에서 대놓고 률과 통화를 하느니, 나중에 추궁을 당하더라도 자리를 피해 전화를 받는 편이 상책일 듯싶었다.

해주는 급히 화장실 안으로 들어간 뒤, 휴대폰을 확인했다. 다행히 그는 전화를 끊지 않은 상태였다. 해주는 급하게 뛰어 나오느라 거칠어진 호흡을 가다듬고, 조심스럽게 입을 열었다.

"여보세요?"

조금 전과 달리 수화기 너머로 아무 소리가 들리지 않았다. 그가 혹시 화가 난 건 아닐까 조마조마해 하며, 해주는 다시 자그맣게 목소리를 냈다.

"교수님?"

—……통화하기 힘든 상황인 거 같은데, 나중에 다시 전화하지.

딱딱하게 흘러나온 률의 음성에 해주가 서둘러 그를 붙잡았다.

"아니, 아니에요. 괜찮습니다."

정적만이 흐르자, 해주가 재빨리 휴대폰 액정을 확인했다. 다행히 그는 아직 전화를 끊지 않은 상태였다. 그것에 안도하며, 해주는 화장실 창가 쪽으로 다가가 움츠린 어깨를 풀고 목을 가다듬었다. 그리고 생각해 뒀던 말을 천천히 꺼냈다.

"오늘 강의 시간에 멋대로 나와서 죄송합니다."

강의 중간에 뛰쳐나오는 바람에 연락을 한 것이라 예상한 해주가 먼저 사과의 말을 전했다. 잠시 후, 정적만이 흐르던 수화기 너머로 률의 목소리가 들려왔다.

—무단으로 강의실 밖을 뛰쳐나갔으니, 최소한의 해명은 해야 될 거야. 다음 학기에 내 수업을 재수강하고 싶지 않다면.

따끔한 일침에 해주는 눈을 이리저리 굴리더니, 조심스럽게 해명을 내놓았다.

"속이 별로 안 좋아서……."

—조금 더 그럴싸한 변명거리는 없나?

가당치도 않은 말은 늘어놓지 말라는 듯 단호한 반응에, 해주는 말문이 막혔다.

수업을 듣다 불현듯 창밖 너머로 수혁이가 보여서, 반가운 마음에 자신도 모르게 뛰쳐나가 버리고 말았어요.

이리 솔직하게 말을 꺼내놓을 수 없는 입장에선, 지금 이 순간이 그저 답답하게만 느껴졌다. 그렇다고 또 다른 거짓말을 늘어놓자니, 머릿속으로 적절한 핑계거리조차 떠오르지 않았다.

—머리 굴리는 소리가 여기까지 들리는군.

어떻게 해야 하나 한참을 고민하고 있는데 그녀의 귓가로 핀잔 섞인 말이 들렸다. 해주는 민망한 얼굴로 입술을 물어뜯었다.

"죄송합니다."

솔직히 얘기하는 것 대신, 무조건적인 이해를 바라는 쪽으로 가닥을 잡았다. 그 뒤로 몇 번이나 죄송하단 말을 연속 내뱉은 그녀는, 문득 뇌리를 스치는 생각에 그에게 질문했다.

"그런데…… 제 휴대폰 번호는 어떻게 아셨어요?"

수화기 너머로 또다시 침묵이 흘렀다. 궁금함에 고개를 갸웃거리던 때에, 그의 답변이 날아왔다.

—그게 지금 중요한 문제가 아닐 텐데.

가차 없는 응답이었다. 해주는 난감했다. 목소리만으로도 그가 어떤 표정을 짓고 있을지가 눈앞에 선하게 비쳤다. 아마도 얘기의 본질을 흐렸다며, 잔뜩 인상을 찌푸리고 있겠지. 이럴 때 괜한 말대답으로 그의 심기를 불편하게 만들고 싶지 않았다.

"다음부터는 이런 일 없도록 하겠습니다, 교수님."

—재수강하고 싶지 않다면, 당연히 그렇게 해야지.

퉁명스러운 률의 대답 후, 해주는 자그마한 미소를 지었다. 무심하기 그지없는 목소리였지만, 해주는 그 속에서 따뜻함과 배려를 느꼈다.

"네, 알겠습니다. 그리고…… 걱정돼서 저한테 연락 주신 거 알아요. 정말 감사합니다."

낮은 웃음기가 섞인 그녀의 목소리에, 률은 헛웃음을 뱉어냈다.

—어떻게 하면, 모든 상황을 제 위주로 그렇게 뻔뻔하게 받아들일 수 있는 거지?

"보통 다른 교수님들이라면, 이런 문제로 학생한테 개인적인 전화를 하지 않으니까요."

—…….

"그리고 늦었지만, 조금 전에 도와주신 것도 감사합니다."

수업 전 있었던 일을 떠올린 해주의 눈빛이 자연스레 가라앉았다. 만약 그때, 률이 나서주지 않았다면 그들에게 끌려가 어떤 일을 당했을지 모를 일이었다.

괜찮은 척 굴었지만, 아직도 그 순간을 기억하면 가슴이 서늘해지고, 눈앞이 아찔했다. 해주는 온몸에 잠식해오는 감정을 숨기고, 가늘게 떨려오는 손을 그러쥐었다. 그리고 한껏 밝은 목소리를 냈다.

"교수님께는 항상 고마울 일만 생기네요. 언젠간 꼭 갚을게요."

—……낯간지러운 소리 그만하지, 이러다 곧 닭 될 지경이니.

"닭……?"

—그래, 그리고 오해하지 마. 오늘 전화한 건 단지…….

잠시 말소리가 멈춘다 싶더니, 얼마 지나지 않아 이어졌다.

—카메라. 네 카메라 찾아가라고 전화 한 거니까.

카메라? 해주가 생각지 못한 단어에 고개를 기울였다.

"카메라요?"

—나랑 술집에서 처음 만난 날 기억 안 나? 그날 도진이 가게에다 네 카메라 두고 갔잖아.

뒤늦게 그때의 일을 떠올린 해주가 아차 싶은 표정을 지었다. 맞다, 카메라! 그 뒤로 여러 가지 신경 쓸 일이 많아 새까맣게 잊고 있었다.

나름 아끼던 카메라 중 하나였는데, 그걸 이제야 기억하다니. 그동안 정말 정신이 없긴 없었던 모양이었다. 해주는 스스로에게 타박을 놓았다.

"미처 생각을 못 하고 있었어요. 카메라는 아직 거기에 있나요?"

—아마도.

"나중에 찾으러 갈게요."

—언제?

급작스러운 질문에 해주는 잠시 고민 끝에 대답했다.

"이번 주 내로 찾으러 갈게요. 친구분께 그때까지만 보관 좀 부탁드린다고 전해 주시겠어요?"

—이젠 별걸 다 부탁하는군.

"아, 그럼 가게 전화번호를 알려 주시면 제가 직접 전화……."

—내가 전하지.

률은 해주의 말을 자르며, 그 어느 때보다 단호하게 말을 끝냈다. 해주는 그것에 한 번 더 감사를 표하곤, 마지막 인사를 건넸다.

"그럼 교수님, 다음 주 강의 때 뵙겠습니다."

—그래……

뭔가 할 말이 남은 듯 목소리 끝에 왠지 모를 공허함이 느껴졌지만, 해주는 단순히 기분 탓으로 여겼다.

"점심 맛있게 드세요."

마지막까지 밝은 톤을 유지한 해주는 귀로 더는 률의 목소리가 들리지 않자, 그가 전화를 끊은 것이라 생각했다. 그래서 휴대폰을 귀에서 떼려 하는데, 잠시 후 나지막한 그의 음성이 귓전에 울렸다.

—다음에 점심이나 같이 먹지.

해주는 혹시 잘못 들었나 싶어 다시 휴대폰을 귀에다 대며 반문했다.

"네?"

—도와준 은혜 갚겠다며, 대신 점심이나 같이 먹자고.

그닥지 않은 제안에 잠시 멍해 있는데, 그의 목소리가 이어 들렸다.

—매번 리아 녀석이랑 배달 음식 먹는 거 지겨워서 그래.

륩의 말에 해주가 그제야 '아'하는 탄성을 내지르며 말했다.

"그럼 리아도 같이……."

—아니, 둘이서만 먹지. 간만에 조용하게 점심 먹고 싶으니.

"네, 알겠습니다."

—그럼 다음 주에 보자고.

할 말을 끝낸 륩은 그제야 전화를 끊었다. 해주는 손에 쥔 휴대폰 액정화면을 가만히 내려다봤다. 통화 종료 후, 액정화면 위로 수혁과 자신이 다정하게 찍은 사진이 보였다.

뒤늦게 수혁을 떠올린 해주는 아차 싶었다. 식당에서 마냥 기다리고 있을 수혁에게 뭐라 변명해야 할지…… 더불어, 그가 혹시라도 륩과의 점심약속을 알게 된다면 어떤 반응을 보일지에 대한 걱정도 같이 밀려들었다.

수혁을 더 이상 기다리게 할 수 없어 일단 그녀는 서둘러 화장실 밖을 나섰다. 점심시간이 다 돼서인지 조금 전보다 많은 사람들이 식당 근처부터 북적대고 있었다. 식당 쪽으로 향하던 해주는 식당 창 너머로 가만히 앉아 있는 수혁의 모습을 확인했다.

그가 있는 곳으로 가려는데, 갑자기 등 뒤로 누군가 그녀의 어깨를 툭 쳤다. 해주는 흠칫 놀라며 걸음을 멈추고 뒤를 돌아봤다. 생각지도 못한 인물이 그녀의 앞에 우두커니 서 있었다.

"안녕하세요?"

해주는 생긋 웃으며 인사를 건네는 나율을 빤히 쳐다봤다. 순간 혼란스러웠다. 내가 이 아이와 이렇게 반갑게 인사를 나눌 정도로 친분을 쌓은 적이 있었나? 몇 번이고, 되짚어 생각해볼 정도로 지금의 상황은 이질적이었다.

그건 그녀와 함께 서 있는 두 명의 여자 역시 동감한 듯 보였다. 그들은 의문스러운 표정으로 해주와 나율을 번갈아 쳐다보고 있었다. 하지만 정작 나율은 주변 반응과는 상관없이 여전히 살가운 미소를 머금고선 해주에게 아는 척을 해 왔다.

"혹시 저 기억 못 하세요? 전에 수혁선배 때문에 몇 번 마주쳤는데……."

기억을 되새길 만한 말을 꺼낸 뒤, 나율은 해주의 대답을 기다리며 큰 눈만 끔뻑였다. 어떤 반응을 보일지 두고 보겠다는 듯, 나율은 해주가 입을 열 때까지 더는 말을 잇지 않았다.

굳이 그녀와 살갑게 인사를 나눌 필요성을 느끼지 못한 해주는 나율을 애써 무시하고 돌아서려했다. 그런데 그 순간, 정면으로 보이는 거울로 수혁의 모습이 비쳐 보이는가 싶더니, 거짓말처럼 생생하게 지난 일이 그녀의 머릿속에 되새겨졌다.

술집 앞에서 수혁의 허리를 꽉 끌어안고 있었던 나율의 모습.

해주는 시선을 슬쩍 나율에게로 옮겼다. 처음 수혁과 함께 있을 때 보여 주었던 수줍고 어수룩해 보이던 모습은 사라지고, 의기양양한 기색이 완연해 보였다. 그게 왠지 눈엣가시처럼 거슬려, 이대로 돌아서질 못하게 했다.

"수혁이 같은 과 후배라고 했던가?"

본능적으로 그녀가 좋은 의도로 다가선 것이 아님을 느낀 해주는, 얼굴을 살짝 굳힌 채 물었다. 서늘하게 변한 해주의 분위기에, 마냥 호의적으로만 보였던 나율의 눈빛 위로 살짝 날카로운 기가 감돌았다.

하지만 나율은 능숙하게 눈빛 위로 드러난 감정을 감추고, 대신 환한 표정을 지어보였다.

"네, 서나율이라고 합니다. 천해주…… 선배님."

보란 듯이 틀어 올린 입꼬리에, 해주는 속으로 헛웃음을 삼켰다. 살갑게 구는 척하면서 묘하게 이죽거리는 그녀의 태도가 단번에 기분을 언짢게 만들었다. 해주는 허리를 곧추세우고, 턱을 고고히 든 채로 나율을 똑바로 마주 봤다.

"그런데?"

해주의 차가운 기세에 나율은 움찔하며 말문을 닫았다. 평온한 얼굴을 하고 있었지만, 붉은 입매 사이로 나온 목소리는 누구나 느낄 수 있을 정도로 싸늘했다.

저런 반응을 내보일 것이라 생각하지 못했던 나율이 잠시 머뭇대는 사이, 해주가 다시 말을 던져왔다.

"갑자기 잘 알지도 못한 선배한테 말 붙여 올 땐, 뭔가 이유가 있을 거 아냐? 그게 뭐냐고."

너무나도 적나라한 적대적인 반응에 나율은 슬쩍 미간을 찌푸렸다.

'뭐야, 이 여자.'

겉으로 보이는 인상으로만 봐선 순진해 빠졌을 거 같은데, 하는 말투나 표정은 날카롭게 날 선 창처럼 매섭고 꼿꼿했다.

그녀를 내심 쉽게 생각했던 나율은 뜻하지 않은 상황에 성난 마음을 차분히 가라앉혔다. 감정을 최대한 가다듬은 그녀는, 천천히 입을 열었다.

"주변에 다른 선배님들께 들으니, 수혁 선배님이랑 어릴 적부터 알고 지낸 친한 친구 사이라고 들었는데요."

그런데? 또다시 반문이 튀어 나가려는 걸 삼킨 해주는 시큰둥한 얼굴로 그녀를 물끄러미 바라보았다. 나율은 해주의 냉담한 반응에도, 조곤조곤하게 말을 이었다.

"그래서 저도 선배님과 앞으로 친하게 지내야 되지 않을까 싶어서요."

연관성이 없는 그녀의 말에, 해주가 눈썹을 작게 구겼다.

"내가 왜 너랑 친하게 지내야 하지?"

"제가 수혁 선배님이랑 사귀게 되면 앞으로 자주 보게 될 텐데, 그 전에 조금씩 친해지는 게 좋지 않을까요?"

쉼 없이 흘러나온 나율의 말에 해주는 어처구니가 없다는 듯 실소를 터트렸다.

도대체 뭘 믿고 저리도 당당하게 확언을 하는 걸까? 해주는 황당해하며, 다시금 정면으로 거울을 확인했다. 수혁이 있어야 할 자리가 텅텅 비어 있었다. 대신, 자신 쪽으로 서서히 다가서는 수혁이 두 눈에 들어왔다.

얼마나 대단한 말을 하려고 말까지 붙였나 싶어, 나울을 두고 보려 했던 해주는 그를 발견하자마자 이쯤에서 자리를 접기로 마음먹었다.

굳이 수혁에게 의미 없는 주제를 가지고 그의 후배와 날 선 대화를 벌이고 있는 모습을 보이고 싶진 않았다. 해주는 속으로 한숨을 내쉬었다. 그러고는 담담한 어조로 타이르듯 말을 꺼냈다.

"앞으로 우리가 자주 보게 될 일은 없을 거야."

"……."

"그러니 괜한 걱정 할 필요도 없고, 나한테 아는 척할 필요도 없어."

"저하고 수혁 선배가 사귈 일은 없다, 그렇게 생각하시는군요?"

해주는 부정하지 않은 것으로 대답을 대신했다. 더는 그녀와 잡다한 실랑이를 벌이고 싶지 않은 마음에 해주는 덧붙이는 말도 없이 그대로 발길을 돌렸다.

정면으로 막 입구를 나선 수혁이 굳은 얼굴로 그녀에게 성큼성큼 다가서고 있었다. 금방이라도 따져 물을 기세로 다가서는 그를 피해 시선을 내린 해주는 미리 생각해두었던 핑계거리들을 최대한 자연스럽게 조합시켜 보려 애를 쓰며 한 발 앞으로 내디뎠다.

그런데 곧바로 나율의 나지막한 한마디가 그녀의 발목을 붙잡아 세웠다.

“거절하지 않으셨어요.”

등 뒤로 강하게 꽂히는 말에 해주는 멈춰 선 채로 느릿하게 몸을 뒤로 돌렸다. 그녀는 여유롭게 미소 지으며 다가서는 수혁을 턱 끝으로 슬쩍 가리켰다.

“고백했는데, 밀어내지 않으셨어요. 물론 이걸로 제 마음이 완전히 받아들여진 것이라 볼 순 없겠지만, 적어도 생각은 해 보겠다는 뜻은 되겠죠.”

나율의 자신감 넘치는 목소리에 해주는 숨을 한 차례 가다듬고 다시 뒤를 돌아봤다. 어느덧 심상치 않은 얼굴을 한 수혁이 그녀의 눈앞까지 다가와 있었다.

해주만을 좇던 그의 시선이 나율에게 잠시 멈췄다. 그의 미간이 더욱 깊게 패였다. 그는 왜 네가 여기 있느냐는, 추궁어린 눈빛을 나율에게 쏘아붙였다. 절로 주눅이 들 만큼 매서웠지만, 나율은 오히려 보란 듯이 짙은 미소를 머금었다.

“오늘 오전 수업도 안 들어가셨던데, 여기 계셨던 거예요?”

나율은 살갑게 알은 척을 하며 수혁에게 말을 건넸다. 평소였다면 차갑게 무시하고 돌아섰을 그였다. 하지만 나율을 시작으로 그녀의 친구들이 정신없이 들러붙어 밥을 사달라는 둥, 다음 수업은 뭐냐는 둥, 갖은 쓸데없는 질문들을 던져와 들 쑤는 통에, 물러설 타이밍을 놓치고 말았다.

덕분에 꿔다 놓은 보릿자루 신세가 된 해주는 한 발 물러선 채 그들을 옆에서 지켜볼 수밖에 없었다. 지금의 상황이 불편한 듯 수혁은 잔뜩 인상을 쓰고 있었지만, 그렇다고 해서 앞에서 열심히 조잘거리는 그녀들을 그는 단박에 밀어내지는 못하고 있었다.

물어보면 짧게라도 답을 해줬고, 밥을 사달라는 말엔 다음에 먹자는 식으로 말머리를 돌렸다. 심지어 그녀들을 대신 만류해 주는 나율에겐 이따금씩 호의적인 눈빛을 보내곤 했다.

사실 호의적이라고 생각하기엔 그의 눈매가 다소 날카롭게 보이긴 했지만, 적어도 지금 해주의 눈엔 그리 보였다.

"고백했는데, 밀어내지 않으셨어요. 물론 이걸로 제 마음이 완전히 받아들여진 것이라 볼 순 없겠지만, 적어도 생각은 해 보겠다는 뜻도 되겠죠."

머릿속으로 조금 전 나율이 했던 말이 빙글빙글 돌며, 어제 나율과 수혁이 함께 있던 모습이 눈앞에 아른거렸다.

이후 눈동자 위로 한 꺼풀 덧씌워지기라도 한 것처럼, 수혁과 나율 사이에 뭔가 묘한 기류가 흐르는 것처럼 보였다.

해주는 바짝 말라오는 입술을 꼭 깨물고, 손안에 휴대폰을 힘껏 쥐었다. 그리고 그대로 몸을 돌려 식당 안으로 들어갔다. 등 뒤로 곧바로 수혁이 그녀를 부르는 소리가 들렸지만, 해주는 대꾸도 없이 자리로 돌아가 가방과 겉옷을 챙겨 들고 바깥쪽으로 발길을 돌렸다.

"너 어디 가."

어느새 코앞까지 쫓아 온 수혁이 그녀의 팔을 강하게 붙잡았다. 곧 해주의 시선이 그를 지나 나율과 그녀의 친구들로 향했다.

그들은 가지도 않고 선 채로 그녀와 수혁을 응시하고 있었다. 마치 성가신 이를 보듯, 해주를 향한 그들의 눈빛이 곱지 않았다.

스멀스멀 올라오는 짜증에 해주는 느릿하게 눈동자를 굴려 수혁을 바라보았다. 의도와 상관없이 이런 상황에 놓이게 한 수혁이 원망스러웠다. 해주는 그의 손길을 차갑게 밀쳐내곤, 손에 든 가방을 고쳐 멨다.

"후배들 밥 사주고 와, 난 알아서 수업 들어갈게."

냉랭한 해주의 말투에 수혁의 얼굴이 순식간에 구겨졌다. 그는 무작정 앞질러 걸어가려는 해주의 손목을 확 부여잡더니, 고저 없는 목소리를 냈다.

"지금 이 태도는 뭔데?"

해주가 그의 눈을 똑바로 마주 보며, 무심히 되물었다.

"내 태도가 어때서?"

"몰라서 물어?"

"몰라. 알고 싶지도 않고. 그러니까 비켜."

"너 정말!"

수혁은 점점 고조되는 음성을 가까스로 죽이며, 어금니를 꽉 깨물었다. 그는 뜨겁게 차오른 감정을 애써 억누르며, 한층 누그러뜨린 목소리로 달래듯 말을 꺼냈다.

"일단 나가서 얘기하자, 기다려."

수혁은 해주의 손목을 놔주고 그녀의 지나쳐 자리로 향했다. 그가 의자에 올려둔 가방을 챙겨 들고 돌아섰는데, 해주는 이미 식당 밖을 나서고 있었다. 그녀의 냉담한 태도에, 수혁은 낮은 한숨을 쉬며 서둘러 뒤를 쫓았다.

걸음을 재촉해 식당 문을 지나치는데, 기다리고 있던 나율이 눈치 없이 그의 앞을 가로막고 나섰다.

"선배, 어디……."

환하게 웃으며 말을 늘어놓던 나율의 입이 그의 눈을 마주한 순간 굳게 닫혔다. 서릿발이 몰아치듯 싸한 분위기가 그의 주변을 감싸 돌고 있었다.

그 어느 때보다도 서늘하게 그녀를 노려보던 수혁의 시선이 정면을 향할 때쯤, 나율은 그제야 덫에 풀린 듯 삐그덕 대며 옆으로 물러섰다.

눈앞에 걸림돌이 사라지자, 수혁은 다시금 거침없이 앞으로 걸어 나갔다. 새가 쫑알대듯 등 뒤로 다른 후배들이 부르는 소리가 들렸지만, 그는 돌아보지 않았다.

그렇게 급히 밖을 나서자, 화단 옆 계단 위를 오르는 해주의 뒷모습이 보였다. 그는 한걸음에 뛰어가 그녀의 팔을 붙잡아 돌려세웠다. 가라앉은 해주의 얼굴이 그의 두 눈에 가득 들어왔다.

"혼자 가겠다고 했잖아."

여전히 차가운 해주의 반응에 수혁은 잠시 침묵했다, 입을 열었다.

"왜 화를 내는 건데?"

"화낸 거 아니야."

"지금 화내고 있잖아."

수혁의 두 눈이 가늘게 옆으로 찢어졌다.

"……정작 화를 낼 사람은 난데 말이지."

순식간에 무겁게 가라앉은 음성에 해주는 더는 맞받아치지 못하고 입을 닫았다. 수혁은 해주의 손목을 잡아끌어 아래로 내려 세웠다.

한순간 그와 가까이 마주 서게 된 해주는 흠칫 놀라며 뒤로 물러서려 했지만, 그는 놓아주지 않았다.

"누구하고 통화했어?"

폭탄처럼 던져진 수혁의 질문에 해주는 당황했다. 내리꽂듯 강렬하게 맞닿은 그의 눈빛에 목이 바짝 말라와, 그녀는 자신도 모르게 꿀꺽 침을 삼켜냈다.

"그 교수야?"

어떤 말이라도 일단 꺼내보려 달싹이던 그녀의 입술이 일직선을 그리며 또다시 다물어졌다.

사실 어느 정도 그가 눈치 채고 있을 거라 예상은 하고 있었던 터였다. 그래서 갖가지 변명을 준비하려 했던 건데, 막상 닥치고 보니 미리 생각해뒀던 어떠한 말도 입 밖으로 나오질 않았다.

"그 교수냐고 물었어, 천해주."

해주가 주춤대는 틈을 놓치지 않고, 수혁이 강하게 밀어붙였다. 그는 두 눈을 치켜뜬 채로 그녀에게 완강히 대답을 강요하고 나섰다.

그러나 그가 률을 문제 삼아 끊임없이 몰아쳐 올수록, 해주는 오히려 입에 자물쇠를 더욱더 견고하게 걸어 잠갔다.

초조한 빛이 사라진 그녀의 눈동자 위로, 어느 샌가 반항심이 물들어 있었다. 그녀는 있는 힘껏 손을 꽉 말아 쥐었다.

왜 이런 문제가 있을 때마다 되풀이되듯 자신만 일방적으로 죄인이 되어야 하는 걸까.

'정작 자신은 나한테 그 후배에 대해 한 마디도 안 하면서.'

울컥대는 감정이 서서히 차오르는가 싶더니, 금방이라도 폭발할 듯 움찔댔다. 그녀는 그를 뚫어지게 노려보며, 굳게 닫아뒀던 입을 열었다.

"맞아, 교수님이랑 통화했어. 그런데 그게 어때서?"

시커멓게 빛나던 그의 눈빛이 잠시 일렁였다. 수혁이 나직이 내뱉었다.

"그 사람이랑 알고 지내지 말라고 했잖아."

해주가 어금니를 꽉 깨물며 대꾸했다.

"그래, 그래서 수업에 관련된 얘기만 하고 왔어. 네가 교수와 학생, 그 관계로만 알고 지내라고 해서. 네가 한 말 어긴 적 없어."

"도대체 얼마나 중요한 얘기길래, 교수가 학생하고 사적인 통화까지 하는 건데?"

"그것까지 설명해 주길 바라는 거야? 그러지 말고, 차라리 너도 같이 수업 듣지 그래? 매번 이런 식으로 교수님과 관련해서 꼬치꼬치 캐묻고 상관할 거라면. 그게 너도 마음이 편하지 않겠어?"

"억지 부리지 마."

따가운 그의 한마디에 해주가 결국 울컥하는 감정을 숨기지 못하고 겉으로 드러냈다.

"억지? 그건 내가 아니라 지금 네가 부리고 있잖아. 네가 왜 그렇게까지 교수님을 경계하는지 이해는 하지만, 그래도 도가 지나치잖아. 그 사람은 그냥 교수님이야. 애초에 다른 의도를 가지고 나한테 접근한 그놈들하곤 같을 수가 없다고."

"교수라고 남자가 아닌 건 아니야. 더구나 너와 그 사람은 처음부터 남녀 사이로 만났지, 교수와 제자 사이로 만난 게 아니잖아."

"그래서 네가 하고 싶은 말이 뭔데? 교수님이 날 여자로 보기라도 한다는 말이야? 그래서 전에 정후 선배한테 넘어간 것처럼, 이번에 그러지 말라는 잔소리를 다시 한 번 귀에 딱지가 앉도록 하고 싶은 거야?"

"그래."

즉답 후, 수혁은 해주의 왼쪽 손목을 들어 그녀에게 내보이며 또박또박 말을 내뱉었다.

"수백 번, 수천 번도 더 얘기할 수도 있어. 다시는 이런 꼴 보지 않을 수만 있다면."

다소 극단적인 수혁의 말에, 해주는 화를 참지 못하고 그에게서 손을 확 뺐다. 그녀의 눈빛이 한순간 싸늘하게 가라앉았다. 극에 치달은 감정에 손끝이 파르르 떨려왔다.

"다신 그런 멍청한 짓 할 생각 없으니까 걱정할 거 없어."

해주는 숨을 한 번 크게 들이켰다.

"그리고 그런 식으로 교수님을 곡해하지 마. 날 여자로 본다는 둥, 나쁜 의도로 접근했다는 둥 그런 말도 안 되는 생각으로 교수님을 멋대로 판단하지 말란 말이야. 누가 뭐래도 교수님은 어려운 일 있을 때마다 항상 날 도와준 사람이었어."

끝없이 그의 편을 드는 해주의 태도에 수혁이 차갑게 대꾸했다.

"정말 그걸 단순히 호의라고만 생각하는 거야?"

"그래. 호의가 아닌 건 오히려 네 후배겠지. 교수님은 서나율 그 애처럼 날 끌어안지도, 고백을 하지도 않았거든."

수혁은 그녀의 입에서 갑작스레 튀어나온 말에 눈살을 찌푸렸다.

"갑자기…… 이 상황에서 그 애는 왜 들먹이는 건데?"

"들먹이는 게 아니라 비유하는 거야. 호의와 애정의 차이가 어떤 건지 네가 모르는 거 같아서."

해주는 딱 잘라 말을 끝낸 뒤, 더는 할 얘기가 없다는 듯 그의 시선을 피해 옆으로 돌아섰다.

그것을 못마땅하게 여긴 수혁이 그녀의 어깨를 붙잡아 다시 돌려세우려 했지만, 해주는 그를 끝끝내 밀어냈다.

"몸이 안 좋아서 아무래도 오후 수업은 못 들어갈 거 같아. 먼저 집으로 갈게."

"해주야."

"넌 남은 수업 듣고 와."

해주는 딱딱한 한마디를 남기고, 계단 위를 올랐다. 뒤로 수혁이 쫓아오는 발소리가 들렸지만, 해주는 단 한 번도 뒤를 돌아보지 않았다.

그렇게 발걸음을 서둘러 교문 밖을 나선 그녀는 끝까지 따라오는 수혁을 무시하고 무작정 택시를 잡아탔다. 그러고는 차창 너머로 보이는 수혁을 애써 외면한 채로 학교를 떠나갔다.

"나율아, 넌 뭐 먹을래?"

한차례 폭풍우를 겪은 뒤 넋을 놓고 있던 나율은, 친구의 목소리에 아래를 향한 시선을 겨우 들어 올렸다. 정면으로 큰 메뉴판이 보였고, 나율은 그중에서 대충 아무거나 가리키며 말했다.

"이거."

"오! 안 그래도 그거 먹자 하려고 했는데 통했다!"

"그래……."

“그럼 김밥이랑 떡볶이, 라면 이렇게 시켜서 셋이 같이 나눠 먹으면 되겠다.”

“좋아!”

신이 나서 얘기하는 친구들을 지켜보며 나율은 억지로 장단 맞추듯 웃어 보였다. 기분은 영 별로인데 가식까지 떨어가며 남들 기분까지 맞춰야 하니 이것만큼 괴로운 것도 없었다. 그래도 항상 해온 일인 만큼 그녀는 꿋꿋이 표정관리를 해냈다.

친구들과 함께 식권을 들고 가 음식을 받아 들고, 나율은 식탁에 앉았다. 친구들은 열심히 음식을 먹기 시작했지만, 나율은 내내 먹는 둥 마는 둥 했다. 자꾸만 눈앞에 수혁의 눈초리가 아른거려, 목구멍으로 쉬이 음식이 넘어가질 않았다.

“너 왜 이렇게 못 먹어?”

“흠, 어째 입맛이 별로 없네. 너희나 어서 많이 먹어.”

“수혁 선배 때문에 그래?”

허를 찔러 오는 친구의 질문에 나율은 그런 거 아니라는 말과 함께 애써 고개를 저어 보였다. 하지만 그녀의 입맛을 사라지게 한 이유가 수혁임을 확신한 친구는 음식을 꿀꺽 삼키며 말을 이었다.

“수혁 선배한테 고백했다더니, 아직 대답 못 들은 거였어?”

“그게…… 그날 사정이 좀 있어서.”

“사정은, 아까 천해주, 그 선배 때문 아니야?”

떡볶이 하나를 오물거리던 친구가 던진 말에, 나율은 그저 말없이 연신 물만 들이켰다. 그 사이 다른 친구가 갑자기 뭔가 생각난 듯 두 눈을 번뜩이며 입을 열었다.

"아! 그러고 보니 천해주 그 선배, 천동환 딸인 거 다들 알고 있었어?"

"천동환? 그 뉴스 앵커?"

"응, 나 처음에 동아리 선배한테 얘기 듣고 깜짝 놀랐잖아."

호들갑스러운 그녀의 반응에 다른 친구가 못 말린다는 듯 고개를 저었다.

"놀라긴, 그냥 천동환 딸일 뿐인데…… 그 선배가 유명한 것도 아니잖아."

친구의 타박에 그녀는 모르는 소리 말라는 듯 손에 든 젓가락을 옆으로 흔들어 보였다.

"유명하지 않긴, 너 작년에 사진학과 내에서 돌았던 소문 기억하지?"

"소문?"

"아! 그러고 보니, 나율이 넌 작년에 휴학해서 모르겠구나."

"무슨 일 있었어?"

나율이 의아해하며 묻자, 그녀가 목소리 크기를 슬슬 낮추며 말을 늘어놓았다.

"그게 사진학과 여학생 하나가 같은 과 남자 선배들하고 광란의 마약 파티를 벌였는데, 그날 그 여학생이 선배 한 명을 폭행한 것도 모자라 자해 소동까지 벌이는 통에 경찰까지 출동하고 난리도 아니었다던 얘기가 돌았었거든."

"마약 파티가 아니라, 그냥 술자리였을걸? 게임 중에 발정 난 남자 선배들이 덮치려고 하니까, 빡돈 여학생이 냅다 남자 선배들 머리통을 맥주병으로 내리꽂았다던데?"

"그래? 난 그 얘긴 처음 듣는데……? 그럼 마약 파티는 그냥 부풀려진 소리인가?"

"하긴, 그때 당시 별별 소문이 다 돌긴 했지. 그런데 그거 그냥 다 헛소문이라고 하지 않았나?"

"뭐, 그 여학생을 싫어하는 무리가 퍼트린 허무맹랑한 소리라고 결론이 나긴 났지만, 어쨌든 여기서 하나 확실한 건 그 소문의 여학생이 바로 천해주라는 거."

잠자코 그들의 대화를 듣고 있던 나율이 놀란 눈빛으로 그녀를 돌아봤다.

"그거 사실이야?"

"그럼! 사진학과인 동아리 선배한테 직접 들은 얘긴걸. 다른 건 몰라도 천해주 그 선배, 남자 선배들하고 어울려 다닌 건 확실하다고 하더라고. 외모 출중하겠다, 집안 좋았겠다. 어떤 남자들이 마다하겠냐고. 덕분에 여자 동기나 선배들한텐 엄청난 미움을 받는 거 같았지만."

"아 맞다! 왜 그때 당시에 천해주랑 그 사람이랑도 사귄다는 소문 있었잖아? 네가 한눈에 뻑 간 사진학과 남자 선배."

"맞아, 한정후 선배! 완전 잘생기고 멋있었는데."

"한정후?"

나율이 그게 누구냐는 눈빛을 보내자 친구가 고개를 갸웃 기울이며 말했다.

"왜, 원래 얼짱으로 유명했던 사람인데, 우리 학교 사진학과로 편입해 온 사람 있잖아. 내가 입학하자마자 죽자고 쫓아다녔던 남자, 기억 안 나?"

"아! 그 쇼핑몰 모델 한다던 남자?"

"맞아, 학교 잡지 표지 모델도 했잖아!"

"아…… 그 사람. 지금도 학교 다녀?"

"아니, 안타깝게도 작년에 미국으로 교환학생 갔어. 편입생이, 그것도 미국으로 교환학생 가기 쉽지 않은데, 그러고 보면 꽤 학점도 좋았던 모양이야."

"그게 아니라 빽으로 간 거라고 하던데?"

"빽? 무슨 빽?"

"들리는 소문으론 총장실에 자주 불려갔다고 하던데, 총장이랑 친척 관계이거나 그런 거 아니었을까?"

"그러게. 그럴 가능성이 제일 높지."

친구들이 갖가지 추측들을 늘어놓는 동안, 나율은 아까부터 궁금했던 질문을 그들에게 슬며시 던져보았다.

"혹시 나 없는 사이에 수혁 선배는 누구랑 사귄다는 소문 없었어?"

"수혁 선배? 있었지."

친구의 말에 나율은 나름 긴장하며 되물었다.

"정말? 누구?"

"천해주."

짧은 답변에 나율의 눈매가 묘하게 길어지는가 싶더니, 이내 한숨을 내쉬며 물었다.

"이외에는?"

"없었어. 알잖아. 수혁 선배, 여자들한테 무서울 정도로 철벽 치는 거."

"그걸 뚫고 고백이라도 한 네가 대단한 거다."

친구의 말에 나율이 피식 웃음 지었다. 그러게. 보통 일은 아니었지.

"어쨌든 힘내. 네가 수혁 선배한테 고백한 걸 여자 선배들이 알게 되면 따가운 눈총을 받게 될 테니, 당분간은 비밀로 하고."

"그래. 너희들이 앞으로 많이 좀 도와줘."

"우리가 뭐 도울 게 있나. 뒤에서 응원이나 해주는 거지."

나율은 어느새 식어버린 음식들을 꾸역꾸역 먹고 있는 친구들을 의미심장한 눈빛으로 훑어보더니, 밝은 목소리로 말했다.

"오늘은 내가 커피랑 와플 쏠게. 얼른 먹고 일어나자."

"정말?"

"응! 공강 시간이 꽤 긴 편이니까, 학교 나가서 와플 전문점 가서 먹자."

"좋지!"

"난 케이크도 먹을래!"

친구들의 열띤 반응을 지켜보며 나율의 눈매가 묘하게 가늘어졌다.

"그래, 먹고 싶은 거 있으면 다 먹어. 대신…… 먹으면서 그동안 학교에 있었던 얘기들 빠짐없이 다 얘기해 줘야 돼. 알았지?"

# 제 4 장
# 일탈

해주는 잔뜩 부어오른 눈을 비비적거리며 침대에서 몸을 일으켰다. 수혁과 마찰이 생긴 후로, 그녀는 내내 방 안에 틀어박힌 채로 지냈다.

수혁이 이 집에 들어온 이후로 처음 가져 본 다툼이었다. 피가 섞인 가족보다도 더 친밀하고 긴밀하게 유지해 온 관계는 너무나도 단단하고 견고해 자그마한 틈조차도 생기지 않을 거라 생각하고 지냈다.

그런데 예상치 못한 일로 한순간에 둘 사이가 쨍하고 깨지고 말았다.

가슴 한구석이 뻥 뚫린 것 같은 공허함 속에서 스스로를 책망하는 감정이 계속해서 그녀를 짓눌렀다. 그날 이후, 수혁이 한 번도 그녀의 방을 들여다보지 않자 점차 두려운 마음이 가중됐다.

예전에는 누구의 잘못이든 상관없이 항상 수혁이 먼저 손을 내밀어 줬는데, 이번만큼은 냉담하게 돌아선 채로 그녀를 찾아오지 않았다.

그런 수혁의 태도는 시간이 지날수록 그녀를 초조하게 만들었다. 이대로 틀어진 관계가 지속될 수도 있겠다는 생각이 들자, 더 이상은 가만히 앉아 기다리고만 있을 수 없었다.

해주는 불안한 기색을 감추지 못하고 방 안을 배회하기 시작했다. 이쯤 되니 잘잘못을 따지기보단, 일단은 그와의 관계를 회복시키는 쪽으로 마음이 기울어졌다.

며칠 동안 서운하고 분노했던 감정이 조금씩 사그라지는가 싶더니, 저절로 발걸음이 굳게 닫혀 있는 문 쪽으로 향했다. 조심스레 문고리를 잡고 문을 연 해주는 빼끔히 고개를 내밀어 복도를 내다봤다. 언제나 그랬듯 바깥은 고요했다.

작은 기척 하나 느껴지지 않자, 해주는 그제야 밖을 나섰다. 그녀는 복잡한 표정으로 한 발 한 발 내디뎌 기어이 수혁의 방문 앞에 멈춰 섰다.

처음으로 먼저 손을 내밀자니 왠지 모를 어색함에 망설여졌다. 어떻게 해야 할지 몰라 발만 동동 구르다가 일단 살짝 노크를 했다.

하지만 돌아온 건 고요한 정적뿐이었다. 해주는 좀 더 세게 문을 두들겼다. 역시나 수혁의 목소리는 들리지 않았다. 잠시 고민하던 해주는 살며시 방문을 열고 안을 확인했다. 방 안은 텅 비어 있었다.

'1층에 있나?'

해주는 조심스럽게 방문을 닫고, 계단 쪽으로 걸어갔다. 염탐하듯 아래쪽을 확인하며 내려오던 해주는, 그곳에 수혁이 아닌 다른 낯선 남자가 있는 것을 보고 걸음을 멈췄다.

때마침 부엌에서 차를 가지고 나온 아주머니가 계단 위에 서 있는 해주를 발견하곤 반가운 얼굴로 눈짓을 보냈다.

"마침 내려오네요."

아주머니의 말에 소파에 앉아 있던 낯선 남자가 해주를 돌아봤다. 30대 중반쯤으로 보이는 깔끔한 정장 차림의 남자는 자리에서 일어나더니, 해주를 향해 가볍게 묵례를 했다.

'누구지?'

해주는 예의상 그를 따라 묵례를 하고는 마저 계단을 내려왔다. 거실 테이블 위에 차를 내려놓은 아주머니가 어리둥절해하는 그녀를 바라보며 말을 건넸다.

"수혁 학생 아버지 밑에서 일하시는 분이라네요."

"수혁이…… 아버지요?"

해주의 물음에 아주머니는 작게 고개를 끄덕이더니, 남자의 눈치를 살피며 부엌으로 들어갔다.

잠시 후, 해주와 거실에 남게 된 남자가 품 안에서 명함 케이스를 꺼내 명함 한 장을 그녀에게 내밀며 정중하게 인사를 건넸다.

"처음 뵙겠습니다. 지성민 의원님 보좌관 최영일이라고 합니다."

해주는 조심스럽게 다가가 그가 건네는 명함을 받아 들어 확인했다. 수혁의 아버지와 동환이 친구 사이라는 것 외에, 그의 아버지가 어떤 일을 하는 사람인지 자세히 알지 못했던 해주는 지금의 상황이 그저 얼떨떨하기만 했다.

지성민 국회의원이라면 뉴스나 신문에서 수도 없이 보아 온 저명한 인물이었다. 한국민당의 원내대표로 아직 젊은 나이임에도 불구하고 대권 후보로까지 거론되는, 현재 가장 언론에서 주목하는 정치인 중 한 명이었다.

그런데 그런 그가 수혁의 아버지라니? 한참 동안 명함에서 눈을 떼지 못하던 해주가 고개를 들어 영일을 보며, 믿기지 않는다는 투로 물었다.

"지성민 국회의원님이 수혁이 아버지라고요?"

"네."

확고하면서도 짤막한 그의 대답에 해주는 눈을 굴려 주변을 살폈다. 수혁에게 사실을 확인해 보려 했지만, 그는 어디에도 보이지 않았다.

"수혁이는 어디 갔나요?"

부엌 안에서 식탁을 닦는 척하며 그들을 엿보던 아주머니가 해주의 목소리에 즉각 반응했다.

"아! 수혁 학생은 아까 전에 약속 있다고 나갔어요."

"그래요……."

집에 수혁이 없다는 말을 전해들은 후, 해주는 살피는 듯한 눈초리로 영일을 쳐다봤다.

좀처럼 상황 파악이 되질 않았다. 수혁은 언젠가 자신의 아버지는 사업 때문에 외국에 나가 살고 계신다고 했었다. 오래전 일이라 기억이 희미하긴 했지만, 동환과 유정 역시 그의 말에 동조하던 모습이 또렷이 머릿속에 남아 있었다.

그런데 갑자기 나타난 낯선 남자는 수혁이 지성민 의원의 아들이라 말하고 있었다. 더구나 수혁이 집을 비운 상태인 걸 보면, 그는 연락도 없이 갑작스레 찾아온 듯했다.

해주로선 당연히 눈앞의 남자에게 의심을 품을 수밖에 없었다. 그녀는 잠시 고민한 끝에 명함을 손에 꼭 쥔 채로 영일에게 침착한 목소리로 물었다.

"수혁이가 잠시 외출한 거 같은데, 연락은 하고 오신 건가요?"

"아직 하지 않았습니다만, 해주 양을 모시고 가면서 연락드릴 예정입니다."

영일의 말에 해주가 미간을 찡그렸다.

"그게 무슨 말씀이신지……."

"아버님께 아직 연락 못 받으셨나요?"

그가 반문하자마자 아주머니가 부엌에서 나오며 대화에 끼어들었다.

"사장님께서 집으로 연락하셨어요. 해주 학생 휴대폰이 꺼져 있다고."

뒤늦게 휴대폰을 꺼 놓은 걸 기억해 낸 해주가 영일의 눈치를 살피며 아주머니에게 물었다.

"아버지께서 뭐라고 전화하셨는데요?"

"그게, 수혁 학생 아버지께서 해주 학생을 집으로 초대했다며, 혹시 차 보내면 그거 타고 가면 된다고…… 그리 전하라 하셨어요."

"왜 진작 말씀 안 해주셨어요?"

해주의 타박에, 아주머니는 다급히 영일을 눈짓으로 가리켰다.

"사장님하고 통화 끝나자마자 이분이 찾아오셔서요. 안 그래도 차만 내어드리고 바로 올라가려고 했는데 마침 해주 학생이 내려온 거예요."

해주는 슬쩍 영일을 돌아봤다. 여유로운 태도로 일관하던 그는 손목시계를 확인하는가 싶더니, 해주에게 재촉하는 눈빛을 보냈다.

"준비하고 내려오십시오. 기다리고 있겠습니다."

"수혁이랑 같이 가는 거 아닌가요?"

"수혁 군에겐 곧장 의원님 댁으로 오라고 연락드릴 겁니다."

해주는 영일의 말에 주저했다. 처음 보는 사람을 따라 혼자서 낯선 곳을 간다고 생각하니 거부감부터 밀려들었다.

"차라리 수혁이를 집으로 오라고 해서 같이 가면 안 될까요?"

"의원님께서 한참 전부터 두 분이 오시기만을 기다리고 계십니다."

지체할 시간이 없다는 듯 영일이 말했지만, 해주는 그를 설득하려 애썼다.

"그리 멀리 가진 않았을 거예요. 제가 수혁이한테 연락……."

"수혁 군도 얼추 비슷한 시간에 의원님 댁에 도착할 테니, 걱정하지 마시고 일단 먼저 출발하시죠."

영일이 말을 자르며 단호하게 말하자, 해주도 더는 고집을 부리지 못했다.

어찌 보면 수혁의 아버지를 처음 대면하는 자리였다. 당혹스럽긴 했지만 어떤 분일지 궁금한 데다, 사람까지 보내며 초대한 자리에 괜한 문제로 나쁜 인상을 남기고 싶지 않았다.

더구나 이번 일을 계기로 어색해진 수혁과의 관계를 회복할 수 있지 않을까 하는 기대감도 들었다. 결국 가기로 마음을 정한 해주는 작게 한숨을 내쉬곤, 영일에게 말했다.

"준비하고 내려올게요."

해주는 발길을 돌려, 2층에 있는 방으로 향했다. 어느 때보다도 빠르게 준비를 마친 해주는 침대 위에 던져 놓은 휴대폰을 움켜쥐었다.

'연락해 볼까.'

하다못해 메시지라도 남겨 둘까 했지만, 해주는 생각을 접었다. 아직 감정을 풀지 못한 상태였다. 서로에게 서운한 마음이 남아 있는 상태에서 먼저 연락하기보단, 직접 얼굴을 맞대고 얘기하는 편이 나을 듯싶었다.

어차피 영일이 따로 연락한다 했으니, 굳이 그녀가 나서서 지금 당장 연락할 필요도 없어 보였다.

그리 생각을 정리한 해주는 미련 없이 휴대폰을 핸드백에 집어넣곤, 긴장한 낯빛으로 1층으로 내려갔다. 그러고는 기다리고 있던 영일과 함께 밖을 나섰다.

"늦어서 죄송합니다."

카페 안, 누군가를 한참 동안 기다리던 수혁은 여자의 기척에 옆을 돌아봤다. 이제 20대 후반쯤 되어 보이는 여자는 헐레벌떡 뛰어왔는지 붉게 상기된 얼굴로 가파른 숨을 내쉬고 있었다.

약속했던 시간보다 30분이나 늦었지만, 수혁은 굳이 그녀를 탓하지 않고 앉으라는 듯 의자를 가리켰다. 지친 기색으로 연신 숨을 고르던 여자는 그의 손짓에 흘끔 수혁의 얼굴을 확인하더니, 이내 동그래진 눈으로 느릿하게 말을 덧붙였다.

"차가…… 너무 막히는 바람에 늦었네요, 정말 죄송합니다."

다시 한 번 사과의 뜻을 전한 여자는 무안할 정도로 수혁을 뚫어지게 응시했다. 둘 사이에 작은 적막이 흐를 동안에도 그녀의 두 눈이 잠시도 얼굴에서 떨어지지 않자, 그제야 수혁은 불쾌한 기색을 내비치며 퉁명스럽게 말을 던졌다.

"일단 카메라부터 확인하죠."

호감 어린 그녀의 눈길을 차갑게 밀어내며 그가 용건을 무심히 내뱉었다. 다소 민망하기도 할 법한 상황이었지만, 여자는 아랑곳하지 않고 오히려 살갑게 말을 붙였다.

"어느 정도 나이가 있는 분일 줄 알았는데 의외네요…… 아직 학생인가요?"

여자의 물음에도 수혁은 대꾸조차 없이 날카로워진 눈빛으로 그녀를 응시했다. 찬 서리가 몰아치는 그의 반응에 뒤늦게 상황 파악을 했는지, 여자는 일단 손에 들고 온 쇼핑백을 테이블 위에 올려놓았다.

"사 놓고 진열만 해 둬서 흠집 하나 없을 거예요. 일단 확인해 보세요."

수혁은 쇼핑백에서 카메라와 주변 물품들을 꺼내 하나하나 꼼꼼히 체크하기 시작했다. 해주가 언제부턴가 갖고 싶다며 노래를 부르던 카메라였다.

이미 시중에선 구하기 힘든 라이카에서 한정판으로 나온 모델로, 해주에게 선물해 주기 위해 요 며칠 중고 사이트를 뒤져 겨우 구한 매물이었다.

혹시나 싶어 여기저기 자세히 뜯어봤지만, 그녀가 호언장담한 대로 작은 상처 하나 없이 거의 새것과 다름없는 물건이었다. 수혁은 내심 만족해하며 조심스럽게 카메라를 도로 쇼핑백 안에 챙겨 넣었다.

"지금 사정만 아니었으면 절대 이 가격에 안 내놨을 텐데……

정말 운 좋으신 거예요."

여자가 아쉽다는 듯 입맛을 다시며 말하자, 수혁이 미리 준비해 둔 봉투를 그녀에게 내밀었다.

"확인해 보세요."

슬쩍 봉투 안을 확인한 여자는 싱긋 웃으며, 그에게 장난스럽게 말했다.

"봉투 오랜만에 받아 보네요. 계좌이체 시켜 주셔도 되는데."

"확인하셨으면, 이만 일어나 보겠습니다."

쓸데없는 대화는 하고 싶지 않다는 듯 수혁이 자리에서 벌떡 일어섰다. 빈틈조차 주지 않고 철저히 철벽을 치는 수혁의 태도에 여자는 황당하다는 듯 웃으면서도, 다시금 관심을 표했다.

"주말인데, 뭐 하세요?"

수혁이 말이 없자, 그녀가 눈웃음 지으며 말을 이었다.

"보아하니 관심 분야도 비슷한 거 같은데, 같이 술이라도 한잔……."

"여자 친구랑 약속이 있습니다만."

여자 친구에게 선물할 것임을 알리듯, 수혁은 손에 든 쇼핑백을 살짝 그녀에게 내밀어 보였다. 그의 의도를 파악한 여자는 입술을 꾹 닫았다.

"그럼 그만 가 볼게요."

여자는 무안함에 벌게진 얼굴로, 수혁에게 대충 인사를 건넨 뒤 자리를 떴다. 뒤이어 수혁도 카페 밖을 나가려는데, 주머니에 넣어 두었던 휴대폰 진동이 울렸다. 수혁은 잠시 멈춰 선 채로 휴대폰을 꺼내 확인했다. 처음 보는 번호로 메시지가 와 있었다.

[최영일입니다. 오늘 의원님과 함께 갖기로 한 점심 약속 잊지 않으셨지요? 지금 해주 양과 함께 의원님 댁으로 가고 있으니, 수혁 군도 늦지 않게 오십시오.]

메시지를 확인한 수혁의 표정이 싸늘하게 굳었다.

어제부터 줄곧 연락을 해 와, 일부러 무시하고 있던 참이었다. 이런 식으로 뒤통수를 칠지 몰랐던 수혁의 분노는 한순간 극에 치달았다. 그래도 해주에게 접근하지 말라는 그의 당부만큼은 지켜 주더니, 이제는 그것마저도 어긴 상황이었다.

수혁은 어금니를 꽉 다물고, 핏줄이 돋아날 만큼 손을 힘껏 말아 쥐었다. 그는 애써 냉정함을 유지하려 노력하며, 해주에게로 전화를 걸었다. 불안하게도, 자동 응답 기능으로 넘어갈 때까지 그녀는 전화를 받지 않았다.

그는 지체 없이 카페 밖으로 걸어 나갔다. 그리고 도로로 뛰쳐나가 택시를 잡는 동안에도 내내 해주에게 전화를 걸었다. 하지만 그가 택시를 잡아탈 때까지도 해주는 전화를 받지 않았다.

"삼성동으로 가 주세요."

택시기사에게 목적지를 말한 뒤, 수혁은 휴대폰 전화부에서 누군가의 전화번호를 찾기 시작했다. 이윽고 그의 손끝이 [X]라 등록되어 있는 이름을 찾아냈다. 그는 초조함이 담긴 눈빛으로 메시지를 작성했다.

[내가 갈 때까지 해주한테 한 마디도 하지 마세요. 혹시라도 뭔가 헛소리했단 당신, 정말 가만두지 않을 겁니다.]

초조함이 담긴 눈빛으로 내용을 한차례 훑어본 그는, [X]라 저장되어 있는 상대에게로 지체 없이 메시지를 보냈다.

"어서 와요."

해주는 현관으로 들어서자마자 반갑게 인사를 건네는 성민을 복잡한 눈빛으로 응시했다.

그동안 언론을 통해서 봤을 땐 몰랐는데, 막상 그를 수혁의 아버지라고 알고 보니 외적으로 서로 닮은 구석이 많아 보였다.

그는 여성 유권자들의 열렬한 지지를 받을 만큼 수려한 외모와 더불어 호리호리하면서도 다부진 체격을 지니고 있었는데, 특히 묘한 카리스마가 느껴지는 날카로운 눈매가 유독 수혁을 연상시켰다.

정말 수혁이 아버지일까, 긴가민가했던 마음이 한순간 확신으로 바뀔 정도로, 두 사람은 특유의 묵직하고 진중한 분위기마저 닮아 있었다.

"해주 양?"

멍하니 선 채 그를 유심히 뜯어보던 해주는, 영일의 목소리에 겨우 정신을 차렸다. 그녀는 성민에게 인사를 건넨 후, 조심스럽게 거실로 들어섰다. 확 트인 거실 안에는 값비싼 화초들과 다양한 모양의 도자기들이 줄지어 진열되어 있었다.

눈길을 사로잡는 인테리어에 잠시 주변을 둘러보던 해주는 곧이어 방 안에서 나온 중년의 여성을 발견하곤 시선을 멈췄다. 성민은 따뜻한 미소를 지으며, 그녀 곁으로 다가가 어깨를 감싸 안았다.

"인사해요, 이쪽은 내 와이프."

"만나서 반가워요. 해주 양."

"아, 네…… 안녕하세요."

해주는 정중하게 인사를 건네며, 그녀를 유심히 살펴봤다. 가녀린 몸매에 핏기 하나 없는 새파랗게 질린 얼굴을 한 그녀는 금방이라도 쓰러질 듯 위태롭게 서 있었다.

'어디 아픈 건가?'

걱정 섞인 눈빛으로 지켜보고 있는데, 성민이 그녀를 옆에서 부축해주며 말했다.

"와이프가 몸이 좀 안 좋아서요."

"미안해요, 처음 만나는 자리인데 안 좋은 모습을 보이네요."

그녀가 어둑해진 얼굴로 사과의 말을 전하자, 해주가 급히 손사래를 쳤다.

"아니요, 괜찮습니다."

"그럼 식사 준비할 동안만이라도, 당신은 방 안에서 좀 쉬고 있어."

성민의 말에 그녀는 망설이는 눈빛으로 슬쩍 해주를 쳐다봤다. 해주는 괜찮다는 듯, 부드러운 미소를 지어보였다.

"그럴게요, 그럼 그 아이 오면 알려 주세요."

괜히 분위기만 흐리고 폐만 끼치는 것 같았는지, 그녀가 수긍하며 급히 방 안으로 들어갔다. 해주는 그녀를 물끄러미 바라보았다. 어렸을 적 수혁이 어머니는 돌아가셨다고 했으니, 저 여자는 그의 새어머니일 가능성이 높아 보였다.

그렇다면 새어머니와 불화라도 있어서 수혁이 따로 나와 자신의 집에 살게 된 건가? 아니면 직접적으로 아버지와 불화가 있었던 걸까?

갖가지 추측들을 머릿속에 늘어놓고 있는데, 그녀의 귓가로 성민의 목소리가 들렸다.

"이쪽으로 앉아요."

성민이 소파를 가리키며 말하자, 해주는 어색한 표정으로 주춤주춤 소파로 다가가 앉았다. 그녀 옆으로 영일이 자리 잡고, 성민은 그녀의 맞은편에 앉았다. 그들 사이에 잠깐 정적이 흐르는가 싶었는데, 대기하고 있던 젊은 여자가 준비해둔 차를 테이블 위에 내려놨다. 성민이 해주에게 차를 권하며 말했다.

"얼마 전, 선물 받은 보이차인데 향이 무척 좋아요."

"네, 감사합니다."

"갑작스러운 자리라…… 좀 당황스럽겠네요."

조심스럽게 찻잔을 들던 해주가 애써 미소 지으며 대답했다.

"……네, 조금요."

"이해해요. 일단은 수혁이 기다리는 동안 차 마시면서, 천천히 얘길 나눠보죠."

"아, 네……."

조금이라도 어색함을 떨쳐보려 해주는 뜨거운 차를 힘겹게 한 입 들이켰다. 순식간에 입천장이 다 헐 정도로 뜨거웠지만, 해주는 겉으로 티 내지 않고 꾹꾹 참아냈다. 그만큼 불편한 자리였다.

그녀는 마음속으로 빨리 수혁이 오기만을 간절히 바랐다. 와서 이 혼란스러운 상황들을 어서 정리해 줬으면 했다.

불안한 눈빛으로 벽시계를 확인하던 해주는, 문득 겉옷 주머니에서 진동이 울리는 걸 느끼곤 휴대폰을 꺼내 확인했다. 수혁에게서 온 전화였다. 곧바로 받자니 괜스레 눈치가 보여, 해주는 조심스레 성민에게 양해를 구했다.

"저, 잠깐 전화 좀 받고 와도 될까요?"

순간 성민의 눈동자 위로 의미심장한 빛이 스쳐 지나갔지만, 그걸 발견하지 못한 해주는 멀뚱히 그의 답을 기다렸다. 성민은 손에 든 찻잔을 탁자 위에 내려놓으며 상냥한 표정으로 고개를 끄덕였다.

"그래요, 편하게 받고 와요."

인자한 그의 미소에 해주는 안도하며, 자리에서 일어나 한쪽 구석으로 향했다. 수혁이 그동안 몇 번이나 전화를 했는지, 부재중 전화가 수십 통이나 쌓여있었다.

혹시라도 무슨 일이 있나 싶어, 해주는 걱정된 표정으로 그에게 전화를 걸려했다. 하지만 그러기도 전 수혁에게서 또 다시 전화가 왔고, 해주는 곧바로 통화 버튼을 눌렀다.

"응."

—너 어디야?

수혁의 다소 격앙된 목소리에 해주는 당황하며 대답했다.

"어디긴, 연락 못 받았어? 네 아버지 댁……."

—당장 거기서 나와.

"뭐?"

—일단 나와, 나와서 얘기해.

"너, 왜 그래? 무슨 일인지 알아야 내가……."

—지금 대문 앞에 있어.

"수혁아?"

—1분 안에 안 나오면 들어가서 억지로 끌고 나올 테니, 그런 줄 알고 있어.

뚝. 수혁이 전화를 매몰차게 끊어버렸다. 해주는 혼란스러운 눈빛으로 휴대폰을 멍하니 바라봤다. 막무가내로 꺼내놓은 그의 말들이 도무지 이해가 가질 않았다.

"수혁 군인가요?"

해주는 등 뒤로 들리는 영일의 목소리에 흠칫 놀라며, 뒤를 돌아봤다. 그는 이상한 기류를 느꼈는지 천천히 소파에서 몸을 일으키고 있었다. 해주는 무의식적으로 뒤로 주춤 물러섰다.

"무슨 일 있습니까?"

영일의 물음에, 해주는 침착하게 표정을 갈무리하며 대답했다.

"아니요, 아무것도 아닙니다."

해주는 조금 전 앉아있던 소파로 무거운 발걸음을 옮겼다. 왜 수혁은 들어오지 않고, 무작정 자신을 밖으로 나오라고 하는 걸까? 고민에 잠겨 있는데, 조용한 거실 안으로 맑은 벨 소리가 울려 퍼졌다.

'1분 안에 안 나오면 들어가서 억지로 끌고 나올 테니, 그런 줄 알고 있어.'

수혁의 마지막 말을 떠올린 해주는 걸음을 우뚝 멈췄다. 차를 내준 여자가 인터폰을 확인하더니, 성민을 돌아보며 나직이 말했다.

"수혁 군입니다."

그녀의 말에 해주의 얼굴 위로 긴장한 기색이 감돌았다. 대문 앞에 있다더니, 결국 들어오기로 마음먹은 듯싶었다. 통화 마지막에 했던 말이 왠지 걸렸지만, 설마 어른들 있는 자리에서 자신을 끌고 나갈까 싶어 애써 걱정을 지웠다.

그녀는 성민을 슬쩍 돌아봤다. 그는 수혁이 왔다는 말에도 관심 두는 기색 하나 없이 여유롭게 차를 음미하고 있었다. 영일만이 자리에서 나와 현관문 앞으로 다가갔다. 얼마 지나지 않아, 덜컥하고 문소리가 들리더니 수혁이 안으로 들어섰다.

"오랜만입니다."

영일이 인사를 건넸지만, 수혁은 대꾸도 없이 곧장 그를 지나쳐 해주에게로 향했다. 순간 넋 놓고 서 있던 해주는 그가 맹렬하게 다가와서는 다짜고짜 손목부터 꽉 부여잡자, 두 눈을 휘둥그레 떴다.

그녀는 수화기 너머로 그가 했던 경고를 되새겼다. 억지로 끌고 나간다고 했던 그의 차가운 한마디.

"뭐하는 거야?"

무작정 끌고 가려는 수혁을 제지하며, 해주가 다급히 성민을 돌아봤다. 차분히 차를 들이켜던 성민의 시선이 어느새 날카롭게 변해서는 그들에게로 향해 있었다.

해주는 당혹스러워하며 수혁에게 붙잡힌 손목을 억지로 빼내려 했다. 그러나 그는 좀처럼 놔줄 기미를 보이지 않았다.

"이거 놔!"

"조용히 따라와, 들쳐 업혀 나가기 싫으면."

나지막한 그의 말에 해주는 움찔하며 순간 몸에 힘을 뺐다. 그 틈을 놓치지 않고 수혁이 강압적으로 그녀의 손목을 잡아끌어 바깥쪽으로 발길을 돌렸다.

그들 앞을 영일이 가로막았지만, 소용이 없었다. 수혁은 그를 차갑게 흘겨보더니 이내 어깨를 강하게 밀쳐내며 기어이 밖을 나섰다.

"지수혁!"

해주가 연신 그를 불러댔지만, 수혁은 반응조차 하지 않았다.

속수무책으로 수혁에게 끌려 나가던 해주는 대문에 다다르기 직전에서야, 그의 손아귀에서 벗어날 수 있었다.

있는 힘껏 그를 밀쳐낸 해주는 벌겋게 손자국이 난 손목을 감싸 쥐고선, 수혁을 노려보며 소리쳤다.

"너 지금 이게 무슨 짓이야?"

"너야 말로 지금 이게 무슨 짓이야? 왜 말도 없이 멋대로 여기와 있는 건데!"

수혁이 큰 목소리로 다그치듯 소리치자, 놀란 해주는 할 말을 잃고 석고상처럼 그대로 굳어버렸다. 통화할 때도 그렇고, 지금도 그렇고, 다소 격해 보이기까지 하는 그가 낯설게 다가왔다.

어떤 상황에서도 목소리를 함부로 높이지 않던 그였다. 심지어 얼마 전, 륜과의 문제로 다퉜을 때도 이 정도로 소리 높여 매섭게 몰아붙이진 않았다. 그런데 수혁은 마치 다른 사람처럼, 성난 감정을 있는 그대로 표출하고 있었다.

그것에 대한 이유를 알지 못하는 해주는 그저 수혁의 태도가 당황스럽고, 한 편으론 원망스럽기까지 했다.

'누구 때문에 여기까지 온 건데.'

오고 싶지 않았다. 다른 때였다면, 잘 알지도 못하는 사람들이 득실대는 곳에 어떤 사정이 있든 거절하고 오지 않았을 것이다.

그럼에도 불구하고 망설임 없이 이곳에 온 이유는 하나였다. 수혁의 가족을 보는 자리였기 때문이었다.

"네 아버지께서 초대하신 자리인데, 못 올 이유 없잖아."

해주는 울컥 솟는 감정을 억누르며 말을 이었다.

"그러는 넌 왜 네 아버지가 지성민 국회의원이라는 거 말 안 한 건데? 왜 그동안 사업가라고 거짓말을 해온 거냐고."

해주의 다그침에 수혁의 얼굴이 와락 일그러졌다.

"……누가 그래?"

"뭐?"

"그 사람이 내 아버지라고, 누가 그러느냔 말이야."

"……그럼 아니란 말이야?"

"아니야."

수혁의 단호한 부정에, 해주는 어금니를 꽉 깨물며 되물었다.

"아니란 말이지?"

"……그만해, 이런 문제로 너하고 입씨름하고 싶지 않으니까."

"나한텐 중요한 문제야. 그러니까 말해."

"……."

"우리 부모님은…… 당연히 알고 계시겠네? 네 아버지가 지성민 국회의원인 거."

속사포처럼 쏟아진 그녀의 말에 수혁이 이번엔 선뜻 입을 열지 못했다. 그의 반응에 해주의 얼굴이 무참히 구겨졌다.

"우리 집에서 또 나만 바보같이 몰랐던 거였어. 그것도 너와 관련된 일이었는데."

"……."

"넌 나에 대해 전부 다 알고 있는데, 난 너에 대해 아는 게 아무것도 없어. 심지어 넌 나한테, 너와 관련된 일을 숨기려 들기까지 하고 말이야. 내가 못 미더워서 그런 거야?"

"그런 거…… 아니야."

"아니겠지. 사정이 있겠지. 네가 지성민 의원의 아들이라는 걸 숨겨야 하는 사정. 그게 뭐든 나한테 말해 줄 수 있는 거 아니야? 아니, 적어도 내가 이렇게 알게 됐다고 화를 낼 필요는 없는 거 아니야? 넌 내가 부끄럽니? 네 아버지가 날 알게 되는 게 마음에 안 드는 거냐고?"

"그런 거 아니라고 했잖아! 멋대로 확대해석하지 마."

"확대해석? 지금 이 상황에서 그렇게 생각 안 하는 게 더 이상한 거 아니야?"

"……."

"좋아, 그럼 이제라도 얘기해봐. 내가 오해하지 않게, 더 이상 확대해석하지 않게, 전부 다 얘기해 보라고."

해주가 두 눈을 부릅뜨며 고집스럽게 말을 내뱉었다. 사실 그대로의 이야기를 꼭 듣고 말겠다는 강한 의지가 담긴 눈빛을 그에게 쏘아붙이며, 해주는 그가 입을 열기만을 기다렸다.

그렇게 잠시간의 시간이 흐른 직후였다. 수혁의 시선이 그녀 너머 어딘가로 향하는가 싶더니, 미동조차 없던 입술이 천천히 움직이기 시작했다.

"너한테……."

"……."

"해줄 말 같은 거 없어."

매정하게 흘러나온 그의 말에 해주의 눈동자가 파르르 떨렸다.

"없어……?"

"그래."

"없다는 거야, 아니면 나 같은 건 알 필요도 없다는 뜻이야?"

수혁은 아무런 대답도, 어떠한 반응도 보이지 않았다. 그것을 긍정이라 여긴 해주의 눈가가 조금씩 촉촉하게 젖어 들어갔다.

서로 모르는 것 없이 모든 걸 공유하고, 이해하고, 믿고, 의지하고 있다 생각했는데, 혼자만의 착각이었던 것 같았다. 진심이었던 마음이 한순간 배신이라도 당한 것처럼 속이 찢어질 듯 아려왔다.

"나는 그런 줄도 모르고……."

울분을 꾹꾹 참아내며, 해주가 망망히 입을 다물었다. 고개를 푹 숙인 그녀의 어깨가 조금씩 떨리기 시작했다.

감정조절이 쉽지 않다. 깊게 숨을 몰아쉬고, 최대한 가슴 속에 차오른 뜨거운 덩어리를 아래로 밀어냈다. 이후, 어느 정도 진정이 된 그녀의 입이 다시금 천천히 열렸다.

"사실…… 나도 여기 오고 싶지 않았어."

뚝뚝 끊기던 목소리가 이내 조금은 다듬어져서 천천히 흘러나왔다.

"너도 알 거야. 이곳에 나 혼자 오는 거 쉽지 않았다는 거. 그런데 왔어. 왜 그런 줄 알아?"

"……."

"너하고 싸운 게 내내 마음에 걸려서, 그래서 화해하려고 온 거였어. 먼저 미안하다고 말하려고."

"……."

"네 가족들하고 식사하다 보면 너하고 조금은 쉽게 관계가 풀어지지 않을까, 바보처럼 기대하며 왔어. 이렇게 네가 싫어할 줄 알았다면 오지 않았을 거야."

입안에 담긴 말을 모조리 내뱉은 해주는 손으로 눈가에 맺힌 눈물을 쓰윽 닦아낸 뒤, 수혁을 바라보며 말했다.

"미안해."

해주가 씁쓸한 미소를 머금었다.

"어쨌든 미안해 정말, 멋대로 굴어서……."

무의미한 사과를 연달아 던진 해주는 이후, 그대로 수혁을 지나쳐 앞으로 걸어나갔다.

말을 꺼내면 꺼낼수록 눈물을 참기가 너무나도 곤욕스러워 일부러 그를 피할 수밖에 없었다. 꼴사나운 모습은 차마 보여주기 싫어, 온 힘을 다해 눈물을 참아내며 그녀는 아무렇지 않은 척하려 무던히 노력했다.

피가 배어나올 정도로 입술을 꽉 깨물고 감정을 공기 중에 날려버리려 애꿎은 한숨을 길게 내뱉었다. 하지만 무심하게도 어느샌가 그녀의 뺨 위로 또르르 눈물이 흘러내렸다.

제발 이 모습을 수혁이 보지 않았으면 해서, 해주는 서둘러 대문을 나서려 했다.

하지만 그 순간, 쥐고 있던 휴대폰에서 진동이 울리는가 싶더니 동시에 그녀의 반대편 팔을 수혁이 강하게 붙잡아 세웠다.

"집으로 가는 거면 같이 가."

해주는 굳은 표정으로 수혁의 손을 탁 밀쳐내곤 휴대폰을 들여다봤다. 리아에게서 온 전화였다. 해주는 서둘러 눈물을 닦아내곤, 휴대폰 통화 버튼을 눌렀다.

"응. 나야."

—해주! 뭐 해? 집이야?

해주는 뒤돌아 수혁을 똑바로 응시하며 천천히 입을 뗐다.

"아니, 잠깐 밖에 나왔어."

—아, 그래? 시간 되면 잠깐 보자고 하려 했는데…….

"괜찮아, 시간 돼."

해주의 대답에 수혁의 표정이 급격히 굳어졌다. 그것을 덤덤히 지켜보며 해주는 통화를 이어나갔다.

"어디서 볼까?"

—아! 여기, 도진 오빠 가게인데. 흠……, 일단 내가 문자로 주소 찍어 보내 줄게.

"아니, 그분이 하는 가게라면 전에 가본 적 있어서 어딘지 알고 있어."

—아, 그래? 잘 됐다! 그럼 여기서 기다리고 있을 테니까 얼른 와!

"알겠어. 30분 이내로 도착할 거야."

—오케이! 이따 봐!

명랑한 리아의 목소리를 끝으로 통화를 마친 해주는, 이어 수혁에게서 시선을 거두며 뒤로 돌아섰다.

"약속 있어서…… 먼저 갈게."

"지금 누구랑 통화한 거야?"

등 뒤로 들리는 나직한 수혁의 음성에 해주는 목에 힘을 꽉 주며 대꾸했다.

"그건……."

"……."

"네가 알 필요 없잖아."

해주가 흘끔 그를 흘겨보더니 이내, 말없이 앞으로 시선을 돌렸다. 평소와 다른 차가운 그녀의 반응에 수혁은 더는 말을 붙이지 못하고 입을 꾹 다물었다.

그의 입에서 아무런 말도 흘러나오지 않자, 해주는 더는 미련 없이 도로로 향했다.

그걸 지켜보던 수혁이 결국 참지 못하고 그녀에게 손을 뻗으려던 때였다. 뒤에서 누군가가 그의 발길을 붙잡았다.

"여기까지 와서 그냥 갈 셈이냐?"

소름끼칠 정도로 고저 없는 목소리에 수혁의 몸이 일순 경직된 채 멈춰 섰다. 그 사이 해주가 도로 위를 달리던 택시를 잡아탔다. 멀거니 그녀를 지켜볼 수밖에 없었던 수혁의 얼굴이 점차 얼음장처럼 차갑게 식어갔다.

"그렇게 서 있지 말고 들어 오거라."

수혁은 느릿하게 뒤를 돌아섰다. 성민이 문을 열고 선 채로, 그를 무덤덤한 눈길로 응시하고 있었다.

"지금…… 뭐하자는 겁니까?"

차가운 수혁의 반응에도, 성민은 오히려 천진한 미소를 지어 보이며 반문했다.

"뭐가 말이지?"

무슨 소리 하는지 모르겠다는 듯 그가 작게 어깨를 으쓱이자, 수혁의 눈빛이 금세 서늘하게 가라앉았다. 지금의 상황이 별 일 아니라는 것처럼 가볍게 여기고 있는 그의 태도가 가증스럽게만 보였다. 한 공간 안에서 대화를 나누는 것마저 속이 뒤틀려, 그는 더는 볼 것도 없이 즉시 발길을 돌렸다.

"네 어머니가 아침부터 애타게 기다리고 있었다. 그래도 명색이 생일날인데, 오늘 하루쯤은 같이 식사할 수 있는 거 아니냐?"

수혁이 제자리에 멈춰 섰다. 그의 눈썹이 구겨진다 싶더니, 입술 새로 헛웃음이 터져 나왔다.

'어머니…….'

세뇌시키듯 지겹도록 꺼내놓는 소리에 이제는 분노보단 짜증이 치밀었다.

차라리 아무 말도 하지 말고, 조용히 자신을 보냈으면 좋았을 걸. 힘껏 닫아뒀던 그의 입술이 서서히 벌어졌다.

"참으로…… 어리석고."

"……."

"불쌍하군요."

수혁의 시선이 반원을 그리며 바닥 아래를 훑으며 돌았다. 이윽고 서슬 퍼렇게 번들거리는 그의 눈빛이 점차 위로 향하더니, 성민과 똑바로 마주했다. 그를 마주하자, 기분 나쁘게 입안을 감싸 돌던 말이 지체 없이 바깥으로 꺼내어졌다.

"버림받은 줄도 모르고 한심하게 당신이 돌아오기만을 기다리다, 결국 날 낳자마자 죽은 어머니나……."

"……."

"은하그룹 회장 장녀라는 번지르르한 배경이 있으면서도, 아이를 못 갖는다는 죄로 남편의 혼외자식을 받아들일 수밖에 없는 여자나……."

잠시 말을 멈춘 그가 턱 끝을 슬쩍 추켜올리며 비릿한 조소를 지어보였다.

"그렇게 친자식이 가지고 싶으시면, 차라리 이혼하고 새사람 찾으세요. 뒤늦게 찾아와서는 핏줄을 운운하며, 날 당신 같은 인간하고 엮을 생각하지 말고."

"수혁아……."

"이번이 마지막입니다."

이제는 인내심이 한계에 다다랐다. 움직임을 멈췄던 그의 입술이 잠시 후, 경고 섞인 강한 어조의 말을 내뱉었다.

"제 입으로 당신의 더러운 일생을 언론에 떠들기 전에, 더는 건드리지 마세요."

여유로웠던 성민의 얼굴에 처음으로 균열이 일었다. 그걸 똑바로 지켜보며 수혁이 고저 없는 목소리를 냈다.

"누나와 날 버린 만큼, 평생 없는 사람 취급하면서 사세요. 내 인생에 자꾸 끼어들지 말고, 당신은 당신대로, 나는 나대로, 그렇게 살잔 말입니다. 지성민 의원님."

"말이…… 좀 지나치구나."

"한참 모자라죠, 당신이 한 짓들에 비하면."

끝까지 평정심을 유지하려 애쓰는 성민을 비웃듯, 수혁이 냉담하게 맞받아쳤다. 순간 말문이 막힌 성민은 더 이상 말을 잇지 못했다. 가면처럼 짓고 있던 부드러운 미소가 어느 순간 그의 얼굴에서 사라지고 없었다.

그들은 그렇게 침묵한 채, 잠시 동안 서로 대치하고 서 있었다. 설원 위를 연상시키는 분위기가 깨진 건, 성민 곁으로 그의 아내 정화가 다가선 직후였다.

"수혁이, 왔구나."

정화가 먼저 반가워하며 아는 척을 했지만, 수혁은 그녀에게 작은 반응조차 보여주지 않았다. 그는 나란히 서 있는 성민과 정화를 매섭게 훑어봤다.

희귀병을 앓고 있다던 정화는 한눈에 보기에도 위태로워보였다. 서 있는 것조차 버거워 보이는 정화의 허리를 성민이 감싸 안는 걸 보는 것으로 끝으로, 수혁은 시선을 거두고 차갑게 뒤돌아섰다.

"다시는 해주한테 연락하지 마세요. 집으로 찾아오지도 마시고요."

"지수혁!"

등 뒤로 성민이 부르는 소리가 들렸지만, 수혁은 돌아보지 않았다. 지옥 같던 그곳을 뒤로 한 채, 한참을 걸어 나온 수혁은 어느 정도 거리가 멀어졌다 싶을 쯤에서야 걸음을 멈췄다.

긴 숨을 삼켜내며 그는 벽에 몸을 기대고 뜨끈한 이마를 손으로 짚었다. 바늘로 뇌를 찌르는 듯한 두통이 그를 계속해서 괴롭혔다.

잠시 동안 두통이 사라지길 기다리며 심호흡을 하던 수혁의 시야 아래로 문득 쇼핑백 하나가 들어왔다. 해주에게 선물하려고 며칠 전부터 인터넷을 뒤져 겨우 손에 얻은 카메라였다.

"너하고 싸운 게 내내 마음에 걸려서, 그래서 화해하려고 온 거였어. 먼저 미안하다고 말하려고."

"네 가족들하고 식사하다 보면 너하고 조금은 쉽게 관계가 풀어지지 않을까, 바보처럼 기대하며 왔어. 이렇게 네가 싫어할 줄 알았다면 오지 않았을 거야."

울음을 꾹 참아내며 소리치던 해주의 모습이 불현듯 떠올랐다. 수혁은 이마를 짚고 있던 손을 내려 휴대폰을 꺼내, 일단 해주에게로 전화를 걸었다. 통화 연결음이 몇 번이나 이어졌지만, 그녀는 단 한 번도 받지 않았다.

'누굴 만나러 간 거지.'

찝찝한 마음이 좀처럼 가시질 않았다. 분명 자신도 아는 사람일 거란 생각이 들었다. 주말에 해주를 불러낼 만한 사람, 해주가 반말을 하며 살갑게 대화를 나눌만한 사람.

여러 가지 생각들을 토대로 했을 때 문득 누군가의 얼굴이 그의 머릿속에 떠올랐다.

'유리아인가.'

이번 학기 들어 그녀와 해주가 꽤 친해진 듯 보였다. 수혁은 일단 휴대폰을 뒤져 유리아의 전화번호를 찾아보았지만, 역시나 저장되어 있지 않았다.

수혁은 카메라가 든 쇼핑백을 꽉 챙겨 들곤, 마침 다가서는 택시를 일단 잡아탔다. 금방 간다는 그녀의 말을 어렴풋이 들은 바로는 분명 멀지 않은 곳에 리아를 만나러 갔을 가능성이 커보였다.

이대로 집으로 돌아가 기다리는 게 좀 더 빠른 길이긴 했지만, 이상하게도 마지막 울분을 터트리던 그녀의 마지막 모습이 눈에 밟혀 가만히 기다리질 못하게 했다.

"어디로 모실까요?"

택시기사의 물음에 수혁은 잠시 고민했다. 그때, 해주가 통화

중에 흘렸던 말 중에 가게라는 단어와 가본 적 있다는 말을 떠올린 그가 망설임 없이 택시기사에게 목적지를 말했다.

목적지는 러쉬(Rush).

해주도 알고 률과 친분이 있는 리아도 알만한 곳이라면 그곳일 가능성이 높았다.

“서둘러주세요. 기사님.”

택시기사를 재촉한 수혁은 이후, 창밖을 내다보며 깊은 생각에 빠져들었다.

논문준비에 수업 준비까지 정신없는 가운데, 오랜만에 갖게 된 여유로운 주말이었다. 머리도 식힐 겸, 률은 오랜만에 사진이나 찍으러 교외로 나가 볼 생각이었다. 외출 준비는 순조로웠고, 날씨 또한 다행히도 쾌청한 편이었다.

한껏 부푼 마음으로 차를 타고 이동하려고 하는데, 그때 갑자기 도진에게서 연락이 왔다. 지인의 부고 소식을 듣고 장례식장에 가봐야 하는데, 몇 시간 동안만이라도 술집을 봐 줄 수 없겠냐는 부탁이었다.

어쩔 수 없는 상황에 그는 흔쾌히 승낙했고, 교외에 나갔다 오려면 아무래도 오픈 시간에 맞추기 어려울 것 같아 결국 발길은 돌렸다.

집으로 돌아가 책을 읽으며 시간이 될 때까지 기다리다, 제때 맞춰 대강 편한 옷으로 갈아입고 술집으로 향했다. 술집 안으로 들어서자, 얼마 전 새로 구한 알바생 승윤이 청소를 하고 있었다.

"오셨어요?"

승윤은 미리 도진에게 이야기를 전해 들었는지, 률에게 살갑게 인사를 해왔다. 률은 그에게 짧게 인사를 건네고, 본격적으로 일할 준비를 했다. 능숙한 손길로 정리를 마친 후 승윤과 실없는 농담을 주고받고 있는데, 문이 열리더니 첫 번째 손님이 술집 안으로 들어섰다.

"어서 오……."

"하이!"

발랄하게 손을 흔들며 리아가 손에 뭔가를 든 채로 모습을 드러냈다. 률은 심드렁한 반응을 보였지만, 승윤은 화사한 미소를 보이며 그녀를 격하게 반겼다.

"어서 오세요! 누나!"

"승윤, 오랜만!"

둘의 반응을 보아하니, 리아가 짧은 새에 자주도 이곳에 들락거린 모양이었다. 조만간 리아 때문에 술집 파산 할지 모른다던 도진의 투정 섞인 말이 거짓은 아닌 듯 보였다.

률은 어느새 가까이 다가선 리아를 흘끗 쳐다보며 무심히 물었다.

"어쩐 일이야?"

리아는 손에 든 짐을 대충 옆에 내려놓더니 빙긋 웃으며 대답했다.

"오늘은 오빠가 가게 본다고해서, 감찰 나왔어."

"……너도 참 할 일 없다."

률이 한심하다는 듯 쳐다보자, 리아가 발끈하며 대꾸했다.

"모르는 소리! 나 요 며칠 꼴딱 밤새고 이제 겨우 바깥바람 쐬러 나온 거거든요. 승윤아, 누나 물 좀."

"아, 네."

승윤이 후다닥 뛰어가 물을 떠와 건네자, 리아가 그에게 고맙다는 말과 함께 찡긋 윙크를 날렸다. 승윤의 얼굴은 화산이 폭발이라도 한 듯 순식간에 벌게졌다.

도망가다 시피 화장실 청소를 하러 떠나는 승윤을 바라보며 률은 혀끝을 찼다.

"순진한 애 데리고 잘한다. 넌 매번 제이 녀석 보면서 느끼는 것도 없냐?"

"걔하고 난 추구하는 방향부터가 다른 데, 뭐."

리아가 검지를 들어 흔들어 보였다.

"일단 난 오는 남자 안 막고, 가는 남자는 안 막아."

"……."

"제이 녀석은 오는 여자 안 막고, 가는 여자는 막고. 봐! 나랑은 엄연히 다르다고. 암만!"

"……다르냐?"

"다르지, 난 적어도 가는 남자는 안 붙잡잖아. 자존심은 있는 여자라고. 권제이 그 녀석은 자존심도 없는 개차반이고."

리아가 물을 한 모금 들이키며 단호하게 말했다.

"걔랑 나랑은 급이 달라요. 급이!"

기가 막힌다는 표정으로 리아를 응시하며, 률이 깊은 한숨을 푹 내쉬었다. 이 정상적이지 않은 것들을 어찌 선도해야 할지. 평생을 고민한다 한들 답이 나오긴 나올지, 쓸데없는 걱정들이 쌓여갔다.

"그나저나 그 쇼핑백들은 뭐야?"

슬쩍 자리를 피하려던 률의 시야로 문득 바닥에 가지런히 놓인 쇼핑백들이 들어왔다. 쇼핑이라도 했냐고 되물으려는데, 리아가 먼저 그 중 가장 큰 쇼핑백 안에 든 옷을 꺼내 테이블 위에 올려놓으며 신나게 떠들었다.

"내가 이번에 새로 디자인한 신작이야, 예쁘지? 장난 아니지?"

리아가 두 눈을 반짝이며 옷을 선보였고, 률은 꼼꼼하게 그녀의 손에 들린 옷을 확인했다.

평소 스포티하고, 레이어링이 다양하게 가미된 개성 있는 스타일의 옷을 입고 다니는 것과 달리, 그녀는 여성스러운 선을 강조하는 고급스럽고 페미닌한 스타일의 옷을 주로 디자인해 왔다.

이번에 새로 디자인한 신작 역시 그동안 그녀가 추구해오던 스타일을 고스란히 담고 있었다.

"괜찮네."

률의 짧은 감상평에 리아가 뾰로통해져서는 목소리를 높였다.

"괜찮은 정도가 아니라 끝내주지, 내가 이거 완성 시키려고 며칠 밤을 꼴딱 새웠는지 알아?"

"알아야 하나?"

무성의한 반문에도 리아는 보란 듯이 씩씩하게 다섯 손가락을 척 내밀어 보였다. 아랑곳 않는 리아가 뒤늦게 안쓰러워진 률이 일단은 관심 있는 척을 해보였다.

"5일?"

률의 답변에, 리아가 고개를 힘차게 내저었다.

"5일하고도 5시간 더."

"아아, 그래…… 대단하네."

영혼 없는 대답이지만, 스스로에게 감동중인 리아는 그 소리를 멋대로 흘려버렸다.

"내 평생 누군가를 위해 이렇게 열정적인 작업을 한 건 난생 처음이야."

"누군가?"

"선물할 거거든, 뇌물로."

선물? 생각지도 못한 말에 률이 처음으로 관심 어린 눈빛을 하고 리아를 응시했다.

"넌 네가 디자인한 여성복은 아무한테나 선물 안하잖아?"

"아무나 아닌데?"

"그럼?"

"앞으로 평생 내 고객이 될 친구."

의미심장한 그녀의 말에 륟이 고개를 갸웃 기울였다.

"그게 누군데?"

"그게…… 아!"

리아가 문득 뭔가를 떠올렸는지 재빨리 휴대폰 시계를 확인하더니, 갑자기 률을 채근하기 시작했다.

"오빠, 곧 손님 여기로 도착할 거거든. 택시 타고 온다고 했으니까 미리 나가서 대기하고 있다가 에스코트 좀 해와."

리아의 황당한 주문에 률이 미간을 잔뜩 찌푸렸다.

"내가 왜?"

"그건 나가보면 알게 돼."

"알고 싶지 않아."

률이 단호하게 거절하자, 리아가 테이블 위로 팔을 대고 턱을 괴며 묘한 말을 던졌다.

"기회를 만들어 줘도 못 주워 먹는다 이거지?"

률의 눈매가 가늘게 길어졌다.

"네가 헛소리를 하기 시작한 걸 보니 술시가 됐나 보군."

"술시인 건 맞는데, 헛소리는 아니야."

"칵테일 만들어 줄 테니까 그것만 마시고, 더 어두워지기 전에 집으로 가라."

"진짜 누군지 궁금하지 않아?"

리아가 좀 더 진지한 어투로 물었지만, 률은 고민도 없이 곧장 그들 주변을 어슬렁거리는 승윤을 손짓으로 불러 세웠다.

"얘 시켜."

률이 승윤을 가리켰고, 리아는 어깨를 으쓱했다.

"정말 후회 안 할 자신 있어?"

유난스럽게 상황을 질질 끄는 게 어딘가 미심쩍었지만, 률은 그걸 기분 탓으로 여겼다.

"얼마나 대단한 분이 오시는 지 궁금하네."

전혀 궁금하지 않은 눈초리로 률이 시큰둥하게 대꾸했다. 이후, 그는 일에 집중하려는 듯 등을 돌린 뒤, 선반 위에 놓인 잔들을 정리하기 시작했다. 리아는 률의 뒷모습을 말없이 흥미롭게 지켜봤다.

그때 마침, 테이블 한 쪽에 올려둔 리아의 휴대폰이 작은 진동소리를 냈다. 곧바로 휴대폰 액정화면 위로 떠오른 메시지를 확인한 리아의 입가에 묘한 미소가 떠올랐다.

생각보다 시간이 걸려 혹시 안 오는 건 아닐까 걱정하고 있었는데, 원하던 내용의 메시지가 도착했다.

"누나, 제가 지금 나가면 될까요?"

리아가 손짓으로 바깥으로 향하는 승윤을 제지했다. 그녀는 테이블 위에 펼쳐놓은 옷을 도로 쇼핑백에 챙겨 넣더니, 다른 짐까지 마저 손에 쥐었다.

"오늘 제이랑 집에서 보기로 했거든. 어차피 난 여기 있어봤자 일하는데 방해만 되는 거 같으니, 집에 가서 기다릴게. 오빠도 일 끝나자마자 곧장 와. 같이 오랜만에 술이나 한 잔 하자."

웬일로 순순히 물러나나 싶어 한편으론 의아했지만, 률은 가볍게 여겼다.

"그래, 그 사이 돼지 소굴로 만들지 말고."

"알았어. 해주도 데려가도 되지?"

"그래, 마음대……."

무신경하게 대답하려던 그의 입이 순간 움직임을 멈췄다. 누구?

"오늘 해주 만나서 술 한 잔 하기로 했거든. 이참에 제이도 소개시켜 주려고."

률이 홱 돌아섰다. 얼굴 한 가득 웃음을 가득 참고선 리아가 그를 주시하고 있었다. 률이 긴가민가하며, 조심스럽게 그녀에게 물었다.

"농담이지?"

리아가 손에 쥔 휴대폰을 그에게 쓰윽 비춰 보여줬다.

"보이지? 누구한테서 온 메시지인지?"

[곧 도착할 것 같아, 러쉬에 있는 거지?]

메시지를 보낸 사람이 해주임을 확인한 률의 눈빛이 작게 일렁였다. 장난치는 게 아닐까 싶었는데, 사실이었다.

"흐음, 분명 후회 안 한다 했지."

리아가 입 꼬리를 당겨 웃으며 이죽거렸다.

"그럼 갈게."

리아가 미련 없이 돌아 나가려는데, 순식간에 바 밖으로 튀어

나온 률이 그녀의 어깨를 붙잡았다. 변명이 필요하다.

"생각해 보니까……."

"……."

"들어오기 전에 담배를 못 피우고 들어왔어."

리아의 입술 끝이 지진이라도 난 것처럼 씰룩였다.

"그래?"

리아의 짓궂은 반문에 률이 애써 무덤덤하게 말했다.

"칵테일 마시고 가. 담배 피우고 들어와서 만들어 줄게."

진중한 표정을 일관하는 률의 얼굴에 금방이라도 웃음 폭탄을 터트릴 것 같았지만, 리아는 엄청난 인내력을 발휘하며 고개를 끄덕였다.

"알았어."

"누나, 짐 이리 주세요. 안에 둘게요."

내심 리아가 간다는 것이 아쉬웠던 승윤이 옆에서 엿듣곤, 재빨리 그녀의 손에 들린 쇼핑백들을 대신 들어 줬다. 리아는 승윤의 뒤를 따라 테이블 하나를 자리 잡았다. 그리고 률을 좀 더 골려 주려 주변을 두리번거리는데 그가 보이질 않았다.

'벌써 나간 거야?'

처음 본 률의 모습이었다. 그것에 신기해하며 리아는 흐뭇한 미소를 감추지 못했다.

해주는 택시에서 내리자마자 보이는 익숙한 술집을 공허한 눈빛으로 응시했다.

'결국…… 왔네.'

해주가 허무하다는 듯이 작게 한숨을 내쉬었다. 사실 처음부터 이곳에 올 생각은 없었다. 리아의 전화를 받고, 그녀에게 가겠다고 말한 건 순전히 수혁을 의식해서 한 돌발적인 발언이었다.

눈물범벅으로 엉망이 된 얼굴을 하고선, 가슴 속 울분을 채 달래지도 못한 상태로 리아가 있는 곳으로 갈 생각은 전혀 없었다. 택시에 타게 되면, 리아에겐 미안하지만 못 갈 거 같다는 문자를 보낼 생각이었다.

하지만 택시에 몸을 실은 순간, 그녀의 생각은 곧바로 뒤바뀌고 말았다. 어디로 갈까요, 정중히 묻는 택시기사의 앞에서 그녀는 선뜻 목적지를 말하지 못하고 한참을 쭈뼛대기만 했다.

수혁이 곧 쫓아 올 집으로 가는 건 영 내키지가 않았고, 그렇다고 딴 곳을 가자니 마땅히 그녀가 갈 만한 곳은 없었다.

그걸 뒤늦게 깨닫고 한참을 머리를 쥐어짜내며 갈 곳을 생각해봤지만, 평생을 집과 학교만 전전했던 그녀에게 다른 어딘가가 떠올릴 일 만무했다.

결국 그녀의 입에선 기계적으로 도진의 술집을 가리키는 주소가 흘러나왔고, 택시는 한참 주변을 헤매던 끝에 그녀를 러쉬(Rush) 앞에 데려다 놓았다.

'어차피 카메라 가지러 오긴 해야 했으니…….'

차라리 잘 됐다, 애써 그리 여겼다. 마음이 뒤숭숭하고, 눈시울이 저절로 붉어지는 것도 리아를 만나면 조금은 진정될 것이라 생각했다.

언제나 주변을 밝게 만드는 사람이니, 괴롭고 어두운 마음도 곧 사그라지게 만들 것이다.

'일단 들어가 보자.'

해주는 익숙한 거리를 지나 러쉬로 향했다. 그때, 손에 쥐고 있던 휴대폰 진동이 울리기 시작했다. 수혁이었다.

몇 분전부터 그에게 계속해서 전화가 왔지만, 그녀는 일부러 받지 않았다. 받았다가는 지금보다 더 나쁜 상황으로 악화될까 두려웠다. 그래서 애써 무시하고 들어가려는데, 그녀의 등 뒤로 누군가의 기운이 느껴졌다.

'어?'

벌써 수혁이 쫓아온 건가 싶어 해주는 조심스럽게 뒤를 돌아섰다. 그런데 그녀의 눈앞엔 예상외의 인물이 서 있었다.

"혹시나 했는데, 맞네?"

긴가민가하며 해주를 쳐다보던 도진이 그녀임을 확인하곤 반색했다. 멍하니 서 있던 해주는 얼떨떨해하며 고개 숙여 인사부터 건넸다.

"안녕하세요."

"오랜만이에요. 그런데 여긴 어쩐 일로……?"

의아해하며 묻던 도진의 머릿속으로 순간 누군가가 스쳐지나갔다.

'률이 부른 건가?'

복잡 미묘한 눈빛으로 해주를 내려다보며, 그가 덧붙여 물었다.

"률이 보러 온 거예요?"

해주가 작게 웃으며 고개를 저었다.

"아니요, 오늘은 리아 만나러 왔어요. 여기서 보자고 해서요."

"리아가요?"

"네, 그런데 어디 다녀오시는 길이신가 봐요?"

해주의 시선이 슬쩍 도진의 옷차림을 훑었다. 그는 검은색 정장을 말쑥하게 차려입고 있었다. 해주의 시선에 멋쩍은 표정을 짓던 도진은, 답답하게 조여 오는 넥타이를 느슨하게 풀어내며 말했다.

"오늘 지인 아버지께서 갑자기 돌아가셔서 장례식장에 좀 다녀왔어요."

"아, 그래요? 그럼 가게는……."

"아마 나대신 률이 오픈했을 거예요."

도진이 담담하게 내뱉은 말에, 해주가 두 눈을 동그랗게 떴다.

"그럼 안에 교수님도 계시겠네요?"

"뭐, 들어가서 확인해봐야겠지만, 아마도 있겠죠?"

"아……."

어색하게 말꼬리를 늘어뜨리는 해주의 반응에, 도진이 고개를 갸웃 기울였다.

"리아한테서 별 말 없었어요?"

"네, 교수님 얘긴 없었는데……."

"흐음, 그래요."

해주의 대답에 도진의 눈매가 길게 가늘어졌다. 언젠가 리아가 뜬금없이 아침부터 전화해서, 률과 해주 사이에 있었던 일을 끈덕지게 물어본 기억이 머릿속에 떠올랐다.

그때는 비몽사몽해서 깊게 생각하지 않고 그냥 넘겼었는데, 이제 보니 리아에게 꿍꿍이가 있는 모양이었다. 그것도 별로 달갑지 않은 꿍꿍이.

'오지랖은…….'

도진이 속으로 혀끝을 찼다. 보나마나 률이 해주에게 관심 있는 것을 눈치 채고 그녀를 부른 것이 분명했다. 다른 때 같으면 리아가 하는 행동을 그냥 그러려니 하며 넘겼겠지만, 이번만큼은 마음에 걸렸다.

률과 해주가 아무 관계로도 얽히지 않았으면 몰랐을까, 교수와 제자 사이라는 것이 아무리 생각해도 영 마뜩잖았다.

'하긴, 그 녀석이 알아서 잘하겠지.'

친구로서 조언은 해준 상태였다. 선택은 률의 몫이었다. 이 이상 간섭하는 것도 리아의 오지랖과 별반 다를 것이 없었다. 그저 묵묵히 옆에서 믿고 지켜보는 것이 친구를 위한 길이니라.

간단하게 답을 내린 도진은 눈앞의 해주를 찬찬히 살펴봤다. 률은 그런 게 아니라 했지만, 그 녀석이 하는 행동이나 표정으로 봐선 이 여자애에게 관심이 있는 것은 분명했다. 여자라면 치를 떠는 녀석이, 대체 이 여자애의 어떤 점에 꽂힌 걸까?

"저한테 할 말이라도 있으세요?"

도진의 강렬한(?) 시선을 느낀 해주가 조심스럽게 물었다. 넋 놓듯 빤히 해주를 응시하던 도진이, 뒤늦게 아차하며 그녀에게서 시선을 거뒀다.

"아니에요. 그만 들어가죠."

어색하게 웃어 보이며, 도진이 서둘러 가게로 향했다. 먼저 앞서 걸어가던 도진이 해주가 뒤좇아 오지 않는 걸 느낀 건, 막 문을 열었을 쯤 이었다. 뒤에서 아무런 기척이 느껴지지 않자, 도진은 문고리를 잡은 채로 뒤를 돌아봤다. 해주는 그 자리 그대로 선 채 휴대폰을 들여다보고 있었다.

"먼저 들어갈까요?"

고민하는 얼굴로 휴대폰을 들여다보던 해주는, 도진의 목소리에 작게 고개를 끄덕였다.

"네, 금방 들어갈게요."

도진이 알겠다는 말과 함께 술집 안으로 들어갔다. 이후 홀로 남게 된 해주는 휴대폰 액정화면으로 보이는 다섯 건의 부재중 전화 메시지를 물끄러미 응시했다.

그를 피하는 것만이 능사가 아니라는 걸 알지만, 지금 당장은 얼굴을 마주하고 찬찬히 대화를 나눌 자신이 없었다.

끊임없이 걸려오는 전화를 계속해서 무시하는 것도 마음 쓰여, 해주는 고민 끝에 휴대폰 전원을 꺼버렸다. 그리고 미련 없이 술집 안으로 들어가려는데, 문득 그녀 시야로 택시 한 대가 깜빡이를 켜며 다가서는 게 보였다.

처음엔 그냥 무시하고 들어가려 했다. 그런데 길목에 정차한 택시 안에서 수혁이가 내리는 걸 본 순간, 그녀는 술집이 아닌 그 옆 골목길로 발길로 돌릴 수밖에 없었다.

'어떻게 알고 온 거지?'

해주는 벽 뒤로 몸을 숨기고 고개만 빠끔히 내밀어 수혁을 살폈다. 갈 곳이 한정되어 있는 탓에 수혁은 언제나 그녀를 금방 찾아내곤 했었다. 그렇다 하더라도 오늘만큼은 이렇게 빠른 시간 안에 찾아 낼 줄 예상하지 못한 해주는 당혹스러움을 감추지 못했다.

수혁이 술집으로 뚜벅뚜벅 걸어가는 걸 지켜보는 내내 그녀의 심장도 쿵쾅쿵쾅 요란스럽게 뛰었다. 나가서 알은척이라도 해야 하나, 아니면 이대로 돌아서서 다른 곳으로 가야 하나.

깊은 고민에 빠져 있을 그 때였다. 갑자기 등 뒤로 사람의 기척이 느껴지는가 싶더니, 누군가 그녀의 한 쪽 어깨 위로 턱하니 얼굴을 얹었다.

"뭘 그렇게 뚫어지게 봐?"

오른쪽 뺨을 간질이는 음성에 흠칫 놀라며 해주가 시선을 옆으로 돌렸다.

금방 입술이라도 닿을 듯 아슬아슬한 위치에서 그녀는 률과 시선을 정확히 마주했다.

두근—

쌉싸래한 담배 향기가 코끝에 스며들며, 심장이 쿵— 바닥에 내려앉았다. 마치 그의 눈빛에 사로잡힌 듯 한참 시선을 떼지 못하던 그녀는, 입술 위로 부딪쳐 오는 그의 따스한 숨결을 느끼곤 화들짝 놀라며 고개를 돌렸다.

갑작스러웠다. 너무나 갑작스러워 순간 환영은 아닐까 잠시 혼란스러울 지경이었다. 여전히 그녀 어깨 위로 그의 체온이 느껴졌다.

"저거, 그 버릇없는 녀석 아니야?"

해주의 시선이 닿은 곳을 응시하던 률이, 못마땅한 표정으로 해주에게 물었다. 경직된 상태로 숨을 고르던 해주는 수혁이 아닌 률을 향해 슬쩍 눈을 굴렸다. 그는 여전히 그녀의 어깨 위에 턱을 받친 채로 수혁을 관찰하고 있었다.

"교수님?"

수혁이 술집 안으로 들어가는 것을 끝까지 지켜 본 률의 두 눈이 해주의 목소리에 반응하듯 다시 그녀를 향했다. 애써 무심하게 률을 불러봤던 해주는 그의 시선이 다시 부딪쳐 오자, 반사적으로 고개를 정면으로 홱 돌리고 말았다.

이유는 알 수 없었으나, 오늘따라 그와 눈을 가까이 마주하고 있으면 가슴이 간질이며 규칙적이던 호흡이 거칠어졌다. 그 원인을 너무나도 가까운 거리 때문이라 결론지은 해주는, 그가 침범하고 있는 어깨에 힘을 준 상태로 뒤로 홱 물러섰다.

"여기서…… 뭐하세요?"

받칠 곳을 잃어 허전해진 턱을 매만지며, 률은 구부린 허리를 폈다. 그는 당황스러워하는 해주의 눈빛에 멋쩍은 표정으로 머리를 긁적였다.

밖에서 해주가 오기만을 기다리다 생각보다 늦어져, 잠깐 담배 한 대를 피우러 골목길 안으로 들어선 찰나였다. 안 그래도 그 사이 혹시 그녀가 왔을까 노심초사하며 피는 둥 마는 둥 하고 나가려는데, 예상치 못하게 해주가 그가 있는 골목길 안으로 들어섰다.

처음엔 어리둥절했지만, 혹시 리아에게 듣고 찾아 온 건가 싶어 내심 흐뭇하게 생각했다. 하지만 그건 명백히 그의 착각으로 끝이 나고 말았다.

'바보같이, 뭘 기대한 거냐.'

"교수님?"

민망함에 자책하던 률은 어느새 성큼 다가선 해주를 가만히 내려다봤다. 너 온다고 해서 마중 나왔어. 입 안 가득 진심어린 말들이 맴돌았지만, 률은 차마 내뱉지 못하고 손가락 두 개를 펼쳐 입가 주변에 가져가 댔다.

그의 행동을 단박에 이해한 해주가 해맑게 입을 열었다.

"담배 피우러 나오셨구나."

"그럼 널 데리러 나오기라도 한 줄 알았어?"

률이 슬쩍 던진 말에 해주는 단호하게 고개를 저었다.

"설마요."

실실 웃는 해주의 모습에 률이 미간을 좁혔다. 이럴 땐 쓸데없이 단호박이란 말이지.

"너야말로 네 남자인 친구랑 숨바꼭질 하는 건 아닐 테고……."

률은 굳이 '남자인 친구'를 힘줘 말하며, 해주의 반응을 살폈다.

"싸웠나?"

정황상 분명 그리 보였다. 유난히 찬바람 불던 수혁의 모습이나, 그런 그를 피해 골목길 안으로 몸을 숨긴 해주의 행동을 볼 때, 두 사람 사이에 적색경보 등이 켜진 것쯤은 금세 눈치 챌 수 있었다.

"그, 그런 거 아닌데요."

순간 당황한 해주의 목소리가 멋대로 튀었다. 그런 그녀의 반응에 률이 피식 웃음을 터트렸다.

이상할 정도로 말투가 직설적이다 싶었는데, 이제 보니 유난히도 못하는 거짓말이 그 이유인 듯 보였다.

"그래?"

률은 해주에게 장난스럽게 반문을 던지곤, 슬쩍 술집 뒷문을 향해 고갯짓을 해보였다.

"그럼 그만 들어가지."

률이 먼저 앞서 걸어 나갔다. 하지만 그는 채 몇 걸음 떼지 않은 상태에서 해주에게 붙잡히고 말았다.

"저, 교수님."

해주는 잠시 쭈뼛대더니, 조심스럽게 말을 꺼냈다.

"오늘은 저 그냥 가봐야 할 거 같아요."

"왜?"

해주가 선뜻 대답하지 못하고 입을 꾹 다물었다. 조금 전과 달리 어두워진 해주의 표정에 률이 작게 한숨을 내쉬었다.

둘 사이에 무슨 일이 있긴 한 것 같은데, 굳이 언급하고 싶지 않은 눈치였다. 그것이 왠지 씁쓸했지만, 률은 애써 마음을 감추며 무덤덤하게 입을 열었다.

"리아 만나기로 한 거 아냐? 아까 전부터 와서 기다렸는데."

"리아한테는 제가 따로 전화해서 말할게요. 오늘 저 여기서 만난 건 모른 척 해주세요. 부탁드려요."

해주의 간곡한 눈빛에 률은 말없이 작게 고개를 끄덕였다. 한시름 덜었다는 듯 그녀가 깊게 한숨을 내쉬었다.

"감사합니다. 그럼 교수님, 다음 수업 때 봬요."

"집으로 갈 거 같진 않고, 어디 가려고?"

발길을 돌리려던 해주가 움직임을 멈췄다. 률은 그녀의 반응에 그럴 줄 알았다는 듯 어깨를 으쓱했다. 잠시 해주를 응시하던 그는 휴대폰을 꺼내 들더니, 메시지를 작성해 누군가에게로 전송했다.

"방금 내가 문자하나 보냈으니까 확인해 봐."

률의 말에 해주는 의아해하며 휴대폰을 꺼내 확인했다. 어딘지 모를 주소와 6자리 숫자가 적혀 있었다.

"주소랑 현관문 비밀번호야, 일단 거기로 가있어."

해주가 률을 돌아보며 물었다.

"여기가 어딘데요?"

"우리 집."

해주는 벙찐 얼굴로 률과 메시지를 몇 번이고 번갈아 쳐다봤다. 처음엔 그가 농담하는 것이라 생각했다. 하지만 그는 어느 때보다도 확고한 눈빛으로 그녀를 마주보고 있었다.

"교수님…… 댁에 가 있으라고요?"

해주가 확인하듯 그에게 물었다. 어느새 그녀의 얼굴이 진지하게 굳어있었다. 확 바뀐 그녀의 표정 변화에 률의 입 꼬리가 살짝 떨리는가 싶더니, 그의 입에서 피식하고 웃음이 새어나왔다.

표정만으로도 그녀가 무슨 생각을 하고 있는 건지 빤히 보였다.

"미치겠군."

"네?"

해주가 영문을 모르겠다는 표정을 짓자, 률이 그녀에게 가까이 다가가 눈을 마주보며 말했다.

"오늘 우리 집에서 리아랑 같이 저녁 먹기로 했어. 그것 때문에 먼저 가서 기다리고 있으라고 한 건데, 대체 무슨 생각을 하고 있는 거야?"

"아……."

"안 그렇게 생겨서, 음흉한 구석이 있네."

느릿하게 흘러나온 률의 한 마디에 그녀의 얼굴이 난감한 빛으로 물들었다. 해주는 그의 시선을 애써 회피하며 몸을 돌렸다. 귓가로 큭큭대는 률의 웃음소리가 들렸다. 해주는 붉어진 얼굴로 괜스레 헛기침만 늘어놨다.

"가, 갈게요."

이대로 있다간 비웃음만 더 살 것 같아 해주는 황급히 자리를 피했다. 률은 그런 해주의 뒷모습을 지켜보며 작게 소리쳤다.

"좌측으로 쭉 걸어가다 보면 바로 오피스텔 보일 거야. 괜히 딴 길로 새지 말고 가 있어. 바로 리아 보낼 테니."

다른 곳으로 갈까 괜히 조바심이 들어 률이 다시 한 번 각인시켰다. 말없이 걸어가던 해주가 률의 목소리를 듣더니 잠시 걸음을 멈췄다.

아무래도 인사 없이 돌아서는 게 마음에 걸렸는지, 그녀는 돌아선 채로 '네'라고 짧게 대답하곤 작게 묵례했다.

그녀의 확답에 률의 입가에 잔잔한 미소가 걸렸다. 그는 해주가 골목길을 벗어날 때까지 지켜본 후, 뒷문을 향해 발길을 돌렸다. 그때, 손에 쥔 그의 휴대폰이 울렸다.

[해주 왔다던데, 만났어?]

그새를 못 참고 온 리아의 문자에 률은 못 말린다는 듯 고개를 절레절레 흔들었다. 답문 대신 직접 말하는 게 낫겠다 싶어, 그는 서둘러 술집 안으로 들어섰다.

"어서 오세요."

활기찬 승윤의 인사에 도진과 대화중이었던 리아의 고개가 문 쪽으로 홱 돌아갔다. 당연히 률과 해주일 것이라 예상하고 반갑게 손까지 들어보였는데, 그녀의 눈앞에 전혀 예상치 못한 사람이 우두커니 서 있었다.

"지……수혁?"

두 눈을 끔뻑이며 한참을 수혁을 바라보던 리아가 도진을 돌아봤다. 분명 입구 앞에 해주 혼자 있다고 그가 말했었다. 그런데 뜬금없이 수혁이 등장하다니, 그녀가 황급히 도진을 돌아보며 어떻게 된 거냐는 눈빛을 쏘아 보냈다. 도진은 리아의 시선에 자신도 모르겠다는 듯 어깨를 으쓱해 보였다.

"혹시 해주 여기 안 왔어?"

인사도 없이 리아에게 성큼 다가선 수혁이 딱딱한 말투로 물었다. 리아는 먼저 그에게 말을 건네려 달싹대던 입을 잠시 오므렸다.

평소 수혁과 해주가 워낙 껌 딱지처럼 붙어 다니니, 이번에도 해주가 그를 부른 건 아닐까 지레짐작하고 있었는데 그건 아닌 듯 보였다.

"안 왔는데."

아직 술집 안으로는.

교묘히 말을 생략한 리아가 그를 살피며 되레 물었다.

"여기서 해주 만나기로 했어?"

리아의 물음에, 수혁이 그녀를 날카롭게 응시하며 굳게 다물고 있던 입을 뗐다.

"여기서 해주랑 만나기로 한 건, 너 아냐?"

움찔. 리아는 핵심을 찔러오는 그의 반문에 어색하게 웃어보였다.

"알고 있었네?"

"해주, 아직 안 온 거야?"

수혁이 술집 주변을 둘러보며 묻자, 리아가 자포자기하듯 한숨을 푹 내쉬며 말했다.

"곧 들어올 거야."

애매모호한 리아의 대답에 수혁이 시선을 그녀에게로 돌렸다.

"어디 갔는데?"

탁. 수혁이 묻기 무섭게 멀리 뒷문이 열리는 게 리아 눈에 들어왔다. 수혁이 술집으로 들어오면서 왜 해주와 륨을 못 봤나 싶었는데, 뒷문 쪽에 있었던 모양이었다.

"저기 들어오네."

수혁의 시선이 리아를 따라 뒤로 향했다. 문이 열리고, 곧바로 륨이 모습을 드러냈다. 당연히 해주가 나타날 것이라 기대했던 수혁의 얼굴은 이내 무참히 구겨졌다.

"왜 혼자 들어와?"

률이 들어서기가 무섭게 리아가 그의 뒤를 살피며 물었다. 어쩐 일인지 함께 들어와야 할 해주의 모습이 보이지 않았다. 리아는 곧장 률에게 그녀의 행방을 묻는 눈빛을 쏘아 보냈다. 률은 어깨를 으쓱여 보이더니, 슬쩍 그녀 곁으로 보이는 수혁에게로 시선을 돌렸다.

겉으론 차분해 보이지만, 매섭게 날이 선 그의 눈빛은 률을 향해 살벌한 경계심을 드러내고 있었다. 률은 그런 수혁의 반응을 예상이라도 한 듯 무덤덤하게 흘려버리곤, 그들에게로 가까이 다가섰다.

"일찍 왔네?"

률이 건네는 말에, 도진은 주변 정리를 하며 심드렁하게 대꾸했다.

"차가 생각보다 안 막히더라고, 다행이도."

"그래, 그거 참 다행인 일이네."

무미건조한 률의 반응에 도진은 고개를 들어 그를 응시했다. 눈앞에 놓여 진 상황에 대해 뭐라 한 마디 해주고 싶었지만, 도진은 주변을 의식해 애써 말을 삼켰다.

'차라리 관심을 끄자.'

도진은 입을 꾹 다문채로 테이블을 닦고 있는 승윤에게로 향했다. 그 사이 이래저래 눈치를 살피던 리아가 률에게 바짝 다가서며 조심스럽게 물었다.

"해주 못 만났어?"

륭이 리아를 돌아봤다. 그녀는 추궁하듯 쳐다보며 그가 입을 열기만을 기다리고 있었다. 륭은 잠시 말이 없더니, 옆에 놓인 짐들을 챙겨 그녀 품에 안기며 입을 열었다.

"먼저 집으로 가 있어."

"왜……."

리아는 자꾸만 대답을 회피하는 그가 이상해져 물으려다 입술을 닫았다. 수혁을 가리키는 그의 작은 눈짓이 무언가를 숨기고 있음을 그녀에게 암시해 주고 있었다.

그녀는 일단 륭이 건네는 제 짐을 받아들고, 얌전히 자리에서 일어섰다. 그때 잠자코 그들을 지켜보던 수혁이 륭에게 질문을 던졌다.

"해주, 어디 있습니까?"

취조하듯 물어오는 그의 말투에 륭의 짙은 눈썹이 꿈틀거렸다. 매섭게 쏘아져 오는 그의 눈빛이 불쾌했지만, 륭은 탓하지 않고 덤덤하게 대응했다.

"집으로 간다고 하더군."

집으로 간다는 해주를 붙잡아 자신의 집으로 보냈다는 말은 그의 선에서 생략했다. 어차피 해주도 바랐던 바, 굳이 앞세워 그걸 말할 필요성을 느끼지 못했다.

꼬치꼬치 캐물을 거란 그의 예상과 달리 수혁은 별다른 말없이 그대로 물러섰다. 률에게 작게 묵례를 건넨 수혁은 뒤돌아 성큼성큼 밖을 향했다.

"가는 거야?"

수혁의 등 뒤에 대고 리아가 소리쳤지만, 그는 대꾸도 없이 문을 열고 나가버렸다. 공허한 공간에 홀로 외로이 울려 퍼지는 제 목소리에 리아는 이를 바득 갈았다.

"저, 싹퉁 바가지!"

리아의 분에 찬 소리에 률이 쯧쯧 혀를 찼다.

"모델 해달라고 그렇게 쫓아다녔다더니."

"그땐 공적인 일로 접근 한 거니까 수치심을 느껴도 참았지만, 지금은 사적인 자리잖아."

"공적인 일은 무슨."

"오빠가 일에 대한 나의 열정을 짐작키나 해? 이런 무시와 멸시를 받아도 결국 내 옷을 입는 사람이 저놈이길 바라서, 참고 웃어야만 했던 나를……."

"……."

"……당근 이해 못하겠지?"

"안다니 다행이다."

률은 더는 사족을 붙이지 않고, 그대로 자리에서 일어났다. 마침 승윤과 함께 테이블에 앉아 그들을 관망하던 도진이 손을 들어 률에게 말을 건넸다.

"수고했다. 알바비 대신 그 선반 옆에 놓인 거 가져가라."

륜은 그의 말에 선반 옆에 놓인 종이가방을 확인했다. 전에 해주가 놓고 간 카메라가 안에 담겨 있었다.

"내 것도 아닌데 이게 왜 알바비 대신이냐?"

률이 불만 섞인 목소리를 내자, 도진이 장난스럽게 어깨를 으쓱였다.

"보관비 대신이라 생각해."

"그러니까 그 보관비라는 걸 왜 나한테 청구 하냐고."

"싫으면 내버려 둬, 나중에 걔 오면 내가 직접 주고받을 테니."

"그게 누군 건데 그래?"

리아가 중간에 끼어들자, 두 사람은 그 상태로 대화를 멈췄다. 도진은 어떻게 할 건지 눈빛으로 물었고, 률은 마뜩잖은 척하며 종이가방을 챙겨 들었다.

어차피 가져갈 거 튕기기는. 도진은 피식 웃으며 고개를 절레절레 흔들었다. 순간 멋쩍어진 률이 여전히 대답을 갈구하고 있는 리아에게 가자는 듯 손짓했다.

"됐고, 가자."

"그게 뭔데?"

"별거 아냐."

"그러니까 궁금하잖아, 뭔데?"

리아가 끝까지 들러붙어 그가 손에 쥔 종이가방 안을 확인했다. 카메라?

"오빠, 그새 카메라 또 샀어?"

륜은 리아의 잔소리를 가볍게 무시하곤, 인사 대신 도진에게 손을 흔들어보였다.

"나 간다."

"그래, 가라."

"같이 가!"

리아는 미련 없이 돌아서 나가는 륜의 뒤를 쪼르르 쫓았다. 그러고는 밖을 나서기가 무섭게 그의 팔을 붙잡곤, 가느다랗게 뜬 눈으로 슬쩍 물었다.

"해주 만났지?"

지치지도 않고 이어진 리아의 질문에, 륜은 결국 졌다는 듯 한숨을 내쉬며 입을 열었다.

"그래, 집으로 가 있으라고 했어."

"집?"

"어차피 너도 우리 집으로 해주 데리고 가려고 했던 거 아니야?"

"그럼 해주, 지금 오빠네 집에 있는 거야?"

"아마도?"

륜의 마지막 대답에 리아의 표정이 석고상처럼 서서히 굳어갔다. 그녀는 황망히 휴대폰을 꺼내 해주에게로 전화를 걸었다. 어찌된 일인지 휴대폰은 꺼진 채, 곧장 소리샘으로 연결됐다.

"으아악, 전화 받아야 하는데."

괴상한 소리를 내며 연신 전화를 걸어대는 리아의 행동을, 륜이 의문스러운 눈빛으로 지켜보며 물었다.

"왜 그러는데?"

"제이!"

"뭐?"

"권제이 그 녀석, 아까 전에 집에 거의 도착했다고 문자왔었단 말이야."

리아가 유난스럽게 굴었던 이유를 들은 률의 얼굴이 일순간 와락 일그러졌다. 그러고 보니 깜빡 잊고 있었다. 그 녀석의 존재를.

그리고 미처 해주에게 말해 주지 못했다. 그 녀석을 혹시라도 만나게 되면 절대 상대조차 하지 말라는 말을. 그걸 뒤늦게 깨달은 률은 그 어느 때보다도 빠르게 휴대폰을 꺼내 문제의 그 녀석에게 전화를 걸었다. 운명의 장난인지, 그는 누군가와 계속해서 통화 중이었다.

"안 받아?"

"안 받아."

률과 리아의 시선이 한 데 얽혔다. 동시에 제이의 얼굴이 떠오르며, 그가 그간 해왔던 행동이 삽시간 그들 뇌리를 스쳐지나갔다.

누가 뭐라 할 것 없이 그들은 오피스텔을 향해 맹렬하게 걸음을 재촉했다.

러쉬를 나오자마자 수혁은 서둘러 집으로 향했다. 가는 내내 해주에게 전화를 걸었지만, 그녀의 휴대폰은 여전히 꺼져있는 상태였다.

시간이 지날수록 솟구치는 짜증을 참으려, 그는 손에 든 종이 가방 끈을 세게 움켜쥐었다.

항상 해주만을 바라보고 지내왔고, 그녀 역시 자신만을 바라보고 살아왔다. 그것만이 서로의 세상이었고, 전부였다. 아무리 힘든 일이 있더라도 서로를 위로하며 지내왔기에, 제 집이 아닌 곳에서도 아무렇지도 않게 지낼 수 있었다.

그런데 그게 틀어진 직후부터는 모든 것이 최악의 상황과 감정으로 치달았다.

'권률.'

수혁의 눈이 어둡게 가라앉았다.

리아의 전화를 받고 해주가 러쉬로 간 것까지는 이해할 수 있었다. 하지만 그 곳에 률이 있었고, 해주가 그와 함께 있었을지도 모른다는 사실은 정말이지 용납할 수 없는 문제였다.

그나마 유지하고 있었던 인내심이 한순간 뚝 하고 끊어져버렸다. 그 자리를 당장 박차고 나오지 않았더라면, 참지 못하고 폭발했을지도 모를 일이었다.

도대체 왜 상황이 이렇게까지 악화되었을까. 왜 해주가 저들과 어울리는 걸 미리 막지 못했을까. 갖가지 생각들과 충돌을 겪은 수혁의 눈빛이 깊고 어둡게 가라앉은 건 집 앞에 거의 다다를 때쯤이었다.

수혁은 말없이 웅장한 자태를 드러내는 집을 올려다봤다. 예상하건데, 지금 해주는 집에 없을 것이다. 하지만 곧 돌아올 테고, 그땐 다시는 이렇게 놓쳐 후회되는 일 없게 꼭 묶어둘 필요가 있었다.

세상에서 유일한 제 편이었다. 제 것이었다. 가족 같지도 않은 사람 대신 하늘에서 내려 준 유일한 내 것. 누구도 손대지 못하게, 그리 할 것이다.

'두 번 다신, 멋대로 이 곳에서 벗어나지 못하게…….'

다른 이에게 그녀가 또 다시 마음을 빼앗기기 전에,

이제는 모든 자유를 박탈하겠다. 수혁은 선물로 마련한 카메라가 든 종이가방을 무참히 거리에 버렸다. 그러고는 서릿발이 서린 얼굴을 한 채 집 안으로 유유히 들어갔다.

'여기인가?'

률이 알려준 주소대로 잘 찾아온 해주는, 오피스텔 건물을 천천히 올려다봤다.

'여기가 교수님이 사는 곳이구나.'

그가 살고 있는 곳을 직접 와 보니, 새삼스레 기분이 묘했다. 아무도 없는 낯선 집에 그것도 혼자 들어가려니 왠지 모르게 선뜻 발길이 떨어지지 않았다. 어색하기도 하고, 이래도 되나 싶은 생각에 그녀는 조금 망설여졌다.

'차라리 리아가 올 때까지 기다릴까?'

싶은 생각이 들었다. 그러나 이 모든 고민은 경비실 아저씨의 의심 섞인 눈초리와 마주한 순간, 삽시간에 눈 녹듯 사라져버렸다. 해주는 아저씨의 압박 어린 시선에, 등 떠밀리듯 비밀번호를 누르고 철옹성 같던 현관문 안으로 들어섰다.

눈앞에 보이는 엘리베이터까지 누르고 보니, 왠지 모를 긴장감이 손끝에서부터 타고 올라오는 듯 했다. 그냥 아무도 없는 집에 가는 것뿐인데 왜 이러는 걸까. 처음 느껴보는 기분에 의아해하고 있는데, 그녀 옆으로 누군가가 나란히 섰다. 해주는 낯선 기척에 무의식적으로 옆을 슬쩍 훔쳐봤다.

시선을 단박에 사로잡을 만큼 화려한 외모를 지닌 남자가 입에 막대사탕을 문채로 휴대폰을 들여다보고 있었다. 곱상한 얼굴에 호리호리한 체격, 거기에 걸맞는 패셔너블한 차림새까지.

TV나 잡지에서 툭 튀어나온 것 같은 모습에 해주는 고개를 갸웃 기울였다. 어딘가 익숙한 느낌이 들었다. 뒤늦게 깨닫고 보니 리아의 첫인상과 제법 비슷했다.

'신기하네.'

평소 보기 힘든 스타일의 사람들을 요새 들어 자주 보는 것 같아 신기함에 자신도 모르게 입술 새로 실소가 흘러나왔다.

그 순간, 해주는 흘끗거리는 남자의 시선을 느꼈다. 혹시 봤나 싶어 민망해하는데, 그때 마침 도착한 엘리베이터 문이 확 열렸다.

해주가 부랴부랴 탑승하자, 뒤이어 남자도 엘리베이터에 몸을 실었다. 해주는 6층 버튼을 누르고, 꼿꼿하게 선 채로 어서 엘리베이터가 열리기만을 기다렸다.

잠깐의 정적이 흐르고, 문이 열리자마자 해주는 그곳에 내려 605호를 찾아 주변을 두리번거렸다. 멀지 않은 곳에 605호 문이 보였다.

그녀는 천천히 다가가 문 앞에 선 채로 번호 키를 멀거니 내려다봤다. 막상 와보고 나니, 복잡 미묘한 감정이 일었다.

'리아, 오고 있으려나?'

해주는 휴대폰을 꺼내 이곳에 오기 전 꺼놨던 전원을 다시 켰다. 부재중 통화 목록에 수혁 이외에도 리아가 전화를 건 흔적이 남겨져 있었다.

그녀는 일단 리아에게 어디 있는지 묻는 메시지를 작성했다. 그리고 전송하려 하는데, 그녀 등 뒤로 누군가의 손이 쓱 다가와선 그녀의 휴대폰을 빼앗아갔다. 너무나 갑작스러운 상황에, 해주는 놀란 눈을 하고선 뒤를 홱 돌아봤다.

'저 사람은 아까……?'

같이 엘리베이터를 타고 온 남자였다.

"저……."

"잠깐, 잠깐."

"네?"

"엇!"

그가 깜짝 놀란 표정으로 해주의 어깨 너머를 주시했다. 누가 오나 싶어 해주는 뒤를 돌아봤다. 아무도 없었다. 그에게 낚였다는 것을 깨닫고 한 마디 하기 위해 크게 숨을 들이마셨다.

그동안 해주의 휴대폰을 다 만지작거린 그가 도로 그녀에게 휴대폰을 돌려줬다. 해주는 그의 손에 들린 휴대폰을 거칠게 낚아채며 그를 노려봤다.

“이봐요.”

“해주, 맞지?”

그가 싱긋 웃으며 물었다. 갑작스럽게 알은 척을 해오는 남자를, 해주는 의심스런 눈초리로 응시하며 되물었다.

“제 이름을 어떻게…….”

“아냐고?”

말을 끝내기도 전에 계속해서 치고 들어오는 그를 해주는 황당한 듯 쳐다봤다. 남자는 그녀의 모든 반응들을 이해한다는 표정으로 말을 이어나갔다.

“다른 사람은 몰라도 네 이름만큼은 확실하게 기억하고 있어.”

도무지 이해가 되지 않아, 해주는 혼란스러운 눈빛으로 그를 바라봤다. 분명 처음 보는 남자였다. 얼굴도, 목소리도, 심지어 분위기마저 개성이 뚜렷한 그를 혹여 알고 지냈다면 절대 못 알아봤을 리가 없었다.

그런데 그는 마치 예전부터 그녀를 알고지낸 것처럼 이름을 부르고 말을 걸어왔다.

‘도대체 누구지?’

해주가 고민하고 있을 그때, 갑작스레 남자가 그녀 코앞까지 성큼 다가섰다.

"뭐……뭐예요?"

순간 놀란 해주가 반사적으로 뒤로 물러섰지만 곧 문에 가로막혀 그 자리에 멈춰 섰다. 남자는 그런 해주를 자신의 팔 안에 가두더니, 이내 입술이라도 맞출 듯, 고개를 숙였다.

해주는 놀란 얼굴로 어깨를 움츠렸다. 그의 입술이 그녀의 입술 근처까지 다다를 쯤, 해주는 시선을 아래로 내렸다. 코끝으로 달콤한 향이 간질이더니, 그녀 뺨 위로 남자의 머리카락이 살랑 스쳐지나갔다.

금방이라도 닿을 듯 가까워지던 그의 입술이 옆으로 비켜 스쳐지나가자, 해주는 멍한 눈으로 슬쩍 옆을 응시했다.

그가 싱긋 웃더니, 문을 짚고 있던 왼손을 자연스럽게 도어락으로 가져갔다. 그의 손가락이 움직일 때마다 삑삑 소리가 울렸고, 잠시 후 맑은 소리와 함께 문이 열렸다.

"들어갈까?"

남자가 장난스럽게 문 쪽으로 고갯짓을 하며, 은밀한 투로 말했다. 숨도 멈춘 채 잔뜩 긴장하고 있던 해주는 뒤늦게 정신을 차리곤 그의 팔을 팍 밀쳐냈다. 남자는 뒤로 주춤주춤 물러나더니 능글맞은 눈빛으로 어깨를 으쓱였다. 해주는 긴 숨을 몰아 내쉬고는 그를 뾰족한 눈빛으로 노려봤다. 조금도 피하는 기색 없이 마주쳐 오는 그로 인해 머릿속이 온통 혼란스러웠다.

"누구세요?"

그를 요목조목 뜯어본 뒤, 해주가 퉁명스럽게 물었다. 그 순간, 실실거리던 그의 얼굴 위로 의아함이 스쳐지나갔다.

"응? 나 몰라?"

남자의 반문에 해주는 미간을 모았다. 아무리 기억을 뒤져봐도 저런 남자를 만나 기억 따윈 없었다.

"저, 아세요?"

해주가 다시 되묻자, 남자가 이마를 긁적였다.

"해주, 아냐?"

"절 어떻게 아시는데요?"

"흠……."

남자는 의미심장하게 말꼬리를 늘리며, 눈을 이리저리 굴려 해주를 훑어봤다. 그런 그의 불쾌한 시선에 해주의 표정은 점차 일그러졌다.

"저기요."

"권제이."

권제이?

"내 이름 권제이라고, 나 정말 몰라?"

따지듯 물어오는 그의 태도에 해주는 순간 말문이 막혔다. 되짚어 생각하고, 차분히 기억해보려 해도 처음 들어보는 이름이었다.

해주는 고개를 절레절레 흔들어 보였다. 예상치 못한 반응이었는지, 여유롭게만 굴던 제이의 낯빛에 살짝 당황스러움이 묻어났다.

"이상하네, 분명 낯이 익는데……."

제이가 문을 가리키며 고개를 갸우뚱 기울였다.

"우리 집 찾아온 거 아니야?"

우리 집? 해주는 그가 가리키는 곳으로 시선을 옮겼다. 605호. 분명 률이 가르쳐 준 집주소가 확실했다.

"여기, 권률 교수님 댁 아닌가요?"

확인 차 해주가 제이에게 물었다.

'권률?'

해주의 물음에 일직선을 그리던 제이의 눈매가 반달을 그리며 휘어졌다. 기억이 떠올랐다. 의문스러웠던 부분이 그녀가 형의 이름을 들먹이는 순간, 단박에 풀어졌다.

'카메라 속 여자.'

낯이 익는다 했더니, 언젠가 우연히 보게 된 률의 카메라 속에 담겨있던 여자였다. 인물보단 배경 위주로 사진 찍는 걸 즐겨하던 률의 사진첩. 그곳에 웬 낯선 여자 사진이 담겨 있길래 유독 관심 있게 봐둔 터였다. 처음엔 모델 사진인가 가볍게 생각했는데, 이제 보니 그게 아닌 모양이었다.

'아, 리아가 말한 형 손님이 애인 건가?'

소개시켜 줄 사람이 있으니 일찍 집으로 오라는 리아의 말이 뇌리를 스쳐지나갔다. 평소 여자란 존재에 관심조차 보이지 않던 형이 집까지 들일 정도라면 그에게 있어 특별한 여자인 게 분명했다. 그리 판단을 내리고 보니 눈앞의 여자가 새삼 다르게 보였다.

제이는 흥미로운 눈빛으로 그녀를 내려다보며 성큼 다가섰다. 해주가 또 다시 움찔 놀라며 몸을 뒤로 뺐지만, 그는 아랑곳하지 않았다. 도리어 얼굴을 그녀에게로 가까이 들이밀었다.

"미안해요, 우리 집에 자주 놀러왔던 여자애인 줄 착각했어요."

해주는 갑자기 예의를 차리며 존댓말을 사용하는 그를 이상한 눈길로 쳐다봤다. 그런 해주의 시선을 제이는 흥미롭게 직시했다.

처음엔 정말 그녀가 평소 자주 어울리는 여자들과 같은 사람인 줄 착각했었다. 간혹 만난 여자들의 얼굴과 이름을 기억해내지 못하는 경우가 있어, 오늘도 그런 거라 생각했다.

그래서 언제나 그랬듯 기지를 발휘해, 휴대폰을 빼앗아 이름을 알아내 유연하게 상황을 모면하려했다. 그런데 이런 뜻밖의 상황과 대면하게 되다니…….

그는 해주를 찬찬히 살펴봤다. 목석같이 굴던 형이 관심 있어 하는 여자라, 절로 호기심이 일었다. 제이는 구부렸던 허리를 꼿꼿이 세웠다. 그녀의 시선이 제이를 따라 움직였다.

"권률 교수님 동생, 권제이라고 해요."

제이가 싱긋 웃으며, 자신을 소개했다. 그때, 경계심이 흐르던 해주의 동공이 일순 크게 흔들렸다. 생각지도 못했다.

눈앞의 남자가 교수님의 동생이라니, 해주는 잠깐 멍했다. 긴 정적이 흘렀고, 뒤늦게 정신을 차린 해주는 다급히 그에게 인사를 건넸다.

"아, 안녕하세요."

"네네, 안녕하세요."

제이는 천연덕스럽게 그녀와 인사를 나눴다. 반면 해주는 긴장한 상태로 고개를 들어 제이의 눈치를 살폈다. 그는 유난스럽게도 그녀를 빤히 내려다보고 있었다. 과도하리만큼 쏟아지는 그의 관심어린 눈빛이 점점 부담을 느껴질 때쯤, 제이가 그녀를 지나 살며시 문을 열었다.

"형 보러 온 거면, 들어와서 기다리세요."

제이가 그녀가 안으로 들어설 수 있도록 살짝 옆으로 비켜섰다. 친절한 그의 태도가 어쩐지 내키지 않았지만, 해주는 마지못한 듯 안으로 들어섰다. 주춤거리고 들어 선 그녀 시야로 집안 풍경이 가득 들어왔다.

집안 내부는 남자들이 사는 집이라고는 생각할 수 없게 깔끔하고 세련되게 꾸며져 있었다. 해주는 신기한 눈초리로 주변을 둘러봤다. 그 사이 먼저 거실 쪽으로 들어간 제이가 그녀를 힐끗 돌아보며 물었다.

"마실 것 좀 줄까요?"

해주는 작게 손사래를 쳤다.

"아니요, 괜찮아요."

"아까 보니까 입술이 바짝 말랐던데, 물이라도 줄게요."

제이의 말에 해주는 자신도 모르게 입술을 매만졌다. 그가 키스라도 하는 줄 알고 잔뜩 긴장했던 제 모습이 떠오르며, 괜스레 민망함이 밀려들었다.

"아, 물 없네."

"괜찮……."

"맥주는 있는데, 이거라도 마실래요?"

제이가 해맑게 웃으며 맥주 캔을 들어보이자, 해주가 괜찮다는 듯 고개를 저었다.

"아니요, 이대로 기다리고 있을게요."

해주는 단호하게 거절하곤, 거실에 놓인 소파에 앉았다. 멋쩍어진 제이는 손에 든 맥주 캔을 따 한 모금 들이키곤, 천천히 그녀가 있는 곳으로 걸어갔다.

소파 맨 끝에 자리를 잡은 해주는 그가 다가서자 애써 외면하며 바깥을 내다봤다. 둘 사이에 어색한 정적이 잠시 동안 흘렀다.

결국 해주와 멀찍이 떨어진 소파에 자리를 잡은 제이는 TV를 켜고 맥주를 벌컥 들이켰다. 갑작스런 TV소리에 멍하니 바깥만 쳐다보던 해주의 시선이 자연스럽게 그곳을 향했다. 마침 그녀가 가끔 즐겨보는 동물 다큐멘터리가 방송 중이었다.

"형이 저 프로 엄청 좋아하거든요."

제이가 TV를 가리키며 말하자, 해주가 그에게로 시선을 옮겼다.

"교수님이요?"

처음으로 느껴보는 해주의 관심에 제이가 회심의 미소를 지으며 대답했다.

"네, 안 어울리게 동물을 무척 좋아해요. 한국 처음 왔을 땐 주말마다 혼자 동물원가서 동물 사진 찍는 게 유일한 취미였을 정도였다니까요."

"아, 조금 의외……네요."

"그렇죠? 사실 겉으로 봐선 동물 같은 건 귀찮아할 타입 같은데……."

제이가 손에 든 맥주를 마저 마시곤, 그녀 곁으로 한 뼘 정도 자연스레 자리를 옮기며 말을 이었다.

"형이랑은 어떻게 알게 된 거예요? 교수님이라고 부르는 거 보면…… 형, 수업 듣는 학생인 건가?"

"네, 그 전부터 알던 사이긴 했지만……."

"그 전부터요?"

"네, 교수님께서 우연히 절 도와주신 적 있거든요. 그 러쉬에서요."

"그럼 도진이 형 가게에서 처음 만나게 된 거예요?"

"네, 맞아요."

제이는 해주의 말을 찬찬히 들어주고 적당히 호응해줬다. 그래서인지 둘 사이의 분위기가 전보다는 한결 풀어졌다.

그들은 률을 주제로 한 대화로 점차 이야기꽃을 피어나갔다.

그렇게 어느 정도 대화가 오가던 중, 제이가 갑자기 자리에서 벌떡 일어나며 그녀에게 물었다.

"형하고 저, 어렸을 적 사진 볼래요?"

해주는 반색하며 고개를 끄덕였다. 제이는 재빨리 방으로 들어가 앨범들을 꺼내 와 그녀 앞에 내려놔 줬다. 그러고는 어느새 비어버린 맥주 캔을 재활용통에 버리고 다시 부엌으로 향했다.

"목 안 말라요? 술 마실 줄 알면 한 잔만 해요~"

제이가 냉장고에서 꺼내 온 캔 맥주를 그녀에게 한 개 내밀며 말했다. 고민 됐지만 또 거절하자니 그가 무안할까 봐, 해주는 일단 맥주를 받아들었다. 그대로 그녀 옆자리에 자리를 잡은 제이는 손에 든 맥주 캔 뚜껑을 따, 그녀에게 건배 제안을 했다.

머뭇거리며 망설이던 해주는 결국 그의 제안에 못 이겨 캔 맥주를 땄다. 그때 팍 소리와 함께 맥주가 사방으로 터졌다.

해주는 화들짝 놀라며 맥주 캔을 놓쳤고, 그 여파로 사방으로 맥주가 흩어졌다.

"괜찮아요?"

제이가 놀란 얼굴로 그녀를 살폈다. 얼굴은 물론, 옷 전체에 맥주가 젖어든 탓에 꼴이 영 말이 아니었다.

제이는 미안해하며, 재빨리 수건을 가져다 그녀의 머리카락과 얼굴을 닦아줬다. 순식간에 일어난 일에 당황한 해주는 석상처럼 굳은 채로 젖은 옷매무새를 고쳤다.

"아무래도 좀 씻어야 될 것 같은데요."

"욕실 어디에요?"

"아, 저기요."

제이가 맞은편으로 보이는 문을 가리키며, 손에 든 새로운 수건을 그녀에게 건넸다. 해주는 일단 수건을 받아 들고는, 맥주 범벅이 된 곳을 지나쳐 욕실로 향했다.

"문 앞에 새 옷 둘게요. 일단 티셔츠라도 갈아입으세요."

제이의 제안에 해주는 뒤돌아 거절했다.

"아니요, 옷은 괜찮아요."

"옷이 젖어서 감기 걸릴지도 모르잖아요. 맥주 때문에 끈적거리기도 하고요."

"그건 그렇지만……."

"미안해요, 괜히 나 때문에. 아까 실수로 한 캔 떨어뜨렸는데, 제가 그걸 모르고 전해 줬나 봐요."

미안한 기색이 역력해 보이는 그의 모습에 해주는 굳이 탓하지 않았다.

"아니에요, 모르고 그런 건데 신경 쓰지 마세요."

해주는 마지막으로 말을 남기곤 그대로 욕실로 들어갔다. 그리고 혼자 남게 된 제이는 난장판이 된 거실을 정리하기 시작했다.

률은 초조하게 오피스텔 건물 안으로 들어섰다. 오늘따라 왜 이리 엘리베이터는 더디게 내려오는지, 그는 가만히 서있지 못하고 기다리는 내내 연신 안절부절 못했다.

그걸 옆에서 지켜보던 리아는 절로 웃음이 터져 나오려는 걸 간신히 참아냈다. 률의 저런 초조한 모습을 보게 되는 날이 올 줄 이야. 기분이 새삼 색달랐다.

"걱정 마, 제이가 뭐 잡아먹기야 하겠어."

"잡아먹을 녀석이지."

"뭐…… 그렇긴 한데, 해주가 그리 쉽게 잡아먹히겠어."

"……."

률은 리아의 말에 대꾸도 없이, 문이 채 열리지도 않은 엘리베이터 안으로 급히 올라탔다.

"안 타?"

빨리 타라는 률의 눈치에 리아는 헛웃음을 지으며 엘리베이터에 몸을 실었다. 6층을 누르고 올라가는 동안, 그의 표정은 영 언짢아보였다.

리아는 그런 그를 흘끗 훔쳐봤다. 옆에서 지켜보고 있으니, 저리 좋아하는 걸 그동안 어떻게 참고 있었나 싶었다.

'아무래도 교수와 제자 사이라 그런가?'

개인적으론 크게 문제 될 거 없는 관계라고 생각했지만, 그래도 률의 입장에선 제자인 해주에게 먼저 다가가기 쉽지 않을 것이다. 더구나 해주 곁에는 항상 수혁이 붙어 있고, 둘 사이가 어떤지 알 수 없으니 더더욱 먼저 접근하기 쉽지 않았을 거라 예상됐다.

'제일 중요한 건 해주의 마음인데…….'

옆에서 지켜본 바로는 해주는 수혁에게 특별한 마음이 있어 보이진 않았다. 언제 함께 술을 마시고 슬쩍 떠 보듯 물었을 때도, 해주는 분명 수혁과의 관계를 친구 그 이상이 아니라고 확언했었다. 그렇다는 건 률에게도 충분한 가능성이 있단 얘기였다.

"내가 팍팍 밀어 줄게."

리아의 뜬금없는 말에 률은 눈썹을 찌푸렸다.

"갑자기 무슨 소리야?"

"있어, 그런 게."

그때 마침 엘리베이터 문이 열렸고, 리아는 콧노래를 부르며 그곳에서 내렸다. 률은 그녀의 뒷모습을 바라보며 못 말리겠다는 표정으로 고개를 절레절레 흔들었다. 하여튼, 엉뚱하긴.

"오빠, 비번."

리아를 지나 문으로 다가선 률은 비밀번호를 꾹꾹 누르곤 지체 없이 문을 열어 젖혔다. 눈앞에 익숙한 녀석의 신발과 여자의 것으로 보이는 신발이 가지런히 놓여 있었다.

률은 굳은 표정으로 서둘러 안으로 들어갔다. 제이가 거실 소파 위에 편안하게 몸을 기대고 앉아 있었다.

"어? 형, 왔네?"

"언제 왔어?"

률의 물음에 제이는 정면으로 보이는 벽시계를 확인하며 말했다.

"온지…… 한 3-40분쯤 됐나?"

"해주는?"

리아가 주변을 두리번거리며 묻자, 제이가 심드렁하게 욕실 쪽을 가리키며 대답했다.

"지금 씻고 있어, 곧 나올 거야."

"뭐?"

경악 섞인 리아의 반문에 제이는 별 거 아니라는 듯 반응했다.

"그게……."

제이가 상황을 설명하기 직전, 달칵 소리와 함께 젖은 머리를 한 해주가 욕실 밖으로 나왔다.

그 순간, 그녀를 발견한 률과 리아의 얼굴이 종잇장처럼 무참히 구겨졌다.

"너!"

리아가 손에 들고 있는 물건들을 내팽개치듯 던졌다. 그녀는 제이에게 달려들어 있는 힘껏 멱살을 틀어잡았다.

"컥."

"너 이 개차반 같은 놈!"

"커컥, 혀……형!"

제이가 도움의 눈길을 보냈지만, 률은 처절하게 무시한 뒤 해주를 돌아봤다. 그녀는 갑작스러운 사태에 놀란 기색이 역력했다.

"이게…… 어떻게 된 일이야?"

률이 심각하게 굳어선 해주에게 물었다. 아직 사태파악이 되지 않은 해주는 그저 그런 률의 태도가 어리둥절했다.

"그게 무슨……."

"오해야! 오해라고!"

리아에게 멱살잡이를 당한 제이가 끼어들며 다급하게 소리쳤다. 이후 그는 순간적으로 힘이 빠진 리아의 손아귀에서 겨우 빠져나와 숨을 몰아쉬었다.

"넌 어떻게 날이 갈수록 힘이 세지냐?"

제이가 벌게진 목을 감싸며 불만을 토로했다. 리아는 그를 금방이라도 죽일 듯이 살벌하게 눈빛을 불태웠다.

"너, 해주한테 무슨 짓 한 건지 사실대로 말해. 밖으로 내던져 버리기 전에."

"짓은 무슨 짓! 그냥 작은 사고가 있었던 거뿐이야."

사고? 거슬리는 단어에 리아가 다시금 그의 멱살을 확 부여잡았다.

"무슨 사고! 왜 해주가 네 옷을 입고 있는 건데!"

"컥컥, 이걸 놔줘야 말을 할 거 아냐!"

"맥주 때문에 옷이 젖어서 갈아입은 거야."

해주가 그들 사이에 끼어들며 덤덤히 말했다. 줄곧 제이를 쏘아보던 리아의 사나운 눈빛이 조금은 유해져선 해주에게로 향했다.

"맥주?"

"응, 맥주가 갑자기 터지는 바람에."

해명을 늘어놓던 해주의 시야로 둘이 함께 앉아 있던 자리가 깨끗이 정리되어 있는 것이 보였다. 해주가 퍼뜩 고개를 제이에게로 돌렸다.

"벌써 다 치우신 거예요?"

제이가 겨우 제 목에서 리아의 손을 떼어내며 대답했다.

"그 정도는 금방 치우죠. 젖은 옷은 어디 있어요? 세탁소에 맡겨 두고 올게요."

"아…… 잠시 만요."

해주는 욕실에 두고 온 옷을 챙겨들고 나왔다. 두 사람 사이에 오가는 대화를 가만히 듣고 있던 률이 제이를 돌아보며 물었다.

"둘이 맥주 마시고 있었던 거야?"

"응. 맥주 말고 대접할 게 없더라고."

"……."

청명하게 대답하는 제이의 입을, 률은 당장이라도 봉해버리고 싶은 걸 꾹꾹 눌러 참았다. 사나운 률의 얼굴을 옆에서 지켜보고 있던 리아는 폭탄이 터지기 직전 눈치껏 상황정리를 시작했다.

"해주야. 그딴 거 벗어버리고, 이걸로 갈아입고 나와."

"야야, 그딴 거라니."

"넌 입 닥쳐."

분노를 애써 억누르며 리아가 제이에게 날카롭게 경고했다. 그는 불만이 가득했지만, 고양이 앞에 쥐처럼 반항 한 번 못해보고 그대로 소파로 물러났다.

방해물이 사라지자, 그제야 리아의 표정이 한결 나아졌다. 그녀는 어느 샌가 다정하게 변한 얼굴로 해주에게 종이가방 하나를 건넸다. 해주는 그 안을 흘끗 확인했다. 한 눈에 봐도 꽤 고급스러워 보이는 원피스가 그곳에 담겨 있었다.

"새 옷 같은데, 괜찮아."

해주가 돌려주며 사양하자, 옆에서 지켜보던 륜이 도로 그녀에게 종이가방을 안겼다.

"이걸로 갈아입고 나와."

"하지만……."

"왜 마음에 안 들어?"

리아가 살짝 서운하다는 투로 묻자, 해주가 당황한 얼굴로 고개를 가로저었다.

"아니, 그런 게 아니라 새 옷인데 내가 입고 망가트릴까봐 그래."

"아~하! 그런 거라면 괜찮아, 그거 네 옷인걸."

"응?"

"내가 너한테 선물로 주려고 만든 옷이야, 마음에 들어?"

리아가 직접 종이가방에서 옷을 꺼내 해주에게 비쳐보였다. 해주는 얼떨떨한 표정으로 옷을 훑어보곤, 리아에게 확인하듯 되물었다.

"정말 나 주려고 만든 거야?"

"그럼! 이거 만드느라 나 5일하고도 5시간이나 잠을 못 잤는 걸."

리아가 오른손을 펼쳐 보이며 장난스럽게 미소 지었다. 처음엔 믿기지 않는다는 눈으로 옷을 응시하던 해주가, 그제야 그녀에게서 옷을 받아들었다.

감동이었다. 수혁 이외의 친구에게서 선물을 받아 본 것은 처음이라서 그런지, 의미가 더 크게 다가왔다.

"고마워."

한참 동안 옷에서 시선을 떼지 못하던 해주가 감동한 낯빛으로 리아에게 고마움을 전했다. 리아는 흐뭇한 미소를 머금곤, 해주에게 들어가서 갈아입으라며 방으로 등 떠밀었다.

해주는 그녀의 손길에 밀려 얼떨결에 방안으로 들어갔다. 환한 표정을 유지하던 리아의 표정이 표독스럽게 변한 건 그 직후였다. 눈앞에 해주가 사라지자마자, 리아는 제이를 찌푸린 눈살로 돌아봤다.

"맥주 말고는 별 일 없었던 거지?"

제이는 리아의 날 선 기세에 움찔 뒤로 물러섰다.

"없었어!"

"없어야 될 거야."

제이의 단호한 대답 뒤로, 살벌하고 서슬 퍼런 한 마디가 날라들었다. 제이는 목소리가 들린 곳으로 고개를 돌렸다. 무뚝뚝하다 못해 차갑게 그지없는 얼굴을 한 륜이 그를 똑바로 직시하고 있었다.

"억울하게, 형까지 왜 그런 눈으로 보는 건데!"

"그동안 네가 이 집에서 한 짓들을 찬찬히 되돌아 생각해봐."

률의 말에 제이는 꿀 먹은 벙어리처럼 입을 다물고 과거를 회상했다. 수많은 기억, 그리고 그 속에 등장하는 무수히 많은 여자들, 또 그들과 이 집에서 보냈던 즐거운 시간들. 거기에 덧붙여 끊임없이 들이대는 여자들로 인해 항상 고초를 겪었던 률의 모습까지.

"지금 이 상황을 오해 안 하는 게 이상하겠지?"

화룡점정이나 다름없는 말에 제이는 말없이 목 주변만 긁적였다. 률은 제이를 한심하다는 듯 바라보며 깊은 한숨을 내쉬었다.

"그나저나 급하게 오느라고 먹을 걸 못 사왔네."

그새 부엌으로 들어간 리아가 냉장고를 뒤적이더니 곤란한 표정을 지어보였다. 률과 제이 둘 다 집에서 끼니를 때우지 않는 탓에, 냉장고는 거의 텅 비어 있었다. 그래서 미리 대충 마실 술과 간식거리를 사오려 했는데, 제이로 인해 헐레벌떡 집으로 오느라 새까맣게 까먹고 말았다.

"지금이라도 가서 장 봐올게."

리아의 시선이 곧장 제이에게로 박혔다.

"나갈 준비해."

"나?"

"그럼 나 혼자 갈까?"

"그러면 좋지."

제이는 시원스럽게 대답하기가 무섭게 리아의 살 떨리는 눈빛과 마주하게 됐다. 률에게 구조신호를 보냈지만, 이번에도 역시 그는 편을 들어주지 않았다.

오히려 떠밀 듯 률은 거실 한 쪽에 걸린 겉옷을 그에게 건넸다. 마치 눈앞에서 사라져 버리라는 듯 눈짓까지 보내는 그의 앞에서 제이는 결국 옷을 챙겨 입고 리아를 따를 수밖에 없었다.

"혹시 필요한 거 있어?"

세탁소에 맡기기 위해 해주 옷까지 챙겨든 리아가 률에게 물었다. 그는 대충 알아서 장 봐오라는 말을 건넸고, 리아는 혹시라도 필요한 게 있다면 전화하라는 말을 남겼다.

그 대화를 끝으로 해주는 귀찮아하는 제이를 질질 끌고 집밖을 나섰다. 그 사이 방문이 열리며 해주가 거실 밖으로 나왔다. 해주는 제법 원피스를 훌륭하게 소화했다. 률은 내심 만족하며, 해주를 부드러운 눈길로 바라봤다.

"뭐, 나쁘지 않네."

해주는 일직선으로 뻗어오는 률의 시선에 쑥스러워하며 어색하게 웃어보였다.

"이런 선물, 받아도 되는 건지 모르겠어요."

률은 거실 소파에 털썩 앉으며 괜찮다는 듯 손을 휘휘 저어보였다.

"받아. 나도 종종 리아한테 옷 선물 받으니까 그렇게 부담스럽게 생각할 거 없어. 옷 만드는 게 취미고 직업인 애라, 오히려 네가 잘 입어 주면 더 좋아할 거야."

"그런가요?"

"그래, 그러니까 그렇게 멀뚱히 서 있지 말고 와서 앉아."

해주는 고개를 끄덕이곤, 그의 옆자리로 다가가 착석했다. 두 사람의 시선이 자연스레 TV로 향하며, 잠깐 정적이 흘렀다.

"동생분이 있는 줄 몰랐어요. 서로 많이 안 닮은 거 같아요."

해주가 어색한 분위기를 피해보고자 먼저 그에게 말을 붙였다. 괜스레 TV리모컨만 만지작거리던 률은 그녀의 질문에 달싹대던 입을 조심스레 열었다.

"난 아버지를 닮았고, 제이는 어머니를 많이 닮았거든."

"그렇구나."

"굳이 성격까지 따지자면, 제이 녀석은 돌연변이라 볼 수 있지."

"돌연변이요?"

"부모님들께선 진중하고 차분하신 편인데…… 뭐, 겪어봐서 알겠지만 제이 그 녀석은 워낙 유난스러운 구석이 많아서. 간혹 내가 감당하기 힘들 정도니."

"후훗, 알 거 같아요. 처음에 봤을 때 저도 좀 놀랐거든요."

갑자기 아는 척 해오던 제이를 떠올리며, 해주가 작은 웃음을 터트렸다. 의아한 해주의 반응에 률은 짐짓 불안한 표정으로 그녀를 살폈다.

“제이가 무슨 실수라도 한 거야?”

“아니요, 흠…… 실수라면 맥주 쏟은 거? 그래도 주변 정리는 동생분이 다 하셨어요.”

“그건 당연히 걔가 해야지.”

“아, 그러고 보니 동생 분하고 교수님 얘기 많이 나눴어요.”

“내 얘기?”

“혼자 동물원 가시는 게 취미셨다면서요?”

뜬금없이 흘러나온 해주의 말에 륭은 손으로 가지고 놀던 리모컨을 바닥에 툭 하니 떨어뜨렸다. 권제이 이 망할 놈. 륭이 시선을 내리뜬 채로 아득 이를 갈았다.

“저, 동물원 안 가본지 오래됐는데 다음에 저도 데려가 주세요.”

속으로 연신 제이에게 욕을 퍼붓던 륭이 귓속으로 들리는 해주의 목소리에 슬며시 고개를 들었다. 그녀는 해맑게 그의 대답을 기다리고 있었다. 살짝 구겨진 미간이 천천히 펴지며, 그의 입꼬리가 점차 위로 향했다.

“……그래. 같이 가자.”

“와, 진짜요? 좋아요.”

해주가 신나하며 적극적으로 나오자, 륭은 기쁜 기색을 감추지 못했다. 하지만 최대한 무심한 척 목을 가다듬으며 대답했다.

“그래.”

"그런데 리아랑 동생 분은 어디 갔어요?

"뭐 좀 사러 갔어. 금방 올 거야."

"아, 네……."

대화의 맥이 끊기자, 분위기가 다시금 어색해졌다. 률은 흘끗 흘끗 해주의 눈치를 살피다 문득 TV선반 위에 앨범이 놓여 있는 것이 보였다.

'저게 왜 저기 있지?'

률은 의아해하며 자리에서 일어났다. 자신과 제이의 어릴 적 사진이 담긴 앨범이었다. 률은 혹시나 싶어 해주를 돌아봤다. 그녀는 호기심 어린 눈빛으로 그를 바라보고 있었다.

"……볼래? 별 거 없지만."

"네, 보여 주세요."

률은 멋쩍은 듯 턱을 긁적이며 앨범을 들고 그녀에게로 향했다. 나란히 소파 위에 앉은 그들은 다정히 앨범을 보며 즐거운 한 때를 보냈다.

똑똑—

"수혁 학생, 나예요."

수혁은 아주머니 목소리에 휴대폰에 고정시켰던 시선을 문으로 옮겼다. 잠시 후 문이 열리고, 아주머니가 그의 방으로 조심스럽게 들어섰다.

"무슨 일이시죠?"

수혁이 무뚝뚝하게 물었다. 아주머니는 손에 든 쟁반을 테이블 위에 내려놓으며 따스하게 말을 건넸다.

"저녁도 걸러서, 간단하게 야식 좀 만들어 봤어요. 좀 들어요."

수혁은 그녀가 내려놓은 쟁반 위의 음식들을 흘끔 봤다. 입맛이 없었지만, 일단은 아주머니에게 감사의 뜻을 전달했다.

"신경 쓰지 않아도 됐는데, 고맙습니다."

"해주 학생은…… 아직도 안 들어왔던데, 무슨 일 있는 건 아니죠?"

수혁이 잠시 침묵하자, 아주머니는 그의 눈치를 살피며 말을 이었다.

"이렇게까지 늦게 들어온 적이 없어서, 걱정되네요."

자정 넘어서 들어오거나, 외박을 한 적이 없던 해주였다. 그런데 오늘 따라 연락도 없이 늦는데다. 수혁이도 그녀의 행방에 대해 별다른 말이 없으니 그녀로선 걱정이 될 수밖에 없었다.

아주머니가 걱정스런 눈길로 그의 대답을 기다렸다. 수혁은 문득 그녀 너머로 보이는 벽시계를 확인했다. 어느새 자정이 다 되어가고 있었다. 수혁의 눈빛이 일순 깊고 어둡게 가라앉았다. 그는 차갑게 식은 손을 보이지 않게 꽉 말아 쥐었다.

"수혁 학생?"

"과제 때문에 친구네 집에서 자고 온다고 하더군요. 그러니 걱정하실 거 없습니다."

이제껏 해주가 친구네 집에서 자고 오는 일 같은 건 단 한 번도 없었다. 그래서 수혁의 말이 어쩐지 못 미더웠지만, 아주머니는 그냥 수긍하고 물러섰다.

"그럼 다행이네요. 혹시라도 사장님이나 사모님께 연락 오면……."

"별다른 말씀 마세요. 괜히 걱정하실 테니."

"알겠어요. 그럼 쉬어요."

"……아주머니, 잠시만요."

아주머니가 방문 밖으로 나서려하자, 수혁이 그녀를 다시 붙잡았다. 아주머니가 주춤대며 그를 돌아봤다.

수혁은 잠시 말이 없다가 무표정한 얼굴로 입을 열었다.

"이번 달 휴가가 언제셨죠?"

"원래…… 내일부터이긴 한데요."

아주머니가 조심스럽게 말을 꺼내자, 수혁이 눈빛이 묘하게 변했다. 그는 손가락으로 책상을 일정하게 두들기더니, 그녀에게 말했다.

"해주는 제가 잘 챙길 테니, 아주머니께선 다녀오세요."

"하지만 사장님, 사모님도 안 계시는데…… 더구나 끼니는 어쩌려고요?"

"그건 제가 알아서 할게요. 교수님과 선생님께도 제가 말씀드릴 테니 걱정 마세요."

안 그래도 이번 주에 친척 결혼식이 있어 난감해 하고 있던 아주머니는 귀가 솔깃했다. 어떻게 해야 할지 한참 고민하던 그녀는 눈치를 살피며 조심스럽게 입을 열었다.

"정말 그래도 될까요?"

"네, 걱정 말고 내일 고향에 다녀오세요."

잠시 망설이던 아주머니가 고개를 끄덕이며 고맙다는 말을 건넸다. 이후 그녀는 한결 밝아진 얼굴로 방을 나섰다.

홀로 남게 된 수혁은 책상 위에 놓인 휴대폰을 집어 들었다. 여전히 해주의 휴대폰은 꺼져있었고, 시간은 빠르게 흐르고 있었다.

"하아……."

수혁은 깊게 한 숨을 내쉬었다. 그는 휴대폰을 거칠게 내려놓고는 서랍을 열어 익숙한 모양의 열쇠를 꺼내들었다. 그러고는 방 문 밖을 나서 해주 방으로 향했다.

어둑한 복도를 지나 달빛이 쏟아져 들어오는 창 옆으로, 기묘한 분위기를 내는 방문이 그의 시야로 들어왔다. 해주의 방 문 앞에는 여전히 투박한 크기를 자랑하는 자물쇠들이 달려 있었다.

철컹—

그의 손길에 쇠들이 부딪치는 소리가 주변을 울렸다. 수혁은 손에 든 열쇠로 자물쇠들을 열기 시작했다. 착착 소리를 내며 자물쇠가 열렸다.

그는 마치 의식처럼 그 행동을 몇 번 반복하더니, 천천히 문을 열어 해주 방 안으로 들어섰다. 익숙한 그녀의 향기가 그의 콧속으로 스며들며, 텅 비어 있는 방안이 그의 눈에 들어왔다. 수혁은 뚜벅뚜벅 걸어 들어가, 해주 침대 위에 털썩 몸을 뉘었다.

"해주야……."

공허한 울림만이 잔잔히 퍼졌다. 항상 제 이름을 불러 주던 해주의 상냥한 음성은 들리지 않았다. 수혁은 몸을 옆으로 틀어 협탁 위를 봤다. 그곳에 어느 때보다도 밝게 웃고 있는 해주와 자신의 사진이 놓여 있었다.

수혁은 손에 열쇠를 꽉 쥔 채, 중얼거리듯 말했다.

"빨리 와……."

내가 미쳐버리기 전에.

"빨리 와, 해주야."

수혁은 까맣게 번들거리는 두 눈을 천천히 감았다.

# 제 5 장
# 족쇄

"마셔요."

반쯤 감긴 눈으로 해주는 눈앞에 놓인 잔을 몽롱하게 응시했다. 벌써 몇 잔째 들이켠 건지 이젠 기억조차 가물가물했다.

아이스크림부터 각종 음료수에 과일까지 종류도 다양하게, 제이가 소주와 조합해서 만든 술들은 이상하게 꿀처럼 달았다. 생소했지만, 거부감은 없었다.

처음 마셨을 때부터 목 넘김도 좋은 데다, 알딸딸한 기색도 없어 망설임 없이 술술 들이켰다. 그리고 멋모르고 들이킨 술기운은 얼마 지나지 않아, 어김없이 그녀의 정신을 지배했다. 앉아 있는 내내 그녀의 상체가 앞으로 흔들렸고, 눈꺼풀이 닫혔다 떠지기를 반복했다.

"너, 괜찮은 거야?"

"네, 괜찮아요~"

배시시 웃는 해주를 률이 걱정스러운 눈길로 바라봤다. 벌칙으로 타준 술들을 막힘없이 마실 때부터 불안하다 싶었다.

이럴 줄 알고 흑기사를 운운하며 술을 대신 마셔주려 했던 것인데…… 그렇게 알아서 마시겠다 고집을 부리더니 결국 눈앞의 상황에 이르고 말았다.

률은 짙은 한숨을 내쉬며, 옆을 쓰윽 돌아봤다. 입에 아이스크림을 문 채로, 차분히 술을 제조하고 있는 제이가 눈엣가시처럼 꽂혔다. 률은 이런 상황에 이르게 한 원흉을 싸늘히 노려봤다.

오늘만큼은 자제하라고 리아와 함께 들어오자마자 미리 언질을 했건만, 오히려 그는 보란 듯이 상황을 악화시키고 있었다. 률은 제조를 마친 술을 짠하고 내미는 제이를 불태워 버릴 듯 뜨겁게 쳐다봤다. 그는 뻔뻔하게 웃는 낯빛으로 률을 마주 봤다.

"자, 벌주."

률과 제이의 시선이 격렬하게 부딪쳤다. 률은 이쯤에서 적당히 하란 눈짓을 보냈고, 제이는 가볍게 흘려보냈다.

"흑기녀?"

능글맞은 제이의 한마디에 률의 눈썹이 씰룩거렸다. 금방이라도 욕이 터져 나오는 걸 간신히 삼킨 률이 그가 내민 잔을 확 받아들어 원샷했다. 옆에서 리아와 해주가 과도하게 감탄사를 내뱉더니, 뭐가 그리 좋은지 호들갑스럽게 웃기 시작했다.

'엉망이군.'

률은 피곤한 얼굴로 어느샌가 뜨겁게 달아오른 이마를 손으로 짚었다. 머리가 지끈거렸다. 해주도 있고 해서 나름 훈훈한 분위기가 이어질 것이라 생각했는데, 온전히 착각이었다. 권제이라는 존재가 어떤 영향력을 발휘할지 미처 염두 하지 않은 것이 문제였다.

"이번엔 해주 걸렸다!"

잠깐 딴생각을 하고 있는데, 리아의 우렁찬 목소리가 그의 정신을 번쩍 들게 했다.

어느새 제이는 제조를 마치고, 영롱한 빛을 띠고 있는 술을 해주에게 건네고 있었다. 해주는 이미 한계에 다다른 듯 보였지만, 거침없이 잔을 들어보였다. 덤덤하게 입을 잔으로 가져가는데, 그걸 률이 재빨리 막아섰다.

"이제 그만 마셔."

"괜찮……."

애써 거부하려는 해주를 대신해, 결국 률이 술을 단박에 들이켰다.

"오~ 흑기사!"

"소원! 소원!"

률이 잔을 테이블 위에 탁 내려놓았다. 그는 오늘따라 죽이 잘 맞는 리아와 제이에게 강압적인 눈빛으로 찍어 누르듯 쳐다보며 으르렁거렸다.

"소원 같은 소리 한다, 이쯤에서 끝내."

기가 죽을 법도 한데, 리아는 오히려 기세등등하게 손사래를 치며 그의 뜻을 거슬렀다.

"에이, 그래도 그런 게 어디 있어? 이것까진 해야지."

"그래, 술자리에도 룰이라는 게 있는데 그러면 안 되지."

"너네 정말……."

"말씀하세요, 소원."

해주가 눈을 끔뻑이며 또다시 배시시 웃어 보였다. 률은 한숨을 푹 내쉬더니 그녀의 팔을 붙잡으며 말했다.

"시간이 너무 늦었다. 데려다줄 테니까 그만 일어나."

조금은 가까워질 수 있는 시간이 이리 무의미하게 흘러간 것이 아쉽긴 했다. 하지만 앞으로 시간은 많았고, 지금은 해주의 상태가 무엇보다도 중요했다.

률은 그녀를 일으켜 세우기 전, 제 몸을 일으키려 의자를 뒤로 빼려했다. 그런데 갑자기 옆에 앉은 리아가 다급히 그의 어깨를 짓누르며 도로 앉혔다.

"해주가 소원 들어준다잖아."

리아가 눈을 찡긋했다. 뭔가를 암시하는 눈빛에, 률의 눈이 가늘게 길어졌다. 만취한 것처럼 보이진 않았지만, 그녀 특유의 술버릇은 여과 없이 발휘되고 있었다. 쓸데없는 오지랖.

"약하게 뽀뽀? 아니면 화끈하게 키스?"

리아의 오지랖에 제이가 조용히 폭탄을 장착했다. 나직한 제이의 목소리에 률은 도끼눈을 부릅떴지만, 그는 조금의 물러섬도 보이지 않았다. 오히려 도발하듯 해주를 지그시 바라보며 달콤한 목소리를 냈다.

"형이 받기 싫으면, 내가 대신 받을까?"

제이가 손을 뻗어 해주의 턱을 잡아 제 쪽으로 끌었다. 해주가 눈을 까막까막하며 제이를 응시했다. 두 사람의 시선이 묘하게 엉켰다. 리아는 그런 둘을 지켜보며, 순간 뭔가 잘못된 것을 직감하고 률을 흘끗 돌아봤다. 심상치 않은 기세를 드러내며, 그가 자리에서 일어섰다.

"그만 일어나, 천해주."

률이 해주의 얼굴을 침범한 제이의 손을 확 쳐냈다. 제이는 능청스럽게 손을 거두며, 어깨를 으쓱여 보였다. 분위기가 순간 서릿발이 훑고 지나간 것처럼 싸해졌다.

안 좋아. 숨통을 죄여오는 분위기에 리아는 번뜩 정신이 드는지, 어색하게 웃어 보이며 률에게 손짓했다.

"오빠가 참아, 저 녀석이 원래 저런 장난 잘 치잖아."

리아가 슬며시 제이에게 날카로운 눈치를 줬다. 빨리 사과해. 죽기 싫으면. 단박에 그녀의 뜻을 읽어낸 제이가 억울하다는 눈빛을 대신 내보였다. 리아가 이어 입 모양을 만들어 냈다.

'세상 하직하고 싶냐?'

제이가 률을 올려다봤다.

"장난이야, 장난."

결국 그는 두 손까지 들어 보이며 결백함을 보였다. 분노가 명치까지 치솟았지만, 률은 이쯤에서 억눌렀다.

률은 이성적으로 감정을 조절하고, 해주의 팔목을 붙잡은 손에 힘을 줬다. 그만 가자는 의미를 보냈지만, 해주는 일어날 생각은 하지 않았다.

"천해주?"

률이 나직이 그녀를 불렀다. 잠시 후, 게슴츠레 뜬 눈을 한 해주가 그를 돌아봤다.

"교수님, 소원은요?"

률이 실소를 터트렸다. 그녀가 무거운 눈꺼풀을 애써 들어 올리려는 게 그의 시야 가득 들어왔다. 난감할 정도로 귀여운 모습에, 들끓었던 마음이 잠잠해졌다. 황당할 정도로 빠르게.

"소원은 됐으니까 그만 일어나."

해주는 률을 가만히 들여다봤다. 한참을 말없이 그와 눈을 마주한 그녀가 갑자기 돌변한 건 순식간이었다. 해주는 자리에서 벌떡 일어서더니, 두 손을 쭉 뻗어 률의 목을 끌어 감싸 안았다. 률은 갑자기 훅 들어온 그녀의 도발적인 행동에 석상처럼 굳어버렸다.

"벌칙이니까……."

투명하게 빛나는 그녀의 검은 눈이 률을 똑바로 마주했다.

"뽀뽀……? 키스……?"

해주가 고개를 갸웃 기울였다. 선택을 기다리는 듯한 그녀의 행동에 률은 숨을 멈추고 말았다.

지금 이 상황은 뭐지? 머릿속 회로가 정지한 것 같았다. 등에 식은땀이 나고 입술이 바짝 말랐다. 어떻게 해야 할지 몰라, 어떤 움직임조차 할 수 없었다.

얼굴 위로 그녀의 숨이 닿았고, 그녀의 시선은 제 입술을 향해 있었다. 리아와 제이도 갑작스러운 상황에 숨을 죽였다.

그로 인해 주변에 정적이 흘렀고, 모두들 넋 놓은 얼굴로 상황을 주시했다. 해주만이 해맑게 미소를 머금고 있었다.

"너……."

그녀를 만류하는 말을 꺼내려는데, 해주의 얼굴이 점차 그를 덮쳐 왔다. 입술 위로 뜨거운 숨결이 살랑거렸다.

두근—

심장이 덜커덩 내려앉았다.

닿는다. 포개어진다.

하지만 바로 직전, 그녀의 고개가 아래로 툭 떨어졌다. 동시에 률의 목을 감싸던 그녀의 팔이 스르륵 풀리며 몸이 뒤로 향했다. 률은 깜짝 놀라며 재빨리 단단한 두 팔로 그녀의 허리를 휘감았다. 그녀의 몸이 힘없이 률의 품에 폭 안겼다.

"천……해주?"

인형처럼 축 늘어진 채 미동조차 없는 해주를 그가 조심스럽게 불렀다. 대답 대신 새근거리는 숨소리가 그의 귓가로 잔잔히 들려왔다.

"하아."

자신도 모르게 코웃음이 흘러나왔다. 뒤늦게 잔뜩 긴장하고 있던 저 자신이 떠오르며 괜스레 무안함이 밀려들었다.

순간 혼이 쏙 빠졌던 그는 잠시 동안 제자리를 지키고 서 있다, 이후 해주를 조심스럽게 안아 들었다. 트인 시야로 제이와 리아가 보였다. 제이는 키득거리며 웃고 있었고, 리아는 아직도 멍하니 있었다.

“형 방에 눕혀.”

제이는 이런 일에 익숙한 듯, 주변 정리를 하며 그에게 툭 던지듯 말했다. 률은 제 품에 안겨 있는 해주를 가만히 바라보더니, 천천히 방 쪽으로 발걸음을 돌렸다.

그는 해주를 침대 위에 조심스럽게 내려 눕히곤, 정성껏 이불을 덮어주었다. 새근새근 잠들어 있는 그녀를 보고 있자니, 기분이 복잡 미묘했다.

그는 누워 있는 그녀 곁으로 앉았다. 헝클어진 머리카락을 귀 뒤로 넘겨주고, 그녀의 뺨을 손으로 부드럽게 쓰다듬었다. 미간이 살짝 움찔댔지만, 눈을 뜨진 않았다. 깊숙이 잠이 든 듯 보였다.

‘못 말리겠군.’

겨우 안정을 찾은 률이 깊게 한숨을 몰아쉬었다. 이래서 말렸던 건데, 그래도 끝까지 만류하지 못한 것에 죄책감이 들었다.

‘어떡하지.’

률은 손목시계를 확인했다. 자정이 훌쩍 넘은 시간. 그녀의 부모님을 생각하면 당장 집으로 돌려보내야 했지만, 깨어날 기미가 보이지 않았다.

"해주, 괜찮아?"

리아가 방 안으로 들어서며 물었다. 이 상황까지 치닫게 한 리아에게 한마디 해주고 싶었지만, 률은 속으로 삭이며 자리에서 일어섰다.

"해주 휴대폰 어디 있어?"

"여기."

률은 리아가 내미는 휴대폰을 받아 들었다. 전화번호부를 확인 한 률의 눈빛이 묘하게 가라앉았다.

"저장된 번호가 10개도 채 안 되더라고."

리아가 넌지시 말을 건넸다.

"많이 외로웠겠다. 그렇지?"

"……네가 해주 부모님께 전화 걸어서 잘 말해."

률이 애써 마음을 숨기며, 그녀에게 휴대폰을 건넸다. 리아는 곤란한 얼굴로 이마를 긁적였다.

"안 그래도 방금 해봤는데, 아버지 휴대폰은 꺼져 있고 어머니 휴대폰은 로밍으로 넘어가더니 안 받더라고."

"두 분 다 전화가 안 돼?"

"응, 이제 어떡하지?"

그러게 좀 적당히 먹이지. 률이 핀잔하듯 그녀를 쏘아보았지만, 리아는 오히려 억울하다는 듯 말을 이었다.

"전부 오빠를 위한 거였어."

"헛소리 그만하고, 너도 그냥 오늘은 우리 집에서 자고 가."

률의 말에 리아가 난처한 표정을 지어 보였다.

"어쩌지, 우리 할머니 얼마 전 귀국해서 집에 계시잖아. 늦게 들어가는 건 몰라도 외박하면 나 할머니 손에 죽어."

리아가 몸을 부르르 떨며 말했다. 무심코 그녀의 할머니를 떠올린 률은 그녀의 말에 수긍할 수밖에 없었다. 한복디자이너로 유명한 그녀의 할머니는 TV 속 온화한 모습과 달리, 여차하면 집 안을 뒤집어엎을 정도로 불같은 성정을 지니신 분이었다. 외박했단 어떤 꼴을 당할지 알 수 없는 일이었다.

"아니면 해주, 우리 집으로 데리고 갈까?"

"자고 있는 애를 어떻게 데리고 가. 됐어, 오늘은 그냥 자게 두고, 내일 데려다 줘야지."

"해주네 부모님께서 많이 걱정하실 텐데……."

률의 뇌리로 문득 해주 부모님과 더불어 수혁이 떠올랐다. 그는 잠시 동안 고민하더니, 리아에게 말했다.

"내가 알아서 집으로 연락할 테니, 넌 어서 가봐."

"……발길이 안 떨어진다."

"그럼 있든가."

퉁명스러운 률의 말투에 리아가 뾰로통하게 말을 던졌다.

"덮치면 안 된다!"

"권제이, 리아 택시 타는 곳까지 데려다주고 와!"

률의 외침에 제이가 어슬렁 방 안으로 등장했다. 이후 리아는 해주를 걱정스럽게 지켜보다 제이와 함께 집을 나섰다. 리아를 문

앞까지 배웅해 주고 률은 도로 제 방으로 와 해주를 내려다봤다.

'이제 어떡해야 하나.'

수혁에게 연락을 주자니, 그를 피해 다니던 해주가 생각나 연락하기가 마음에 걸렸다. 률은 그녀의 휴대폰을 만지작거리며 고민에 빠졌다.

'어차피 집에 부모님도 안 계시는 것 같으니 괜찮겠지.'

생각을 정리한 률은 휴대폰을 협탁 위에 올려놨다. 해주의 얼굴을 한참 빤히 바라보던 그는, 마지막으로 그녀의 이불을 정성스레 정리해주고는 그곳을 나왔다.

아침에 눈을 뜬 해주는 경악하지 않을 수 없었다.

낯선 침대, 그리고 낯선 공간. 헐레벌떡 몸을 일으킨 그녀는 뒤늦게 률의 집에서 잠든 것을 깨닫고, 휴대폰부터 찾았다. 휴대폰은 침대 옆 협탁 위에 놓여 있었다. 해주는 일단 서둘러 시간부터 확인했다.

'어떡해!'

오전 9시가 훌쩍 지난 시간에, 해주는 소리 없이 기함했다. 눈을 뜨고 창문을 통해 부서져 들어오는 햇살을 볼 때만 하더라도, 꿈을 꾸고 있는 것이라 생각했다. 하지만 잔인하게도 전부 현실이었다. 어제의 기억은 반 토막이 났고, 머리는 깨질 듯이 아프고 속이 울렁거렸다.

침대 위에 몸을 다시 눕히고 싶을 정도로 괴로웠지만, 해주는 무거운 몸을 이끌고 문 쪽으로 향했다. 괜스레 민망한 마음에 그녀는 일단 문을 연 상태로 고개만 빠끔히 내밀었다. 고요한 정적 속에서 누군가 그녀 옆으로 다가섰다.

"일어났네?"

해주는 눈을 굴려 옆을 봤다. 이제 막 샤워를 마친 듯 축축하게 젖은 률이 우두커니 서 있었다.

"속은 좀 어때?"

"그게……."

"……."

"죄송해요."

다짜고짜 사과부터 하는 해주의 모습에 률은 피식 웃었다.

"죄송한 건 아나 보네."

률이 손에 든 수건을 제 목에 걸며, 괜찮다는 듯 말했다.

"됐어, 어차피 지난 일, 신경 쓸 거 없어. 다만……."

"……?"

"다른 남자 앞에선 절대 어제처럼 술 취할 때까지 마시지 마. 알겠어?"

해주는 률의 단호한 눈빛에 뭐에 홀린 듯 고개를 끄덕였다. 률의 입가에 만족의 미소가 걸렸다.

"집까지 데려다줄 테니까, 가서 세수라도 해."

해주가 미안한 기색을 보이며 손을 저어 보였다.

"아니에요. 혼자 갈게요."

"됐어, 아침 챙겨놨으니까 씻고 먹고 있어."

"하지만……."

"어차피 볼일 있어서 나가 봐야 돼. 가는 김에 데려다주려는 거니까 부담 느낄 거 없어."

담담한 률의 태도에 해주는 더는 고집 부리지 못하고 호의를 받아들였다.

"네, 감사해요."

"그래."

률은 뒤돌아 가려다, 문득 거실 한편에 놓인 종이가방을 발견하곤 멈춰 섰다. 그는 종이가방을 가리키며 해주를 돌아봤다.

"저거, 네 거니까 잘 챙겨."

"제 거요?"

"도진이 가게에 두고 간 카메라."

"아!"

"그럼 준비해라."

률은 그대로 제이의 방으로 향했다. 해주는 그의 뒷모습을 우두커니 선 채 지켜봤다. 무심한 척해도 항상 살갑게 대해주는 그가 그저 고맙기만 했다. 해주는 그가 가리킨 대로 거실 한편으로 가 종이가방 안을 확인했다.

"오랜만에 보네……."

처음 률과의 인연을 잇게 해 준 카메라였다. 해주는 조심스럽게 카메라를 꺼내 살짝 입을 맞췄다. 아끼던 물건을 찾게 되어 기뻤다. 하지만 그보다 더 기쁜 이유는 따로 있었다.

해주는 카메라를 품에 안고, 률이 들어간 방을 물끄러미 바라봤다. 붉은빛이 감도는 얼굴 위로 따스한 미소가 걸렸다.

"그럼 조심히 가세요."

"그래, 학교에서 보자."

률은 해주를 집 앞까지 데려다주고는 돌아섰다. 해주는 률이 시야에서 사라질 때까지 바라보다, 이후 대문으로 다가섰다.

막상 안으로 들어가려니, 어떤 표정으로 수혁과 마주해야 할지 망설여졌다. 그녀는 한참을 망설인 끝에, 조심스럽게 초인종을 눌렀다.

누구냐 묻는 소리도 없이 대문이 열렸다. 해주는 의아해하며 주춤주춤 안으로 들어섰다. 정원을 지나 계단을 올라 현관문에 도달은 해주는, 깊게 숨을 몰아쉬고는 문을 열었다.

적막한 기운이 그녀를 반겼다. 항상 달려 나와 인사를 하던 아주머니의 기척도 느껴지지 않았다. 해주는 신발을 벗고 거실 안으로 들어섰다. 그제야 계단 옆으로 수혁이 서 있는 것을 발견한 해주가 흠칫 놀라며 뒤로 물러섰다.

"수혁아……."

수혁은 그녀와 시선을 마주하자 느리게 그녀를 향해 다가섰다. 해주는 어딘가 평소와 다른 이질적인 느낌에 잔뜩 긴장하며 제자리에 굳어 있었다. 코앞까지 다가선 그가 말없이 그녀의 손목을 확 움켜쥐었다.

"따라 와."

해주는 손목을 휘감는 강한 악력에 속절없이 그에게 끌려갔다.

"너 왜 이래!"

강압적인 수혁의 태도에 해주의 얼굴 위로 당혹스러움이 번져 갔다. 밀쳐 내 보려 애를 썼지만, 강한 힘에 그녀는 꼼짝없이 수혁에게 붙들려 방까지 끌려갔다.

찰캉! 쾅!

문이 강하게 닫히며, 매섭게 가라앉은 수혁의 두 눈이 해주를 직시했다. 깊고 검은 눈동자가 올가미처럼 그녀를 옭아매듯 번들거렸다. 서슬 퍼런 긴장감에 그녀는 자신도 모르게 침을 삼켜냈다.

마치 다른 사람인 듯했다. 아무리 화가 나는 일이 있더라도 그가 이런 식으로 행동한 적은 단 한 번도 없었다. 해주는 숨을 죽이고, 그를 살폈다.

무표정한 얼굴을 한 수혁이 한 발자국 그녀에게로 다가섰다. 해주가 주춤거리며 뒤로 물러서려다, 금세 그의 힘에 가로막히고 말았다. 수혁은 강제로 해주를 코앞까지 끌어당겼다.

두 사람의 시선에 불꽃이 일며 서로 날카롭게 부딪쳤다. 잠시 후, 굳게 닫혀 있던 수혁의 입술이 느릿하게 벌어졌다.

"밤새 어디 있었어?"

냉랭한 목소리가 그녀에게 똑바로 들려왔다. 해주는 직설적으로 부딪쳐 오는 질문에 애써 침착하게 대응하려 애를 썼다. 움츠려진 몸을 펴고, 마주 오는 그의 시선을 회피하지 않았다.

외박을 한 건 잘못된 거지만, 수혁이 이렇게까지 자신을 함부로 대할 이유는 없었다. 애초에 이런 상황을 직면하게 한 원인은 그에게도 있었다.

그래, 그의 기세에 밀려 기죽을 필요 없다. 해주는 두 눈을 치켜뜨고, 그에게 붙잡힌 손목을 보란 듯이 들어 보였다.

"이거 좀 놔."

수혁은 미동조차 하지 않았다. 해주의 눈동자가 부르르 떨렸다.

"지수혁, 이거 놓으라고!"

해주가 신경질적으로 소리쳤다. 그녀는 순간적으로 손을 뒤로 빼며 그에게서 벗어나려 했지만, 그걸로 역부족이었다.

사로잡힌 채로, 해주는 그와 사나운 신경전을 이어갔다. 해주는 날카로운 시선을 그에게 던졌다. 하지만 수혁은 무심히 그녀를 내려다 볼뿐, 조금의 미동도 없었다. 해주는 입술을 꽉 깨물었다. 더 이상 어떠한 말도 하고 싶지 않았다.

어디 한 번 네 뜻대로 해봐.

그녀가 도발하듯 그를 쏘아봤다. 수혁이 가느다랗게 길어진 눈으로 그녀를 쓰윽 훑어 내리더니, 한 곳에서 시선을 멈췄다.

그는 밀쳐내듯 해주의 손목을 놔줬다. 대신 그녀가 들고 있던 종이가방을 거칠게 빼앗았다. 해주가 전날 입었던 옷과 카메라가 들은 것을 확인한 그의 표정이 한순간 서릿발이 내려앉은 것처럼 싸늘히 식어 갔다.

"어제……."

"……."

"누구랑 같이 있었어?"

수혁의 목소리는 음산함이 느껴질 정도로 낮았다. 생각하고 싶지 않았는데, 종이 가방 속 그녀의 옷과 카메라를 보는 순간 누군가의 얼굴이 뇌리를 스쳐 지나갔다.

권률.

분노가 가슴 깊숙한 곳에서부터 일렁였다. 파도치듯 점차 위로 차올라, 금방이라도 폭발할 거 같았다. 이 의심을 당장이라도 확인하지 않으면, 제 감정이 제어되지 않을 듯했다.

말해.

그의 눈빛이 해주에게 강요했다. 해주는 조금의 망설이는 기색도 없이, 바로 답을 내놓았다.

"리아."

"……그리고?"

숨 쉴 틈 없이 몰아쳐 오는 그의 반문에, 해주는 애써 담담하게 대꾸했다.

"교수님 댁에 갔었어."

단단했던 수혁의 얼굴이 일순 일그러졌다. 하지만 해주는 그의 표정변화에도 결코 물러서지도 않았다. 어차피 숨길 것 없는 일이었다.

즐거운 하루를 보냈고, 어쩔 수 없이 하룻밤 신세를 진 것뿐이었다. 수혁에게 말하지 못할 건 없었다. 잠시 말을 멈췄던 해주가 다시 말을 이었다.

"네가 무슨 생각을 하는지 모르겠지만, 그냥 다 같이 밥 먹고 술 한 잔했을 뿐이야."

해주는 그에게서 종이가방을 도로 가져왔다.

"옷은 실수로 맥주를 쏟아서 리아가 선물해 준 옷으로 갈아입은 거고, 카메라는 전에 러쉬에 두고 온 걸 교수님께서 챙겨……."

침착히 해명을 하던 해주는 순간 말을 멈췄다. 수혁의 표정이 어느샌가 심상치 않게 변해 있었다. 뭔가를 참고 억누르듯 얼굴이 잔뜩 경직되어 있었다.

이해를 바라고 해명을 한 건 아니었지만, 그렇다고 해서 이런 반응을 보일 것이라곤 예상하지 못했다. 해주의 눈빛이 불안하게 흔들렸다. 아주 조금씩, 뭔가 잘못되었다는 생각이 전신에 번져 갔다.

"수혁아……?"

깊게 가라앉은 그의 눈동자가 고요히 해주를 응시했다.

"……그러니까 그 교수랑 이제껏 같이 있었다는 말이네."

그의 시선이 종이가방을 향했다 다시 그녀에게서 멈췄다. 그의 느릿한 눈동자의 움직임이 소름 끼치게 다가왔다.

"내가 분명 만나지 말라고 하지 않았나?"

무미건조한 그의 목소리가 해주의 귀속을 파고들었다. 낯설었다. 그의 목소리도 표정도. 심장이 덜커덕거리며, 가슴 안으로 싸한 기운이 퍼져갔다.

뭐라 형용할 수 없는 분위기가 그녀의 어깨를 짓눌렀다. 해주는 자신도 모르게 그의 시선을 피해, 눈동자를 아래로 떨어트렸다.

느리게 움직이는 그의 발걸음이, 시야 가득 들어왔다. 수혁이 한 발짝 그녀에게로 다가섰다. 해주는 숨을 삼키고 그가 다가선 만큼 뒤로 물러섰다. 그가 또 다시 발을 뗐고, 해주가 주춤 물러서던 순간이었다.

"……!"

뒤로 침대가 걸리며, 그녀는 그대로 그 위에 주저앉아버렸다. 바닥으로 그녀가 쥐고 있던 종이가방이 툭, 떨어졌다.

수혁은 그 종이가방을 무심히 내려다보더니 발끝으로 가볍게 쳐냈다. 그러고는 천천히 손을 뻗어 그녀의 턱 끝을 잡아 올렸다.

"한 번은 참아 줬어."

그의 입술 새로 스산한 음성이 흘러나왔다.

"한정후, 그 버러지만도 못한 놈도 이해해 줬다고."

그놈을 향한 해주의 관심은 가볍게 지켜봐 줄 수 있었다. 선배를 향한 작은 동경심을, 그녀가 사랑이라 착각하고 있다는 걸 단박에 간파했기 때문이었다.

정후와 어울려 다니긴 했지만, 어느 때건 그녀는 수혁을 일 순위로 뒀다. 수혁도 그걸 알기 때문에 해주가 정후와 어울려 다녀도 크게 제재를 하진 않았다.

오히려 정후와 어울려 다닐수록 해주는 수혁에게 의지하는 경우가 많았다. 처음 겪게 되는 일들, 처음 느껴보는 감정, 그 모든 걸 수혁과 공유했고 그가 하는 말들을 전부 귀담아듣고 행동했다.

그 쓰레기 같은 놈을 굳이 해주에게 억지로 떼어 내지 않으려 했던 건 이런 이유 때문이었다. 억지로 쳐내려 하지 않았던 것도, 참아 줬던 것도 전부 이 때문이었다. 해주가 상처를 입으면 입을수록 그에게 의지하고 집착할 것을 알고 있기 때문이었다.

세상에 네 편은 나뿐이야. 그걸 알려 주고 싶었다. 그리고 한정후, 그놈은 꽤 쓸모 있게 그 일을 해 줬다. 최악으로 치달은 해주를 온전히 자신의 것으로 만들어 줬다.

하지만 권률, 그 남자가 나타난 후로 이 모든 것들이 조금씩 틀어지기 시작했다. 그의 존재는 한정후와는 달랐다. 그와 함께 있을 때면, 그녀는 철저히 자신을 잊었다. 철저히 자신을 밀어냈다. 더는 참고 두고 볼 수 없게 만들었다.

"이번만큼은 안 돼."

"뭐……?"

"권률, 그 사람은 안 된다고."

묘한 뉘앙스가 담긴 수혁의 말을 해주는 뒤늦게 알아들었다. 그녀는 단호하게 마주쳐 오는 그의 시선을 피해 흘끗 눈을 돌렸다.

"네가 생각하는 그런 거 아니야."

"……."

"교수님이 날 그렇게 생각할 리 없잖아……."

해주가 턱을 붙잡고 있는 그의 손을 떼어 내며, 말끝을 흐렸다.

그녀를 내려다보던 수혁의 두 눈에 음침한 빛이 감돌았다. 처음 보는 표정과 어투에서 그녀의 진심을 느끼고 말았다.

"좋아해?"

수혁이 어둡게 가라앉은 목소리로 물었다. 억누른 화가 느껴졌는지, 해주가 고개를 들어 그와 눈을 마주했다.

"좋아하냐고, 그 교수."

수혁이 다시 물었다. 해주는 뭐라 대꾸하려다 달싹대는 입을 그대로 닫았다. 단박에 부정하는 말이 나올 줄 알았는데, 마음 한 구석이 저릿하더니 그걸 차단시켰다.

그녀 시야로 문득 그가 전해 준 종이가방이 들어왔다. 짧은 순간 률과의 첫 만남부터 지금까지의 일들이 머릿속을 가득 채웠다.

퉁명스럽게 굴다가도 먼저 따스한 손길을 내밀고, 필요할 때마다 마치 기다렸다는 듯이 나타나 곁을 지켜줬다. 그와 함께 있으면 답답하고 우울했던 마음이 금세 사라지고, 그저 즐겁고 설레었다.

"좋아해?"

수혁이 던진 질문이 다시금 그녀 주변으로 울렸다. 심장 위로 전류가 흐르는 듯 찌릿하더니, 잠시 후 귓가로 쿵쾅거리는 소리가 들리는 듯했다.

미처 깨닫지 못한 감정을 깨달으라는 듯했다. 해주는 심장 쪽 옷깃을 부여잡았다. 거대한 벽처럼 서 있는 수혁을 정면으로 마주 봤다. 애써 숨기고 싶지 않다.

"그래."

수혁의 눈빛이 날카로워지는 게 보였지만, 해주는 말을 멈추지 않았다.

"좋아해."

단호한 해주의 한마디에 수혁의 얼굴이 참담히 구겨졌다. 그는 겨우 움켜쥐고 있던 인내심이 뚝하고 끊기는 걸 느꼈다. 더는 견딜 수가 없었다. 수혁의 입술 끝이 부르르 떨렸다.

"좋아해……?"

기이하게 비틀어오는 그의 음성에 해주는 미간을 좁혔다. 오늘의 수혁은 뭔가 이상했다. 해주는 다급히 그를 피해 몸을 틀어 일어서려 했다. 그런데 그 순간, 수혁이 그녀의 어깨를 우악스럽게 붙잡고 그대로 뒤로 밀어붙였다.

수혁과 침대로 쓰러진 해주의 입에서 짧은 신음이 흘러나왔다. 갑작스러운 상황에, 해주는 잔뜩 당황한 얼굴로 수혁을 바라보았다. 그녀의 위로 올라선 수혁의 얼굴은 차갑기 그지없었다.

"어디 멋대로 좋아해 봐."

수혁이 공허한 눈으로 낮게 중얼거렸다.

"어차피 넌 그 사람한테 못 가."

그가 스르륵 그녀에게로 상체를 낮췄다. 해주가 움찔하며 그를 피해 고개를 옆으로 돌렸다. 그녀의 귓가로 뜨거운 숨이 닿으며, 나직한 목소리가 흘러들어왔다.

"넌 내 것이잖아."

그의 입술이 그녀의 귀 아래로 타고 내려와, 목 주변을 천천히 훑었다. 해주는 목에 닿은 부드러운 촉감에, 놀란 눈으로 그를 돌아봤다.

"네가 그랬잖아. 난 네 것이라고."

그가 속삭이듯 말했다. 순간 그녀의 뇌리로 그에게 버릇처럼 했던 말이 스쳐 지나갔다.

"넌 내 것이니까 내 마음대로 해도 되는 거잖아."

"내가 네 것이듯 너도 내 것이니, 내 마음대로 해도 되는 거잖아?"

느릿하게 흘러나온 그의 말에, 그녀는 전신에 소름이 돋는 것을 느꼈다. 도저히 지금 상황이 이해되지도, 믿기지도 않았다. 해주는 밀쳐내지도 못하고, 뭐에 홀린 듯 멍하니 수혁을 바라봤다.

잘못됐다. 분명 잘못됐는데…… 대체, 뭐가 잘못된 거지?

"뭐가 잘못된 걸까?"

그녀의 생각을 읽고 따라 읽는 듯, 그가 작게 읊조렸다. 그가 천천히 고개를 들더니, 해주와 눈을 마주했다.

"널 이곳에서 내보낸 게 잘못이었어."

고민 끝에 내려진 결론이었다. 학교에 가 있는 동안 잠시 떨어져 있는 것 정돈 참았어야 했는데,

"그랬더라면, 네가 나만 바라봤을 텐데."

그리고 그 고운 입으로 다른 놈을 언급하지도 않았을 테지.

"내 실수야."

자만했다. 어리석게도.

"하지만 이제라도 알았으니, 바로잡으면 돼."

싸늘히 굳어 있던 수혁의 얼굴 위로 희미한 미소가 떠올랐다. 그는 아무 말 못 하고 혼란스러워하는 그녀의 뺨 위에 작게 키스하곤, 붙잡고 있던 손을 놔주었다. 자유가 됐지만, 해주는 충격에 미동조차 하지 못했다.

수혁은 그런 그녀의 주머니를 뒤적거리더니 휴대폰을 찾아 손에 쥐었다. 그러고는 침대에서 내려와 창가 쪽으로 다가갔다. 넋 놓고 있던 해주는 뒤늦게 그의 손에 자신의 휴대폰이 들린 것을 확인하곤 상체를 일으켰다. 그는 휴대폰에서 배터리를 분리시키더니, 창문을 확 열어젖혔다.

"너…… 뭐하는 거야?"

설마 하며 해주가 물었다. 수혁은 휴대폰과 배터리를 망설임 없이 열어젖힌 창문 너머로 집어 던졌다.

"지수혁!"

해주가 다급히 침대에서 뛰어 내려와 황망히 창문 밖을 내다봤다. 그녀 시야로 부서진 휴대폰 잔해와 배터리가 정원에 널브러져 있는 것이 보였다.

"너 이게 무슨 짓이야!"

해주가 잔뜩 상기된 표정으로 그에게 소리쳤다. 수혁은 대꾸도 없이 창문을 닫고 커튼으로 가린 뒤, 그녀를 무심히 돌아봤다.

"예전으로 돌아가는 거야."

수혁이 그녀의 뺨을 부드럽게 쓰다듬었다. 그러고는 그녀를 지나쳐 방문으로 향했다. 해주가 그의 뒤를 따랐지만, 문득 돌아보는 그의 냉랭한 시선에 우뚝 멈춰 섰다. 더 이상 예전의 수혁이 아니었다. 아버지인 동환보다도 두렵게 느껴졌다.

"쉬고 있어. 저녁에 올 테니."

수혁은 반쯤 열린 문틈 사이로 그녀에게 말했다. 그녀의 눈으로 순간 덜컹거리는 자물쇠들이 보였다. 해주는 아차하며 다급히 문을 향해 뛰어갔다. 하지만 그 전에 냉정하게도 문이 쾅 소리와 함께 닫혀버리고 말았다. 철컥거리는 소리를 들으며, 그녀가 굳게 닫힌 문을 세차게 두들겼다.

"뭐하는 거야! 지수혁! 당장 열어!"

쾅쾅!

그녀가 있는 힘껏 문을 두들기며 소리쳤지만, 들려오는 목소리는 없었다. 해주는 망연자실한 얼굴로 바닥에 주저앉았다. 울컥하며 감정이 치달아올랐다.

믿을 수 없는 현실 앞에 해주는 두 손으로 얼굴을 감싸 쥐었다. 방바닥의 차가운 기운이 그녀의 발바닥부터 휘감아 올라와, 뜨겁게 차올랐던 가슴을 서늘히 식혔다.

* * *

"오늘 수업은 이쯤에서 마치죠. 다음 시간까지 전에 내준 레포트 제출하세요."

수업을 끝낸 뒤, 률은 천천히 짐을 챙겼다. 노트북을 가방에 넣고, 책을 가지런히 정리해 든 그는, 마지막으로 강의실 안을 훑어봤다. 대부분의 학생들은 짐을 챙겨 나갔고, 리아는 밖으로 나오라는 듯 눈짓하곤 강의실 밖을 나섰다. 강의실 안이 한순간 고요해졌다.

혼자 덩그러니 남은 률은 텅 비어 있는 한 자리를 뚫어지게 응시했다. 항상 해주가 앉았던 자리였다. 얼마 전 그의 집에 놀러 온 이후 연락이 안 되더니, 오늘은 수업까지 빼먹고 나오질 않았다.

걱정되는 마음에 수업 중간에 문자도 보내봤지만, 여전히 답장은 없었다. 률은 교탁 위에 올려놓은 휴대폰을 빤히 내려다보다, 결국 챙겨 들고 강의실 밖을 나섰다. 그가 나오기만을 기다리던 리아가 다가섰다.

"오빠, 혹시 해주한테 연락 없었어?"

리아 역시 해주와 연락이 되지 않는지, 그에게 조급히 물었다. 률은 고개를 저었고, 리아는 작게 한숨을 내쉬었다.

"무슨 일 있나…… 왜 그날 이후 연락이 안 되지?"

"글쎄……."

"외박한 것 때문에 부모님한테 외출 금지령이라도 받은 건가?"

리아의 말을 가만히 듣고 있던 률의 낯빛이 어둡게 변했다. 꺼림칙한 이 기분은 뭘까?

"오빠, 나 오늘은 동기들하고 점심 약속 있어서 먼저 가 볼게."

잠잠히 생각에 잠겨 있던 률은 그녀의 말에 고개를 끄덕였다.

"그래."

"혹시 해주한테 연락 오면 알려 줘."

"알았어."

해주가 떠난 뒤, 제자리에 우두커니 서 있던 률이 천천히 연구실 쪽으로 발길을 돌렸다. 걸어가는 내내 마지막으로 해주를 데려다 줬던 때가 아른 거렸다. 집으로 향하는 그녀의 발걸음이 유독 무거워 보였던 게 마음에 걸렸다.

'그놈 때문인가.'

그녀가 그런 모습을 보인 건 수혁 때문일 거라 그는 짐작했다. 아무리 다퉜다 해도 외박을 하고 보려니 마음이 걸렸으리라. 그렇게 생각하고 보니, 이내 가슴이 짓눌린 듯 답답해져 왔다.

그녀 곁에는 항상 수혁이라는 존재가 크게 자리 잡고 있었다. 두 사람이 함께한 시간이 긴 만큼, 적어도 그가 비집고 들어갈 틈 같은 건 없어 보였다. 겉으로 보기엔 그랬다.

'그래도 상관없어.'

연인 사이가 아니라면, 두 사람의 관계가 어떻든 그에게 있어 그건 중요하지 않았다. 해주만 억지로 밀어내지만 않는다면, 그녀를 쉽게 포기하고 싶진 않았다. 해볼 때까지 해 보고, 안 되면 그때 가서 마음을 접든 말든 결정하면 될 일이었다.

'그나저나 왜 휴대폰이 계속 꺼져 있는 거지.'

해주에게 전화를 걸어봤지만, 자동응답기능으로 넘어갈 뿐이었다. 률은 짙은 한숨을 내쉬곤, 하염없이 휴대폰을 내려다봤다.

알 수 없는 불안감이 좀처럼 사라지지 않았다. 걱정됐다. 그녀에게 혹시 무슨 일이라도 생긴 건 아닐까?

수상쩍게 느껴졌던 그녀의 부모님부터, 집안에 무슨 일이 있든 상관 않고 제 할 일만 하던 가사도우미, 거기다 지수혁까지. 묘한 기류가 흐르던 그 집안에서 의심스럽지 않은 구석은 없었다.

'지수혁?'

연구실에 막 다다를쯤, 률은 맞은편 건물서 홀로 걸어 나오고 있는 수혁을 발견했다. 그는 망설임 없이 수혁에게로 발길을 돌렸다.

해주와 연락이 되지 않는 지금, 그녀의 행방을 알고 있음직한 건 그뿐이었다. 분주히 건물을 벗어나 수혁의 뒤를 쫓던 그때, 누군가의 목소리가 그를 붙잡았다.

"형!"

률은 잠시 걸음을 멈추고 익숙한 목소리가 들리는 곳으로 시선을 돌렸다. 제이가 한가로이 여자의 무릎을 베고 누운 채, 그에게 손을 흔들어 보이고 있었다. 률의 얼굴이 순간 확 찌푸려졌다.

률은 애초에 모르는 사람처럼 그에게서 냉정히 시선을 거뒀다. 그리고 인파들 사이로 사라진 수혁을 찾으려 두리번거렸다. 이미 그는 시야에서 유유히 사라진 터였다.

"강의 끝났어?"

제이가 어슬렁거리며 률에게 다가섰다. 률은 뚫어지듯 어딘가를 응시하고 있었다. 제이는 률의 시선이 닿은 곳을 따라 바라보곤, 의아해하며 물었다.

"누구 찾아?"

"……아무것도 아니야."

률은 귀찮다는 듯 대충 그에게 대답해주곤 돌아섰다.

'흐음…….'

제이는 무심히 돌아서 가는 률의 뒷모습을 우두커니 지켜봤다. 옆에서 여자가 빨리 밥을 먹으러 가자 재촉했지만, 그는 대꾸조차 하지 않았다. 넋이 나간 듯한 률의 얼굴을 보니, 이상하게 신경이 쓰였다.

요새 들어 한 번도 본 적 없는 모습이 자주 목격됐기 때문이었다. 혼자 있을 때 갑자기 피식거리며 웃질 않나, 그러다가 한순간 심각해져서는 초조해하질 않나. 안절부절못하는 게 꼭 사춘기 소년이 짝사랑을 앓는 것처럼 보였다.

'하긴, 비슷한가.'

제이는 머릿속으로 해주의 모습을 떠올렸다. 률의 증상이나, 그가 그녀를 대하는 태도를 봐선 분명 해주를 마음에 두고 있는 것이 분명했다. 굳이 따져 생각하지 않아도 단박에 알아챌 수 있었다. 그런 부분에 있어서 자신의 형은 단순하고 순진한 부분이 있었으니까.

그런데 여자 한번 집에 들인 적 없던 그가 제 방에 직접 재워주기까지 하다니…….

일자로 다물어져 있던 그의 입술이 달싹이며 열렸다.

"이름이……."

그때 그 여자애 이름이 아마도…….

"천해주였나?"

잠시 고민하던 제이가 읊조리듯 말했다. 률 때문에 온 여자라기에 나름 캔맥주까지 동원해 쇼까지 벌여가며 지켜봤는데, 외모도 몸매도, 성격도 그다지 나쁘지 않았다. 직접 마주한 건 단 한 번이지만, 그동안 닳도록 여자를 만나 온 경험으로 봐선 제법 괜찮아 보였다.

살짝 어두워 보이는 경향도 있어보였지만, 그건 큰 걸림돌이 되지 않았다. 오히려 그 부분이 차분하고 어른스러운 성격을 돋보이게 만드는 듯했다. 률이 그녀에게 마음을 준 이유를 대강 알 수 있었다.

"오빠, 천해주가 누구야?"

그의 팔에 매달리다시피 기대어 있던 여자의 눈매가 날카롭게 추켜 올라갔다. 그녀는 천해주가 누구냐며 계속해서 보챘다. 그럼에도 제이는 말없이 그저 률의 뒷모습만 우두커니 지켜봤다. 그의 얼굴 위로 의미심장한 미소가 떠올랐다.

지루했던 일상에 자그마한 이벤트가 생길 거 같은 예감이 들었다.

"오빠, 내 말 듣고 있는 거야!"

연신 칭얼대던 여자가 참다못해 제이에게 짜증을 부렸다. 제이의 시선이 자연스레 그녀에게로 옮겨졌다. 잔뜩 뿔이 난 여자의 모습이 보였다. 제이는 그녀의 머리를 부드럽게 쓰다듬어 주더니, 다정히 말을 건넸다.

"미안."

굳어 있던 여자의 얼굴이 금세 풀렸다. 그 틈을 놓치지 않고 제이가 상체를 살짝 숙여, 그녀의 코앞까지 얼굴을 가져가 눈을 맞췄다. 그의 눈이 초승달을 그리며 휘어졌다.

"배고프다, 우리 맛있는 거 먹으러 가자."

여자는 벌겋게 달아오른 얼굴로 세차게 고개를 끄덕였다.

* * *

달칵—

방안 스위치를 켜본다. 밝아진다.

달칵—

방안 스위치를 껐다. 익숙한 어둠이 그녀 주변을 뒤덮었다.

'단조로워.'

무의미한 행동을 반복하던 그녀는 천천히 움직여 창가로 다가섰다. 공허한 눈동자 안으로 어스름해진 하늘이 가득 담겼다.

가슴이 턱 막힌 듯 숨이 조여 왔다. 이렇게 하루가 또다시 무의미하게 흘러갔다. 점차 번져가는 우울함 덕분에, 자연스레 잊고 싶은 과거가 회상됐다.

언제부터였더라. 이렇게 혼자 방 안에 갇힌 채로, 감정이 없는 인형처럼 지냈던 게 말이다. 불과 몇 달 전 만하더라도 당연한 하루 나날의 일들이었는데, 이제는 낯설고 괴롭기 그지없었다.

문득 얼마 전 률의 집에서 놀았던 때의 기억이 떠올랐다. 그때의 기억이 차라리 없었더라면, 그 누구와도 알지 못한 채 지냈더라면, 도리어 이렇게까지 외롭고 힘들지 않았을 것이다.

해주는 창가에 몸을 기댔다. 불현듯 책상 위에 올려놓은 카메라가 눈에 들어왔다.

그녀는 느릿하게 책상 쪽으로 다가가 카메라를 집어 들었다. 이때껏 틈틈이 찍어둔 하늘과 집안 전경 사진들이 담겨 있었다.

"지루해……."

전에는 감탄하며 봤던 사진들이 오늘따라 별 감흥이 없었다.

달칵. 달칵. 무심히 사진 한 장 한 장을 넘겨보던 해주의 손이 순간 어느 사진 한 장에서 멈췄다.

제이, 리아, 그리고 그녀가 한껏 신이 난 채 게임에 집중하는 모습이 담겨 있었다.

'언제 찍은 거지?'

사진 속에 률이 없는 걸 봐선 그가 몰래 찍은 것으로 보였다. 해주는 급히 다음 사진을 확인해 봤다. 난장판이 된 집, 그리고 리아와 그녀가 자리에서 일어나 벌칙으로 노래를 부르던 모습이 담겨 있었다. 다음 사진에는 그녀가 그 어느 때보다도 환하고 밝게 웃고 있는 모습이 찍혀 있었다.

'내가 이렇게 웃었구나.'

해주는 새삼 기분이 묘했다. 괜히 울컥하는 감정이 치밀어왔다. 해주는 다음 사진을 보려 버튼을 눌렀다. 이번엔 짓궂게 표정을 지은 률의 셀카가 찍혀 있었다.

"푸흡."

해주의 입에서 순간 웃음소리가 터져 나왔다. 한참 률의 사진을 들여다보던, 그녀의 눈빛이 아련하게 빛났다. 그녀는 사진 속 률의 얼굴을 손가락으로 조심스럽게 쓰다듬었다.

마음이 뭉클해지며, 가슴속으로 따스한 기운이 번져갔다. 울적했던 기분이 한결 사그라진다.

"보고 싶다……."

형용할 수 없는 이 기분.

"보고 싶어요…… 교수님."

모든 수업을 마친 수혁은 강의실을 나서기 전 시계를 확인했다. 오후 5시. 이후 조별 과제로 인한 약속이 있었지만, 수혁은 조원들에게 양해를 구하고 먼저 학교 건물을 나섰다. 봄이 다가온 줄 알았는데, 꽃샘추위 때문인지 아직은 날씨가 제법 쌀쌀했다.

수혁은 옷깃을 여미고, 서둘러 집으로 향했다. 시위라도 하듯 식사하기를 거부하는 해주가 내내 마음에 걸렸다. 오늘만큼은 억지로라도 먹일 생각을 하며, 수혁은 깊게 고민했다. 어떤 음식을 해줘야 할까.

"수혁 선배!"

생각에 잠겨 있는데 누군가 뒤에서 그를 부르며 쫓아왔다. 수혁은 천천히 뒤를 돌아봤다. 나율이 다급히 그에게 뛰어오고 있었다.

수혁은 그녀를 철저히 무시했지만, 곧 그녀의 손에 잡히고 말았다.

"헥헥, 선배. 제 목소리 못 들으셨어요?"

그녀는 헐떡대는 숨을 힘겹게 고르며, 살갑게 말을 붙였다. 수혁의 눈썹이 짜증스럽게 찌푸려졌다.

수혁은 제 팔을 붙잡고 있는 나율의 팔을 차갑게 밀어내고는 다시 걸음을 옮겼다. 그럼에도 불구하고 그녀는 지지 않고 그의 곁에 딱 달라붙어 쫑알거렸다.

"집으로 가세요?"

"……."

"혹시 파스타 좋아하세요?"

"……."

"학교 근처에 유명한 파스타 맛집 있는데, 같이 안 가실래요? 아, 만약 파스타 안 좋아하시면 다른 맛집이라도……."

"그만."

수혁이 단호히 그녀의 말을 잘랐다. 싸늘하게 식은 두 눈이 그녀를 돌아봤다.

"귀찮게 하지 말고 꺼져."

가시 돋친 말이 그녀를 향해 직설적으로 꽂혔다. 하지만 나율은 기죽거나 밀리는 기색도 없이 오히려 보란 듯이 생긋 웃어 보였다.

수혁의 얼굴이 불쾌함에 와락 일그러졌다. 하지만 나율은 수혁의 반응마저 이미 예상이라도 한 듯 자연스럽게 받아들이며, 그에게 성큼 다가섰다.

"하루에 한 번."

나율이 오른쪽 검지를 하나 들어 보였다.

"무조건 선배님한테 얼굴도장 찍을 생각이에요."

수혁이 조소를 흘렸다.

"헛짓거리 할 사람이 필요한 거라면 다른 사람을 찾아. 괜한 헛수고 하지 말고."

수혁은 그녀를 싸늘히 흘겨보며 그대로 돌아섰다. 수치심마저 느껴질 정도로 냉담한 그의 태도에, 나율은 입술을 꽉 베어 물었다.

잊고 싶었다. 무시하고 싶었다. 길에서 돌아다니는 똥개 취급만도 안 해주는 저런 남자 따윈 욕이나 실컷 해주고 쿨하게 마음속에서 지워 버리고 싶었다. 그런데 아무리 노력해도 그가 포기되질 않았다.

대학교 입학하자마자, 처음으로 한눈에 반해 버린 저 남자를 어떤 짓을 해서라도 손에 넣고 싶었다. 곁에 남고 싶었다.

나율은 멀어져 가는 수혁의 뒷모습을 바라보며 자근자근 입술을 씹었다. 문득 평소 그와 팔짱을 낀 채로 다정스럽게 말을 건네던 해주의 모습이 눈앞에 어른 거렸다.

"해주 선배 만나러 가시는 거예요?"

나율이 그의 등 뒤에 대고 소리쳤지만, 수혁은 돌아보지 않았다.

"해주 선배도 아세요? 선배가 어떤 짓을 했는지?"

바짝 마른 채 피가 배어난 입술을 적시며, 그녀가 이어 입을 열었다.

"한정후, 박선웅, 고해준."

그녀의 입에서 나열되는 이름에, 수혁의 발걸음이 일순 제자리에서 멈춰 섰다. 나율은 처음으로 그가 뜻대로 반응해 주자, 밝은 미소를 입에 머금었다.

"밥 먹기 싫으시면, 잠깐 차라도 한 잔 같이 해요."

수혁의 얼굴 위로 서릿발이 내려앉았다. 말아 쥔 손에 저절로 힘이 가해졌다. 그는 답답하게 조여 오는 숨을 길게 내뱉었다. 가슴 깊숙한 곳에서부터 뜨거운 감정들이 휘몰아치듯 일렁거렸다.

건드리지 말아야 할 것을 건드렸어.

입 밖으로 내지 못한 말을 묻고, 그는 발길을 돌렸다. 나율은 뭣도 모르고 의기양양한 미소를 짓고 있었다. 그 모습이 순간 한정후, 그 인간을 기억 속에서 끄집어내게 했다.

"넌 모르는 척, 해주를 이곳으로 데리고 오면 돼."

과거, 잊고 있었던 은밀한 목소리가 맴돈다.

"너도 그 애랑 즐기고 싶었던 거 아냐? 내가 대신 자리 마련해 주는 거야. 이왕 즐기는 거 다 같이 즐기는 편이 좋잖아?"

즐겨?

"아닌 척 내숭 떨 필요 없어, 네가 그 아이 보는 눈빛, 그게 뭘 의미하는지 이미 다 알고 있으니까. 해주는 널 친구 이상으로 보지 않던데……"

"혼자 애 닳아봐야 무슨 소용이냐고? 그러지 말고 더 늦기 전에 서로 좋은 시간 만들어 보자고."

역겹게 웃지 마.

"어차피 그년은 우리한테 당해도 입도 벙긋 못 해, 알잖아? 그 애 부모님이 어떤 사람들인지. 들어 봐. 걔네 부모들은 혹시라도 우리가 걜 어떻게 한 걸 알게 되더라도 그저 덮으려고만 할걸?"

"그쪽 세계에 있는 인간들, 제 이미지 더렵혀지는 걸 가장 두려워하는 거 알잖아. 우리만 모르는 척 시치미 떼면 그쪽에서도 어떻게든 무마시키려고만 할 거야."

그만 지껄여.

"우린 즐기기만 하면 그만이야."

기괴한 숨소리.

"아무 문제도 안 생길 테니 걱정하지 말라고."

낄낄거리는 웃음소리.

"내 말, 알아들었지?"

사라져…… 죽여 버리기 전에.

"선배님!"

갑작스레 커진 나율의 음성에 공허한 그의 눈빛에 한순간 초점이 돌아왔다.

"제 말 듣고 계신 거예요?"

어느새 그의 코앞까지 다가선 나율이 그에게 다그치듯 물어 왔다. 수혁의 시선이 나율을 훑어 내렸다. 무뚝뚝한 표정이었지만 눈빛엔 냉랭한 독기가 서려 있었다.

나율은 흠칫 놀라며 뒤로 물러섰다. 노기 서린 눈빛에 소름이 돋았다. 그때, 그녀의 어깨를 수혁이 확 붙잡았다.

"계속 해 봐."

어깨를 쥐어 잡은 강한 힘과 나직한 그의 음성에 나율은 미간을 좁혔다.

"선배님……?"

"네가 알고 있는 게 뭔지……."

쓰윽.

"어디 한 번 말해 보라고."

수혁이 나율의 입술을 손가락으로 툭툭 쳤다.

어디 한 번 그 고운 입으로 네가 아는 대로 마음껏 지껄여봐.

그가 여유롭게 그녀를 내려다보며 말하기를 차분히 기다렸다. 잠시 동안 수혁을 물끄러미 지켜보던 나율이 눈살을 찌푸렸다.

어딘가 미묘하게 변한 그의 분위기가 그녀를 강하게 압박해 왔다. 이런 게 아닌데. 수혁의 아킬레스건을 제대로 움켜쥐고 제멋대로 흔들 수 있을 거라 생각했는데.

'아니지…… 서나율. 여기서 휩쓸리면 안 돼.'

이대로 쉽게 그에게 주도권을 넘겨줄 순 없었다. 다시 오지 않을 기회였다. 쉽사리 무너질 순 없었다. 오히려 강하게 나가야 한다.

그녀는 슬쩍 입꼬리를 당겨 웃어 보였다. 그러고는 슬그머니 제 입술 위에 놓인 그의 손가락을 잡은 뒤, 속삭이듯 낮게 말했다.

"여기에 키스해 주시면……."

"……."

"알려 드릴게요."

나율의 도발에 수혁의 눈매가 가늘게 길어졌다. 짜증도 분노도 아닌, 무심한 그의 반응에 그녀의 동공이 살짝 떨렸다.

그녀의 손을 냉정히 쳐낼 것이라 예상했다. 매몰차게 거절하며 무시할 것이라 예상했다. 그런데 그녀의 뜻대로 해 줄 것처럼, 그는 거부의 반응을 보이지 않았다.

수혁의 시선이 어느샌가 그녀의 입술에서 머물고 있었다. 순간 나율의 손끝이 살짝 떨려 왔다. 막상 현실로 다가오니, 목이 바짝 말라오고 심장이 미칠 듯이 뛰기 시작했다.

그녀는 슬쩍 주변을 흘겨봤다. 인적이 드문 외진 길인 데다, 나무들이 우거져 타인의 시선을 받을 염려는 할 필요 없어 보였다.

'봐도 상관없어.'

오히려 다른 이들이 보고, 소문이라도 내줬음 했다. 두 번 다시 오지 않을 지금 이 순간이 지속적이길 바라고 바랐다.

나율은 침을 꿀꺽 삼켰다. 어느새 그의 입술이 그녀를 향해 천천히 다가서고 있었다.

나율은 두 눈을 꼭 감고 수혁의 입술을 받아들일 준비를 했다. 서서히 그의 특유의 향이 가까워져 왔다. 꼭 감은 두 눈 위로 점점 짙은 명암이 내려앉았다. 이렇게 쉽게 그에게서 키스를 받아낼 줄 몰랐는데 새삼 감격스러울 그 순간이었다.

"원해?"

입술 위로 부드러운 촉감이 아닌, 뜨거운 입김이 느껴졌다. 나율은 파르르 떨리는 눈꺼풀을 천천히 들어 올렸다.

한 뼘도 채 되지 않을 거리에 수혁의 차가운 눈빛이 부딪쳐왔다. 나율은 그의 눈을 똑바로 쳐다보며 속삭이듯 말했다.

"원해요."

"그래……?"

수혁은 작게 반문하더니, 숙였던 허리를 천천히 폈다. 나율은 금세 제게서 멀어진 수혁을 멍하니 쳐다봤다.

"선배님, 왜……?"

"평생…… 열지 마."

"네?"

"그 입, 평생 열지 말고 지내라고."

수혁이 손을 내밀어 그녀의 입술을 부드럽게 매만졌다.

"그럼, 해 줄게. 키스."

그가 그녀의 아랫입술을 다시금 툭툭 두드렸다.

"나와 해주, 그리고 그 세 인간에 관한 얘기, 어디서든 입 밖으로 꺼내지 않는다는 조건이야……."

그의 입가에 작은 미소가 걸렸다.

"어디 한 번 잘 지켜봐."

말을 끝낸 그의 얼굴에서 순식간에 미소가 사라졌다. 섬뜩하게 변해 버린 그의 얼굴을 마주한 나율의 낯빛이 창백하게 식어갔다.

부드럽게 말아 올라갔던 그녀의 입술 끝이 부르르 떨리기 시작했다. 농락당한 기분에 순진하게 떨리던 심장박동 소리가 어느새 잦아들고, 분노로 인한 열기만이 가슴 깊은 곳에서부터 차올랐다.

그녀를 우습게 흘겨보는 수혁의 시선이 느껴졌다. 미련 없이 뒤돌아서는 그의 움직임이 느릿하게 시야로 들어왔다.

'어떻게 해야 할까.'

찰나의 고민은 그의 뒷모습을 보는 순간, 무력하게 사라지고 말았다. 꽉 닫고 있던 입술 새로 악에 받친 음성이 튀어나왔다.

"해주 선배님께 사실대로 다 말할 거예요!"

나율이 양손을 꽉 말아 쥐었다.

"해주 선배, 사지로 몰아넣은 게 수혁 선배라고! 선배 때문에 그 세 사람한테 해주 선배 겁탈 당하게 된 거고, 심지어 그 세 사람 뒤 봐준 것도 수혁 선배라고…… 전부 다 얘기……."

"해 봐."

절박하게 말을 쏟아 내던 나율의 입이 수혁의 한마디에 움직임을 멈췄다. 그녀의 눈초리가 매섭게 올라갔다. 예상치 못했다.

혹시 오기로 그러는 건 아닌가 싶어 그를 살폈지만, 냉혹한 그의 얼굴에서 어떠한 틈도 발견하지 못했다. 그건 진심이었다.

멋대로 떠들어 대봐.

그의 표정이, 눈빛이, 달싹대는 입술이 분명 그리 말하고 있었다.

"……진심……이에요?"

분한 마음에 나율의 입술이 바들바들 떨렸다. 동공이 주체 못할 정도로 흔들렸다. 하지만 그녀는 이를 악물고 상황을 이겨냈다.

'아니야.'

누구보다도 해주를 좋아하는 그가 이런 진실을 마구 퍼뜨리게 놔둘 리가 없었다. 실낱같은 가능성을 붙잡아본다.

다행히 그는 냉철한 말과 달리, 그녀를 향해 발걸음을 내디뎠다. 한 발, 두 발, 세 발…… 바로 눈앞에서 그가 멈춰 섰다.

나율은 그런 그를 올려다보며 내심 회심의 미소를 지었다. 그래, 이럴 줄 알았어. 나율은 낮게 잠겨 있던 목소리를 끄집어냈다.

"선배님만 제 마음 받아주시면, 절대 아무한테도 말 안 할게요. 맹세해요."

그가 단호히 내뱉었다.

"아니, 네가 하고 싶은 대로 해."

의미심장한 그의 말에 나율이 한쪽 눈을 치켜떴다.

"그게 무슨……."

수혁의 팔이 갑자기 그녀의 목을 휘감았다. 꼼짝없이 그에게 잡힌 나율은 깜짝 놀라며 수혁을 돌아보려 했다. 하지만 그의 강한 힘에 옴짝달싹 하지 못했다.

잠시 후, 그에게 붙잡힌 채로 목석처럼 서 있는 그녀의 귓가로 음산한 수혁의 목소리가 들려왔다.

"말리진 않아, 대신…… 각오하는 게 좋을 거야."

"……."

"지금처럼 편히 숨 쉬며 살 수 없게 될 지도 몰라."

섬뜩하게 파고드는 수혁의 음성에 나율이 눈을 굴려 그를 바라봤다. 귓가에 대고 속삭이던 그의 눈빛이 그녀와 마주했다. 검은 눈동자가 빛을 잃고 메마른 상태로 가라앉아 있었다. 감정이 느껴지지 않았지만 그 속에서 하나는 읽을 수 있었다. 진심이다.

"어떻게 할지 궁금해?"

수혁이 그녀의 목을 옥죄듯 팔에 힘을 가했다.

"궁금하면 어디 멋대로 한 번 나불대봐."

그가 목소리를 낮게 죽였다.

"그럼 내가 널 어떻게 할지 알게 될 테니."

순간 목에 가해지는 고통에 나율은 두 눈을 동그랗게 뜨며 확 그를 밀쳐 냈다. 심장이 덜컹거렸다. 농담이겠거니 했다.

단순히 겁을 주려 하는 것이라 생각했다. 하지만 그러기에 정면으로 마주 오는 그의 눈빛에 광기가 서려 있었다.

처음 보는 그의 모습은 차갑고 냉정하기만 했던 모습과는 또 달랐다. 온몸에 소름이 돋고, 등 뒤로 식은땀이 났다. 금방이라도 죽일 것만 같았다. 입만 벙긋했다간, 그가 금방이라도 죽일 듯 달려들 것 같았다.

그녀는 주춤 비켜섰다. 잔인한 빛을 띤 그의 눈동자가 그녀를 흘겨보더니, 이내 거둬진다. 수혁은 그녀 곁을 지나 아무 일 없었다는 듯 뚜벅뚜벅 앞으로 걸어 나갔다. 나율은 어금니를 꽉 깨문 상태로, 그런 그의 뒷모습을 우두커니 지켜봤다.

"휘유, 무섭네. 지수혁."

그때, 장난기 어린 목소리가 작게 공기를 울렸다. 귀찮게 구는 선배들을 피해 잠시 한적한 벤치에 몸을 눕히고 있었던 제이는, 우연찮게 보게 된 뜻밖의 상황에 내심 놀랐다.

지수혁.

입학 했을 당시부터 리아와 앞 다퉈 서로 모델로 삼겠다며 부리나케 쫓아다니던 녀석이었다. 그리고 매몰차게 거절당한 뒤로는 서로 아는 척조차 하지 않고 지냈다. 굳이 무뚝뚝하고 찬바람 쌩쌩 날리는 녀석과 일적인 일 빼고는 알고 지내고 싶지 않았기 때문이랄까.

그런데 이제 보니 그때의 생각은 옳은 듯 보였다. 여자후배의 고백을 이토록 냉정하게 잘라 내다니. 애초에 모든 여자를 소중히 대해야 한다는 인생의 모토가 있는 자신과는 절대적으로 안 맞을 듯 보였다.

'그나저나 분명 해주라고 했지.'

거리가 있다 보니 자세히 들리진 않았지만, 여자애 입에서 '해주 선배'라는 단어가 튀어나온 건 확실히 알아들었다. 꺼림칙스럽게도 말이다.

'내가 알고 있는 그 해주는 아니겠지?'

아니길 바랐다. 분위기로 봐선 수혁이 해주를 마음에 두고 있는 게 분명해 보였다. 률이 처음으로 마음에 둔 여자가 저런 녀석과 연관되어 있어선 안 됐다. 모르긴 몰라도 분명 자신은 알 수 있었다. 지수혁, 저놈이 얼마나 위험한 녀석인지 말이다. 더구나 잘은 들리지 않았지만, 두 사람이 나누는 대화중에 기분 나쁜 단어들이 내포되어 있는 것도 마음에 걸렸다.

'사지에, 겁탈이라니…… 잘못 들은 걸 거야.'

그는 도리질을 치곤, 벤치에 벌러덩 누운 채로 하늘을 올려다봤다. 어느새 노을빛이 지고, 어둠이 찬찬히 드리우고 있었다.

"기분 나빠……."

그리고 배도 고팠다. 이래저래 절친이 머릿속에 떠올랐다. 제이가 휴대폰을 꺼내 단축번호 1을 눌렀다.

뚜르르-

잠시 동안 신호음이 가고, 누군가와 통화가 연결이 됐다.

"리아 님아!"

—그래, 노예.

서로를 정겹게 부른 뒤, 제이는 그녀의 행방을 물었다.

"어디?"

—알 필요 없어.

"청명관?"

—아마도.

불분명한 그녀의 대답에 제이는 경쾌하게 대답했다.

"오키, 대기하고 있어."

그가 씨익 웃어 보였다.

"오랜만에 데이트다."

"결국 왔네……."

률은 허탈한 웃음을 지으며, 웅장한 자태의 대문을 가만히 올려다봤다. 분명 학교를 나서자마자 집으로 향했는데, 정신을 차리고 보니 어느새 해주의 집 앞까지 당도해 있었다.

미친 건 아닐까, 절로 자조 섞인 웃음이 흘러나왔다.

그는 대문 근처를 서성이며 고민에 빠졌다. 여기까지 온 건 어쩔 수 없다 치는데, 이제부터 어떻게 해야 할지가 문제였다.

초인종을 눌러야 하는 건지, 아니면 이대로 돌아서 집으로 가야 하는 건지. 확실한 답이 안 섰다. 혹시 몰라 해주에게 다시 전화를 걸어 봤지만, 여전히 그녀는 전화를 받지 않았다.

'어떡하지.'

그는 한참 고민했다.

'이왕 왔는데, 그래도 얼굴은 보고 가야겠지.'

고민에 고민을 거듭한 결과 그는 결단을 내렸다. 이대로 돌아가면 분명 후회할 거 같았다. 여기까지 왔으니, 핑계를 대서라도 해주의 얼굴을 보고 가고 싶었다. 무슨 일이 있는 건 아닌지, 어디 아픈 건 아닌 건지. 확인하지 않고 돌아서면 밤새 걱정하느라 잠도 못 잘 거 같았다.

'밀어붙이자.'

률은 망설임 없이 대문으로 다가가 호기롭게 초인종을 눌렀다. 누르고 마음을 졸이며 기다렸지만, 들려오는 소리는 없었다. 률은 이상하게 생각하며, 다시금 초인종을 힘껏 눌렀다. 역시나 아무런 대답이 없었다.

'아무도 없나?'

순간 허무해졌다. 30분을 넘게 고민하고, 얻어 낸 결과가 고작 집이 비어 있다는 사실 뿐이라니. 률은 깊은 한숨을 푹 내쉬었다.

'집에도 없다면, 도대체 어디 간 거지?'

률은 고개를 들어 그녀의 방이 있는 2층 쪽을 쳐다봤다. 커튼이 처져 있는 탓에 불빛이 켜 있는지조차 확인이 불가능했다.

'저기 갇혀 있는 건 아니겠지.'

처음 해주의 집을 방문했을 때가 계속해서 떠올랐다. 웬 방문에 덕지덕지 설치되어 있던 자물쇠들이 눈앞에 아른 거리며, 마음이 복잡해졌다. 그때는 그녀의 어머니, 유정 덕에 흐지부지 넘어가긴 했지만, 지금 다시 생각해 보면 의심스럽기 그지없었다.

다급히 그를 내쫓듯 아래층을 내려 보내던 유정의 눈빛엔 분명 초조한 기색이 담겨 있었다. 혹시라도 그녀의 심기를 불편하게 할까 그땐 어쩔 수 없이 뒤로 물러섰지만, 지금은 상황이 달랐다. 만약 정말 저 안에 해주가 갇혀 있는 거라면,

'하지만 어떤 부모가 제 자식을 방에 가둔단 말이야.'

끊임없이 생각들이 충돌됐다. 너무 비상식적이라, 제 스스로조차 선뜻 납득이 되질 않았다.

'그래, 해주 부모님은 두 분 다 해외 출장 중이라고 했으니 아닐 거야.'

그렇다면,

'혹시 지수혁이?'

그러고 보니 그가 자물쇠가 채워진 방 앞을 기웃거릴 때 가장 먼저 모습을 드러낸 건 지수혁이었다.

'하지만 해주 부모님이 그놈이 해주 방에 그런 걸 달아 놓는 걸 허락했을 리가 없잖아.'

금세 생각이 또다시 원점으로 돌아왔다. 률은 멀거니 2층 쪽으로 시선을 박았다. 마음 같아선 힘껏 그녀의 이름을 불러보고 싶었다.

답답하고 불안한 마음으로 인해 서서히 인내심의 한계를 느낄 지경이었지만, 이렇다 할 해결책이 떠오르질 않았다. 그녀에게서 연락이 오길 기다리든지, 아니면 내일이라도 학교에서 수혁이 그놈을 찾아 따져 묻든지. 그 외엔 딱히 다른 길이 보이지 않았다.

"어디 있는 거냐, 너."

마지막으로 집 앞으로 데려다 줄 때, 수줍게 웃던 해주의 얼굴이 아련히 떠올랐다.

보고 싶어.

"거기…… 누구시죠?"

그때였다. 문득 등 뒤로 그를 향한 목소리가 들렸다.

률은 움찔하며 뒤를 돌아봤다. 손에 짐을 든 중년의 여자가 그를 의문스러운 눈길로 바라보고 있었다.

"아…… 안녕하세요?"

뒤늦게 그녀가 해주네 집 가사도우미인 걸 알아챈 률은, 먼저 인사를 건넸다. 경계의 빛을 띠우던 아주머니도 나중에서야 그를 알아보고는 반가운 기색을 보였다.

"아, 그때 잡지사에서 오셨던 분이죠?"

그가 어색하게 웃으며 대답했다.

"하하, 네……."

"그런데 어쩐 일이세요? 사장님이랑 사모님 두 분 다 외국으로 출장 가셔서 집에 안 계실 텐데."

률은 난감한 듯 머리를 긁적였다. 해주를 보러 왔다고 하기엔, 상황적으로 맞지 않는 부분이 많았다. 일일이 아주머니에게 해주와의 관계를 설명하기도 애매한 탓에, 그는 선뜻 말문을 열지 못했다.

"흠, 그러니까……."

핑계거리를 생각하며 입만 달싹이던 률은, 의문을 가지는 듯한 아주머니의 표정에 당혹스러움을 느꼈다. 이상한 오해를 사지 않을 변명이 필요했지만, 막상 상황에 부딪치니 이렇다 할 말들이 떠오르지 않았다.

그는 2층 테라스 쪽을 힐끗 쳐다봤다. 전처럼 그녀가 기적적으로 저곳에서 먼저 나와 줬음 했다. 하지만 그곳은 여전히 커튼이 처진 상태로 작은 미동조차 보이지 않았다. 률은 아쉬움에 속으로 깊은 한숨을 삼켰다. 아무래도 오늘은 이쯤에서 물러서야 할 듯싶었다. 률은 조심스럽게 입을 열었다.

"마침 근처에 촬영이 있어서, 지나가는 길에 잠시 들러봤습니다. 두 분께, 그날 인터뷰에 응해 주셔서 감사하다는 말씀도 드릴 겸, 다음엔 따님도 함께 인터뷰 참여를 청해 보려고요."

허술하기 짝이 없는 답변이었지만, 아주머니는 쉽게 수긍하는 눈치였다. 금세 률에 대한 의심스러운 기색을 지운 아주머니는 그에게 가깝게 다가서며 말했다.

"그러시군요, 그런데 어쩌죠. 지금 두 분 다 집에 안 계셔서."

률은 손을 작게 저었다.

"괜찮습니다. 불쑥 찾아 온 제 잘못이죠. 앵커님께는 제가 따로 연락드리겠습니다."

"그래요, 그러시는 게 좋겠네요."

"아, 그런데…… 어디 다녀오시는 길이신가 봐요?"

률이 아주머니의 손에 들린 가방을 쳐다보며 물었다. 아주머니는 작게 미소를 지어 보이며 대답했다.

"네, 고향에 좀 다녀왔어요."

률의 표정이 살짝 굳어졌다. 순간 불길한 예감이 그의 뇌리로 스쳐 지나갔다.

"그럼 그동안 다른 아주머니께서 대신 일하신 건가요?"

"아니요, 그건 아니고요……."

뭔가 마음에 걸린 듯 그녀는 우물쭈물하며 말하길 망설여 했다. 그녀의 반응에 률의 눈빛이 불안하게 흔들렸다. 혹시나 싶었던 마음이 아주머니로 인해 점차 확신 쪽으로 기울어지고 있었다.

부모님도, 아주머니도 안 계신 집에 해주와 수혁이 단둘이 있었다. 문득 깨닫게 된 사실이 그를 견딜 수 없게 만들었다.

"아 참, 이제 그만 들어가 봐야겠네요. 저녁 준비를 해야 돼서."

률은 황급히 대문을 열고 안으로 들어서려는 아주머니를 저도 모르게 붙잡아 세웠다.

"잠시 만요, 아주머니."

률에게 붙들린 아주머니가 의아한 눈초리로 그를 돌아봤다.

"네?"

"그럼 혹시 지금 집에…… 따님이 계시나요?"

아주머니는 좀 전과 다르게 낯빛이 바뀌어서는, 어깨를 으쓱였다.

"글쎄요, 그건 저도 모르겠네요. 보다시피 방금 도착해서."

"들어가셔서 확인 좀 해주시겠어요? 온 김에 따님을 한 번, 뵙고 싶은데."

률의 요구에 아주머니는 난처한 기색을 보이며 얼버무렸다.

"흐음, 아직 학교에서 안 돌아오셨을 거예요."

"그래도 혹시 모르니……."

"다음에 사장님하고 통화하시고 찾아오세요. 그럼."

아주머니는 아까와 다르게 쌀쌀맞게 대문을 닫아버리고는 집 안으로 향했다. 문 틈 사이로 보이는 아주머니의 걸음걸이가 꽤나 조급해 보여 의심마저 들었다.

'분명 숨기는 게 있는데…….'

아주머니의 태도가 완강해, 마냥 밀어붙일 수만은 없었다. 그렇다고 해서 이 이상 별다른 뾰족한 수가 없어, 률은 일단 그곳에서 발길을 돌렸다. 그래도 미련이 남아, 돌아가는 길에 다시 한 번 해주에게 전화를 걸어보았지만, 여전히 그녀는 전화를 받지 않았다.

걱정되고 답답한 마음에 괜한 짜증마저 치밀었다. 률은 우악스럽게 머리를 헝클어뜨리곤, 무거운 발걸음을 터덕터덕 내디뎠다.

어느새 땅거미가 지고, 거리에 어스름이 깔리기 시작했다. 그는 가던 길을 멈추고, 결국 담배에 불을 붙였다. 가슴 깊숙한 곳까지 차오른 씁쓰름한 담배 향을 깊게 내뱉자, 그제야 조금은 숨통이 트이는 기분이 들었다. 률은 휴대폰 속 통화 내역을 물끄러미 내려다봤다.

'분명 그 애한테 무슨 일이 생긴 것 같긴 한데.'

알아보는데 한계가 있었다. 유일한 방법은 지수혁에게 물어보는 것뿐인데, 그게 영 내키지가 않았다. 만나더라도 순순히 그녀에 대해 말해 줄지에 대한 의문도 들었다. 하지만 그렇다고 해서 별다른 수가 있는 것도 아니었다. 률은 고민 끝에 메신저를 켜 리아에게 메시지를 보냈다.

[지수혁. 전화번호 좀 알려 줘.]

률은 그녀의 답변을 기다리며, 담배를 마저 피웠다. 잠시 후 휴대폰 진동이 울렸다. 률은 담배꽁초를 주변 휴지통에 버리곤 리아에게서 온 메시지를 확인했다. 무슨 일인지 묻는 내용과 함께 수혁의 휴대폰 번호가 남겨져 있었다.

그는 거리를 나서며 통화버튼을 누르려 했다. 하지만 그는 곧 길 건너편 인파 속에서 익숙한 얼굴을 발견하곤 그대로 움직임을 멈췄다.

'지수혁?'

집으로 가는 중인지, 수혁은 그가 지나쳐 온 길 쪽으로 향하고 있었다. 먼저 아는 척을 해야 하나?

'일단 따라가 보자.'

그의 뒷모습을 우두커니 지켜보던 률은 잠시 고민 끝에, 그의 뒤를 천천히 쫓아갔다.

"어서 와요."

수혁은 살가운 아주머니의 인사를 받으며 집 안으로 들어섰다. 연락도 없이 일찍 돌아온 그녀가 내심 달갑지 않았지만, 그는 내색하지 않고 평소처럼 무덤덤하게 대했다.

"생각보다 일찍 돌아오셨네요?"

수혁의 물음에 아주머니는 상냥하게 웃으며 답했다.

"아무래도 오랫동안 집을 비우는 게 마음에 걸려서요. 저 없는 동안 끼니는 잘 챙겨 먹었어요? 미리 해 두고 간 반찬들이 거의 그대로던데……."

"주로 학교에서 먹고 들어와서요."

"그랬군요. 그런데 해주 학생은 어쩌고, 오늘도 혼자 들어와요?"

아주머니가 그의 뒤를 살피며 물었다. 항상 어딜 가든 꼭 붙어 다니던 그들이었다. 그녀가 고향을 내려가기 전에도 그러더니, 이번에도 역시 수혁이 혼자 집으로 들어온 것이 아무래도 미심쩍었다.

두 사람 사이에 무슨 일이라도 생긴 건가? 물으려는데, 수혁이 부엌 쪽으로 발길을 옮기며 입을 열었다.

"해주 상태가 안 좋아서, 며칠간 방에서 지내게 했어요."

수혁의 말에 아주머니의 얼굴이 한순간 사색으로 변했다. 과거, 해주가 벌였던 끔찍했던 사고들이 떠오르며, 그녀의 동공이 점차 커졌다.

어쩐지 고향에 가 있는 동안 내내 마음이 불편하다 싶었다. 그래서 예정보다 일찍 올라온 것인데, 그녀의 감은 정확히 일치한 듯 보였다.

"왜…… 또 해주 학생한테 무슨 문제라도 생겼나요?"

초조하게 묻는 아주머니와 달리, 수혁은 차분하게 주스 한 잔을 챙기며 대답했다.

"별일 아닙니다. 학교에 쉽게 적응하지 못해서 스트레스를 좀 받은 거 같아요, 너무 크게 신경 쓰실 필요 없어요. 어른들께도 굳이 말씀드리지 않아도 되고요."

"하지만……."

"저러다 곧 안정될 겁니다."

"……."

"언제나 그랬듯 말입니다."

의미심장한 그의 말이 무엇을 의미하는지 금세 알아챈 아주머니는, 더는 말을 덧붙이지 않았다. 다른 사람은 몰라도 수혁이 저렇게 말하는 걸 보면, 지금은 그녀가 어느 정도 안정을 찾은 듯 보였다. 그렇다면 다행이다 싶었다.

더 이상의 간섭은 괜한 화를 자초할 뿐이었다. 이 집에서 가사 도우미 일을 하면서 깨달은 게 하나 있다면, 바로 그것이었다.

해주에게 과도한 관심을 가지지 말 것. 해주와 관련된 일은 전부 수혁에게 일임할 것. 보통이 아닌 부모마저도 어쩌지 못하던 그녀를 유일하게 컨트롤 할 수 있는 이는 이 집에서 수혁이 뿐이었다.

과거, 괜히 해주의 일에 나섰다가 꼼짝없이 집에서 쫓겨날 뻔했던 적이 한두 번이 아니었다. 그때마다 수혁이 나서서 도와주지 않았다면, 자신은 일자리를 잃고 고향으로 돌아가야 했을 것이다. 그걸 생각하면 지금도 괜히 나설 거 없이, 그의 말대로 하는 것이 맞았다.

"저녁 준비할게요."

아주머니의 말에 수혁은 계단 쪽으로 향하며 말했다.

"간단하게 죽으로 준비해 주세요. 해주는 제가 방으로 직접 가져다줄게요."

"네. 그래요."

아주머니의 마지막 대답을 듣는 것을 끝으로, 수혁은 2층으로 올라갔다.

철커덩. 철커덩.

끼이익—

기이한 소리를 내며 문이 열렸다. 조심스럽게 방 안으로 들어선 수혁은 해주가 보이는 곳으로 서서히 다가갔다. 해주는 침대 아래쪽에서 몸을 웅크린 채 가만히 앉아 있었다.

요 며칠 식사는 물론이고 물마저 거부한 탓에, 안 그래도 가녀린 몸이 부쩍 더 말라 있었다.

수혁은 자신이 왔음에도 미동조차 없는 그녀의 모습을 물끄러미 쳐다보다가, 이내 맞은편으로 다가가 섰다. 그는 한쪽 무릎을 꿇고 앉고는, 그녀의 얼굴을 향해 손을 뻗었다.

길고 가느다란 그의 손가락이 그녀의 턱을 천천히 추켜올렸다. 울음을 가득 머금고 있는 두 눈이 그를 제법 매섭게 쏘아보았다. 하지만 수혁은 신경조차 쓰지 않고 맞은편 손에 든 주스를 그녀에게 건넸다.

“마셔, 어제부터 물 한 모금도 안 마셨잖아.”

방에 가둬둔 후로 그녀는 줄곧 음식 먹기를 거부했다. 심지어 어제부터는 물조차 한 모금 입에 대질 않았다. 수혁은 점점 걱정이 됐다.

‘이대로는 버티기 힘들 텐데.’

오늘은 꼭 음식을 먹일 생각이었다. 수혁은 고집을 부리는 그녀의 입술에, 직접 컵을 가져가 댔다. 하지만 그 순간, 해주는 차갑게 그의 손을 쳐냈다.

챙그랑—!

컵이 요란스러운 소리를 내며 바닥에서 깨졌다. 주스의 잔해물이 바닥을 적시고, 더럽혔다. 그럼에도 불구하고 수혁의 표정은 조금도 변하지 않았다. 오히려 조금 전보다 눈빛이 차분히 가라앉았다. 그는 그녀에게서 손을 거두고 몸을 일으켜 세웠다.

"다시 가져다줄게."

"필요 없어!"

해주가 사납게 소리쳤다. 수혁의 눈매가 가늘게 찢어졌다.

"억지로 먹이길 바라?"

느릿하게 흘러나온 그의 반문에, 해주가 찢어질 듯 입술을 세게 베어 물었다.

지친다. 언제부턴가 반복되는 지금 이 상황이 너무나도 지치고 두려웠다.

'어쩌다 이렇게 된 거지?'

또다시 부질없는 자문을 던졌다. 답 대신 억장이 무너져 내렸다.

"언제까지 이럴 셈이야?"

수혁을 똑바로 올려다보며 그녀가 물었다. 제발 이쯤에서 멈춰, 예전으로 돌아오란 말이야. 마지막 희망을 붙잡고 묻는다.

하지만 그녀의 바람과 달리, 수혁은 냉정히 그녀의 기대를 잘라 버렸다.

"네가……."

"……."

"권률, 그 인간을 잊을 때까지."

그의 한마디에 울컥하고 감정이 치솟았다. 해주는 목구멍까지 차오른 뜨거운 불덩이를 힘겹게 삼키고는 거칠어져 오는 숨을 달랬다. 바짝 마른 입술 위로 배어 나온 피를, 그녀는 혀로 훔쳐냈다. 비릿한 향이 입 안 가득 맴돌았다.

한계까지 치달은 느낌. 해주는 부들부들 떨리는 손을 뻗어 바닥에 널브러진 유리 조각 하나를 손에 들었다. 서슬 퍼렇게 날이 선 조각이 그녀의 연약한 살갗을 무자비하게 파고들었다.

고통 뒤로, 점차 일그러지는 수혁의 얼굴이 그녀 두 눈 가득 들어와 박혔다. 데자뷔처럼 과거 일이 그녀의 눈앞을 아련하게 했다.

"여기서 내보내 줘."

그녀는 벌겋게 피로 뒤덮인 유리조각을 점차 자신의 왼쪽 손목을 향해 가져가 댔다. 수혁의 눈빛에 서늘한 빛이 내려앉았다.

〈다음 권에 계속〉